阳傀先生

老天真◎著

金城出版社
GOLD WALL PRESS
北京

西苑出版社
XIYUAN PUBLISHING HOUSE
北京

图书在版编目（CIP）数据

阳傀先生 / 老天真著．—北京：西苑出版社，2012.5
　ISBN 978-7-5151-0174-3

　Ⅰ.①阳… Ⅱ.①老… Ⅲ.①长篇小说-中国-当代 Ⅳ.① I247.5

中国版本图书馆 CIP 数据核字（2012）第 077530 号

阳傀先生

著　　者	老天真
责任编辑	王秋月
出版发行	西苑出版社
通讯地址	北京市海淀区阜石路15号　邮政编码：100143
	电　话：010-88624010　传　真：010-88637120
网　　址	www.xiyuanpublishinghouse.com
	E-mail：woyaozhenggao@126.com
印　　刷	北京中印联印务有限公司
经　　销	全国新华书店
开　　本	710mm×1000mm　1/16
字　　数	367千字
印　　张	22.5
版　　次	2012年12月第1版
印　　次	2012年12月第1次印刷
书　　号	ISBN 978-7-5151-0174-3
定　　价	42.00元

（凡西苑出版社图书如有缺漏页、残破等质量问题，本社邮购部负责调换）

版权所有　　翻印必究

序 PREFACE

请阅读小说《阳傀先生》! 通过阅读,读者可以神游许多意想不到的奇绝美妙空间! 神交一些有独特风格的朋友。

自从英国的玛丽·雪莱在 1818 年出版了被誉为第一部科幻小说《弗兰肯斯坦》,1864 年法国作者儒勒·凡尔纳的《地心游记》传入中国。直到 50 年代英国的《科幻之路》、60 年代的《时间旅行机》《隐身人》等小说翻译出版,给我们带来了许多惊奇和幻想。近年来国内优秀的科幻、悬疑小说也有许多,作者无一不是结合了具有吸引力的现代科学知识和丰富想象,给予读者阅读的喜悦,扩展了读者的精神时空。

老天真先生怀着热爱大自然的情感,推出了新作《阳傀先生》。它运用极其新、奇、特的幻想、引人入胜的情节,叙述了"超等残疾人"阳傀的经历。其怪诞的人物形象和异乎寻常的艺术手法巧妙描绘了许多自然现象和社会现象,颂扬了人类真诚善良之美德，作品具有强烈的艺术感染力，会使读者不忍释卷。作者丰富多样的知识积累，融合着长期的群众工作、政权工作所经历的许多不为人知的故事，在头脑中逐步发酵，酿化神奇，萦绕心头，挥之不去。终于在退休多年之后，得以偷闲写下这篇著作奉献给读者。读者或许从中可以悟出一些哲学道理，或许从中可以诱发出对破解一些自然界、人类社会未解之谜、深入一些未知世界的兴趣。小说闪烁着作者智慧的灵光和见识的深邃。

推介这本小说对于晚辈的我来说，无疑是一次不寻常的经历。我国历史悠久，人们每时每刻都沐浴在几千年博大精深的传统民族文化之中。信息化浪潮和科学技术方面不断涌现的新的发现、发明，人类社会的不断发展变化，也在冲击着人们的认识，开阔着人们的视野。人们关注当前的变革，关注变革所产生的影响，关注人类对变革作出的反应，并对未来做着种种预测。许多悬疑、幻想故事会激发人们的思维，使之更加活跃、更加积极。小说能焕发读者五彩缤纷的想象……从文字上的科幻变成了与精神和思想的融合。

社会主义市场经济时代，竞争，也使得"光阴"价格飞涨。手持一本纸质的小说，消耗光阴仔细阅读、思考，沉静下来恐怕是必需的！

贾 佳
2011 年 11 月 8 日

目录 CONTENTS

001 楔　子

第一章
004 失踪忽报成谜案　无壳谁知有苦衷

第二章
016 动罢拳头成好友　闻循犬吠探亲侪

第三章
030 一见倾心难自已　两相情愿或可期

第四章
044 学人秉气佯无备　狂士催眠恨失神

第五章
058 裂谷深沉听地吼　金雕孔武助人飞

第六章
071 巧诱熊娘施妙计　旁听智者道玄机

第七章
085 痴情睿智述淑女　接木移花缔百年

第八章
100　悄语情人抛钓饵　堂皇记者像泥鳅

第九章
115　自昭骗局攻为守　另隐深谋守亦攻

第十章
129　刚凰柔凤求连理　大象小鼷议合群

第十一章
143　笨伯跟踪遭败绩　怪人流泪溢真情

第十二章
156　分谋奇正仨侦探　共与辱荣俩败兵

第十三章
170　天生有壳成无壳　缘致失神复得神

第十四章
184　莫道楼中无隐秘　焉知井下有人居

第十五章
198　戏诌拳霸吞飞蛋　惊见身躯隐极冰

第十六章
212　大地有容身去也　长天无际气悠然

第十七章
225　海垫孤峰藏密室　玄冰暗道饰虚无

第十八章
239 钱买流氓施暗算　人为鬼蜮有因由

第十九章
252 女侠神技慑宵小　拳客穷途变丑星

第二十章
266 老板钦差疑老板　关东大汉说关东

第二十一章
280 固执背后难当易　意念源头有似无

第二十二章
294 礼聘能人图异秉　恶辞狂主觅开心

第二十三章
308 生还有望还无望　新壳难痊或可痊

第二十四章
323 针愈客身失忆症　寻回主体昏迷人

第二十五章
337 特异能人引风雨　雄心雇主吐真情

楔 子

  本书将要奉献给读者的,是一位名叫阳傀的先生自述的个人神奇怪诞的经历。需要说明,阳傀先生不是一个普通的人,不是一个可以按人字通常含义理解的人,依照他自己的说法,他是一个超等残疾人。笔者以为,阳傀先生确实是一个人,可是称他是人又多少有些牵强。如果把表示他的这个人字加上个引号,可能更恰当一些。这个引号不带任何贬义,意在提示这个人有些异样,不同寻常。总之就是说,他是一个"人"。和世界万物粗略比较,我们人类有两个大的特征:其一是有一付完全不同于其他物类的形体;其二是有一种其他物类所没有的思想和感情力量,或者称之为精神。普通的人,形体和精神互相不可脱离,两者是一个整体,形在神在,形亡神亡;反过来也是,神在形在,神亡形亡。阳傀先生的异常之处在于,他是一个形体已经丢失,精神却意外地独立保留下来的人。提到残疾,人们都会想到,是指一个人丧失了一部分肢体,丧失了全部肢体,或者丧失了视力、听力、语言能力等等。像阳傀先生这样,丧失了包括头部、颈部、胸部、腹部、生殖器官、上肢、下肢,当然也包括五脏六腑在内的整个躯体,保留下来的只是精神以及与精神相关联的某些器官的功能,这样的残疾确实是闻所未闻,见所未见。他说自己是超等残疾人,听来不无道理。看到这里,有些读者会想:啊!不过是个鬼魂。不,您错了。人死之后是不是真的留有鬼魂,是不是真的有个鬼魂世界?这是个疑案,信之者不能证其有,因为他们自己也没有见过;斥之者不能证其无,因为自然科学界至今还不屑设计一些实验去认真论证。只可言者姑妄言之，听者姑妄听之。阳傀先生不同，可以确凿地说，实有其"人"。再者据佛教传说（对宗教传说，不能要求提供根据，信不信由你），鬼魂作为一个群体，大概可以分为三个部分：第一部分，为数很少，是在地府中吃皇粮的各种公职鬼魂；第二部分，为数不多，是正在地狱中挨受各种刑罚的鬼魂，他们在前生做过坏事；第三部分，众多难计，是准备投胎转世重返阳间的鬼魂，他们正在排队进入轮回。公职鬼魂，在玉皇大帝的天庭里有户籍；其他两部分鬼魂的户籍则登录在判官掌管的生死簿中。判官是阎罗王的高级幕僚。阳傀先生并没有死，从来没有到过阴间，自然也不属于这三部分鬼魂中的任何一部分。他的户籍既不在天庭，也不在地府，而是在人间，只是户籍管理员在簿中加注：失踪。除此之外，他和鬼魂还有一个很大不同，传说中的鬼魂只在阴间活动，如果要来阳间，也只能在夜里，且多在子时、丑时，他们惧怕阳光；阳傀先生一直在阳间活动，他不能离开阳光。

阳傀，只是这位先生用的一个化名，他不愿披露自己的真名实姓。他不想有劳记者先生们做他的腚后跟，不想变做新闻人物。其实在他失踪之后，各种新闻媒体曾竞相报导，轰动一时。他也惧怕成为科学家先生们的研究对象。其实，他的失踪之谜已经引起了自然科学界的多方猜想。他最担心的，恐怕还是那些掘金狂先生们闻腥而至，向他兜售各种合作计划，给他带来无穷的困扰。

阳傀先生是一位学者，任何人都不应该怀疑，超等残疾人同样有成为学者的资格。和其他学者先生们一样，他也有一种强烈的欲望，期待通过自己的努力，为丰富人类的知识宝库做出一点贡献。这也是他为什么不甘寂寞，愿意把自己的经历公诸于世的原因。殊不知，真正有兴趣了解他的经历的，恐怕只有蒲松龄先生和纪昀先生，他们可以用为创作素材，为《聊斋志异》和《阅微草堂笔记》增加个"外一卷"。可惜，他们已经作古。当然，现代的濒死经验研究者或许也感兴趣，他们有可能视先生的经历为一种珍稀事例，正在千方百计地搜寻。此外还能做些什么贡献，恕笔者知识浅薄，再也想不出来了。先生自己并不认为他的经历是神奇怪诞的，是笔者给他的经历加上了这样一个形容词。他曾经抗议，但最终也不得不承认，笔者有权这样认识。阳傀先生认为，他的经历是真实的存在，人们喜欢也好，不喜欢也好，凡是真实的存在，理所当然应该得到承认。神奇怪诞是嘲笑和贬斥之词，加在他的头上，未免有失公平，他难以忍受。他争辩说，对他经历的任何嘲笑和贬斥，都是人们知识贫乏且没有充分认识自由的表现。他认为，人类的知识，虽然已经经过成千上万代人的辛勤积累，但是迄今为止，和自然界的真实存在相比较，和包括整个宇宙、地球生物界和非生物界、人类个体自身、人类社会的真实存在相比较，简直少得太可怜了。从我们的祖先、祖先的祖先、祖先的祖先的祖先那时候起，一些有大学问的人就喜欢把人类已有的知识作为半径画出一个圆，形成禁制，只让人们在这个圆中东奔西突。虽然这种禁制在不断被冲破，可是冲破禁制的人自己，往往又重新画一个稍大一点的圆去禁制别的人。他讨厌这种习惯，主张让人们的认识自由地到大自然中去驰骋。

这位先生拒绝解释为什么使用阳傀这么两个字的化名。他有一种心理，忌讳人们把他看成异类。揣文度义，阳，可能是指阳间、人间，用意在于申明自己不是鬼魂；傀，半人半鬼，自然不是鬼，可又不是无可争议的人，说明他自己对此也有所惶惑。查一查国人头脑中的概念，缘之于人而又异于人的，除了令人讨厌令人远以避之的鬼以外，还有令人敬畏的佛、神和仙。可否这样设想，这位先生觉得鬼字已纠缠在身难以摆脱，岂能再沾佛、神和仙的边？权衡利害，宁可屈就一下沾点鬼字边，也许反而会清静许多。

笔者有幸结识了阳傀先生，更感荣幸的是被阳傀先生看好了人品，觉得可以信赖，愿意借助笔者的笔把他的经历介绍出来。阳傀先生要求，必须尊重他保守某些个人隐私的意愿；忠实于他所叙述的事实，在事实叙述中不得夹杂别人的认识和品评。当然夹杂一些笔者的看法却在所难免。这些条件虽然苛刻了些，可还是合理的。笔者也提出了一个要求，在他只能提供事情梗概，无法提供细节的地方，或者在他只能提供事情结论，无法提供过程的地方，允许笔者用想象填充。这样的要求自然不容拒绝，阳傀先生也不得不接受了。最后先生要求笔者承诺，不得探寻、拜访叙述中涉及到的他的亲属、朋友、同事及相关机构。笔者没有这种兴趣，相信到时候也不会有这个时间，自然同意。受双方协议的约束，笔者失掉了许多运笔的自由，写起来十分别扭。如果读者读起来也觉得别扭的话，请不要误会为笔者书写或编排的拙劣。

必须向读者申明，只是阳傀先生自己认为他的经历是真实的存在。笔者仍然认为他所叙述的经历是荒诞不经的，不过用为茶余饭后谈天说地的聊材，也或可能博人一笑。

以下言归正传，还是请有兴趣的读者自己去领略阳傀先生的故事吧！

第一章

失踪忽报生谜案　无壳谁知有苦衷

一

开宗明义，阳傀先生要笔者告诉大家：他叫阳傀，这个名字是假的。不报真名实姓，乃不得已。笔者以为，作为一种符号，姓名的作用，无非是把某一个人和其他千千万万个人区别开来，真假并不重要。可是先生说，他有个习惯，说了假话寝食难安；说了不得已不说的假话，马上就得明白告诉听者，这话是假的，切莫受骗。能说这是个值得显摆的习惯吗？假话人人在说，如果大家都有这个习惯，岂不闹得天下扰扰攘攘永无宁日？不过先生认为，让朋友们了解这个习惯还是必要的，由此可以推知，他在这本书中将要贡献给读者的，绝非'贾雨村言'。如此用心，倒也无可厚非。只是书生气太足了些，不应该忽略，读者都是聪明人，理所当然要怀疑这是"此地无银三百两"。

故事应该从阳傀先生变成超等残疾人这一年开头。先生说，开头的这一年，就算作纪事的第一年。为了方便，敢叫天下人耻笑，仿效过去皇家纪年的办法，用阳傀这个名字兼作私人年号，这第一年就称之为阳傀元年，后一年就称之为阳傀二年，前一年就称之为阳傀纪元前一年，再后再前依此类推。笔者以为，这个纪年办法倒也别致，反正达到了区分时间前后、过去、现在与未来的目的，抛开常规，反而省却读者费神去探究哪件事发生在公元哪年哪月哪日了。

阳傀先生叙述自己的故事，并没有从阳傀元年开始，而是从变成超等残疾人再回到北京的阳傀二年元月上旬开始的。

阳傀二年元月上旬的一个早晨，他在北京市西城区的一条大街上行了。南来北往的大型、半大型公共汽车、小轿车、自行车既有秩序又杂乱无章地拥挤着向前蠕动。人们身上五颜六色略显臃肿的冬装和口中呼出的云气，使得本来十分宽敞的马路空间显得十分狭小了。北风和寒冷抑制着来来往往的人群，无论是粗声大气的还是尖声细气的、欢快的还是郁闷的、暴躁的还是和蔼的、粗犷的还是柔媚的，各种风格的语言交流都大为减少了，只有小轿车焦灼的喇叭声照常此起彼落。遛早的晨练的老人少了，三五成群上学的孩子也不愿在寒风中多作停留，宽阔的人行便道显得更加宽阔。对这一派北方冬天早晨的景象，阳傀先生本来是很熟悉的，现在却觉得有些陌生。公共汽车、地铁、自行车、私家车、毛呢大衣、呢帽、皮靴、驴肉火烧豆腐脑或者牛奶全麦面包火腿肠，都和他绝缘了，胸中充塞着一种被排斥在人类群体活动之外的孤独感。几十天远离人烟的南极大陆生活，乍一回到这扰攘喧嚣的人间，也不免感到有些烦躁。他扭身飘进了一条胡同，在一个当天还没有人光顾的阅报栏前停了下来。玻璃窗内张贴的报纸还是前一天的。就算是前十天的，前二十天的，在他眼中也是新的，他贪婪地一个字一个字地阅读着。最后在《大众科学晚报》的第一版发现了一条标题不十分醒目的消息：《中国一个考察队在南极点发现怪异区域》，是一篇外国通讯社的报导。这时候任何有关南极大陆的消息，对先生都有不同寻常的吸引力，何况一看标题就知道和自己大有关系，于是像吃大碗面一样几行几行地吞食起来。

"国际社电：据来自南极洲的消息，中国泰山南极考察站日前向各国的南极考察站通报：在南极点附近可能存在一片面积不详充满危险的怪异区域，人一经进入，就有可能突然消失踪影，生死不明。中国人没有说明这一小片怪异区域是如何发现的，也没有透露任何细节。各国的南极考察站纷纷向他们提出询问，得到的答复是：以后将详细通报。距离南极点60公里的一个俄国考察站曾派出两名地质学家去南极点观察，看到了中国泰山南极考察队去年12月22日在南极点上竖立的一个刻有中国国徽和中国古太极图案的标志杆，在距这个标志杆几十米以外的地方，还看到了一小片宿营地的痕迹，此外未发现任何异常情况。"

"据向某国际情报咨询机构查询，一个名叫阳傀的中国人，在 12 月 22 日、26 日曾两次从南极点发出电子信函，并接受了中国泰山南极考察站的一些指示。"

阳傀先生心潮激荡，看了又看，一直看到已经能够倒背如流，还舍不得走开。先生想象着窝头山如何焦急地查找他的下落，如何在南极点现场反复察看而不得要领，想象着窝头山的队友们在大费斟酌地商量怎样宣布这件事情，想象着那些队友会摆出多少条理由反对在得出初步结论之前发布任何消息。顺便说明：窝头山是中国泰山南极考察站的别名，因为这个站建立在一个露出南极冰原冰表仅十几米活像一个窝头的山头上，山被叫成窝头山，站随地名，也被叫成窝头山。

像犯罪嫌疑人等待法官判决一样，阳傀先生开始焦虑不安地等待，等待中国新闻界对他的事情的全面报导。一天又一天，一遍又一遍，他在东城、西城所有的阅报栏之间飘来飘去，把阅报栏中张贴的所有报纸的新闻报导一条一条地仔细查看，结果总是失望，继续失望。持续了大约有一个星期，一天上午 9 点钟的样子，他比往常晚了两个小时飘到了大街上。可能是来了寒潮，北风呼啸。早晨上班的人流高峰已过，行人稀少。一个用羽绒上装、驼绒棉裤、灰鼠皮帽、羊毛皮靴武装起来的售报人，推着挂满了装有报纸杂志布袋的电动摩托车由北向南走了过来，边走边吆喝："重要新闻！重要新闻！一个考察队员在南极神秘失踪！"

二

阳傀先生顿感全身一阵颤抖，心脏——他哪里还有心脏——几乎要从喉咙里跳了出来，他一时忘乎所以，失声高喊："卖报先生，请过来！当天所有的报纸，一样一份！"喊声出了口才发觉自己冒失了。

售报人推着车，习惯地边走边抽出了 5 份日报，然后抬头询问："哪位要？"一看周围几十米内连一个人影也看不见，不由得心里发毛，长长吸了一口冷气，嘟囔了一句："真是活见鬼！"

"对不起。"先生顺口又溜出这么一句。

话音近在咫尺，却不见说话的人。这下子可把售报人吓坏了，失声喊道："我的妈耶！"然后惊惊乍乍地原地转了三圈，嘴里叨念着："哎哟！我的亲爹，我的祖宗，我可胆小，不管您是哪路神明，请高抬贵手吧！咱们无冤无仇，别吓唬我，给您烧高香啦！"说着慌慌张张地推车逃了开去。

先生满心歉意，可是再也不敢出声，转身急急地飘到了附近一个阅报栏前，首先入目的是全国有名的大报《中国新闻》，只见在第一版的下半部分，一行大字通栏标题：《我国一考察队员在南极点神秘失踪》，下面是副标题："泰山南极考察队队员阳傀，去年12月22日南半球夏至前夕只身到达南极点；测定了南极点，竖立了标志杆，进行了考察；26日6时46分自南极点发电函报告即将动身步行返回基地，3小时后，他的随身物品神秘出现在50公里以外，人却杳无踪迹；在他的考察日志上有一篇未能写完的奇怪的遇险报告"。"失踪"，生不见人，死不见尸，只能说是失踪，这样宣布再恰当不过。先生非常满意。标题之下，接着就是占了很大一块版面的报导。"自然通讯社北京电：我国私人泰山南极考察队队员阳傀，去年12月26日，只身在南极点考察时失踪。据泰山南极考察队后方办事处发言人在单独接受本社记者采访时介绍，泰山南极考察队南极点考察组，由3人组成，阳傀先生担任组长。去年12月15日从东经117度南纬89度附近基地出发，17日下午在距离基地约六十多公里的地方遇到一条冰裂缝，一名组员不慎坠入，足部扭伤，在阳傀先生的坚持下，改由他一个人单独步行去南极点。22日凌晨4时45分，基地收到阳傀先生发自南极点的电函，报告他已经在南半球夏至准时测定了南极点的位置。26日早晨6时46分，基地又收到阳傀先生的电函，报告考察项目结束，即刻启程返回基地。7时30分，基地派出原半途返回的两名组员谭成先生和曹秉毅先生驾驶雪地车出发沿路迎接。9时55分左右，两位先生在到达17日遇到的那条冰裂缝附近时，突然发现阳傀先生的背包和滑雪杖摆放在眼前不远的地方。此事十分不可思议，南极点距这里五十多公里，阳傀先生即使7时出发，在步行不到180分钟的时间里，绝无可能会在这里出现。他的东西是怎样来到这里的？他本人又到哪里去了？在背包中找到了阳傀先生的考察日志，除书写工整的考察记录外，日志中还有一篇本人只写了两句话的遇险报告。"电讯是这样报导这篇遇险报告的："第一句话8个字，写得还算清楚：'本人遇险，生还无望。'接下去应该还有一些话，好像未来得及写，便出现了突发情况，于是在极端匆忙的情况下，又写出了勉强可以辨认的不完整的一句话。'极点附近，不可进……务必尽快通告中外同行……'"报导接着继续写道："这篇遇险报告虽然只写出了两句话，但难得的是它是在阳傀先生于大难临身之际写下来的。读过之后，令人对这位科学工作者临难不忘他人安全的伟大精神产生出由衷地崇敬。这篇报告，无疑将作为珍贵文献载入南极考察事业的史册。"多么可贵地理解啊！读了记者这不过百字的评议，阳傀先生不禁感慨万千。报导接着又写下去："还有一件奇怪的事情是，在考察日志上的这篇遇险报告之后，又发现有歪歪斜斜涂写的14个字：我不是幽灵我还活着超等残疾人。14个字并不连续，未加标点，但明显可以看出是两句话加一个词：我不是幽灵。我还活着。超等残疾人。经辨认，和前边的考察记录以及遇险报告一样，确是阳傀先生本人笔迹。阳傀先生作风严谨，在正常情况下，绝不会在考察日志上任意涂写。书写的随意性固然很大，但是这14个字肯定有其特别的含义，至少反映了本人当时的某种心理状态。尤其令人奇怪的是，字虽不工整，但不像匆忙写就的，可又出现在那篇遇险报告之后。"

"谭成、曹秉毅两位先生在发现背包和滑雪杖地点周围大约1平方公里的范围内，作了详细勘查，特别仔细察看了那条冰裂缝，没有发现阳傀先生的踪迹，也没有发现任何异常迹象。他们迅速返回基地，当天下午13时30分向考察队长作了汇报。在他们的坚持下，队长同意他们在用过午餐后立即再去南极点，继续查找阳傀先生的下落。他们到达南极点后证实，阳傀先生确实到达过南极点；在南极点竖立了标志杆；也发现了他宿营的痕迹。但是本人仍旧杳无踪迹。他们对标志杆四周几千平方米范围内的地域，进行了仔细勘察，未发现任何异常，也没有发现阳傀先生任何遇难的迹象。谭、曹两位先生在南极点稍事休息后，27日返回作了汇报。中国泰山南极考察站经再三斟酌，还是向现在南极大陆的各国考察站作了通报，说明在南极点附近可能存在一片面积不详的危险区域。"

"此外，阳傀先生所用相机中的数据经过解译，其中有9张是为他竖立的极点标志杆拍的照片。这些照片显示，12月22日南半球夏至时分，南极点上空天气晴朗，没有大风。"

"中国泰山南极考察站已将阳傀先生失踪的情况向各国的南极考察站作了通报，吁请各国朋友协助查找。"

"阳傀先生的神秘失踪，留下了许许多多难解之谜。"

三

一口气读完了这篇报导，再看其他几份报纸，也都采用的是这篇电讯稿，不过他还是一份一份仔细读了下去，最后意犹未尽，又把《中国新闻》的报导反复读了几遍。当天下午出版的《大众科学晚报》，除了头版头条全文刊载了自然通讯社的电讯外，还发表了几篇介绍背景的文章，介绍了泰山南极考察队；介绍了阳傀先生竖立的极点标志杆；介绍了南极大陆和南极点；也介绍了我国的南极考察事业。还有一篇题为《阳傀——一位勇于涉险的科学家》的介绍先生的文章，读来颇像一篇隐恶扬善的悼文或死者的生平介绍。看过之后，先生很不愉快。他说这篇文章的作者把"家"变成谄谀之词，本人不敢担当。文章中有这样一句话："一位和阳傀先生有过接触的西方学者，称他是一位耽于幻想、怪论迭出的东方神秘主义文化的产儿。"先生说，他确实和一些西方学者有过交往，但是从来没有听到过这样的评论，文章作者引用西方人这样一句话，对本人是褒还是贬？莫名其妙。最让先生不高兴的是，文章在介绍先生的经历时编造了这样一个故事："阳傀先生自幼师从一位著名气功大师研修太极气功，30 余年不曾稍辍。"虽说已是往事，在谈到这里的时候，先生依旧是怒火中烧，他说："我要起诉，我要让《大众科学晚报》和写这篇东西的人受到惩罚，要让他们赔偿名誉损失人民币一千万元！"笔者问他："起诉？怎么起诉？一个失踪的人居然能够告状打官司？居然能够委托律师？要不然作为超等残疾人出庭？'研修气功'算什么坏事？使先生的名誉受了什么损失？张口就要求赔偿一千万元，如果是冥钞还差不多，可是冥钞只限在阴间流通，而且早已明令禁止发行。"最后这句话触到了最忌讳的地方，先生不仅声音变了调，而且从发声的方向判断，跳起来足有 3 丈多高，他喊道："你歧视超等残疾人！你侮辱超等残疾人！是可忍，孰不可忍？我也要起诉你！如果曹秉毅在这里，我会让他狠狠地踢你一脚！让他指挥大白、阿花狠狠地咬你几口！"笔者连忙道歉，反复解释，只是一时口误。当然也要说明，起诉笔者并无不可，可是还是那句话，怎么起诉？先生语塞，气也消了一些，"那……，要是谭成在这里，他会给我出个主意的。"看来曹秉毅先生和谭成先生确是阳傀先生的好友，而且一个孔武有力；一个足智多谋。读者看下去就会知道，大白和阿花原来是两只狗，也是先生的好朋友。

多少天来，一种类乎吉凶未卜忐忑不安的心情在困扰着先生，现在好像解脱了。当然，他还很想知道国外报刊的报导，不过那已经是另外一种心情了。看外国报刊不太方便，这天夜里，他试着飘进了自然通讯社的阅览室。进之前他曾犹豫再三，私自闯入人家的阅览室，好吗？不过这个阅览室是对外开放的，自己只是没有领取阅览证，没有遵守规定的阅览时间，不抢不偷，不损坏设备和阅览品，于心无愧。在作了一番自我辩解之后，先生终于觉得理直气壮心安理得了。他打开一台计算机，接通国际互联网，没有想到阳傀失踪成了全世界的热门新闻，亚、非、欧、美一些著名报刊的网站，充斥着各种报导、评论、推想、猜测，真是五花八门，无奇不有。作风严肃的报刊，全文或摘要刊登了北京自然通讯社的消息，有的加上一篇评论，评论内容也比较实际。不过，严肃的固然不少，可堪称捕风捉影旷世杰作的报导也比比皆是。这些报导的文风，让过去只顾埋头研究很少过问世事的阳傀先生大开了眼界。记者先生们充分利用这条新闻，尽情发挥自己的想象力。任何故事，情节越是离奇，越能吸引读者。制造离奇，不拘泥于真实，使真实服从离奇，是这些记者先生们表现自己竞争力的秘诀。当然，阳傀先生很难理解这个简单的道理。不过，离奇的效果，他很快就领略到了。第二天夜里，他再次光顾这个阅览室的时候，在东欧的一个网站上找到了一份统计，这份统计表明，前一天世界各地的报刊发行量有了几倍十几倍的增加；各种报刊网站的访问者也拥塞不堪。

一份欧洲某个教派办的日报，在报导阳傀失踪的消息时，使用的标题是：《中国人的太极图触怒上帝》。记者以十分肯定的语气告诉读者，阳傀因为在上帝赐予人类的诺亚方舟之巅钉上了一枚带有太极图的魔钉，受到了上帝的严厉惩罚。这位记者狠狠地鞭挞了一个名叫郭沫若的黄皮肤撒旦，指斥这个异教徒臆造了太极图，创建了魔鬼之教，宣扬阴阳五行教义。可怜那早已悠游九泉的郭沫若先生，居然能在身后蒙阳傀先生的提携，以撒旦这个称号再次享誉五洲，真是天大的荣幸。

还有一份在西欧颇有名气的晚报报导，勾起了阳傀先生对《大众科学晚报》的一腔怒火。这篇报导的标题是：《一个中国男巫在南极点的失踪之谜》。记者的笔杆子轻轻一抖，一位科学工作者就变成了跳大神的神汉。报导说，带有太极图的塑料柱一经插入南极点便产生了巨大的魔力，男巫阳傀受一群宇宙学家的委托，正冒着形神俱灭的危险，借助这股魔力从我们这个宇宙穿越一个虫洞进入另一个宇宙，意图探索那个宇宙和我们这个宇宙完全不同的物理学规律，一有所得，便将返回地球。这位记者言之凿凿，说北京的《大众科学晚报》已经透露，失踪的阳傀自幼追随一位老巫师修炼太极气功，其巫术之高，当代无与伦比。阳傀先生说，《大众科学晚报》的那篇东西实在太可恶了。

四

进入现代文明时期之后，人类遥望茫茫无垠的宇宙，深感自己局促在地球这个米粒小岛上，未免太孤独太寂寞了，于是以地球人类和他们的行为作模特儿，开始塑造各种各样的天外来客。不过，无论如何，这些想象中的外星朋友、外星文明距离自己太遥远了，接着地球上的"上元人类"又应运而生。一时间，现代文明中的神仙鬼怪，代替了古代文明中的神仙鬼怪，人类发现的许多大自然中的一时难解之谜，也可以归功或归咎于这些现代神仙鬼怪的创造了。这种文明中的奇特现象，当然不会不影响到对阳傀先生失踪的报导。先生在访问北美的一些网站时就看到有的报导用了这样一些标题：《一个中国人在南极点被外星强徒掳走》《阳傀在南极点投入了上元人的怀抱》等等。后者郑重宣称，在南极大陆中部厚约3千米的冰盖之下，有一个其面积相当澳洲大陆一半、深度超过马里亚纳海沟的大湖，一支在二叠纪距今约2.5亿万年以前由一种两栖类动物进化成的高智慧类人动物在那里生存，它们中的一些精英，驾驶一种可以穿越各种形态物质的飞钻，经常在南极大陆的陆上、空中和近海出没，有人目睹阳傀遇到了它们，被强行请进了它们的世界。也有一个网站上的一篇报导的标题十分新颖，它抛开了阳傀失踪这个主题，使用的是《指向天极的中国太极柱》。阳傀先生很感谢这位记者先生，他给自己竖立在南极点的标志杆起了个很有特色的名字——中国太极柱。

看了这些报导，阳傀先生颇为感慨，他说："这些记者先生和编辑先生说了那么多假话，也不向读者声明一下，难道他们一点也不觉得害臊？"

十几天以后，先生又在互联网上看到一份报导，北美一位作家，以阳傀在南极点失踪作为主题写了一部5万字的中篇科幻小说，小说的梗概大致是这样的：在地球南极点下的地层中有一处已经建立几千年之久的外星人基地，基地中的外星人在南极点的冰表之下营造了一个约1000平方米的导航站，为自己的宇宙飞行器导航，有效范围是以太阳为中心以太阳与天狼星的距离为半径形成的一个球形空域。导航站中的导航仪在一条由各种曲线和直线构成的复杂轨道上滑行，用以保证不受南极点极移的干扰，任何时候都能准确地处于极点的位置上。导航仪有个碟形天线，在冰表下50厘米处，碟面中心是个直径5厘米的空洞，这个空洞正好和南极点重合。阳傀的直径5厘米的极点标志杆，在竖立的时候，恰好插入了这个空洞，妨碍了导航仪的正常运转，造成了几艘宇宙飞行器在飞行中偏离了航线。基地中的外星人对阳傀测定南极点的准确程度十分惊讶，他们误认为地球人仍然处于蒙昧时期，如此高超的测量技术是和对百万光年级大尺度宇宙精确测定技术的高度发展分不开的，地球人不可能掌握。这些外星人判断，最大的可能是，竖立这支标志杆的人，有一副可以全面精确反映宇宙各种运动规律的精神结构。他们绑架了阳傀，试图通过对阳傀精神的解剖，弄清他的这种结构，按照仿生学原理，创造一种在宇宙中独一无二的仪器，……以外星人光临地球作为题材的科幻小说已经多如牛毛，早就让人失去了新鲜感。即使少如麟角，能够吸引别人，阳傀先生对这种借助电子计算机创作的快餐式小说大概也不会产生兴趣，他只是顺便扫了几眼，在一两个地方停了停，好像并没有在意。在笔者看来，这篇东西多少还有些新意，这位作家不拘泥于人类大脑，他越过人类大脑，想象出了"精神结构"这么一种东西，而且把精神看成是一种可以解剖的实体，其想象力不可谓不丰富。阳傀先生如果不是书生气太足，稍稍动一下脑子就会发觉，这位作家的观点对他是大有助益的。如果大家都承认精神是一种实体，那么谁还能不承认阳傀先生是位实实在在的超等残疾人，谁还能把他看成是幽灵，谁还会歧视他呢？进一步说，阳傀的结构如何？他的内部机制如何？特别是他的意念的机制如何？等等这些问号，难道不可以形成一个非常值得研究的大课题吗？在谈到这里的时候，笔者对阳傀先生阐述了这个观点，并友好地指出，他应该有勇气去实现作为超等残疾人自己的人生价值，如果他能从事这方面的研究，条件可以说太优越了。时间充裕，一昼夜24小时，用不着吃、喝、拉、撒、睡，可以百分之一百地利用；完全的自由，肉体、家庭、职业、社会都不再成为牢笼；自幼被灌输的哲学中的、社会科学中的、自然科学中的许许多多固有观念都被自己这个超等残疾人现实给否定了，也都不再成为框框；还有大自然赋予超等残疾人的各种补偿；自己就是个活标本，等等，再往下说还有许多。需要说明：失明的人听觉特别灵敏，失去双手的人脚趾特别灵敏，有缺损就会有补偿，这是大自然的一个法则。补偿不会从天上掉下来，要靠个人争取。阳傀先生可能因为是超等缺损，大自然对他格外优待，给予他的补偿——他的许多超人能力，都是自动产生的。话说回来，当然，也有不优越的地方，缺少一个女性超等残疾人。有人认为，无论是男人还是女人，如果缺少一个异性伙伴在身旁，一边哥哥妹妹或姐姐弟弟，一边碟碗叮当，就会失去奋进的力量。"饮食男女，人之大欲存焉。"不知道超等残疾人的男女大欲是否仍旧"存焉"。不过存也不能"行"了，存不如不存。这个问题纯属个人隐私，笔者不便向先生询问。这个建议只引来先生一阵摇头苦笑，他说："事情过去这么长时间了，即便在当时，我也不会接受这个建议。"那时候他又想起了自己的家庭。

五

阳傀先生是从南极大陆绕道南美洲、北美洲，一路"免票"乘飞机回到北京的，有时进入机舱，有时就俯身机翼，好在不会有任何人发现，也不会给飞机乘客带来什么麻烦。在这次行程中，他偶尔发现自己可以用任何速度飘行，可以在任何高度飘行，这种飘行速度和高度的极限在哪里，现在还不清楚。伟大的爱因斯坦曾经认定光速不可超越，多少年来虽然有不少学者断言超光速运动的存在，可是此公在九泉之下毫未因之动容。阳傀先生有点嘀咕，担心自己有朝一日会不会在飘行速度上开罪这位老先生。回到北京后，他一直没有回家。近在咫尺，却不能和亲人见面，那种痛苦可想而知。先生对看到妻子、女儿，自己会不会出现大崩溃，觉得难以预料。他很清楚，在成都的父亲、母亲和在北京的妻子应该已经知道了他失踪的事情。泰山南极考察队后方办事处也许早就提前通知了他们，安慰了他们。他们对他仍旧活着会抱有很大期望，幻想着将来的哪一天他会突然出现在他们眼前。他们也一定会想到阳傀已经凶多吉少，但是谁也不会说出来。他们需要自己安慰自己，也需要互相安慰；他们需要自己欺骗自己，也需要互相欺骗。女儿能够理解爸爸失踪的全部含义吗？她会向妈妈提出什么问题？她的妈妈怎样向她解释？现在家里会是一种什么样的气氛？他没有勇气再往下想了。

阳傀先生虽未采纳笔者的建议，内心还是感谢的。他说这种研究实际是个科学迷宫，谁钻进去，就再也钻不出来。几个世纪之后，这类课题，也许有可能摆上科学研究的日程。那时，自然科学会有了现在难以想象的发展；社会科学会变成什么样子，也难以预测。"何况，"先生说，"我从未忘记奔波南极大陆的目的，能不能找到那些异想天开的年轻学者，事关重大，目的不达，死不瞑目。我也从未甘心长久困在这种超等残疾人生活里。那篇科幻小说确实给了我一个重大的启发，在南极点出事之前，一直以为是自然原因造成的，难道真的是这样？有没有千分之几、百分之几的可能是人为陷害？外星人固不足信，地球人呢，特别是我正在寻找的那些学者，会不会是他们失去理智干出来的？"关于寻找那些学者的事情，后文再作交代。笔者低估了先生实现自己追求的决心，也低估了他对那篇科幻小说的兴趣，低估了他的生存欲望。他的想法不能说没有一点道理，如果是人为陷害，抓到凶手，就大有可能找回躯体，精神、躯体重新合而为一，再作正常人。同时，很可能也达到了自己去南极的目的。先生是固执的，想清楚的事情，就会坚持做下去，不会中途罢手。真没料到，这篇科幻小说竟使阳傀先生在扑朔迷离之中，又看到了一线曙光，可是这一线曙光也使这位超等残疾人的生活道路，更加崎岖曲折。

阳傀先生似乎一下子扫掉不少笼罩心头的阴霾，出现了变成超等残疾人以来还没有过的好心情，愉快给先生平添了不少生活勇气。这一天是星期日，他居然大胆地飘到了双榆树住宅区一个花园式庭院之中，他的家就住在这个庭院南侧一座多层住宅楼的三层。这里的一草一木、每一块假山石，都能引起他对婚后甜蜜生活的怀念。他知道妻子杨立群和女儿小花今天都在家，他盼望她们正好走下楼来出现在自己的眼前。不过最后他还是胆怯了，害怕看到她们时控制不住自己的感情，出现不符合超等残疾人身份的举动，吓坏她们。他也不愿看到小花那天真的小脸蒙上一层疑惑夹杂着悲哀的愁云；更不愿看到因内心抑郁失掉了往日光彩的妻子。他扭身飘到了紫竹院公园的湖边，伤感地回味着过去几年自己的家庭生活。

杨立群是位物理化学硕士，在中学教化学课，课业繁重，自己还要做些研究，但是家务事仍旧做得井井有条。她32岁，比阳傀先生小6岁，广东番禺人，身材娇小，高不过160厘米，瘦瘦的，但是胸部高耸，臀部丰腴。高高的鼻梁，深深的眼窝，明亮的眸子，两颊白里透红，十分秀美。平时温文尔雅，行止端庄，令人尊敬。可是一进入和阳傀先生的两人天地，她立刻变得如脱缰野马，感情奔放，时不时地搂着他的脖子顶顶额头，再亲上几口，往往弄得先生手足无措，又动情又尴尬。有时候两人怄气，她就往沙发上一坐，双眼一闭，一言不发，特别在晚上，不逼得先生说两句软话，依照她的示意笨手笨脚地把她抱上床去，让她借机狠狠亲上几口，决不休战。那时小花快4岁了，在孩子眼前自然要收敛一些，可是背着孩子，豪情依旧。她对先生的学术活动，包括阳傀元年去南极考察，一向全力支持，从无二话。这次先生去南极，临行前，她的双手在先生腰部环抱着，眼中含着泪珠，依偎在先生胸前足有40分钟，最后用力吻了一下先生，双手把他推出了门外。

阳傀先生忘记了变成超等残疾人以来的烦恼，忘记了周围人世间的嘈杂，入神地回味着往昔家庭生活的欢乐温馨。他信马由缰地飘到了昆明湖，又越过万寿山飘到了卧佛寺，在卧佛寺停了停又飘上了鬼见愁。天气寒冷，附近没有游人。忽然由东南方向隐隐传来几声犬吠，先生猛地惊醒过来，侧耳听了听，"奇怪！它们怎么来到了这里？"他自言自语地出了声。没想到几声犬吠，竟能勾魂摄魄，他待不住了，循声飘了过去。

第二章

动罢拳头成好友　闻循犬吠探亲侪

六

先生飘到香山脚下一座小别墅的院内。别墅小院方形，面积约有七八百平方米，在东南角朝东方向开有大门，可容汽车进出。院的北侧，是一排9间正房，有外廊相连。靠东边的一连4间，只在由东数起的第二间开个安装着两个门扇的房门，从窗户的排列看，当中两间是个客厅，左右各有一间卧室，因为房子的进深超过5米，看样子每间卧室靠后边都有个卫生间。其余的几间房，大体是餐厅、厨房、车库、服务员卧室之类。先生正在院里打量，忽又听得来自房间客厅里的几声狗吠。有两只狗似在一问一答，不像咬架，一只声音洪亮雄浑，一只声音圆润，稚气未脱。不会错，就是大白和阿花。先生心情激动，忘记了自己的道德准则，未经允许就急匆匆飘进了客厅。因为了无声息，大白和阿花并未发现，依旧原地支着前腿坐在地毯上你一声我一声地对话。阳傀面对两位狗友但觉热泪盈眶，不过接受了以前的教训，未敢轻举妄动。

先生清楚地记得，一个多月前的阳傀元年12月26日上午发生的一件事。他变成了超等残疾人，在由南极点回窝头山的途中，当看到谭成和曹秉毅拿到他放在那里的考察日志、背包和滑雪杖之后，就抛开他们先行回到了窝头山。他首先来到狗舍附近看看那24只雪橇狗，群狗正拥在一起晒着太阳假寐。想到阿花、大白以及阿松、大黄这4只狗友和自己已经结下了历史之缘，没留意抬手就在阿花的头上摸了一下。阿花一睁眼什么也没看到，不禁大为疑惑，匆匆站起身来东张西望搜寻了一阵，忽然耸了耸鼻子像是发现了什么。正好卧在阿花旁边的大白也睁眼站了起来，耸起鼻子东嗅嗅西嗅嗅，也像是发现了什么。想到就要和它们分离，先生不由得有些恋恋不舍，伸出双手在阿花和大白的脊背上又抚摸了一下。这次阿花可吓得一下子跳起来3尺多高，吠声也出现了返祖现象，像狼一样嚎了起来，只是声音细小一些；大白似乎觉出抚摸是从自己背后出的手，一声未出，一个迅速转体，接着扑到了他的身上。吓得他差一点叫出了声，不过有惊无险。大白扑了个空，怔怔地站在了那里。此时，假寐的群狗就像听到了号令一样，一起跳了起来，顿时吠声大作。他飘到一边，叹了口气。在窝头山巡视了一遍，默默地看了看留站的队友，看了看自己的卧室，拿起了写字台上这次来南极之前女儿送给自己的瓷杯吻了吻，又看了看自己曾参与建设的考察站建筑，就依依不舍地踏上了返回北京的征程。

　　先生看着大白和阿花，忽然想到谭成和曹秉毅。大白、阿花怎么来到了这里？狗在这里，人呢？可以肯定谭成、曹秉毅由南极回来了。先生从卧室到餐厅、厨房到处搜寻了一遍，除了有位厨师在准备午饭外，再无他人。"自己的事情如果能和他们商量商量，心里会踏实很多。继续寻找那些年轻学者，寻找自己的躯体，如果有他们帮忙，事情就好办了。他们能够接受一个超等残疾人吗？可以和他们沟通吗？怎么和他们沟通？不沟通，又能够让他们帮忙，能够做到吗？"一刹那间先生脑子里堆满了问号。先生在思虑的时候，视线一直没有离开两位狗友，这时候发现它们停止了对话，站立起来，转动着耳朵。从它们的眼神判断，似乎听到了盼望听到的声音。几分钟以后，门铃响了，随着大门自动打开，一辆银灰色武夷山牌小轿车开了进来。在门铃响起之前，大白和阿花就顶开厅门跑到院子里迎接了。大白站在那里只摇了摇尾巴，阿花却跳来跳去显得格外欢快。先生也飘到了院子里，他判断着：从大白、阿花的欢迎举动看，老曹肯定在车里，老曹在谭成也不会不在。果然，车的右前门一开，曹秉毅头一低走下车来。接着左前门一开，谭成从驾驶座上走了下来。终于又看到了两位好朋友，先生不禁心潮澎湃，思绪万千。离开窝头山的时候，他曾想过，再也见不到他们了。这时见到他们，真像是到了另一个世界。如果不是大白、阿花吠声的引导，在北京的茫茫人海中遇到他们，那可真是连做梦都梦不到的事情。先生此时，已经把谭成、曹秉毅当做自己最亲的亲人，把大白、阿花也看成了自己最亲密的朋友。他一会儿飘到客厅右边谭成的卧室里看看，一会儿飘到客厅左边老曹的卧室里看看，一会儿又飘到院子里想看看大白和阿花的狗窝，他想应该在院子里，不过没有找到。

谭成和曹秉毅到餐厅吃午饭去了，大白和阿花也到厨房去吃狗食。先生坐在客厅的沙发上回想着和这几位朋友相处的往事。

那是阳傀元年12月上旬泰山南极考察队进驻窝头山的最初几天，刚刚开始建站的一个深夜，先生辗转不能入梦，一种令人头发根发麻的孤寂滋味，挥之不去。一时难耐，钻出睡袋，匆匆穿好防寒服走出了帐篷。气温很低，阳光还好，没有风，并不感觉太冷。先生漫步来到了帐篷后面，只见山脚下，三十几只狗三五一群，相互依偎蜷缩着挤成一团，迎着太阳，鼾声大作。考察队员们和这些狗相处已经有一年了，开始时它们有的才刚刚断奶。人要训练滑雪，狗要训练拉爬犁，大家都要学会适应极地生活，人狗十分熟悉。先生顺手从狗堆里揪出一只名叫阿花的儿狗抱在怀里，坐在了狗群旁边。阿花不到两周岁，身材短小，机灵古怪，逗人喜欢。狗群扰动了一阵又平静下去。阿花翻了翻眼皮，又打起了呼噜。先生想让它精神精神，双手握住它的两只前腿，让它和自己面对面上下跳动，阿花有气无力，睡眼惺忪。顺手又从狗堆里揪出一只，这只叫阿松，比阿花稍大，身材相当，也是儿狗。阿松眼皮也没翻，打了几个哈欠接着还睡。为了让它们清醒起来，他用双手分别掐着它们的后脖颈，强迫它们亲嘴。它们不情愿，互相歪头躲避。手上加劲，让它们互相蹭嘴巴。阿松一痛发起火来，以为是阿花挑衅，朝着阿花发出低吼。阿花也感到了疼痛，开始忍耐，见阿松一吼，认为它欺狗太甚，不禁勃然大怒，照着它的腮帮子就是一口。阿松疼得连声哀叫，不甘受此委屈，嘴巴一甩，照着阿花的腮帮子还了一口。

七

形势不妙，先生赶快松手把它们放开，谁知它们继续厮咬吼叫。狗群骚动起来，忽然一只叫大白的成年儿狗，见阿花要吃亏，抱打不平，"嗖"的一声蹿到阿松身后，不加警告，一口叼住了阿松的后胯。阿松一声惨叫，丢下阿花，一甩屁股向大白的前肩咬去。在大白聚精会神对付阿松的当口，阿松的母亲大黄护子心切急匆匆从狗群中跳了出来，一纵身扑向大白的中腰，大白翻倒在地，胸部被大黄狠狠叼住。阿花又扑向阿松，两个再次咬成一团；一时间4只狗嗷嗷直叫斗得难解难分。又有十几只好事的狗辈不甘坐视，一边低吼，一边起身围向战场，准备伺机参战。眼看大乱将起，先生未免心里发慌，不自主地快跑几步缩进了自己的帐篷。阳傀先生光明磊落，是个敢做敢当的人，绝非有意逃避挑起这场狗战的责任，只是面临变局，多少有点不知所措。他的本意是跑回自己的帐篷取几包牛肉干，牺牲一点零嘴，飨飨群狗，以弭平战乱。不料他才离开，却一下子跑出来五六位队友，想看看发生了什么事情。没想到狗战使得他们大大兴奋起来，一边嘻嘻哈哈，一边指手画脚，为交战双方加油。待先生重新回来，只能尴尬地站在一边作观众了。这时爬犁狗管训师曹秉毅来不及登好防寒靴就边走边跳地到了现场，只听他一声呵斥，先是围在四周的十几只好事之狗怏怏地回到各自原来的位置，由跃跃欲战改为静观待变；接着大白和大黄夹起尾巴退出战斗；阿松和阿花各自后退两步，不甘心就此休战，依旧怒目相对，呜呜地互相威胁。曹秉毅又一次厉声呵斥，他们才悻悻然各自掉头走开。这时又跑出来十几位想看热闹的队友，他们惋惜未能目睹好戏，纷纷打听战况。谭成，是位30岁出头在北京读过十几年书的广东人，地球物理学硕士，副研究员，平时好说好笑，这时站出来用带广东腔的普通话绘声绘色地把刚才4只狗打斗的精彩场面给大家演说了一番。大家听得津津有味，边听边议，边议边笑，有人补充，也有人插问。谭成受到鼓励，有点飘飘然，忽略了曹秉毅就在旁边。"太可惜喽！头狗这小子真让人扫兴，如果不是他……"

　　曹秉毅对谭成那种把自己的快乐建立在狗群痛苦之上的洋洋自得神气早就憋了一肚子气，此时他再也忍耐不住："谭成！你小子管谁叫头狗？你挑唆爬犁狗打架，（这可是冤枉谭成）账还没算，现在又敢糟蹋老子，是不是浑身骨头发紧了想松松？"

　　谭成这才惊觉说走了嘴。头狗这个绰号只能在背后叫叫，从来没有人敢于当面这样称呼老曹，可是火已经戗到这里，虽然自己又瘦又小，老曹又粗又高，可也不能当众示弱："头狗就是头狗嘛，用不着谦虚哟，何必人仗狗势，我是不怕狗咬的哟！"

谭成这句话太损了，加上尾音拖得长长的广东腔，一钻进老曹的耳朵，差一点没让他背过气去。其实谭成热心公共事务，乐于助人，老曹很喜欢他，可是现在怒火中烧，满脸通红，只见他大吼一声："今天非让你尝尝老子打狗的拳脚不可！"话音未落，人已扑向谭成，右手一探就要揪谭成的衣领。谭成料到老曹要用拳头说话，只见他左脚向左后方一退，右掌上穿，从外沿搭上老曹的右腕，一压一叼一扭，左脚再向左前方跨出，左掌按向了老曹右肩。几个动作眨眼间一气呵成，干净利落。曹秉毅的右臂一旦被扭到背后，就算马上挣脱，这面子也丢大了。无奈心浮气躁，一招用老，化解已迟。本来按他的身手，即便不能取胜，也不至于出手就让人制住。谁知就在这一瞬间，随着嗷嗷两声狂吠，大白和大黄已经分从左右两边人立扑向谭成的双肩。原来两人一吵，狗群又精神起来，大白和大黄摒弃前嫌联爪挤入人群，4只狗眼早就盯上了谭成，谭成老实挨打便罢，只要一还手，马上发难。骤然变生不测，把谭成吓坏了，急忙弯腰步履前移，同时收回双手分向后方撩出，大白右肋大黄左肋各中一巴掌滚到了一边。谭成尚未站稳，曹秉毅一个翻身锤已经砸到。谭成一身冷汗未来得及出，慌忙耸身后仰，两脚一蹬，身子向后平飞出3尺，双肩甫一着地，双手立即一撑来了个屈身起，接着右腿、左腿前弓后绷，两手虚握护住两肋、前胸和面门，准备迎接老曹和大白、大黄的下一回合进攻。虽然躲过了两次凶险，也已经气喘吁吁狼狈不堪，他知道再打下去，不要说曹秉毅的拳脚不在自己之下，就是仗着身大力粗，挨上几拳不在乎，来个蛮缠滥打，自己也要大吃苦头。再让大白、大黄叼上一口，乐子就更大了。何况理亏在先，未免心虚，气势上已经占了下风。从曹秉毅出手到现在，只不过是几秒钟的事情，周围这些人被两人两狗的突然拳脚嘴爪相加惊住了，忘了劝架。

这时有一位年龄五旬以上德高望重的队友挤进人群，拦在两人中间，面向曹秉毅："老曹，消消气，到此为止！谭成不对，我要批评他，一定让他诚恳向你道歉。"别的人醒过味来也七嘴八舌帮助劝解。老曹冷哼了一声，扭头走回了自己的帐篷。谭成也收起苦笑，向给他解围的这位老队友深鞠一躬："多谢教授，学生有礼了。"老先生看了他一眼，摇了摇头没说什么。这位老队友，名叫马恕人，心理学教授，是泰山南极考察队第一发起人。阳傀先生讪讪地站在一边，想上前说几句什么，又觉得处境难堪，待到大家陆续回了自己的帐篷，他才心事重重地回去重新躺下。

万万没有料到这场狗战和由这场狗战引发的人狗混合战,像是给窝头山注射了一针长效兴奋剂,一下子改变了沉闷的气氛,大家心头的孤寂感一扫而光。现在到处是谈笑声,谈笑的主题都是这场战争,而且还有想象中的狗群大战、谭曹三百回合大战、头狗率群狗大战谭成等等。一直到几天后阳傀先生离开窝头山,这个话题依然长盛不衰。当然这场战争带给人们的兴奋完全有可能延续到考察队最后离开南极,不过这已经不是阳傀先生所能知道的了。这种气氛把阳傀先生摆在了进退两难的地位上。他说:"我是不说假话的。本想做一次深刻的队前检查,检讨挑动狗战的错误,可是谭成不知道怎么就成了英雄,我怕一检查,大家说我跟他抢功。"先生不作这次检查是对的,不然,在热衷寻找兴奋剂的窝头山,难免会变作大家的笑料。当然,因为没有卸掉包袱,直到今天,先生内心仍然深感愧疚。

八

说起曹秉毅,比阳傀先生年轻一些,本来是一位农业大学畜牧系的技师,典型的东北大汉。虽然有时言语稍显粗鲁,可内心是文明的。他是被马恕人教授特别邀请出来管理训练爬犁狗的。本来有了直升机、雪地拖拉机、雪地车、雪地摩托这类工具,雪爬犁早就在极地考察中退役了。但是阳傀先生坚决请求使用,他的理由是,寻找那些不安分的学者,不能使用现代交通工具,避免事先惊动他们。考察队勉强接受了他的请求。阳傀纪元前1年的11月初老曹已经开始在黑龙江沿岸地区选购、训练这些爬犁狗了,它们共有37只,只有十几只是三四岁大的壮年狗入队前服过役,其余的,全都断奶不久。曹秉毅认为,小容易适应,从小训练,过一周岁就可以役使。老曹爱狗如子,在训练中摸透了每只狗的脾气秉性,这些狗也最听他的呼唤。他平时言语不多,不大和别人交往。如果发现有人欺侮这些狗,他会毫不客气,往往让人下不来台。开始大家习惯地叫他"狗头头",后来逐渐演变成"头狗",居然在背后叫开了。头狗,是指拉雪爬犁时跑在最前边的那只领路狗。

阳傀元年12月13日,泰山南极考察站建成投入使用,15日派出了两个考察组。一个组的任务是到南极山脉中部地区西麓建一分站，他们从阳傀先生手中硬性要走13只狗和一辆雪爬犁。另一个组由3个人组成，阳傀先生任组长，组员有谭成、曹秉毅，带两辆雪爬犁24只狗，即日出发南下，目标是南极点。在南极点附近视情考察若干天，然后返回窝头山。这一组，主要任务是搜寻那些不安分的学者，找到他们的实验室。谭成主动要求参加这一组，他对这项任务有兴趣；曹秉毅是阳傀先生邀请的，请他帮助管理爬犁狗，本人愿意，站长也同意。两辆雪爬犁主要用来拉东西，3个人中总要有一个人徒步行进，大家轮流。每人备有一付滑雪板、两支滑雪杖。由窝头山到南极点百多公里，计划用4天时间走完全程。在准备出发的时候，谭成发现不仅和那场狗战有关的两个人全在这里，而且4只参战狗也都在这里。他自然不知道阳傀先生是"罪魁祸首"，也牵扯在内。只见谭成走近狗群向阿花、阿松、大白、大黄分别拱了拱手，然后说道："小生谭成向4位狗台赔礼了。"接着又向站在一边的曹秉毅深深作了一个长揖："小弟谭成日前多有得罪，还望曹兄海涵。"

4只狗都怔怔地望着谭成，不知道他想干什么。老曹最初也是一愣，接着哈哈一声大笑："你这小子真嘎！"

上午9点启程，天气晴朗，能见度很高，微风，气温是负24摄氏度，出发后太阳斜照在后背上还觉得有点暖洋洋的。阳傀先生脚踏滑雪板手撑滑雪杖走在前面领路，曹秉毅赶第一辆雪爬犁，谭成赶第二辆雪爬犁。第一天要先适应一下，不能走得太快。不料，刚刚行进几公里就遇到了麻烦，这些爬犁狗不适应这里海拔接近3000米的高原条件。它们都是漠河地区出生的，也是在漠河地区训练的，那里海拔不过几百米。进入南极地区后，一直没有役使，今天上了路，问题就显出来了。第一辆爬犁的头狗是大黄，大黄性情温顺，绝对服从指挥，遭到不公正对待，也能逆来顺受，今天又是老曹使唤，特别顺当，可是一路走走停停行进很慢，还不断回头用期盼的眼神看看老曹。第二辆爬犁的头狗是大白，走出不远就有了呼吸急促现象。大白对谭成敌意未除，难免分神戒备，看来谭成的拱手道歉并没有得到谅解。谭成手里有根鞭子，大白怕遭暗算，一边往前走，一边不断回头斜睨谭成几眼，加上雪面松软，一直走得很慢。头狗一慢，别的狗也跟着慢了下来，离第一辆越来越远。谭成以为大白偷懒，不断吆喝、抖鞭子。谁知适得其反，大白戒心一大，回头次数更多，谭成一扬鞭子，它就横里向右窜出几步躲闪一下。谭成一火，一鞭子抽过去，大白躲得慢了些，屁股让鞭梢扫了一下。其实很轻，不过大白不干了。只见它掉过头来往谭成对面一站，两眼一瞪，任凭谭成怎么呼喊，硬是一步不动，谭成扬鞭子，它就晃一晃身子。其他11只狗都打了横，一会儿瞧瞧大白，一会儿瞧瞧谭成，茫然不知所措。僵持了两分钟，谭成挺不住了，放下鞭子两手一拱："大白狗爷，您不愧是曹爷部下，比他还犟，谭成认栽，您掉过头去吧！"

大白迟疑一下，转过身去，谭成不敢再惹，谦恭地吆喝了一声。其实大白拉爬犁肯卖力气，但性格倔犟，吃软不吃硬，如果无缘无故挨鞭子决不屈服。谭成累了一身大汗，碰了一鼻子灰。就这样，两辆爬犁走走停停，停停走走，到下午4时宿营的时候，不过走了15公里。在宿营地支起了四顶帐篷，除了3个人一人一顶外，另外稍大的一顶是老曹专为狗群准备的。24只狗睡在一顶帐篷里自然拥挤了些，可和睡在露天里相比，还是天上地下，群狗汪汪叫了几声表示感谢。老曹为狗群准备了饮水，分发了干粮。狗辈们很快水足饭饱，纷纷挤进帐篷抢占睡觉地盘，只一瞬间便呼呼进入梦乡。

阳傀先生的帐篷兼作厨房和食堂，他本人是今天的轮值厨师。晚餐还算丰盛，脱水水饺外加500克五香花生米、300克红烧牛肉、100克雪菜、200毫升60度泸州老窖，最后是南极纯净雪水泡乌龙茶。虽然水饺不大对谭成的胃口，老曹嫌酒水少了些，总的说大家还算满意。晚饭后，老曹早早睡下，谭成没动地方，和阳傀先生聊开闲天。先生对聊天兴趣不大，除了谈谈学问和说几句大实话以外，缺少聊材；谭成不同，满腹的天上地下、古往今来、山南海北，和什么人都能侃一侃。开始是谭成百般引导，拿出一个题目又一个题目，先生只是听听，笑笑，偶尔也点点头，就是难得开口。谭成有发表欲，演讲时，从不计较听众反应。后来无意间话题转向了南极点，阳傀先生突然开口了："请教请教谭先生，南极点的面积有多大？"

九

谭成说："老夫子客气了，学生不敢当这'请教'二字，南极点嘛，您就把它看成是数学上的一个点吧！"

"啊！原来没有面积。"

"或者这么说吧，它是地球自转轴与南半球表面相交的那个点。"

"请问，地轴横断面直径多少？"

"不然嘛！您也可以把它看成是以此点为圆心以任意距离为半径的一个圆。"

先生有些惶惑，以任意距离为半径？他忽然想到了地球赤道半径："以6400公里为半径可以吗？"

"学生以为那就不叫南极点了。"

"叫什么？"

"南极伞。"

这本是谭成摆脱窘境的一点幽默，没想到阳傀先生当真了。"南极伞？南极伞是什么？"阳傀先生没有得到回答，摇了摇头，又问别的问题："据说已经有过许多探险家和考察队到过南极点了，他们是不是在南极点已经竖立过标志？"

谭成的回答变得小心翼翼了："学生还是蒙阳老师关照第一次来南极点，不敢妄言。不过据知国际南极学会已经几十次派出勘测队到南极点进行勘测，竖立南极点标志。"

"那么南极点已经有几十个标志了？"

"也可能还要多。"

"啊！看来至少要有几十个南极点了。"说出口来，阳傀先生又觉得这话未免愚蠢。

没想到谭成居然变得得意起来："老夫子真乃聪明人也，地球自出世以来，南极点嘛已经不计其数，由人类立过标志者正如夫子所言，至少也要有几十个了。"

这个回答出乎先生意外："是因为测量的误差越来越小形成的？"

"哈哈，老夫子怎的一时聪明一时又糊涂了！学生说的是'自地球出世以来'。人类历史才有几何？人类能够测量南极点的历史才有几何？误差又何足道哉！"谭成摇头晃脑又有点忘乎所以了。"种种原因造成，南极点不断地在做微小的移动，是所谓'极移'。"

阳傀先生点了点头，又虚心问道："造成'极移'的主要原因是什么？"

先生这一问让谭成卡了壳，他愣了一下，随即说道："主要原因嘛，当然您问的是主要原因，主要原因？主要原因自然不是次要原因，次要原因当然也不是您问的主要原因。这么办吧！今天时间是不是太晚了，容学生来日再行奉告，先生以为如何？"未等回答，谭成又说："请阳老师歇息吧！学生也要歇息去了。"谭成说罢诡谲地一笑，鞠了一躬，转身出去回了自己的帐篷。先生心想，自己提的问题太幼稚了，看着谭成的背影，有点不好意思了。

12月16日早晨，阳傀先生准备好了3份早餐，每份1杯牛奶，50克牛肉干，压缩饼干随意。3个人吃完早餐，老曹又给狗群分发了干粮和饮水，8时整上路。这次是谭成在前边滑雪引路，阳傀先生赶第一辆爬犁，曹秉毅赶第二辆爬犁。在上套的时候大黄绕着阳傀先生摇着尾巴转了一圈，表现特别友好。阿花、阿松刚巧也在这辆爬犁上，阿松跑到阳傀先生眼前汪汪叫了两声表示欢迎；阿花似乎知道那天打仗的罪魁祸首是谁，今天遇到机会，不声不响地绕到阳傀先生身后，一抬后腿一股热尿浇在了仇敌的裤腿上，先生还没有反应过来，它已经得意地颠着屁股跑开了。谭成望着阳傀先生裤角上半尺多长的"水晶柱"，不禁开怀大笑："老夫子，阿花和您有缘，就凭这泡尿，50年后碰到，它还会认出您来。"

老曹也笑了笑，骂了一声"捣蛋"。

阳傀先生内疚在心，连声说了几个"不妨"。

今天有三级偏南风，吹在脸上像刀子刮一样。不过群狗特别卖力气，虽然依旧不大适应，到下午4时宿营的时候，还是跑了25公里。老曹特别高兴，趁自己轮值有权，发狗干粮时不惜动用集体库存，犒劳部下每狗一块巧克力。阳傀先生看着有些心疼，老曹忸怩地说："没关系，就二十多块，我少吃点。"

12月17日早晨，微风，万里无云，早晨8时气温负29摄氏度。今天由老曹在前边滑雪领路，谭成赶第一辆爬犁，阳傀先生赶第二辆爬犁。谭成接受前一天的教训，一上来先拍拍大黄和阿松的头表示友好，它们也舔舔他的手表示亲热。随后谭成又走到阿花眼前，用鞭杆敲敲地，警告它不要捣蛋。好汉不吃眼前亏，阿花居然昂头看着谭成摇了两下尾巴，表示绝对服从。大白对阳傀先生态度尚好，不冷不热，不亢不卑。他自觉愧对它们，没有抱过高期望，所以对大白的态度还算满意。今天早晨一醒来，先生就觉得心里有点不安，想不出原因，又丢不开。老曹身强力壮，心里也痛快，上路不久就和爬犁拉开了几百米的距离，随后越滑越快。午后1点15分左右，雪爬犁已经走了大约18公曹领先爬犁估计已超过1公里。谭成忽然回头招呼先生："喂！老夫子，怎么看不见曹秉毅了？"

先生往前看了看，前边平平敞敞，果然不见了老曹的踪影，暗叫不好，要出事，急忙招呼谭成尽快赶上去。狗群似乎有了预感或者是听到了什么声音，不等吆喝就奋力跑起来。时间不长，隐隐约约听到前边有人呼喊，又过了一会儿渐渐听出是老曹的声音，好像是要两人小心，可是看不见人。又前进了一百多米，才清楚地听出老曹在喊："喂！小心冰裂缝！喂！小心冰裂缝！……"

谭成接过话头高喊："你在哪里？"同时两辆爬犁停了下来，群狗呼呼喷吐着团团蒸汽。

老曹回应："我在这里。我在这里。……"阳傀先生和谭成循声往前走出五六十米，赫然发现一道几十米长、半米多宽的大裂缝横在眼前，老曹的声音就是来自冰缝下边。两人走近向下一看，老曹卡在下边五六米深的地方，也正在向上看。

"你们没事吧？"老曹仰着头问。

"我们平安无事，兄台可有事了。"谭成说完就急步跑向爬犁，几分钟后取来一条十几米长的空心丝带，垂了下去，老曹系住腰间，手脚并用撑着两壁向上攀爬，先生和谭成两人并力上拉。十几分钟后，出了冰裂缝。他卸掉已经折断的滑雪板想站起来，可是没站稳又坐了下去，原来脚脖子崴了，还连声说没事，又试着站了起来，这回没等他坐下，阳傀先生和谭成一左一右把他架住了。

十

只好提前宿营，先生和谭成匆忙地为群狗卸了套，又给老曹支好帐篷，铺垫好，把他搀扶进去。随后，先生出去提回来一瓶老白干，脱下他的防寒靴，扒下袜子，一看脚脖子已经肿成面包一样。让别人照顾自己，老曹扭扭捏捏很不好意思。先生打开瓶盖把老白干倒在手心里一些，两手一搓，开始给老曹揉摩。老曹耸了耸鼻子："这酒真香！搓脚太可惜了，来口尝尝怎么样？"

先生无奈，只好说："行，就能喝一口！"

老曹接过瓶子，嘴对嘴一仰脖，咕嘟咕嘟，这一口足足下去了二两多。喝完又看了看瓶子，惊讶喊道："67度！老陈货！"

"我祖父留下来的，来南极，才舍得拿出来，正好给你用上了。"

谭成忽然"哎哟哎哟"喊了起来。阳傀先生忙问："怎么啦？"

老曹替他回答："他的脚也崴了！"

先生一愣，谭成笑了："知我者，曹兄也。"

"别卖乖了，阳先生也让他来一口吧！这小子看着我喝馋急了。"

先生说："崴了脚喝酒也能治吗？"

没等先生的话说完，老曹就笑着说："能治，能治。"早把酒瓶子递给了谭成。

揉摩了十几分钟，先生停手说道："用酒揉一揉，救救急，要想完全好至少要休息六七天。谭成的脚怎么样啦？"

老曹说："他的脚早就好了。"

先生接着说："现在咱们得商量商量下一步怎么办了。"他已经有了腹案。他不会拐弯，也不会谦让谦让，不等别人开口，就把自己的想法端了出来。他的想法引起了激烈争论。谭成、曹秉毅两个人谁也没有想到，先生会像牛一样固执地坚持己见。三个人争得面红耳赤，最后谭成和老曹勉强屈服。阳傀先生的意见是，由他一个人单独步行继续去南极点，谭成护送老曹赶着两辆爬犁返回窝头山。晚饭后先生用手持计算机把情况和处理意见报告窝头山，在他的坚持下，站长也勉强同意了这个意见。

12月18日早晨，阳傀先生又给老曹揉摩了一次，之后，为大家准备了一顿早餐。这顿早餐十分丰盛，先生不仅把剩下的不到半瓶的67度老白干全部贡献出来，而且特别打开个人小仓库，五香驴肉、红烧狗肉、童子鸡、腌香椿、泡菜、酸黄瓜等等取出一堆。酒都喝光了，菜也都吃光了，可是几十分钟过去，谁也没说一句话。最后还是老曹先开了口，他一拍大腿大喊一声："都怨我！"

"哎，曹兄此言差矣，队长是南极学专家，他都说这一带没有冰裂缝，没想到就这么一条还让我们遇上了。不过还好，你想想，那冰裂缝有多深？如果不是卡在半腰，再往下掉，你还能上来吗？大难不死，必有后福，我和老夫子也跟着沾光，应该高兴。"没想到谭成一通神说，还真把老曹和先生说得心里宽敞多了。"还是收拾收拾，送老夫子赶路吧！"谭成说完起身去打点他和老曹两人的东西了。先生忽然觉得和这两位相识不过一年朝夕相处时间有限的伙伴暂时分手，就像和多年的老同窗毕业时分手那样，有点难分难舍，本来有一肚子话，可又觉得没什么好说。谭成出去之后，又和老曹默默对坐了几分钟，便扶着他走出帐篷坐到了爬犁上。

谭成把东西放上爬犁用绳子勒好，接着又来帮助阳傀先生把足有25公斤重的背包收拾好。他一边收拾一边摇头："老夫子，这个背包由老曹来背还差不多。"

阳傀先生感激谭成的热心帮忙，嘴里嗫嚅着："老曹脚崴了，跟你回去，还是由我来背。"

大白、阿花发现阳傀先生的背包没有放上爬犁，觉出异样，便跑过来望望背包又望望先生，然后汪汪叫了两声。接着大黄、阿松也跑了过来，群狗纷纷跑了过来，把先生、谭成和背包围在了中间。先生看了看群狗，眼圈有点发红，摸了摸大白和阿花的狗头，又拍了拍大黄和阿松的狗背，群狗都争相挤到他的身边吻他的手吻他的防寒服表示亲热。他有点激动，一时语塞，只是不住向群狗点头。还是谭成代表他向群狗发表了简短的道谢演说："各位狗先生、狗女士，阳老师要一个人往前走了，过去几天承蒙关照，谢谢大家。如果有得罪的地方，我代表他道歉了，请多多原谅。谢谢大家的热情送行。他就离开几天，请大家放心。"

阳傀先生又特别摸了摸阿花的嘴巴。阿花自前天尿浇阳傀先生之后已经敌意尽消，不斗不相识，一人一狗反倒更加亲近起来。大白至情至性，像座石雕立在那里，连尾巴都不摇动一下，昂首望着先生，鼻腔里传出几声哀伤的呜咽。先生无可奈何地向它一再挥手示意。

该分手了，老曹和阳傀先生都流了泪，谁也没有再说出什么，倒是谭成笑嘻嘻地对先生说："那天晚上太不礼貌了，还得请您原谅一二。极移问题太复杂了，当年我也问过我的导师，他老人家在讲解之余曾郑重宣示：'如果哪一天有人向你问起极移问题，你可以让他来找我！'我真想建议您去找一找他，可是一看天太晚了，没说。您看您哪天方便，我陪着您去一趟？他就在北京。"

阳傀先生没品出味来，老曹却一边抹着眼泪一边哈哈大笑起来："阳先生，您把谭成逼得胡说八道了，这小子要是得了神经病，您可有责任啊！"

阳傀先生一听，怎么？谭成要得神经病，开始胡说八道，是自己给逼的！不免有点紧张，忙问谭成："不大碍事吧？真对不起。"

谭成说："没事，只要您不得神经病就行了。"

老曹又是一阵大笑。先生有点莫名其妙了，无奈，也陪着他们干笑了几声。

　　曹秉毅、谭成两个人和大白、阿花、阿松、大黄等二十几只狗目送阳傀先生手撑滑雪杖脚踏滑雪板一摇一摆地向南走去，直到他的背影变成一粒黄豆大小就要消失的时候，谭成这才转身吆喝群狗套好爬犁朝着窝头山方向奔去。

　　谭成、曹秉毅吃过午饭走进客厅，先生沉浸在往事的回忆中，居然没有发觉。突然曹秉毅一句话像一声爆雷，险些把他震晕。

第三章

一见倾心难自已 两厢情愿或可期

十一

曹秉毅说："谭成，明天上午去看望杨立群吧！"

先生踉踉跄跄地飘了出去。他不能再听，他的头脑变成了一片空白。

谭成、曹秉毅这次到北京，是受中国泰山南极考察队的委托，专门来看望、慰问阳傀先生亲属的。他们把大白、阿花带来也是情非得已，旅途也曾大费周章。阳傀先生失踪后，大白和阿花好像有所觉察，每天早晨、晚间各一次，跑到先生住过的卧室门前，哀号几分钟，而且食水不思，日见消瘦。带它们来北京一同探望、慰问阳傀先生的亲属，完全是曹秉毅的主意。他一连两天拖着谭成硬着头皮找队长请求。曹秉毅能磨，说不出什么道理，可是板着脸，一副真理在手的神态，你不同意我就不走；谭成能说，道理可以摆出十几条，当然正的不多，歪的不少。队长实在没办法了，只好同意。刚一上路，大白和阿花就振作了精神。来到北京，狗不能住饭店，由后方办事处安排，住进了这间小别墅。这间小别墅是泰安市太极开发企业集团的财产，阳傀元年元月已交给泰山南极考察队后方办事处无偿使用。刚刚安排停当，大白、阿花的高声对话，说巧不巧就把阳傀先生引了来。

谭成："好，明天上午9点去慰问杨立群。"

老曹："听说她是你的老乡，挺有学问的？她要是细问阳老师是怎么失踪的，咱们怎么说呢？唉！都怨我。要不是我掉进冰裂缝，他怎么会一个人冒这个险？"

"曹兄，你又来了，是不是想让杨立群反过来慰问慰问你？你想想，你倒霉在先，老夫子倒霉在后，你们两个人都倒了霉，就是我没倒霉。是不是我也应该找个地方倒倒霉，大家才心安理得？你想想，要是咱们两个也失了踪，谁去慰问杨立群？你那群部下行吗？"

"别扯得太远。有个问题得研究研究，明天要是杨立群问咱们：'你们把南极点附近都找遍了吗？有没有刨开冰看看？'咱们怎么回答？"

这下子可真把谭成难住了。他沉吟了半天，又反问曹秉毅："曹兄，你说说，老夫子会跑到冰下去吗？一点痕迹没有，咱们就在南极点附近来个冰原开荒，刨冰三尺？太不现实。不过你这一提，我倒觉得咱们还真有个大疏漏。你还记不记得那两座废弃的考察站建筑？就是距离南极点大约1公里左右，在西经60多度方位上和130多度方位上那两个大雪包，细看才知道都是两层楼房？"

"记得，你是说，咱们为什么没有到这两个地方看看？"

"当时我想，他的宿营地离他竖立的极点标志杆不过几十米；6点46分收到他的电函说，即刻启程返回基地，根据这两点判断，他遇险的地方，最大可能是在宿营地附近；也不能完全排除是在从宿营地出发返回窝头山的路上，自然距宿营地不会太远。不大可能会出现在那两个地方，可是什么事都怕有个万一。"

"说的也是，他不会临要出发了，无缘无故跑出去那么远。可，没有去那两个地方找一找，是不是有点对不起阳先生。"老曹沉了沉，又冒出来一句："阳先生这次出事，也许是他要找的那些人捣的鬼吧？"

谭成噌的一下子从沙发上站了起来："对呀！曹兄，是应该有这么一问，今天你这脑子可真开了窍了。"

谭成一表扬，老曹倒有点忸怩了："真是那些人干的？"

"有可能，这是一个可能。除了神仙，现在谁也不能断定是什么原因，可是又没有神仙。"

"那，咱们是不是应该调查调查？"

"应该。应该是应该，不过兹事体大，倒要小心了。"

"你小子转的是什么？"

"我是说，这件事只有你知我知，上不传父母，下不传妻子。这下不传最难，好在本人未婚，你可要注意啦！万不可嫂夫人用好话一套，就什么都兜不住了。"

"什么话呀！咱们是不是马上就动手？"

"不可操之过急，怎么干，得好好地想一想……"

叙述到这里，阳傀先生告诉笔者，他原是一位微生物学博士，阳傀纪元前在一个生命科学研究机构工作。在一次实验中，偶然发现了一种微小的东西，怎么检测都像是生命体，不过和地球上现有生物完全不同。如果是生物，和地球生物也不是同一起源。地球上的所有生物，包括人类和鸟兽虫鱼、花草藤木、微生物，都出自一个或一些共同的祖先。先生说，这个祖先，不过是比现在细菌的构造还要简单的那么一个或一群小东西。现在如果又出现另外一些小东西的子孙，也要在这个世界上传宗接代，这可是个不得了的大事。开始他认为是实验出了岔子，后来又认为自己的眼睛有了毛病，可是反复验证，都是同样结果。在地球上没有产生这种东西的自然条件，来自地球之外的可能性又微乎其微，他怀疑是人类的创造。他说，以前英国有篇学术新闻曾报导，一些英国籍和中国籍的年轻学者异想天开，企图另行创造一种全新的生命，传说已有所成。这些年轻人想用自己的实验证明，在浩瀚无垠的宇宙空间，生命的存在绝不会只有一种模式。一旦地球遭遇巨大灾难，现有生物完全灭绝，可以期待另一种模式的生命体仍旧可以适应，可以生存下去，甚至可以进化出如同人类这样的高智慧生物，传承人类文明，继续向前发展。有人担心另一种人造生命体如果和现有的生物争夺地球这个狭小的演化舞台，后果将不堪设想。这些人非常自信，认为应该把人类和人类所有的发明创造活动，看作如同蜜蜂和蜜蜂的筑巢、酿蜜活动一样，是大自然的一部分，人类的任何发明创造，都是大自然可以接受的，最终会给它们安排一个恰当的位置。还认为，地球上的现有生物和另一种生命体可以平行演化，互不干扰，至少在他们演化出高智慧成员准备像人类这样对地球大动刀斧之前是这样。

十二

当然,一个最简单的生命体,恐怕也要由几百万个几千万个原子组成,把各种原子按照一定的设计拼装在一起,让它们产生生命,其困难程度可想而知,更不用说探索那种设计方案了。这些人认为,借助现有的科学成就,特别是借助计算机,这方面的困难并非不可克服,似乎已经胸有成竹。报导说,那些学者,因为遭到公众反对,不得不把自己的实验室迁到了最隐蔽的地方。他们已经失踪几年,不过研究进展却时有传媒透露。据推测,他们的实验室不是设在南极、北极,就是设在藏北的无人区,这些地方人迹罕至。阳傀先生根据这篇报导推想,他发现的这种东西,说不定是他们的作品。先生说,这种东西非常奇特,似乎有遗传物质,但不是脱氧核糖核酸,也不是核糖核酸,体质也不是由氨基酸构成的。存在能量代谢运动,能够复制自己,繁衍后代的速度奇快,对地球上任何已知的在实验室里可以模拟的极端严酷环境都能适应。如果确是生命体,估计会飞快地进化。如果真的是人造物,那就是说,这种特殊的生物已经由那些不安分的年轻学者的实验室来到了光天化日之下,他有幸得以邂逅。写到这里,笔者忍不住慨叹:在一连串的传说、如果之后,这种几率完全可以视为 0 的"邂逅",居然能使一位学者抛开自己足以震惊世界的重大发现,去钻一条看不到尽头的死胡同,真是天大的悲剧。笔者以为,自己不说假话,不会吹牛,也认为别人同样不说假话,不会吹牛,这是阳傀先生的一个致命弱点;什么是想象,什么是真实,含混不清,是阳傀先生的另一个致命弱点。

先生担心,这些小东西离开实验室未必是这些学者的安排,果真如此,失去控制,问题就更大了。必须很快找到这些人弄清究竟。藏北无人区他已经去过,后来看,在南极的可能性最大。特别在南极点,既少有人涉足,附近又有几个废弃的考察站建筑可以利用。科学工作者的责任感和认真态度,使得先生在阳傀元年决定去南极考察。需要说明,读者不要误会,以下阳傀先生准备公诸于世的,并不是关于另一种生命演化的科幻故事,因为在南极的遭遇,使得他没有机会回到这个题目上来了。当然,如果读者们一定要他在这个题目上演义他的经历,虽说不说假话的习惯是个障碍,但是也并非不可以设想。

阳傀纪元前 1 年的 9 月,有一支私人南极考察队在泰安市组建,先生专程赶去报名参加。虽然没有得到作为发起人之一的荣幸，但是生物学知识还是受到了特别的欢迎，先生在队里的身价自然也就不同一般。

这个队的规模不大，不过30人，但是握有泰安市有名的太极开发企业集团一大笔人民币的赞助，同时得到了中央人民政府极地委（极地环保考察开发事业管理委员会）给予一切方便的允诺。不须论证，这两个条件太重要了，如果没有这两个条件，阳傀先生他们唯一可以进行的活动，恐怕只有到北京动物园去拜访一下企鹅了。

这个考察队的正式名称是"中国泰山南极考察队"。

如同自然通讯社报导的那样，一个人单独步行考察南极点，然后再步行一百多公里返回基地，无论怎么说，也是一次冒险。出乎阳傀先生意料的是，这次冒险改变了他一生的命运。在人类社会中，考察某个民族、某个阶层、某个行业、某个个人的命运，总是有常轨可循的，算命先生混饭吃的卜课打卦、批解八字，运用的就是这个道理，让你求福的有福，求喜的有喜，听起来头头是道，由不得你不信。可是在这次冒险中，阳傀先生命运的变化，却远远脱离了常轨。

从小别墅出来，先生昏昏然随风漂泊。

北风换成南风，太阳高照，冬寒余威稍敛。天安门广场上，国内的、国外的、男的、女的、老的、少的、高的、矮的、胖的、瘦的、美的、丑的各式各样的游客，突然从四面八方涌了出来，熙熙攘攘。先生脑子里空荡荡的，不知道是悲哀、伤感、痛苦，还是失落、孤独、郁闷。他信步飘进了游人群中，又信步飘上了宽阔的长安街，来到东来西往的车流之中。他毫不理会，车里的人看不到他，撞上也不过是车穿他而过，或者是他穿车而过。一个英语词汇"SPECIALITY — LIFE PROJECT"（"异型生命工程"）忽然钻进耳朵，先生瞿然一惊，立刻停了下来，恰巧落在一辆由东向西行驶的小轿车的司机座位旁边。回头一看，后排坐着两位操英语的白皮肤乘客正在谈话，这个词汇显然是从他们哪位口中说出来的。

"亲爱的艾登先生，我想应该再向您说明一下，对'异型生命工程'我没有兴趣，但是我在我的专业方面的能力是不容置疑的。"坐在左边的瘦长的中年人说。"异型生命工程"，难道就是那些不安分的年轻学者搞的那项研究？他说的专业能力又是什么能力？先生的脑子转动起来。一遇到自己特别关注的事情,先生的头脑会变得异乎寻常地灵敏。

"威斯特先生,我非常尊重您地高超的能力。只是想提醒您,这是在中国,我们的对象是中国人。我是汉学家,在北方大学研究过3年,读过不少古代的、近代的、现代的中国哲学著作、史学著作、文学著作,也读过一些中国的宗教经典。我认为中国和英国的文化传统完全不同,而且也不能不考虑语言方面可能存在的障碍。那几位先生虽然懂英语,但是我怀疑他们会不会以中国人特有的心理来理解您的语言。何况,能不能把他们每一个人都找到,我还没有把握。"坐在右边的这位艾登先生,是个30岁上下的年轻人,他没有理会那位威斯特先生已经多少带有愠意的语气和满脸的不耐烦,仍在固执地不紧不慢地阐述自己的看法。他们要找的"那几位先生"都是谁?不大像是那些年轻人。他有些兴奋,决心盯住他们,查个究竟。

十三

"年轻人,您大概不会忽略,那几位先生,首先他们是人,不管他们是中国人还是英国人。只要是人,是有思想、有感情、有心理活动的人,不是几块石头,我就有办法使他们顺从地接受我的催眠。语言并不重要,英语是世界几千种语言中最美妙的语言,单单它的声调,就足以使人沉醉。至于中国人的文化传统,"威斯特先生轻蔑地冷笑了一声,"那无非是一种东方的神秘主义。中国人的语言,没有领教过,大概以含糊、模棱两可著称吧?现在您应该考虑的,是怎样一个个找到他们,把他们拉到我的眼前,我不管有没有把握,那是您的事情。"

艾登紧锁双眉,无意再争论下去。

无论是威斯特的傲慢还是艾登的固执,都让人嗅到一点英国绅士的味道。先生认定,没有疑问这是两位英国来客。威斯特是位催眠士或者叫催眠家、催眠师;艾登好像是威斯特临时搭配的助手。他们寻找那几个人,要催眠他们,目的是什么?他们和"异型生命工程"又有什么关系?威斯特信心十足;艾登则有一点忧心忡忡。过去听说过,有一种催眠术,人如果处在被催眠状态,就会失去自觉意识。催眠术大概是一种心理学方法,不会是巫术。偷听别人的谈话，阳傀先生感到有那么一点不自在，可是"异型生命工程"这个词汇又让他舍不得离开，他需要为自己找点理由。从他们的对话中可以听出，他们不怀好意。见义勇为，理所当然，岂能袖手旁观！有了堂堂正正的理由，阳傀先生就理直气壮地听下去了。

"我们可以先到北方人体科学研究所看一看吗？"威斯特又开口了。

"是。"艾登冷淡地、声音低低地只应了一个字。随后探身对司机说："我们不去颐和园了，请一直开到卧佛寺。"艾登这一句汉语把阳傀先生惊住了，地道的京腔！想想自己的川味普通话、谭成的广味普通话和曹秉毅的高粱调，先生觉得有点惭愧。

先生没有听说过北方人体科学研究所。威斯特知道这个机构，又指名要到那里去，肯定和他们要找的哪个人有关系。先生随着两位英国客人在卧佛寺山门前方下了车，又跟着他们进了卧佛寺。威斯特要参观一下，于是艾登引路，依次看了天王殿、三世佛殿，到了卧佛殿，看到右手支颐侧身横卧的大铜佛，威斯特听了艾登介绍，知道是释迦牟尼时，略嫌造作地摇了摇头，自言自语地说："这位乔达摩先生，看来已经变成中国的了，释迦牟尼应该改叫'CHINA牟尼'了。说不定李文库也是这位乔达摩的信徒。"说到这里他歪头看了看艾登。艾登故作没有听见，一言未发。李文库？……这不是广东省那位有名的中医么？他们找他干什么？先生有点摸不着头脑了。

"艾登先生想必对这里很熟悉喽！"威斯特想缓和一下气氛。

艾登不好再沉默，而且对这个题目似乎也有一点兴致："是的，童年的时候，父母就带我来过这里，在北方大学求学时也来过几次。我对北京的名胜古迹很有兴趣。"

"您在北京生活的时间很长吗？"

"是的，过去，我的父亲是驻北京的外交官，我是在北京出生的，在北京读完小学才回到伦敦。22岁又到北京求学。这里是我的？"说到这里他犹疑了一下，"这里是我的第二故乡。"

"您一定有许多中国朋友喽！"

"和几位老师有来往，还有几位比较要好的同学。"

"他们对我们一定会有所帮助啦！"威斯特回到他的主题上来了。

"不，我不会求助他们。"艾登已经松弛下来的面部肌肉又绷紧了。

"您是怎样认识李文庠的？"

"我想我已经对您说过了，我不认识李文庠先生。和您一样，直到不久以前，才知道中国有这样一位著名中医师。"

"您应该早就知道李在的这个研究所啦！"

"在北方大学上学的第三年，中国同学在议论气功和特异功能的时候提到了这个研究所。因为好奇，在其后的一个星期日，特意跑到这里来看了看。"

"感谢上帝赐给您这个机会，不然，我们也许永远找不到这个地方。中国人最坏的传统之一就是什么事情都讲究保密。"

艾登皱了皱眉，看得出来，他对威斯特对中国和中国人的轻蔑态度很反感。他不想为中国多作辩解，只简单说了一句："不，那不是事实。"

"我想我们可以去看看李的研究所了。"威斯特说。

艾登没有再说什么，领着威斯特从卧佛殿后面藏经楼的东侧后方的一个小门走了出去，又东行约100米，到了一座坐北朝南的院落门前，然后指给他看："就是这里。"

艾登手指处是一个倚卧在山坡上的小小的老式平房建筑群，有三进院落，前低后高。从外边看，第一进是个四合院，第二进、第三进只有正房和东西厢房，没有南房。第一进的南房一连五大间，后墙朝外，大门开在右首最外边的那间，和大门门洞相邻的一间应该是门房，左边相连还有房脊稍矮一些的两间耳房。三进的正房都是三大间，左右各有两间耳房形成两个小跨院，三进相连的两座门，大概都是开在右首靠边的那间耳房里。这座院落好像历史不是很长，而且维护得很好，两扇大门和门框、门楣、门槛都是刚刚油漆过的，看着很气派。院落的建筑风格和卧佛寺的其他建筑十分协调。大门前放着一个十字底座丁字形木牌，上面横书四个黑色楷体字：游人止步。

先生大为疑惑，这几十间老式平房能做实验室用吗？即使能用，又容得下多少设备，可以供几个人用？如果研究人员都像当年爱因斯坦、陈景润那样，只用纸和铅笔，也许能凑合。不过人体科学研究和生命科学研究不会差异太大，都得需要大量的精密设备，这个研究所比起自己所在的那个研究机构未免太差了，他连连摇头。读者在以后的叙述中会发现，先生的疑惑是有道理的，这个研究所的实验室并不在这里。当然，艾登和威斯特不会产生这种疑惑，他们的注意力都集中在李文庠这个名字上了。

十四

"多么幽静！多么神秘！我们进去看看。"说着，威斯特已经迈出了第一步。

艾登急忙伸手阻拦："不可以，那块牌子上写着'游人止步。'"

"我是英国人，不认识中国的方块字。"威斯特还想往前走。

"硬要往里闯，太不礼貌了。"艾登的态度非常坚决。

"不礼貌？我们到北京来就是准备做不礼貌的事情，我们不是已经来了吗？"威斯特对艾登那种不可商量的态度有点恼火，不过还是向艾登的固执屈服了。他又问艾登一句："李的研究室是哪间房子？"

"对不起，这座大门里边的情况，我和您知道得一样多。"艾登的语气是冷冰冰的。

按照事先电话约定，上午9点钟，谭成、曹秉毅准时来到杨立群住宅的门前。主人已在恭候，把他们让进了客厅。宾主落座，主人询问客人，是喝咖啡，还是喝乌龙茶、红茶、绿茶？曹秉毅见到不熟识的女人不敢抬眼皮，说话也脸红。现在见到杨立群，就变成了老太太的拐棍儿，头一直低着。

谭成用手捅了捅老曹："曹先生，杨老师问您是喝杯咖啡还是喝杯大碗茶啊？"

曹秉毅腾地一下脸红了，一直红到脖子，头又低下去一点，用比蚊子扇翅大不了多少的声音说："不客气，不客气，什么都行。"

谭成接过老曹的话茬儿："杨老师，曹先生说他有杯凉水就行了。我倒想品品您家乡的功夫茶。"

杨立群早已经忍不住轻轻笑了起来，她温柔地说："曹先生，我看您也喝功夫茶吧！"

老曹还是没敢抬头，声音低低地连说了两个好字。

杨立群端出了一套功夫茶的茶具，烧了开水，完成了沏茶的几道工序，最后倒满3小杯热茶。说了声请，又朝着谭成说道："我是番禺人，不过是在汕头长大的。听谭先生口音，大概是顺德人吧？"

"杨老师真是好耳力，敝乡正是顺德，和贵县紧紧相邻。当然，顺德离汕头也不算太远。曹先生是黑龙江人,初见面时我问他,他说他的家乡在北京附近,再问离北京多远,他告诉我:'一千七八百里路吧!'按曹先生的说法,顺德也可以说就是汕头。"

曹秉毅忽然挺直身子抬起了头,不过只是面对谭成:"我说谭成,你和杨老师认老乡,套近乎,为什么非涮我不可?"

"曹兄这话可说远了,我们都是阳傀老师的好朋友,包括大白、阿花在内,和杨老师都够近的,照你的说法,你的家乡不也就在番禺、汕头附近嘛!"

杨立群这时已经掩着嘴,克制自己没有笑出声来。

待说笑声停息下来之后,谭成把他和老曹的来意说了说,把阳傀先生失踪的前后情况详细通报了一下。最后说明,考察队的队友们会继续努力寻找,也会继续请各国南极考察队的朋友们协助寻找。队友们的心情和杨老师的心情一样,都在盼望阳傀先生早日平安归来。希望杨老师多多保重,不要着急。也从关心角度询问了几句小花的情况。经过一阵低头、脸红、回击谭成逗弄之后,老曹好像完全摆脱了开始的拘谨,突然在杨立群面前变得大方起来,也和谭成一起说了几句。

杨立群在听的过程中,只有几次眼圈红了红,看来最初受到打击时的悲痛已经过去,思想有了准备。她也没有再问什么。经过短短两个小时的接触,谭成、曹秉毅给她留下了很好的印象;她的教师职业形成的和蔼平易态度,也使得谭成、曹秉毅不再见外。谭成未婚,极少近距离接触年轻女人,杨立群的温柔美丽,颦笑有节,让他感到惊奇,感到有一种不容抗拒的魅力。他很想两眼盯住她那蕴蓄着少妇娇艳光彩的面庞仔细看看,可是偏偏又担心被发觉,只能偷偷瞥上一瞥。她没有留意谭成的神态,也从未想到自己会感染吸引丈夫以外的其他男人。她哪里知道,就在眼前,只要她微微一笑,谭成的两颊神经就会失去控制,也要跟着咧一咧嘴。

杨立群忽然问谭成:"谭先生,刚才您和曹先生说的大白、阿花是谁?"

"噢,那是老曹的两个弟兄,也是阳傀老师的患难之交。不过它们不是人类,是狗类,是两只爬犁狗,这次也参加了我们的慰问团来到了北京。怕您不愿意见它们,今天没有带来。"

"欢迎,欢迎,以后一定把它们带来。"

杨立群要留两位吃午饭,由她亲手烧几个潮州菜。老曹坚持要走,大白和阿花还不习惯北京的生活，他不大放心它们。最后商定另找时间，不要由她自己动手，找个潮州馆，由她点菜。

次日上午，谭成、曹秉毅刚刚吃过早饭，忽然接到杨立群的电话，她说昨晚收到有人发给阳傀的一封电子信件，内容很奇怪，请他们马上去看看。谭成故意推脱，要求老曹自己跑一趟。老曹担心自己见到杨立群说不出话来，坚决不干。他说："你们是老乡，昨天拉得那么近乎，有事你不去，你不去谁去？反正我不去！"

谭成等的就是这句话，用一副懒洋洋的声调说道："好，好，我去，我去。"

来到杨立群的住宅，按响门铃。杨立群把他让入客厅，随后递给他一张信纸："这是昨天晚上九点收到的一个没有署名的人发给阳傀的一份电子信件，我抄了下来，请您和曹先生看看，是不是和他出事有什么关系。"

谭成首先收入眼底的不是这封信件的内容，而是承载信件内容的那些半楷半行书法，惊讶这些文字笔画架构的娟秀，就像书写者杨立群本人那样漂亮。他忘掉了这是在杨立群的家里，忘掉了杨立群就站在一边，尽情地欣赏起来。

"谭先生？"

谭成一惊："啊！您的字太漂亮了。"

这时信件的内容才进入谭成的瞳孔。

十五

只见信上写道：

"阳傀先生：昨天偶然发现两个英国人，一位威斯特先生，是位催眠师；一位艾登先生，是威斯特的助手。他们在谈话中曾经提到所谓'异型生命工程'，还要寻找与此有关的几个人。他们曾在北方人体科学研究所的门前观望，想接近这个研究所的李文庳先生，似乎不怀好意。他们住在燕云饭店。你也许对这两位先生有兴趣，特告。即日"

让谭成感到意外的是，在这封电子信函里会出现了李文庳的名字，李文庳是他的母舅。他轻轻摇了摇头，表示奇怪。

"谭先生发现了什么？"

"这里提到的李文庠是我的舅舅，他是个中医师，在广州挂牌，几个月前才让北方人体科学研究所邀到北京，参与人体经络研究。他和舅妈住在地安门附近，上午在研究所做研究，下午在家里给一些老熟人、老病客看病。舅妈也是中医。舅舅擅长针灸，号称神针。"说完，谭成也禁不住感到有些奇怪，他在心里问自己：对杨立群只是简单一问，为什么要如此仔细回答？而且像学生回答老师提问似的，规规矩矩？这可不是自己的风格。

"是吗？这么巧！是不是应该提醒李大夫一下，那两个英国人想接触他，可能不怀好意？"

"回去要和老曹研究一下，这封电子信很有文章。"

谭成和杨立群闲谈了一阵，最后发现她在言语间越来越客气，态度好像变得有些冷淡，表情好像也流露出一些不太耐烦的样子，觉出有些不妙，赶快收场告别。杨立群礼貌地挽留几句送了出来。

杨立群望着谭成驾车缓缓离去，站在那里苦笑着摇了摇头。原来，她觉察到谭成神态有些异样，心想这个年轻人大概还是个单身汉。人很聪明。是油嘴滑舌还是很风趣？让人讨厌还是很讨人喜欢？他对自己似乎……是个危险人物。如果……也许……

聪明的读者可能已经想到，这封电子信件是阳傀先生利用自然通讯社阅览室的电子计算机发出去的，是自己发给自己的。阳傀先生判断，有九成把握自己的妻子会把它交给谭成和曹秉毅。按照谭成对寻找那些不安分学者的好奇心，他一定会拉着曹秉毅采取行动。不过有两点阳傀先生没有想到：一是谭、曹两人也怀疑到那些人是不是陷害他的凶手，而且已经考虑要着手调查；二是两个英国人正在策划接触的李文庠恰巧是谭成的母舅。这两点使得请两位好朋友帮忙的道路变得通畅了，开始的顺利又使得先生把这条单向和谭、曹沟通的渠道在以后的一段时间中当成唯一的渠道使用，不再考虑寻求其他办法。没有想到，这条沟通渠道，既给他带来了方便，也给他带来了意外与无奈。

先生此前从没有想过，自己作为一个超等残疾人和正常人沟通，还会存在什么困难。这次事到临头，才感到在正常人不成为问题的事情，到自己这里也成了难题。其实，最大的难题是来自先生自己的心理障碍。作为超等残疾人，面对正常人他有一种很强烈的自卑感。否则，即使不让别人知道，也完全可以把事情的真相告诉谭成和曹秉毅。他们开始可能会吓一跳，对双方的沟通也会有一段时间不习惯，但是用不了多久就会习惯起来。不过，如果告诉杨立群，她还会不会像以前那样接纳他，这可是个大问题。他已经不能履行夫妻合同，这是最主要的一点；此外，这样一个无踪无影的丈夫，不知道他什么时候会贴在自己身上，从此再无隐私可言，这是任何女人也不能忍受的。再有，只要有少数人知道，全社会就将都知道，纸包不住火，这是铁定的法则。如果他在社会上出现，那么社会是作为一名普通成员来接纳他，还是依旧把他看作是失踪的成员，也是一大问题。看来，先生在这件事情上，也确有其难言之隐。思虑再三，他才终于想出了上述这样一个巧妙的单向沟通办法。

午饭时间，在燕云饭店的餐厅，两位英国客人坐在一张餐桌旁低声谈话。阳傀先生悄无声息地来到他们身旁，从他们的谈话中了解到，他们已得知李文庳先生后天下午两点钟，在北方大学129阶梯教室，应北方大学生理科学研究院和心理科学研究院之邀作学术讲演。这是艾登晚饭前和他在北方大学的朋友通电话时知道的，觉得是个好机会，他的朋友答应给他找两张入场券。他和威斯特准备去听讲，找机会认识李文庳，设法约他单独见面。艾登告诉他的朋友，威斯特是英国皇家美学院的心理学高级讲师。

阳傀先生担心，李文庳会不会落入威斯特和艾登的圈套。他不大放心谭成和曹秉毅，不知道他们是否看到了那封信，有没有采取行动？先生退出餐厅来到饭店的大堂，准备出门去小别墅探听一下，哪知迎面竟碰上了曹秉毅。只见曹秉毅左右看了看，略有怯意地径直走向了服务台，询问服务员："劳驾先生，请问有没有两位英国朋友住在这里？一位是威斯特先生，一位是艾登先生。"服务员说了声请稍候，敲了几下电子计算机，然后告诉老曹，他们住在1611和1613。老曹道谢后离开服务台，走出饭店大门。阳傀先生跟了出去。

"喂！真有那么两个英国人，一个住1611，一个住1613。"老曹弯腰对着那辆武夷山牌小轿车左前门打开着的窗口说，显然谭成在车的驾驶座上。

"好，上午的任务完成了，曹兄请上车吧！"

"就这么简单？"

"怎么？曹兄还想见见两位英国朋友，每位踹上一脚？那可就不简单了，怎么也得请您到公安局拘留所住上几天。"

原来谭成要老曹自己到燕云饭店核实一下，是不是真有这么两个人。如果确有这两个人，说明那封电子信的内容属实，然后再去见李文庳。没想到老曹怵头，不愿意干。最后还是由谭成陪着来，他才勉强同意。现在打听清楚了，又觉得这事太容易了。

　　阳傀先生放心了，他知道自己这两位好朋友，一位有智，一位有勇，准能把事情办好。

第四章

学人秉气佯无备 狂士催眠恨失神

十六

次日下午1时55分,阳傀先生飘进了北方大学的129阶梯教室。他没有想到,艾登和威斯特已经到了,赫然坐在了头一排的正中。威斯特身体略向后仰两腿叠在一起稍稍扬着头,目光盯着右上方的房顶,脸上一抹轻笑,右手在膝盖上轻轻有节奏地敲着。状似悠闲,实则是一派傲慢神气。

2时整,由演讲会主持人简单介绍后,李文庳先生走上了讲台。李先生是位中年人,中等身材,瘦削的脸庞,下颏尖尖的,肤色红润,神态谦和、安详,年纪应当在50岁左右。在讲桌前站稳,放下讲稿,在他抬头扫视会场的时候,阳傀先生突然发现,这位大夫不同寻常,两眼灼灼,神光内蕴。

"各位学术界同仁、各位青年朋友:今天我准备向大家汇报的题目是《我国人体科学研究概况》。我是研究经络学的,对人体科学研究的整体情况,只是略知大概。需要说明,在座的朋友们当中,如果有抱着观看特异功能表演或者学习气功的目的来到这里的,恐怕要失望了。"听众当中出现了一阵轻微的笑声。这仅仅是个开场白,两三句话,语调不高,声音不大,可是已经让人感觉到李先生中气十足，而且他的语言有一种不易为人察觉的摄人心魄的力量。阳傀先生看了看威斯特，只见他一改刚才那种故作悠闲的傲慢神态，瘦削的鼻梁上端双眉微微紧锁了一下。他不懂汉语，也没有请身旁的艾登为他翻译，就这样也明显可以看出，他仅凭对语调、语声和节奏的感受，已经敏锐地发现李先生言语中蕴涵着的那种特殊力量。先生想，威斯特如果没有很高的造诣，做不到这一点。可这又是什么造诣呢？音乐修养？韵律修养？语音语调修养？好像都不大贴切。是一种对语言语音语调的特别感受能力？这样说是不是又有点含糊其辞？在阶梯教室中，连坐带站拥挤着足有400人以上，这时候安静得可以听得见一根绣花针掉到地上的声音。

"我的汇报准备使用最简单最通俗的语言。简单通俗的优点是容易理解，可是也有缺点，就是不得不迁就人们现有的认识，也不得不在表达上迁就现有的语汇。一个大家都陌生的学科，可能和人类现有知识远远脱节的学科，使用现有的科学概念很难说清楚的学科，这种迁就的结果，很可能是面目全非。这是不得已的，预先请大家原谅。"阳傀先生想，这位中医大夫是不是有点故弄玄虚？

"人体科学，是一门通过对气功现象的研究、对特异功能现象的研究和对我国传统医学的研究，重点是对气功现象的研究，探索人类生命潜能的科学。特异功能可以认为是人类固有的生命潜能在某些个体身上的自发表露；气功修为可以看作是对人体固有生命潜能的自觉开发；我国传统医学从养生、防病、治病的角度，强调通过用药、针灸和其他手段激发人体的固有生命潜能，使人体气血畅通。我国气功和我国传统医学属于同一源流，在理论上也十分相近。大自然孕育了人类，人类固有生命潜能和宇宙中的日、地、月、星运行息息相关，和太阳系外广袤无垠的宇宙中各种已知的未知的自然现象也有关联。"

阳傀先生的专业是生命科学，按说和人体科学并非毫无关系，可是他对人体科学却一窍不通。现在听李先生这样一讲，倒颇有茅塞顿开之感。再看看那两位英国听众，只见艾登双眼直勾勾地在望着李先生，已经出神；威斯特还是在紧跟自己的感觉，频频皱眉，不时地轻轻摇一摇头，似乎心里在说："不可思议！不可思议！"

"有人被人类现有的科学成就蒙住了眼睛，否认气功现象、特异功能现象的存在，指责我国传统医学没有科学根据。他们的逻辑是，凡是用人类现有的科学知识不能解释的东西，都是不可信的。他们忘记了，连降水、雷鸣电闪这样常见的现在看来道理十分简单的自然现象，我们的祖先也曾经不能解释。也有人在气功现象和特异功能现象面前感到迷惘，走向神秘主义，甚至皈依了神佛。这两种态度，都可以称之为迷信，都是不正确的。正确的态度应该是，从观察到的事实出发，承认气功现象、特异功能现象的存在和我国传统医学成就的存在，用科学的态度去进行研究。现在人体科学研究的进展，预示着这两种迷信态度的支架，很快就要崩塌了。"

听了李先生这段话，阳傀先生颇为感慨，他想：如果人人都持有李先生说的这种态度，我这个超等残疾人的存在何愁不能得到公认？接着又补充了一句：谁还能说我的经历只是个荒诞不经的故事？谈到这里时，猜测先生两眼正盯着笔者，他对笔者的荒诞不经和神奇怪诞这两个形容词，一直耿耿于怀。

李先生接着综合讲述了已经发现的各种气功现象和特异功能现象，介绍了对这些现象和我国传统医学经络学说进行研究的进展，也论述了人体科学的研究方法。他的演讲进行了两个小时，听众鸦雀无声，如醉如痴。在他结束演讲之后过了将近1分钟，听众才如梦初醒，阶梯教室中突然响起了震耳的掌声。

艾登还在发愣，威斯特用臂肘撞了他一下，又用眼神向他暗示。他明白过来，略显慌张地站起来走向了李先生。

艾登先是语无伦次地对李先生恭维了几句，自报了姓名，又把威斯特介绍给李先生认识，然后很生硬地邀请李先生进行学术交流。李先生一直礼貌地微笑着倾听，对他们的生硬邀请稍稍沉吟了一下，最后竟表示接受。双方商定，时间在后天的上午10时，地点选在燕云饭店。阳傀先生对李文庠接受邀请十分不解，也很担心，担心两天后会不会出现不堪设想的后果。怎么办？不能让这两个英国人如愿以偿。先生决意要死死盯住威斯特不放，尾随他们上了汽车。开始，这两个人沉默着，谁也没有开口说话。威斯特紧锁双眉在沉思，从眼神看，艾登似乎还在回味刚才听的演讲。大约过了有10分钟，威斯特终于又首先开了口。

十七

"艾登先生，也许你是对的。我发觉这个李文庠很不好对付。我不知道他的演讲说了些什么，但是我可以感觉到李很可能是个巫师。"仅仅两个多小时，这位刚才还不可一世的威斯特先生，忽然变得有几许谦虚了。

"您说什么？巫师？您完全错了。李先生是位学者，中国的知识分子和西方的知识分子不同，他们大都是无神论者，不相信宗教，更不会相信巫术。您可能指的是李先生练过气功。"

"气功就是巫术。印度的瑜伽，中国的气功，都是东方原始的巫术。关于这一点，我们不必争论，关键是两天以后，应该设法使李自愿接受催眠。如果做不到这一点，我们恐怕只好宣布失败了。"

"威斯特先生，您应该清楚，对两天后的事情，我是无能为力的。"艾登的脸上出现了一种奇怪的表情，像是幸灾乐祸，又像是对威斯特的失败抱有期待。

艾登说的是事实，要求他做的事情他都做到了。当然，威斯特也没有期望他做更多的事情。两个人谁也没有再说什么，威斯特只是无可奈何地摇了摇头。

夜间，威斯特躺在床上翻来覆去，几乎通宵没能阖眼。次日凌晨，他敲开了艾登的房门，艾登有点迷迷瞪瞪。他向艾登详细询问了李文庠演讲的内容，然后把自己关在房子里，除了去餐厅吃饭，一天没有出门一步。上午走来走去一直在思索，下午开始在自己的袖珍计算机上起草一篇什么东西。直到子夜这篇东西才完成，然后又是走来走去，默默背诵着什么。看来这是一篇讲给李先生听的发言稿。

李文庠如约，上午10点，一个人准时来到了燕云饭店。威斯特和艾登已经站在饭店门前恭候，他们把李先生引到了16楼一间事先早已准备好的套房。这间套房的客厅非常宽敞，一边摆放着沙发和茶几，一边摆放着一张长方形小型会议桌和几张舒适的座椅。主人把客人引到会议桌旁，威斯特在里首坐下，李先生在外首就座，和威斯特正好面对面。艾登在桌子一端背着窗子坐下，阳傀先生也没有客气大大方方地坐在了艾登的对面，他要监视威斯特的一举一动，准备一发现他有不利于李先生的行为，马上设法出手制止。不用说，在座的3个人谁也没有发现他。主人在征求了客人的意见后，通知服务员送来了3杯绿茶。

威斯特首先发言。"两天前李先生在北方大学的演讲，十分精彩。作为心理学者，本人致力于催眠术的研究，已有多年。"阳傀先生听了这句话，不免点了点头：这个人还是诚实的！威斯特这一招，使这位旁观者反而有些怀疑自己了。"我的专业和李先生的专业好像十分接近。我认为在中国的传统医学中，很重视心理治疗的作用，不仅作为辅助手段，而且也作为主要手段使用。贵国的气功疗法运用所谓外气治病，实际上就是一种心理疗法。'信则灵'、'心诚则灵'这类说法已经足可以证明这一点。"阳傀先生点了点头，觉得威斯特说得挺有道理，他赞同这个见解。

李先生面带微笑认真在听，但是看不出他对威斯特的说法是同意还是不同意。

"催眠术，"威斯特继续往下说，"利用心理学原理，在受术人处于被催眠的状态下，影响，甚至改变他的某些潜意识，对治疗一些心理疾病，特别是对治疗心理变态，有着不可替代的作用。"听到这里，阳傀先生对威斯特反倒产生了一些敬意。"听了李先生的演讲，我感到中国气功如先生所说，是对人体生命潜能的自觉开发，是否也属于对潜意识的自我影响，用以达到治疗或健身的目的。我想，如果在您的研究中，参考一下现代心理学的研究成果，也可能是有益的。"他说得很对，这是个值得采纳的建议，阳傀先生想。"为了说明这一点，建议李先生亲自体验一下催眠术的作用。如果您接受这个建议，本人愿意效劳。"啊！阳傀差一点喊出声来。这时他觉得对威斯特这个人有点捉摸不透了，怎么他又变成坏人啦？

李先生开始发言。"威斯特先生关于在我的研究中参考现代心理学研究成果的见解，我很感兴趣。没有想到先生对中国的传统医学也有研究。我国的传统医学，如果说重视心理治疗的话，那也只是注意使病人在接受治疗时处于一种良好的心理状态下。我国医师非常重视个人的道德修养，良好的道德修养会赢得病人的信任；对轻视自己疾病的病人，要启发他们重视；对惧怕疾病的病人，要引导他们树立可以恢复健康的信心；开导病人，使他们心情舒畅。有了良好的心理条件，可以使各种治疗手段充分发挥治疗作用。当然，良好的心理状态，对病人生理机能的调适、血脉畅通，在一定程度上也会产生积极影响。"阳傀先生觉得李大夫说的也有道理。

"至于气功师运用外气治病，我愿意向先生介绍一下我们的一项研究成果。外气，经使用现代科学仪器测试，已经弄清是一种结构复杂由多种成分组成的射线，或称之为波。这种射线在气功师意念的控制下，可以对病人身体某些方面机能起调节作用；可以抑制或杀灭某些病菌、病毒，可以改变某些致病毒素的分子结构从而减轻或消除它的毒性；甚至可以不见形迹地起到一些外科手术刀的作用。对这方面的机理，我们在继续作进一步研究。先生说这是一种心理治疗，本人无法苟同。"气功治病真的有那么神奇？阳傀半疑半信。

"至于心诚则灵、信则灵，确有这类现象。根据我们研究，病人对气功师有不信任心理，会产生一种信息，这种信息以一种脑电波作载体辐射出来，对气功师发出的外气会起干扰、抗拒的作用。这种信息，我们已经测试到了，已经弄清了它的机制，正在研究消解的办法。可以期待，不久的将来，就会没有理由再让威斯特先生说的那种心诚则灵、信则灵的现象存在下去了。"

十八

"蒙您见告，您对催眠术有很深的造诣，如果能即兴表演一下，使我能得到一些切身体验，将不胜感谢。"阳傀先生本来听得十分入神，一见李文庠正在往威斯特的圈套里钻，不由得着急起来，可是眼前什么办法也没有，只好走一步看一步了。他又想起了谭成和曹秉毅，他想，如果他们在场就好了，谭成的办法多。就是大白、阿花在这里，他们叫几声，也能把现在的局面给搅了。其实，先生的担心是多余的，他不了解，催眠术这种东西如果是巫术，那只能骗人、吓唬人，李先生不会怕这一套；如果是心理学方法，只要受术人有足够的定力，拒绝和施术人合作，它也起不了作用。看李先生的样子，对付这点鬼蜮伎俩，大概游刃有余。

威斯特见自己的预谋居然会如此顺利地变成现实，不禁喜出望外。他满面春风地说："很高兴看到李先生能够接受我的建议。很抱歉，我想询问一下，最近一段时间，有没有什么事情使您苦恼、郁闷或烦躁不安？研究工作紧张，有没有使您感到压力很大，疲劳困顿？有没有精神恍惚现象，影响您的思考？催眠术对这类心理症状的治疗，会有意想不到的效果。"阳傀先生心想，如果曹秉毅在这里，他一定会开口大骂："这老小子太狡猾了，非教训教训他不可。"他想象着，老曹腿一抬，一脚直向威斯特的臀部踹去。先生不会骂人，只能借用别人的嘴巴骂骂，这和自己骂人当然不同。

李先生说："已经有几个月了，一项研究进展不顺利，夜里睡眠不好，白天注意力不能集中，有时为一些小事大发脾气。"

"好。"威斯特说，"我们试试看。请您注意看我的眼睛，注意和我合作，现在可以开始了。请注意全身放松，您的头顶已经开始放松，您的颈部、双肩已经放松……"李先生一步步地按照威斯特的要求做下去。他逐步放松，阳傀却在一步一步走向紧张，两眼眨也不眨地紧盯住施术、受术双方的眼神。他下定了决心，到了关键时刻，实在没有别的办法，那就只好学学大白、阿花大吼一声，也可能会把李先生吓坏，不过顾不了那么多了。

只见威斯特眼中开始闪烁一种异样光芒，咄咄逼人，忽而轻轻点头，又忽而轻轻摇头。李文庠看着威斯特的眼睛，目不旁视，面带微笑，安详而又有些含蓄。房间里非常安静，艾登看着威斯特和李文庠有些入神，脸上流露着一丝不安，可以清楚听到他的呼吸有些急促。

大约过了两分钟，威斯特突然全身抖动了一下，两眼瞪圆，精光闪闪，脸上开始抽搐变形，样子变得很可怕。再看李文庠，还是先前那个样子，只是微笑中似乎隐含着一丝嘲笑。大约又过了一分钟，威斯特猛然全身向上一颠，手扶会议桌沿，双肩、两臂向后一撑，似乎想远远离开桌子，又像是在挣脱什么，随后又恢复了常态，可是身子在慢慢向左偏转，由面对李文庠逐渐变成了面对艾登。威斯特的眼神开始凝滞，上眼皮慢慢下垂；艾登的眼神开始凝滞，上眼皮慢慢下垂，两人好像双双进入了无我无他的境界。阳傀先生完全忘掉了刚才的紧张，威斯特的诡谲变化，只让他看得心驰神往。李文庠满脸的疑问，对威斯特和艾登变成现在这副神态，似乎有点莫名其妙。

威斯特忽然打破了房间中的凝重气氛开始说话："艾登先生，您可以谈一谈您和威斯特先生这次到北京来的目的吗？"

阳傀先生几乎怀疑自己的耳朵——当然，他已经没有耳朵——是不是出了毛病，满腹疑云。他看了看李先生，只见李先生一反安详的常态，嘴巴张得大大的忘记了合拢，满脸的惊诧神情。威斯特的这句问话，本来是李文庠的心里话，没想到会从威斯特的嘴里说了出来，而且威斯特询问的神情、语气也酷似李文庠。

艾登有了反应："很高兴回答您的问题。"阳傀先生想，这两个人都着了魔了，李先生也着了魔了，自己也像着了魔了，这房子里的一切都颠倒了。着魔？什么叫着魔？"我是英国南亚企业集团信息部的职员，16天前，董事长理查德·威尔逊先生召见我，指示我陪同心理医师威斯特先生到中国，寻找几个人，第一位就是名叫李文庠的中医学者。李先生原在广州挂牌行医，现在北京北方人体科学研究所做研究员。要设法和李先生结识，并介绍他和威斯特先生见面，配合威斯特先生对他施用催眠术，在李先生处于被催眠状态下，向他询问从事'异型生命工程'研究的那些学者的实验室在什么地方。无论得到什么回答，只要记下来，对李先生的工作就算完成。然后再通知我们第二个要找的人是谁，同样进行催眠，询问同样的问题。其余的人也依次这样进行。"

威斯特继续问道："威尔逊先生的目的是什么？"

"威尔逊先生没有说。"

"据艾登先生判断呢？"

"无法判断。"

"艾登先生对这次北京之行有什么想法？"威斯特又开始另一题目的询问。

"我不想接受这项工作，我认为这种作法是不道德的，也可能是违法的。可是，如果不接受，就要被解雇。目前，像我这样的汉学家，在英国想再找到这样待遇优厚的工作，几乎没有可能。我接受了，内心感到痛苦。我有许多中国朋友，他们都是诚实、善良的人，他们十分好客，伤害这样的人是很不应该的。我爱中国，我喜欢中国的文化。我希望威斯特先生知难而退，或者失败。"

"请谈谈您对威斯特先生的看法。"

"作为一位心理医师，威斯特先生的催眠术在英国是独一无二的。但是他的品德不好，而且有种族偏见，粗暴傲慢。我认为自己无法和这样的人合作。"

威斯特和艾登，又双双重新恢复原来的状态。房间里一点声音都没有，李文庠先生看呆了，阳傀先生也看呆了。大约过了两分钟，李先生从刚才的梦幻般境遇中清醒过来，他看了看艾登，又看了看威斯特，沉思了一下，忽然对威斯特说道："威斯特先生，我可以告辞了吗？"威斯特和艾登同时身体震动了一下，睁大了眼睛，满脸茫然，似乎对此前发生的事情一无所知。李先生又重复说了一遍："威斯特先生，我可以告辞了吗？"

十九

"啊，啊，当然，当然。"威斯特似乎有些不知所措。

李先生转向艾登："艾登先生，您对中国,对中国朋友的友好感情,是高尚的,是令人尊敬的。希望您运用自己的知识，使您的同胞多多了解中国。中国欢迎您这样的朋友。欢迎您有机会多到北京来。"

艾登机械地说了一声谢谢。

李先生又对威斯特说："感谢威斯特先生的催眠术表演。刚才在您的示意下，艾登先生进入了深度催眠状态，回答了您的几个问题。从艾登先生的回答中，我很荣幸地了解了两位先生这次北京之行的目的。这次威尔逊先生枉费了心机，您的一大笔报酬怕也要落空了。我要告辞了，谢谢。"说完，李先生从椅子上站了起来。

听完李文庠的一番话，威斯特开始还有些发懵，接着好像渐渐明白发生了什么事情，满脸充斥着沮丧、尴尬、惊诧混合在一起的复杂表情。见李文庠要走，忙站起身来对他说："李先生太高明了，对不起，请允许我提个问题，是不是您使我进入了催眠状态，在我失去自觉意识的时候，示意我对艾登先生进行了催眠？"

李文庠也似百思不得其解地缓缓摇了摇头："您确实对艾登先生进行了催眠。但是，事情为什么会变成这个样子，我也很奇怪。我不懂心理学，当然更不懂催眠术，所以……"

"请原谅，您是不是使用了魔法？"

"魔法？哈哈哈哈！"李文庠放声大笑起来。"'子不语怪，力，乱，神。'子不语，吾亦不语。哈哈哈哈！"这句话他是用汉语说的。威斯特看了看艾登，艾登不愧是个汉学家，把出自《论语》的这句话，从容译成英语。威斯特表情尴尬，摇了摇头，看意思还是不大相信。李先生微微一鞠躬，转身向外走去。威斯特一副神不守舍的样子，不仅忘记了送客，反而颓唐地坐了下去。

阳傀先生尾随艾登往外送李先生，快到电梯附近时忽然觉得身后有很熟悉的脚步声，回头一看，差一点叫出声来。原来是谭成、曹秉毅，还带着大白。不用问，他们一直在隔壁房间，为李先生保镖。谭、曹两位西装笔挺，特别是大白，全身刷洗得干干净净，配上脖套、皮带，昂首阔步，居然神气十足。手里牵着大白，老曹更显得威风凛凛。先生心想，饭店禁止携带宠物，大白怎么进来的？谭成可真有办法。在饭店门外，李先生上了一辆轿车，谭、曹没有和李先生说话，带着大白上了自己的车。艾登含泪依依不舍地频频向李先生挥手。

李先生的车和谭、曹的车都向市中心方向开去，没有疑问是去李先生的家了。阳傀先生自信可以赶上他们，便又尾随艾登上了楼。威斯特看到艾登，突然升起了一腔无名怒火，忘记了保持绅士风度，从座椅上跳起来对着艾登大声吼道："你对李都说了些什么？"

艾登有点摸不着头脑："我？什么也没说啊！"

"我问你，他提的问题，你是怎样回答的？"

艾登似乎明白了威斯特的意思，也火了："威斯特先生，请您注意一下礼貌。我愿意清楚地告诉您，李先生没有向我提过任何问题！"

威斯特显然是因为这次惨败，有点气血攻心。他又垂头丧气地坐了下去，有气无力地对艾登说："对不起。请报告威尔逊先生，我们失败了。"

艾登回自己房间去了。威斯特没动地方，右臂倚桌，手托前额，双眉紧锁。在施用催眠术方面，威斯特第一次经历失败，而且是双重失败，败得这么惨，败得这么丢人，特别是败在他看不起的中国人手下，他的痛苦可想而知。看来，要想摆脱这次失败的浓重阴影，恐怕不是一朝一夕的事情。

几分钟后，艾登又回到了威斯特的面前："威尔逊先生回答：'很好。'指示：'继续进行下一个人的工作，他在天津，是天祥海洋生物基因工程公司经理邓晓阳。'"

"什么？'很好'？您有没有说清楚？我们失败啦！"

"是的，不会有错误。好像成功、失败或者无结果，威尔逊先生都不计较，认为很正常。"

像一棵干渴打蔫的野草忽然得沐甘霖，威斯特一下子又精神起来。他对艾登说："请问天津在北京的哪个方向，距离北京有多少英里？我们何时可以启程？"

"天津在北京的东南方向，距北京约80英里，只是几十分钟的路程，如果安排恰当，可以就住在北京。"

"天津是北京的一个卫星城？"

"不，不，天津是一个世界闻名的国际港口大都市。是中国的利物浦。"

阳傀先生对威尔逊处理这件事情的态度也感到奇怪，不过他还是飘然下楼，赶上谭、曹，钻进了他们的汽车。谭、曹在前边，先生和大白在后边。大白蹲坐在后排座位中间，两眼向前，目不旁视，样子比老曹还要威严几分。先生一走神，忘记了过去的教训，下意识地伸手轻轻摸了一下它的脖颈，大白刷地向后一甩头，接着就报警似地狂嗥了几声。

谭成手扶方向盘没有回头："我说大白狗爷，有什么话下车再说好不好？您在车里这么一叫，谁的耳朵受得了？"

老曹转身盯住大白的眼睛说："不对！大白好像发现了什么。它看到了什么？听到了什么？都不像，那又怎么惊成这个样子呢？奇怪，奇怪。"老曹伸手拍了拍大白的头，安抚一下，可是大白依旧有点神魂不宁。

"曹兄，你怎么也喊起奇怪来了？"

"这两天是有点邪，杨立群收到那封信就邪，刚才在饭店里我觉得那两个英国人和李先生说话的动静也邪，刚才大白惊成这个样子更邪。大白一向镇静胆大，刚才怎么惊成那个样子？邪！我看这辆车有问题，跟后方办事处说说，给咱们换一辆。"

"曹兄，你可是天不怕地不怕的，今天也有点邪了。"

听两人这通议论，阳傀先生不无感慨地摇了摇头，轻轻地叹了口气。叹气的声音极其轻微，谭、曹两人没有发觉，大白可听到了，只见它嗷的一声惊叫噌地一下子从谭、曹两人中间蹿到了前排撞了挡风玻璃一下，然后回过头来趴在了老曹的怀里直哼嗦。事出突然，如果不是正赶上红灯停车，谭成握着方向盘的双手一乱摆，非出事故不可。大白这一反常行动，闹得老曹、谭成也有点发毛。过了十字路口，谭成把车停到了一间饭馆的停车场上，两人一狗下了车。大白恢复了常态，老曹绕着车转了两圈，看不出车有什么问题。谭成也转着观察了一圈，也没有发现什么。

"可能是车里边有什么问题。"谭成缓缓地说。

"一定有问题，咱不能说迷信话，如果不是碰上妖魔鬼怪的，大白绝对不会吓成这样。"

"好,好,好,曹兄不说迷信话,就说妖魔鬼怪。说妖魔鬼怪,不算说迷信话。"

二十

　　阳傀先生早已飘到车外，本来就因为不小心吓坏了大白心里懊恼，一听他们两人说话，自己被老曹认定是妖魔鬼怪，真是难过极了。他很想听李先生解说解说威斯特为什么会有那种表现，如果不是抱有这个目的，他早就飘身远去了。

　　李先生的家在地安门大街三道弯胡同的一个四合院里，这个四合院是北京市级文物保护单位。三间正房，一明两暗，中间是客厅，西间是书房，东间是诊室。西厢房做卧室，东厢房做药房。正房东边的两间耳房是餐厅和厨房，西边的两间耳房是卫生间、更衣室。谭成、曹秉毅牵着大白进了客厅，李先生早已等在那里，宾主都没有客气，看样子李先生已经认识了老曹，谭成、老曹去饭店保镖，事后再到李宅碰头，都是事先约定好的。谭成给李先生和老曹各倒了一杯茶，自己也倒了一杯。直到这时候，先生才发现原来李先生是谭成的母舅。

　　谈起威斯特和艾登来，李文庠大夫说，那位威斯特先生好像有特异功能，他的眼神很霸道，有那么一股拨动对手心弦的力量。这个人如果勾引女人，大概一勾一准。艾登说他品德不好，很可能指的就是这一点。据李先生判断，威斯特如果真有特异功能，本人好像并不知道，只以为是自己的催眠术高明，自己对女人特别有魅力。他所以应邀进行学术交流，答应接受催眠，是想了解一下、体验一下催眠术，他认为自己的定力极强，相信只要内心清明，不管威斯特使用什么阴谋诡计，都不可能得逞。他有些低估威斯特，结果两人的目光刚一接触，就考验了他的定力。当时他的内心很紧张，一点不敢大意。不过表面没有示弱，装得轻松。如果示弱，对方就会气焰嚣张。在定力较量中，威斯特忽然产生了怯意，想中途罢手。这一来，促使他信心大增，紧盯住威斯特的眼神不放，不让他摆脱，看他最后怎么收场，没有想到竟会引出那样的结果。李先生说，艾登、威斯特和他约会之后，北方大学的朋友向他介绍了一下艾登的情况，了解这个人人品很好，而且第一次见面，印象也不错。他确实曾经想到事后有机会要约艾登单独见面，了解了解他们的意图，威斯特向艾登提出的第一个问题，正是自己心中拟好的提问。威斯特以后提的问题，也是自己随着艾登的回答，临时想问的问题。他说，这可能就是意念的力量，不过自己的意念在当时怎么会在威斯特身上显现出来，他还想不明白。这次遭遇，对他参与的人体科学研究的一个课题很有启发。李先生说，所谓'异型生命工程'，从来没有听说过，不知道为什么要找他询问，而且要在被催眠的状态下询问。

次日早晨杨立群又给谭成和曹秉毅打来电话，告诉他们昨天晚上又收到一封电子信函。自然还是由谭成去取，这次他带上了大白和阿花。当杨立群打开门看到它们的时候愣了一愣，谭成忙说："这就是前次提到的大白和阿花。"她连声说"噢！噢！"，轻轻拍了拍手表示欢迎。

大白和阿花随着杨立群、谭成一进客厅，用鼻子嗅了嗅，就认出了这是阳傀先生的家。于是卧室、书房、厨房、卫生间搜了个遍。没有找到先生，似乎很失望。杨立群皱了皱眉。谭成连忙解释："它们比我胆子大，也不会客气，连您的闺房都敢进去看看，不过您不要担心，它们是在找阳傀老师。您看，没找到，不大高兴了。"谭成接受上次教训，本来小心翼翼，说话规规矩矩，不敢稍有放肆，可是在大白、阿花的带动下，一时又有点忘乎所以。杨立群面露微笑，勉强弯腰抚了抚大白、阿花的背，略示安慰。它们怔了怔，似乎对什么东西感到些意外，不过，态度还算友好，双双伸嘴亲了亲杨立群的手。

"来，谭成，都给你看看，这是我的卧室，这是孩子的卧室，这是阳傀的卧室，这是书房。"杨立群爽快地领着谭成参观了他们的几个房间。她的直呼名字，不再称呼谭成先生，不再使用您字；还让他参观自己的卧室、书房，这种大方开放的举动，让他惊喜，也有些疑惑，为什么会有这么大的变化？她怎么想的，是有意拉近距离吗？谭成觉得意外，又担心自己是不是过于乐观。

谭成拿到信件，忽然发觉自己满怀希望又要欣赏到的那些美妙行楷不见了，映入眼帘的是几行直胳膊直腿让人厌恶的宋体打印字，不由得心里感到一阵失落。难道上次算是失态吧，让她心里有了戒备？不会，看她刚才的态度，肯定不会。那又是为什么呢？时间不容多想，他不得不把心思转向信件的内容。

"阳傀先生：十分奇怪，威尔逊先生对威斯特先生的失败不以为意，指示他们继续进行下一名的工作。下一名是天津的天祥海洋基因工程公司经理邓晓阳。特告。即日"

谭成拿到信件之后，不好意思再多作停留，很快告辞。杨立群把他送到门外，笑着说道："谭成，你的表现，真像个好学生。"

又是意外，谭成愣了一下，随即应道："哦，哦，多蒙杨老师夸奖，谭成愿意……作个好学生。"谭成油嘴滑舌使用似真似假亦庄亦谐的表达方式已成习惯,本来想说"愿意永远作您的好学生",到了口边又吞了回去。杨立群笑了笑没有再说什么。在路上,谭成心里七上八下患得患失像丢了魂儿一样,他怕开车出事,找个停车场停下,坐在车里静了静心,开始胡思乱想。他反复捉摸今天杨立群的态度和最后说的那句话。"她是在取笑我?不,不像,肯定不是。她喜欢我那种规规矩矩的态度?不,不会,肯定不是。""她为什么要说这句话?她为什么不说:'慢走'或'再见'?她今天的态度变化太大了,上次取信,谭先生、谭先生,客客气气得直让我脊背发凉。'谭成','你',好!"最后这个好字,他大声叫了出来。好是好,可又有点后悔,后悔刚才没有把'愿意永远做您的好学生'这几个字完整地说出来。又想:"不行,再不能冒失,风险太大。"想着想着忽然细一回味,觉得似乎不大对劲,怎么她的语音语调不大像此前两次见面刚刚熟悉的她的声音?可是,几分钟前面对面看到的,是杨立群啊!是她,只有她才那么美丽。细一琢磨,又觉得举止也有点异样,不过到底表现在哪儿,说不清楚。再一想,总共才见面三次,闭上眼睛面容还是模糊的,又能分得清什么?

第五章

裂谷深沉听地吼　金雕孔武助人飞

二十一

谭成和老曹议论那位无名氏的第二封信,"这个写信的人到底是谁?他好像什么都知道!他说威尔逊一点也不在乎威斯特他们干得怎么样,是真的吗?那又何必让他们到中国来?"老曹说。

"第一,这个人非常熟悉阳傀先生,是先生的好朋友或同事,知道先生在干什么,不知道先生失踪的事。第二,这个人了解威斯特和艾登的一举一动。第三,真心诚意想帮助先生,没有恶意。第四,他向先生通报的情况,百分之百的真实,可以百分之百地相信。不过这里边有三个大的疑问:一个是,他了解的两个英国人的行动情况,是只有两个英国人自己才会知道的,难道他是他们的影子?再一个是,先生失踪的新闻,所有的媒体都大量报道过,他居然不知道,难道他生活在人类社会之外?另外一个是,在我舅舅和威斯特的接触中,阳傀先生没有在座,他应该完全清楚,可是在他的第二封信中没有告知当时情况,直接就说威尔逊的反应,不合常情。"

"对,说得真对,你说说这个人到底是谁?"

"不知道。不过可以设法慢慢引他出来。比如这次咱就不让他牵着鼻子走，先去成都慰问阳傀先生的父母。"

　　老曹说："阳先生失踪的事不调查啦？"

　　"当然不会。你放心，这位无名氏看样子盯上我们了，断不了线。"

　　"有把握？"

　　"错不了。"

　　谭成和老曹把去成都的想法在电话里对杨立群说了说，同时请她代为照顾一下大白和阿花。她当然不会反对，只是建议由她请一顿潮州菜再去。谭成欣然同意，老曹也不再发憷，他们顺道也把大白、阿花带了过去。

　　老曹对潮州菜里的猪肠胀糯米、卤水鸭、煎蚝饼和广东的双蒸米酒大感兴趣，一番狼吞牛饮。谭成表现得老老实实，依然一副"好学生"的样子，没开老曹的玩笑。自然显得有些反常，有些造作。杨立群大大方方做主人，微笑着面对两位表现不同的客人，像是相隔多年重又见面的老同学老同事，毫不客气，"谭成"、"老曹"地招呼着。老曹喜欢她这样直来直去，最怕客气，因此他也没有留意到她和以前见面时有什么不同。在最后告退时，敏感的谭成对主人多看了两眼，忽然发现杨立群对自己点点头笑了笑。谭成有一点神不守舍了，赶紧对老曹说："曹兄，我的头有点疼，你来驾车吧！"

　　"我不认识路，还是你来吧！"

　　"没有关系，开不到月亮上去！不行你就指定出发地和目的地，让它自动驾驶。"

　　由于杨立群先用电话通知了两位老人家，在谭成、曹秉毅所乘飞机抵达成都机场时，他们已经在那里迎候。两位老人头发都已经斑白，对谭成、曹秉毅的到来，似乎并没有感到意外。他们坦然、亲切地接待了自己儿子的两位同事。他们看待谭成、曹秉毅，就像看待自己的儿子阳傀一样，坚持让他们在自己家里吃住。老爷子特别喜欢谭成；老太太特别喜欢曹秉毅。客厅的陈设，主要是那套沙发引来了谭成的兴趣。两件牛皮沙发和一件白碴橡木三人凉椅勉强凑成一套，看它们的年龄比阳傀先生恐怕只大不小。那对牛皮沙发皮子锃亮，似在炫耀自己的光辉过去，但是光亮掩盖不住那些横七竖八饱经沧桑的裂纹；那件白碴凉椅，说是白碴，历经岁月的摩挲已经变成了淡棕色，可是那种粗朴坚固的架势，看得出依旧不减当年。经过一番观察，谭成忍不住开口了："大爷、大妈，听说四川省的博物馆一直在征集文物，由三星堆时期的直到现代的都要，请问您老这套一定蕴含着一个传奇故事的古董沙发凉椅为什么还不送去?"

"哈哈哈哈!"老爷子一阵大笑,"小伙子,你说说,这么一套旧沙发会有什么传奇故事?"

老太太也蛮有兴趣地微笑着看着谭成。

"这件白碴凉椅好像是大妈的,这两件牛皮沙发好像是大爷的,故事也许就发生在它们怎么凑成一套这个关节点上。"

"小伙子,你可真是观察入微啊!"老两口赞赏地微笑着摇了摇头,表示不可思议。

这套沙发凉椅,说起来还是这对老夫妇结合的象征。这三件家具凑成一套,似乎有点不伦不类,这对老夫妇的结合更是出人意外。老太太出身川北山区的农村,一直到取得博士学位,无论从穿着打扮上看,还是从气质上、作风上看,都还带有浓浓的"村姑"风采。老爷子年轻时是个城市帅哥,吃喝可以凑合,穿着却从不含糊,永远是西装笔挺,头发油光,皮鞋锃亮。他们是同一位导师的研究生,谁也不知道这位城市帅哥是怎么选中的村姑,村姑是怎么选中的城市帅哥。组成家庭后,他们各自坚持自己的习惯,互不干涉。买这套家具的时候,"村姑"主张的风格是朴素、粗犷、坚固;"帅哥"主张的风格是豪华又不失厚重、典雅,谁也没有让步,互相也没有争吵,很轻易地就达成了协议:按照"帅哥"的意思买了两件单人高级牛皮沙发;按照"村姑"的意思买了一件硬杂木的白碴三人凉椅。

威斯特先生和艾登先生依旧住在燕云饭店。

电子信件发出已经有两天多的时间了,没见谭成和老曹有什么反应,阳傀先生有些奇怪。他匆匆飘到小别墅,一看,不仅两个人不见了,大白和阿花也不见了,武夷山牌小轿车停在院子里,已经薄薄地落上了一层灰尘。先生立刻意识到他们离开北京了。回南极了?不会。去泰安了?不会。啊!明白了,他们去了成都,去慰问自己的父母了。

阳傀先生照旧紧盯着威斯特先生不放。艾登去了一趟天津,以南亚企业集团代表的名义拜访了天祥公司。回来告诉威斯特,正赶上邓晓阳经理突发心脏病刚刚住进医院,准备做换心手术,至少要半年时间才能上班。他们报告伦敦后,威尔逊先生建议他们利用这段空隙放松一下,到青藏高原的羌塘自然保护区作一次探险。

二十二

　　威尔逊的建议很对威斯特先生的口味，他表示举双手赞成。艾登对西藏的藏传佛教文化十分向往，一直期待有机会仔细参观考察一下布达拉宫、大昭寺、扎什伦布寺、西藏博物馆等著名文物集中地。他提出了条件，要在拉萨、日喀则各停留5天。威斯特不同意，坚持只能在路过拉萨时在那里停留两天。艾登无法，最后还是迁就了威斯特。阳傀纪元前2年，先生曾由东向西穿越过可可西里自然保护区和羌塘自然保护区，发现了横亘在羌塘自然保护区内的藏北大裂谷。现在要不要继续盯住威斯特，跟着他们再去一次青藏高原的无人区？先生开始拿不定主意，不过他总觉得威尔逊先生的建议有点蹊跷，对威斯特和艾登的行动不太放心，最后还是决定盯下去。

　　先生又发了一封信：

　　"阳傀先生：

　　邓晓阳先生因病住院，半年内无法接触。威尔逊先生建议威斯特和艾登利用这段时间去羌塘自然保护区作一次探险。他们的动身日期、行程路线容后另告。即日"

　　这时谭成和曹秉毅已经由成都返回北京。接到杨立群电话，谭成就迫不及待地跑去见她，此时谭成对杨立群已有一日不见如隔三秋之感。这次见面有了在成都见闻的话题和理由，谭成大胆地停留了150分钟，而且不再做"好学生"。杨立群似乎有意拿捏着分寸，保持着适当的热情、适当的礼貌、适当的距离，也适当地装着糊涂。谭成有自己的弹性，有伸有缩，而且要求不高，只要不撞上冰山就好。不过这次见面的最后结局，让谭成觉得很有些收获。杨立群有意无意地问了一句："谭成，你的孩子几岁啦？男孩女孩？"

　　"我还没有结婚。"

　　"什么？还没结婚！快30岁了吧？没结婚也该有女朋友了。"

　　"31周岁稍差一点，因为修地球物理硕士学位，埋头读书、研究，工作了又钉在了实验室，所以女朋友还没有找到。"谭成巴不得能向杨立群亮亮自己的光棍身份，并提供相关资料。

杨立群咯咯笑了。"男大当婚，女大当嫁。有点着急了吧！"

"对，对。不，不。"没想到她会这么说话，谭成接错了一招。

杨立群咯咯又笑了。

最初两次见面，她很热情，但是十分庄重。这几次见面变了，也许是熟悉了不那么拘束啦！这样最好，自己也不必那么过分小心了。谭成想。

不久以后，阳傀先生又把两个英国人的启程时间、行程计划等等，详细发了一封电子信件。

谭成和曹秉毅接到泰山南极考察队的指示，要他俩留在北京协助后方办事处工作，4月中旬到青岛作好接船准备，届时全队将由南极回来在青岛登陆再转赴泰安。这样，他们已没有可能再尾随威斯特和艾登到西藏去了。谭成本来就没有盯梢威斯特和艾登的打算，他对曹秉毅说："曹兄，你说威尔逊让威斯特到藏北无人区去干什么？"

"看他们闲着没事，让他们去旅游旅游呗。"

"我看不那么简单，我总觉得威尔逊另有打算。"

"你是说他在搞什么阴谋？"

"咱们到天津调查调查邓晓阳，也许会有什么线索。"

谭成、曹秉毅到天津后发现，邓晓阳根本没有住院，更谈不上作换心手术。

经过一番准备，直到4月中旬一切就绪，威斯特先生和艾登先生乘飞机先到拉萨。在艾登的坚持下，他们走马观花式地参观了一下布达拉宫、大昭寺和西藏博物馆，购置了一辆越野车，然后驱车经班戈到双湖。在双湖购足了汽车燃料，补充了食品，开始北上。阳傀先生计算了一下，如果他们由双湖朝西北方向走下去，若干天以后就很有可能到达那个藏北大裂谷的中部南沿。这个大裂谷是东西走向，长约300多公里，最宽处超过30公里，最窄处也有10公里以上。先生说，到当时为止只有他一个人知道。他说，藏北大裂谷也许是地球陆地部分唯一没有被人类践踏过的净土，使大裂谷中的天然物种保留下来意义重大，要尽一切可能让它埋藏下去，不能再让别人发现。

阳傀先生穿越可可西里自然保护区和羌塘自然保护区，是在阳傀纪元前2年的夏季，目的和去南极是一样的。

他的装备主要是两只水陆空三用橡皮舟。这种橡皮舟很小，宽不过两米，长不过 3 米，必要时两只可以首尾相连变成一只。在有水的地方，只要水深在 40 厘米以上，就可以用桨、用篙或者用马达在水中行进；凡是不能在水中行进的地方，只要稍加改动，就变成了气垫船。这种气垫船可以在距地面或水面几十厘米的高度飞行，也可以在更高一些的空中飞行。在地势平坦的陆地上，为了节能，也可以装上 4 个胶轮拖着前进。橡皮舟上满满地装着各色各样的野外生存和探险必需的物资，重点是食物和能源。能源是 6 块每块大小相当于 1 本学生词典、重不过 500 克的高能蓄电池和两罐每罐 1 升容积的高密度压缩氢。这 6 块蓄电池可以保证两只气垫船常高常速行进 3 千公里；两罐压缩氢可够 1 个人 3 个月的餐饮、取暖用热。阳傀先生是在 6 月上旬从长江源地区划着橡皮舟溯沱沱河往西往北，穿过乌兰乌拉湖，越过青藏边界进入藏北无人区的。乌兰乌拉湖地区，海拔 4 千多米，水草尚称丰茂，偶尔还能遇上几位藏族生态巡视人员。阳傀先生设想，那几位学者的生活用品、实验物资都需要补给，不会距离人群过远。他在这个地区用了几天时间，大体搜索了一下，结果一无所获。往北往西进入藏北无人区，海拔已经在 5 千米左右，他觉得胸部像压住一块石头，呼吸吃力，头也有些痛。这是高山反应，他放慢行进速度，尽量减少体力消耗。在进入藏北无人区第五天的上午，在他费尽力气像纤夫拉纤那样拖着两用橡皮舟爬上一个丘陵顶部，刚一抬头想喘口气的时候，忽然发现就在约 20 米以外的地方，赫然站着大约有 20 头壮硕的披着长毛的有角动物。虽然初次见面，先生知道这就是青藏高原特有的野牦牛，只见它们一个个瞪大眼睛，惊奇地盯着自己。他吓了一跳，定了定神，知道自己现在不能有任何让他们误解为敌对的行动，否则激怒这些高原大力士，后果不堪设想。他轻轻地丢下手里的纤绳，缓缓地坐在了地上，把目光也从它们身上移开。一两分钟后，它们不再盯着他，又纷纷低下头去继续啃那些长出地皮不过一二十厘米的小草。先生现在只能静静地等待它们离开。他抬眼往西望去，丘陵下方是一片开阔的盆地，盆地的中央是个大约有几百公顷面积的湖泊，浅浅的清水在阳光下粼粼闪闪，居然还有成群的水鸟在里边悠闲地啄食。湖的西岸隐隐可以看到有一条河从两个丘陵间流出注入湖中，湖水又经过一条小河缓缓向南方流去。在远方的河边上，迷蒙中似乎一群身材纤巧正在河边饮水的动物突然扰动起来，然后飞也似地四散奔开，那大概是些藏羚羊吧！也许是有几只饿狼在偷袭它们。那些野牦牛已经转移到百米以外，先生小心地站起身来，拾起纤绳，拖着两用橡皮舟轻轻地向丘陵下方的湖边走去。南方隐隐有些连绵不断的隆隆声传来。不是雷声，天气晴朗，万里无云。这里是无人区，当然也不是炮声。那又是什么声音呢？

二十三

　　来到湖边，先生决定循着声音前去看个究竟。他把橡皮舟放入水中，自己跨入前一只，试着用篙撑了一下，水很浅，橡皮舟几乎是擦着湖底前进的。先生慢慢向前撑着，大约用了两个小时的时间，进入了南流的小河。先生收起了篙，让橡皮舟顺水漂流。舟行很慢，又过了两个小时的样子，隆隆声越来越响，当橡皮舟进入一段由两座丘陵相夹形成的小小峡谷之后，水流开始变急。他弃舟登岸，系好纤绳，两只橡皮舟很快横在了河道上，接着第二只尾部朝前和第一只掉换了位置，开始拖着他前进。他拉紧纤绳，降低前进速度。水流越来越急，橡皮舟向前的拉力越来越大，为了防止出事，他把它们拖到岸上，装上4个小轮，在地上拖着前进。走出峡谷，绿色消失了，眼前是一望无际的荒漠。隆隆声变得震耳欲聋，声源似乎在左前方，又似乎在地下。他拖着橡皮舟，沿着小河左岸继续前行。小河的河床越来越深，逐渐变成了深沟，水流也越来越急。又前行了几公里，伴着巨大的隆隆声，眼前出现了一片怪异吓人的景观。只见大地上由东到西不见头尾，往南看不清边际，横陈着一片深不见底的大黑洞。此时天色已近黄昏，阳光暗淡，先生不禁毛骨悚然，不过他心情激动，清楚自己可能正面临一项重大的地理发现。小河一路流来已经形成几十米深的长壑，在注入大黑洞的河口地方河水变成了瀑布，急泻而下，只是声音被那巨大的隆隆声完全掩盖了下去。他匆匆后退了大约一公里，心情沉静了一下，决定在河边宿营。

　　夜间，在那隆隆巨响中，先生翻来覆去不能入睡，那片无边无际的大黑洞在脑子里晃来晃去：洞口面积会有多大？难道能有几百平方公里、几千平方公里？洞有多深？能有几百米深、几千米深？洞里会有什么？那隆隆声好像是水声。有水？一定是无底深渊，还有怪石嶙峋。会不会还有花草树木、鸟兽虫鱼？啊，也许是个世外桃源！会有人吗？想到这里，先生腾的一下坐了起来，那些不安分的学者会不会就在这里？……直到东方天色已经发白，先生才昏昏沉沉地睡去。

在将近正午的时候，先生拖着橡皮舟重新来到了大黑洞的边沿附近。这一带到处是粗砂砾石，很像新疆的戈壁滩。可以听清，那巨大的隆隆声就来自洞的底部靠东边，好像离先生所在的地方还很远。此时阳光明亮，先生走近洞的边沿，探头向下望去，深不见底，只觉得眼有些晕，耳有些聋，腿有些发软。先生赶快退后几步，闭上眼睛定了定神。

他试着俯卧在地上，双手、臂肘和膝盖接触砾石，忍着疼痛，匍匐爬近洞沿，双手按住边沿探出头去仔细观察。这个大黑洞，其实并不黑，也不是洞，而是一个大裂谷。往西望去，两岸折折拐拐，直达天际；对岸迷迷蒙蒙，目测两岸相距，最窄处有10余公里，最宽处要超过30公里；往东望去，在大约20公里以外的尽头处，影影绰绰看到一片很宽很宽的大瀑布，谷底传来的那深邃巨大动人心魄的隆隆声，就是飞瀑落地的声音和三面峭壁的回声。奇的是，视线所及，大裂谷的两岸全是陡直的峭壁。目光沿着对岸的峭壁往下扫去，根据在飞机上下望的经验，峭壁由顶部到根部至少有3千米。从两边峭壁根部延伸到谷底中间的地带，是缓坡，眼前这一带土色绿色相间，像是半荒漠；往西面远远望去，只见一片黑沉沉绿色，很像是原始森林。谷底中间是一条蜿蜒西去的河流，水色黄黄的似乎混有泥沙。峭壁虽然陡直，但凹凸不平。好一个大裂谷，好一个荒漠中的世外桃源，先生摇头感叹着。"一定会有道路通到谷底。"刚想到这里，马上又推翻了自己的想法："道路？这里是无人区，平地都没有道路，哪里来的深入谷底的道路？要想下去，只有自己开路。"

先生向东面仔细观察了一遍，设想有可能存在通向谷底的斜坡。东面没有，于是拖着橡皮舟向北后退了一段，然后穿过小河，沿小河右岸重新回到大裂谷边沿附近。以后几天，先生一直沿着大裂谷边沿向西寻找，开始步行了几十公里，太慢，又把两只橡皮舟改装成气垫船继续搜索前进。在第五天的上午，先生发现谷底的河流尽头注入了一个大湖，湖水在北、西、南三面都是直逼峭壁，在东面河水注入的地方形成一个延伸有几公里的大喇叭口。这一天他沿裂谷边沿弯弯绕绕又行进了大约100公里，第二天上午又行进了大约50公里，遇到由一条小溪注入裂谷形成的瀑布，这时的位置大体在谷底河流与大湖交汇处的大喇叭口上面南沿。先生停下来估算一下，这个大裂谷的长度当在350公里以上，同时可以判定，它的边沿，除了东头的大瀑布和南北两沿的一些小瀑布冲出的弧形豁口外，全部都是斧劈般的陡壁，直上直下。以自己现在携带的装备，没有可能下到谷底。即使勉强下去，再想上来就势比登天了。

现在虽然是7月的盛夏天气，由于海拔在5千米左右，即使是中午，气温也不过摄氏几度、十几度，夜间就要下降到零下，先生身上一直穿的是防寒服。两只橡皮舟已经重新装上小轮，为了方便细致观察，先生准备拖着橡皮舟前进一段。他在自己的腰部用10厘米宽、3毫米厚的尼龙丝带缠了两匝，又在左胁下和右胁下，各用尼龙丝带系住缠腰丝带，再使左右两股丝带在胸前交叉经过两肩后合并在后背贴近腰椎处系在腰缠丝带上，然后把橡皮舟纤绳系在背后3股丝带的交叉处，这样拖动时省力又不占用双手。读者在下文很快就会看到，正是缠在身上的这些尼龙丝带在危难时刻使他得以死里逃生。这天下午3时左右，先生拖着橡皮舟绕过小溪前进了一段，又抱着一种再撞撞运气的心理，停下脚步俯卧在裂谷边沿，想详细查看一下到底有没有可用来下到谷底的地形。

二十四

正在他聚精会神观察的时候，突然觉得腰部被一种耙子似的东西重重刨了一下，接着就被提了起来，离地不到1米，又向大裂谷上空荡过去，刚离开大裂谷边沿，后背忽然被一股很大的力量向下方一拽，一瞬间来个仰面朝天，这才发现一只大鸟在自己身旁慌乱地扇动着巨大的翅膀，挣扎着和自己一起被两只橡皮舟和舟上辎重的重量拉着向谷底坠去。

大鸟的挣扎见了成效，那股向上提的力量重新出现，自己的身子又侧了回去，下坠的势头也缓了下来。不过大鸟可能企图抽出爪子逃跑或者为了好过一点调整一下姿势，还不时挣扎几下。先生说，最初自己一下子蒙了，直到这时候脑子才清醒起来。原来自己被一只金雕当作狐狸或者藏羚这类猎物抓了起来，结果系在自己腰部的纤绳扯动了两只橡皮舟。两只橡皮舟加上装载的物资足有100多公斤重，这只金雕力气再大，也不可能承受，于是一起被拽向谷底。金雕这种猛禽在西藏地区是常见的动物，但是身长2米以上，翼展8米以上的，恐怕只有在这个大裂谷的特殊环境中才有可能见到。先生心里开始盘算，按现在这种速度下坠，落到谷底后，大概不至于摔死。不过会不会摔死，全要看金雕的表现了。"金雕啊！金雕，我不怪你，也不会害你，可是你也不能只顾自己抽出爪子逃命。希望你不要再挣扎，注意保持体力，争取挺到最后。"先生开始嘟囔起来，又像央求金雕，又像自己祷告。

几经挣扎无效，金雕终于放弃挣脱爪子的努力，改为集中全力扇动双翅，企图重新向上腾飞。这当然没有可能，不过却把下坠势头缓和下来。金雕一直向北扑腾，最后阳傀先生和他的橡皮舟连同金雕一起落在了大裂谷底部中间偏南的河道里。这是河的下游，河床很宽，河道中心水深在20米以上。先生拖着金雕一直坠落到接近河底，又被橡皮舟的浮力向上一抻，重新浮出水面。先生略一喘气，左手攀住橡皮舟，右手迅速从衣袋里掏出万用刀割断缠在腰间的尼龙带，帮助金雕脱出爪子。金雕登上橡皮舟全身奋力一抖，甩掉羽毛上的存水，振翅冲向高空，在阳傀先生的头顶盘旋了几圈，表示感谢，然后朝正北方向的峭壁飞去。先生判断，金雕的巢穴大概就在那边附近，现在也可能是繁殖季节，说不定巢内还有小雕等待喂食。他把身上衣服全部脱掉晾好，又把橡皮舟里的水舀干，再打开行李取出夏天衣服换上。

读者可能会想，这只金雕是不是太大了一点，而且像是患了白内障，居然把一个大活人看成了狐狸或者藏羚。笔者完全理解读者的疑问，不过请大家相信，阳傀先生是不说假话的，他的叙述肯定都是事实。后文这只金雕还会出场，读者可进一步仔细观察。

先生没有想到竟会这样来到大裂谷的底部，不过他是个乐观主义者，刹那间的惊恐很快就消失了，接着就为自己能有幸进入这个世外桃源而兴奋不已。自然也正可以认真在这里寻找一下那些不安分的学者。至于下一步如何回到上边去，他认为"车到山前必有路"，总能想出办法来。先生现在所在方位，大概处于距大裂谷的最西头约60公里的地方，距南岸峭壁根部约10公里，距北岸峭壁根部约30公里。现在的时间是下午4点45分，正值夏至刚过，谷底洒满了阳光，显得十分明亮。只是西头的峭壁看起来是黑蒙蒙灰蒙蒙的。这条谷底河被先生命名为金雕河，作为把他带到大裂谷谷底的金雕的永久纪念。眼前这一段金雕河，两岸长满高大粗壮的芦苇，芦苇丛的后面是一望无际的森林。先生觉出湿度很大，温度不算太高，但是几乎没有风，身上总感觉有点粘乎乎的。测了测海拔高度，在1540米左右，推算两边峭壁根部当在海拔1700米到2100米之间，有高有低。鸟类似乎很多，抬眼间看到的就已经有各地常见的山麻雀、绿翅鸭、鸳鸯、苍鹭、小白鹭、苍鹰等等。河里鱼的密度很大，橡皮舟被它们撞得乱晃，都是些什么鱼，一时还看不太清。陆地上的动物还没有见到。先生十分忌惮毒蛇，觉得在水面上宿营会更安全些，他把橡皮舟划近北岸，把折叠篙抻长插进岸边一束芦苇中间，然后用纤绳把芦苇和篙绑在一起系住橡皮舟，橡皮舟就变成了宿营地。先生吃过当天的第二顿饭，谷底已经黄昏，万鸟归林，鸣叫声、振翅声，嘈杂震耳。谷底的黄昏好像只那么一闪，夜幕很快就降临了。先生用蚊帐把自己罩了起来，避开了各种飞虫的攻击。不过蚊子并不罢休，它们包围着蚊帐，震耳的嗡嗡声彻夜威胁着先生，让他总觉着蚊子进了蚊帐，似乎叮到了身上，折腾到东方发白蚊子撤走，才得入睡。

　　先生寻思，那些学者如果真的找到这么个地方来进行他们的试验，那可太理想了。从隐蔽上看，从环境上看，都可说是独一无二的。不过他们很难物色到这里来，自己怕还是第一个发现者。他计划一边观察一边从四个方面下手搜寻：一是从建筑物方面，他们在这里生活，进行实验活动，最少需要几百平方米的建筑物，或者在平地上构建、拼装，或者在峭壁上开凿窑洞，都很容易发现。二是从出入大裂谷的通道方面，他们需要从谷外补充食品、能源、日用品、实验器材，要靠直升机或在两边峭壁上开辟通道运输。直升机起降用的平坦场地、峭壁上的通道，也容易发现。三是从水源方面，他们要用水，取水，在金雕河或金雕河的那些由瀑布形成的支流的两岸就会留下痕迹。四是从生活垃圾、实验室垃圾方面，这些垃圾只要没有运出谷外，无论怎么处理都逃不脱自己的眼睛。按照这四个途径，只要他们在这里，就不难找到。

二十五

　　吃过早饭加午饭之后，先生把1只橡皮舟改装成气垫船，立即开始行动。他计算，如果靠划船或辟路步行，要在300多公里长的大裂谷中周游一遍，恐怕1个月的时间也不够。使用气垫船虽然有些响动，倒也无须担心惊动那几个人，他们躲不到哪里去。就算多消耗掉几块蓄电池，也不算浪费。

　　先生把辎重和1只橡皮舟留在原地，开动气垫船，把它升高到离水面10米左右，在芦苇丛的顶部，先沿着金雕河的北岸，以每小时10公里的速度缓缓向西行驶。气垫船很快来到大湖的上空。大湖被先生命名为朝阳湖，它是大裂谷中每天第一批见到阳光的地方之一。他计算今天还有四五个小时时间，争取能把朝阳湖和湖的周围峭壁观察完，不然回到宿营地，次日再去，往返白白浪费时间和能源。他把气垫船升到15米的极限高度，加速到每小时30公里，在距峭壁大约5公里的位置，从北边开始循逆时针方向行进。朝阳湖的水很清，但深不见底，呈暗绿色。除了气垫船的下喷气流激出的一条浪沟长龙以外，水面十分平静，只是偶尔有些体型庞大的水生动物跃上水面嬉戏，荡起一阵波澜，撞击着峭壁。湖边峭壁，只在大体方向上是由东西而北南而西东，实际上是弯弯曲曲的，还形成了几个形状不一肚大口小的水湾。峭壁的每一段也是曲曲折折的，在可见的高度内，又凹凸不平。有的地方凌空突出几十米，上面还形成个平台。有的地方，在水面上下凹进去几十米，形成个大洞。有的地方，竖着裂开长达几十米、几百米的大缝隙。也有的地方，主要在北面，还疏疏落落地长着一些弯弯扭扭横向伸展的矮树。阳傀先生一边观察，一边赞叹大自然的鬼斧神工。渐渐地气垫船行驶到了朝阳湖的南部，这时太阳已经偏西，阳光照不到了，天色骤然暗了下来，几公里外的峭壁黑蒙蒙的，已很难看清。他听到湖面上有一股哧哧的声音由小而大，由远而近。先生的头发根有些发麻，身上也起了鸡皮疙瘩。他俯身向下一看，只见左前方湖面上有一个直径达几十米的大漩涡，水在急速旋转，中心形成一个深不见底上口足可容下一只橡皮舟的漏斗状巨形空洞，看起来十分吓人，哧哧的声音就来自那里。先生知道这是一条地下河道源头，这种漩涡很厉害，气垫船如果不小心从它的上方经过，说不定会被吸进深渊尸骨无存。想到这里，不由惊出一身冷汗，赶快驾驶气垫船远远避开。阳光加快向东面退去，先生回到了金雕河前一夜的宿营地点。

　　第三天，在第一缕阳光把金雕河照得金光灿烂的时候，阳傀先生早已收拾好一切，把橡皮舟装上马达，贴着河的北岸以每小时10公里的速度逆水向东行驶。准备察看河的两岸和各大小支流。第八天上午在大瀑布的震耳轰鸣声中到达了距大裂谷东头约20公里的地方，水流越来越急，橡皮舟的动力有限，逆水前进速度变得很低。这里距南面峭壁有五、六公里，距北面峭壁有十多公里，一条小瀑布形成的溪水由北边流了过来，看到这条小溪，先生知道头顶上面就是自己发现大裂谷的地方。虽然上下相距不过3千多米，可也如一个天上，一个地下，再上去恐怕像登天一样难了。想到这里，先生不免仰头向上多看了一会儿，忽然给这条小溪想出了个名字："通天溪"。金雕河两岸的芦苇、芦苇后面的森林在这一带消失了，由河的两岸直到两边的峭壁是大片的沙石坡，坡上散布着灌木丛和杂草。可以看到有一些鹿科、牛科动物在觅食，也见到一、两只体型不大的犬科动物在周围活动，这些动物和高原上动物的体态都不大一样。没有见到猫科动物。

　　先生又把橡皮舟改装成气垫船，气垫船腾空升起5米左右，以每小时10公里的速度，先向南贴近南面峭壁，在距峭壁1公里时，沿峭壁折向东，接近大瀑布。他查看这一段峭壁，没有发现什么。在距大瀑布南侧面大约还有两三公里的地方，他让气垫船紧贴峭壁停在了地上。这个位置，比通天溪和金雕河的交汇处大体高出了1000米。先生的耳朵已被大瀑布的隆隆声震聋，什么声音都听不到了。在沙石坡上活动的那些兽类，对大瀑布的声音没有任何反应，估计不是习以为常，就是听力完全退化。在通天溪附近远望，大瀑布好像贴着峭壁下泻的，现在从近处一看，原来大瀑布离开背后的峭壁近的地方也有1000米以上。大瀑布背后是坑洼不平的岩石斜坡，不过石面都非常光滑。斜坡和峭壁根部连接处的南头，也就是大瀑布南端背后的峭壁，向里凹进，形成一个长近千米，深有四五米，高有四五米的山洞。洞壁由上到下成弧形连到洞底，洞壁洞底都很光滑，只是洞底由里向外宽宽窄窄有许多道像是流水冲出的沟沟。大瀑布的着地处是一个由大瀑布凿出的大水潭，大瀑布砸在上面，水面形成几十米深的深槽，被砸起的潭水如同一道厚厚的大墙，被大小水珠形成的蒙蒙薄雾簇拥着斜飞出二三百米高，落地后又重新高高飞起，再落地时便如万马奔腾般贴着斜坡向下冲去，冲入了金雕河。轰鸣声震天动地，附近直上直下的峭壁似乎在不停地颤抖，只是勉强挺立着没有崩塌。大自然的这一宏壮雄浑景象，荡涤着先生的心魄，几乎使他忘掉了人世间的一切。先生发动气垫船以离地面40厘米的高度，缓缓驶进山洞，停在了洞的中部。到了这里，先生产生了有了自己房间的感觉，一下子全身放松下来。此时已是中午，肚子也空了，也累了，于是匆匆吃过午饭，饭后在隆隆声中倒头就睡了。醒来的时候正好夕阳穿过瀑布照进山洞，"啊！水帘。"只见厚厚的水帘，迷迷蒙蒙，像一幅变化多端的神画，忽如龙宫水晶，星光点点，忽如春水落花，五彩缤纷。阳光逐渐向上隐去，先生看得入了迷，依旧怔怔地坐在那里出神。

第六章

巧诱熊娘施妙计　旁听智者道玄机

二十六

　　这一夜，洞里没有蚊虫骚扰，躺在地下四肢可以随意伸展，又有安全感，虽然惊心动魄的轰隆声一直在冲击着耳膜，先生睡得还是特别好。次日早晨醒来，觉得神清气爽，几天奔波带来的疲倦一扫而空。他不想立刻离开这里，打算在"水帘洞"里享受享受。在太阳高高升起阳光洒满大裂谷的时候，他驾驶着气垫船，带着野外求生器具，出去猎回一只像野兔一样足有两公斤重的小动物，钓回一条像鲫鱼般的大鱼；又跑到50公里外的森林中摘回一堆野果。取出压缩氢罐和炊具，舀来水，刚要点火，忽然看着压缩氢罐发起愣来，他脑子里一闪想到了氢气球，"啊！这是离开大裂谷回到高原的希望。"原本想炖锅肉，炖一锅鱼，烧一点米饭，美美地吃上两顿，现在变成了一切从简。匆匆吃过午饭，先生取出手持计算机和铅笔、纸本，伏在膝盖上计算起来。

　　先生计算，如果把两只橡皮舟改充氢气，吊上自己身体加上回程最必需的物资，能不能升上高原。反复计算结果是橡皮舟容气量太小，充满氢气只能吊起几公斤，依靠这个办法出不了大裂谷。先生并没有灰心，这个办法不成，可以再寻找别的办法。

先生在水帘洞停留了两天，他找到一块面积比较大又比较平滑的洞壁，用野外求生用的一把小斧头在上面刻了一幅比例约为十万分之一的《藏北大裂谷地理图》。他命名的朝阳湖、金雕河、通天溪，以及随口叫出的大瀑布、水帘洞两个名字，都用文字标出。在朝阳湖中的大漩涡处也画上了一个"◎"，用文字注明："危险的大漩涡"。图下，署上了"阳傀绘制"和公元年月日。《藏北大裂谷地理图》绘就，先生像完成了一件伟大的艺术创作一样，感到了一种异样的满足，一再地来到图前驻足欣赏。

阳傀先生在水帘洞睡了三夜的好觉，第四天早晨起身，收拾好行装，驾驶着气垫船，出了水帘洞，沿着大瀑布背后的峭壁，从大瀑布的南侧面穿出，把气垫船升高到离地6米，和峭壁保持5公里的距离，以50公里时速向西行进。过了沙石坡地带，进入了一条夹在峭壁和森林之间的"胡同"。这条"胡同"沿着峭壁弯弯拐拐，有的地段宽只有几米，有的地段宽达几百米，是个依靠太阳直射光线生存的植物不敢插足的地带，地面上、接近地面的岩壁上长满各种各样苔藓类植物。先生把气垫船靠近峭壁，升高到离地15米，企图在森林顶部行进，把视野扩大，可以眺望到金雕河。他的想法落空了，虽然靠近"胡同"边缘的树木都不太高，有的高一些，为了追逐阳光也不得不朝北、朝东或者朝西斜着生长，但稍远一点就是密密麻麻高达二三十米、三四十米的大树，它们拼命向上伸展，企图盖过同伙接受更多的阳光。先生无奈，只好屈从大自然的安排，降低高度，在"胡同"中前进，往北自然什么也看不见，即便往上，高过几十米的峭壁也看不清楚。在气垫船到达朝阳湖边的6个小时行程中，有几十只在高空翱翔的金雕引起了先生的注意。看来这个地方很适合这种猛禽生存，它们既可以在谷中掠食，也可以到高原掠食，峭壁上随处都有可筑巢的地方，几乎没有天敌。在气垫船准备转头向北行进时，忽然一只金雕由高空挟带着一阵哧哧的破空声激射而下。先生刚刚一怔，金雕一个小盘旋已经轻轻落在先生的眼前，气垫船上下颠簸了几下。金雕立在船头注视着先生，先生猜到了，这就是那位在自己坠落谷底时共过患难的老朋友，想不到它还能记住自己和这两只橡皮舟。先生放慢速度，把气垫船平稳地降落在临湖的沙滩上，金雕依旧立在船头两眼注视着先生一动不动。

"老朋友，你好！"

金雕没有反应，先生取出一块烤"兔"肉放在它的眼前，金雕低头看了看，没动。

"你是不是需要帮助？"金雕依旧没有反应。先生挠了挠头，心想："怎么办？它听不懂我的话，它想干什么？"先生一会儿摇摇头，一会儿挠挠头，憋了足有10分钟，金雕依旧一动没动。先生没话找话用手比比划划地来了一句："老朋友，是你把我带到这里来的，现在出不去了，你看怎么办？"万万没有想到金雕有了反应，只见它眨了眨眼抬起左爪在橡皮舟上敲了两下。先生大为惊奇，不免有些兴奋，接着比比划划地又来了一句："老朋友，你还能帮助我出去？"这次金雕的反应更是先生没有料到的，只见它轻轻跳到先生背后用爪子在他的腰部敲了两下，然后又跳回原位。这是什么意思？他想："难道它的意思是照着落到谷底时的样子，再把我提上去？"

先生又比比划划问一句："你想抓住我的后背再把我送上去？"金雕眨了眨眼，用左爪在橡皮舟上敲了两下。

先生进一步又问："你的力量够吗？"金雕一歪头似乎想了想，随着一矬身一振翅冲天飞去。他还没有猜到是什么意思，金雕又飞了回来落在了原来位置双眼继续盯着先生，后面还跟着两只，落在了附近地面上。他明白了金雕的意思。

先生本来不打算现在就走，北面的峭壁还没有贴近过，这么大片的森林还没有进去，可是能够和金雕商量吗？万一错过这次机会，即便能够出去，也不知道要等到哪年哪月了。权衡再三，最后还是决定：走！于是马上动手，把辎重分装在两只橡皮舟上，一一用尼龙带系好，自己身上也系好尼龙带，然后背朝天往地上一卧。卧在地上，他又犹疑起来：自己揣摩的金雕的意思，对吗？会不会闹个大笑话！就在他犹疑的时候，三只金雕已经把他和两只橡皮舟分别抓起冲向高空。

二十七

有些读者在进一步观察之后，难免又产生新的疑问，这些金雕的智商是不是太高了？不过阳傀先生不这样看，他认为，人类自命"万物之灵"，是盲目的。

人类对其他各种生物的认识，即便把不知其数的尚未发现的物种排除不计，也仅仅限于皮毛。人类对自身的认识，也比皮毛多不了多少。认识不清，如何比较？不能比较，怎么知道自己最"灵"？再说那几只金雕，谁知道它们的智商是多少？不说金雕，就拿和人类亲密相处已有万余年之久的狗类来说，除了它是脊椎动物、哺乳动物、食肉动物、犬科、犬属、家犬、有多少块骨头、有什么内脏，有多少条染色体等等，你了解它的语言吗？能够和它作毫无障碍地思想交流吗？你了解它有多少种感情吗？你了解它怎样想事情吗？等等，你不了解。所以阳傀先生奉劝各位，不要见到哪一种动物在高智力方面稍有表露，就大惊小怪，或是死活不信。先生所云是否有道理，笔者建议有疑问的读者可以从另一个角度思考一下，假如没有这几只体形稍大了一点，智力太高了一点，而且可能患了白内障的金雕存在，先生能够进入藏北大裂谷吗？即使能够进去，还能够出来吗？

在阳傀先生离开藏北无人区之后，如果问他，那些不安分的学者是不是不在那里？先生恐怕无法回答。如果问他，他们是不是不在藏北大裂谷？先生恐怕也无法回答。这次搜寻进行得十分不理想，不能不是先生的一点遗憾。令先生感到庆幸的是，他总算离开了藏北大裂谷，没有终老在那里。

直到威斯特先生和艾登先生从双湖出发，阳傀先生并没有想出阻止他们向大裂谷方向前进的办法，只有随同他们进入藏北无人区。威斯特选择的交通工具是一辆北京牌大型越野车，底盘很重很高，马力大，适合在高高低低坑洼不平的地方行驶。此人似乎是个野外生活的老手，无论是食物、生活用品、车用能源以及野外生存用具、攀登用具，甚至氧气袋、创伤用药、常见病用药、毒蛇咬伤用药等等，准备得一应俱全。离开双湖后，他们一直向北行进。威斯特对荒漠、草原没有兴趣，对雪山、湖泊也没有兴趣，只对飞禽走兽有兴趣。碰到牦牛、藏羚、秃鹫、狐狸、狼，甚至野兔、野鼠，无不设法接近。摄像机从不离手。由双湖向西北到大裂谷南沿的直线距离不过200公里左右，就算把遇到高山沟壑湖河绕行的里程计算在内，也超不过400公里。威斯特只想进入这个区域看看，并没有十分明确的行程计划。加上一路追逐飞禽走兽，忽东忽西，所以直到5月中旬，他们距离大裂谷南沿还有近100公里的路程。这种迟延给了阳傀先生充分的时间，使他终于遇到了一个可以让威斯特改变行进方向的机会。

一天下午 3 点多钟，威斯特和艾登的越野车被拦在了一道只有一百多公尺高东西绵延可能有数百公里的山梁跟前，几次试着爬过去都失败了，只好绕行。往东看，地面坑洼不平，且丘陵起伏，越野车颠簸难行。往西去几公里以外就是一望无际的平坦荒漠地带。威斯特和艾登一商量，抹头把车向西开去。阳傀先生心想，如果能借这个机会把他们向西引出 200 公里，就什么问题都解决了。先生领先向前飘去，发现 15 公里以外山梁有一个缺口，过了缺口，北面就是一片一望无际的草原，迷蒙中还可以看到有成群的藏羚和野牦牛在活动。暗道不好，无论如何要设法不让他们在这里拐弯向北，可是怎么办？正在焦虑无策的时候，忽然发现前面山坡上有一头马熊带着两头熊崽儿在嬉戏。先生在自己专注的事情上，特别在学术研究上，有时有出人意料的机智，可是在其他方面，脑子好像很不够用。现在居然急中生智，脑子突然一转，高兴起来。他盯住马熊一家，等候威斯特和艾登的到来。在越野车距离山梁缺口还有 1 公里的时候，先生突然抱起一头小熊跑下山坡，把小熊放在地上往西驱赶。马熊一惊之后随即吼叫着带着另一头小熊追了过去。威斯特发现有马熊一家 3 口在前面奔跑，一下子兴奋起来，从艾登手中抢过方向盘，一踩油门，飞快地追了起来，对山梁缺口连看都没看就越了过去。追到近处就停下来，取出摄像机打开车窗拍摄一两分钟，待熊跑远了，接着又追。如此反复了几次，威斯特竟然没有注意被马熊追赶的小熊是怎样向前跑的，为什么会没完没了地往前跑。天已经黑了下来，把那个山梁缺口抛在后面有二三十公里了，威斯特和艾登停车烧水吃饭，马熊和两个熊崽儿都累坏了，就躺在越野车前方百余米的地方呼呼睡去。先生对马熊一家觉得十分抱歉，应该对它们有所补偿。既然威斯特先生那么喜欢它们，那就请他破费一下吧！威斯特和艾登在越野车里熟睡，先生轻轻把车的后备箱盖打开，把他们携带的食品翻腾一下，把那些马熊可能喜欢吃的东西放在上面最容易掉出来的地方，然后把两头小熊抱起来放进去。马熊和两个熊崽儿都睡得很死，居然没有醒过来。安排好之后，先生又飘到前面察看了一下，见 150 公里以内，北边、西北边山梁、丘陵重重，越野车很难行驶；而南边、西南边比较平坦，远方还能看到湖泊、草原。可以放心威斯特不会往北走了。

次日早晨，马熊醒来发现两个小崽儿不见了，马上耸起鼻子寻找，只一两分钟就把它们从越野车的后备箱中叼了出来，随后又抓出来一堆食品，把包装物撕个稀烂，什么花生、巧克力、牛肉干、奶油饼干，一家三口大嚼起来。车里人被惊醒了，见马熊在抢劫他们的食品库，这不是要他们的命嘛！便在车里声嘶力竭地吆喝轰赶。马熊3天没有觅到食物，加上昨天一通猛跑，已经饿红了眼，对两人的吆喝充耳不闻，被吵烦了，还冲着两个人龇龇牙吼几声示示威。两位先生谁也不敢下车，无奈只好开车往前跑，这才把马熊甩掉。这次被抢还没有威胁到他们的生存，食品储备充足，丢失的只是区区小数。不过，是谁忘记了关好后备箱？威斯特要追究责任，和艾登的一通争吵自然是免不了了。

阳傀先生判断，威斯特和艾登或者向西南进入阿里地区去狮泉河，或者拐头向南进入日喀则地区到达雅鲁藏布江边，不必再担心他们会发现藏北大裂谷了。耍弄别人，实在不是先生能够干得出来的事情，这是平生第一次，也够难为他的了。心事已了，先生悄然返回了北京。

二十八

窝头山由第二批5名接替队员接管，继续进行冬季南极的考察，第一批队员全部撤回了泰安市。谭成决定留在北京，在中国科学院地球物理研究所作博士研究生。实际他留在北京，是受另一种力量的驱使，另有所图。老曹已经离不开谭成，决定也留在北京，在北京畜牧兽医大学任技师，学校收留了除大白、阿花以外的35只雪橇狗，把它们放在位于门头沟地区的学生实习畜牧场，改行作保安。经过双方协商，泰安市太极企业集团继续把小别墅交给谭成和曹秉毅使用，交换条件是，由他们担任和已经各回自己任职单位的泰山南极考察队队员联络的任务。保持和他们的联络，是为准备再次组队。

谭成刚回到北京，就拉着曹秉毅去看望杨立群，这次他们见到了她的女儿。

初次见面，小女孩指着谭成："妈妈刚才在窗户那儿看到你们了，告诉我，你是谭叔叔。"又指着曹秉毅："你是曹叔叔。"

"你是小花！"谭成弯下腰去对小女孩说。

"不对！我妈说我原来叫小花，因为和大姨家的小花姐重名，所以改叫小红了。现在我们家又有了一个阿花。还有一个大白，他们都是我的好朋友。对啦！也是谭叔叔和曹叔叔的好朋友。"

"它们也是你爸爸的好朋友。"老曹说。

"不对！我爸爸已经死了。"

老曹、谭成听得一愣。这时杨立群走近两步："小红不许胡说！"

"不是你说爸爸早就死了吗！"小红的脸蛋上流露着迷惑和委屈的神情。

不该这样对孩子说呀？杨立群这是怎么回事？老曹心里颇不以为然。谭成却想到另一条道上去了，难道……

大白、阿花在谭成和老曹一进门的时候就跑了过来，跳上跳下，亲热不已。"阿花、大白快过来，别跟谭叔叔曹叔叔捣乱。"阿花大白又欢快地跑到小红的身旁。

"你们的考察队是不是解散了？"听谭成、曹秉毅议论考察队撤回泰安的事情，杨立群不在意地随便问了一句。

"临时解散，11月还要集中，继续去南极进行考察。人员要有些变动，有些人去不了了，有些新人要参加进来。"见杨立群询问，谭成认真地回答。

"你们两位是不是要退出来留在北京啦？"杨立群似乎很关心他们是不是留在北京。

"我一定继续参加，和博士论文的研究课题有关系。"

"谁还再用爬犁狗？他们不会要我了。"老曹有些悲观。

"曹兄，且莫悲伤，南极考察队有谭岂可无曹？请安心等待，谭某自有办法。"

"我倒希望你们两位都能退出留在北京。"

对杨立群这句话，老曹有点不解，难道她不想让我们俩参加去找阳傀啦？谭成似乎十分欣喜，他对杨立群的心思另有判断。

"只去几个月，回来就会长期留在北京了。"谭成说。

"我们一定要去，要继续寻找阳傀先生。"老曹说。

"大姨父？"小红满脸疑惑，仰头望着妈妈。

杨立群把孩子拉过来搂在身边。对曹秉毅和谭成说："那就谢谢啦！"

谭成觉得自己本来满心的愉悦，现在忽然夹杂进一种说不出来的沮丧。他拉着老曹告辞退了出来。在回去的路上，他变成了哑巴。

"你看上杨立群了。"曹秉毅不无感叹地说。

谭成万万没有想到老曹会冒出这么一句来。马上辩驳："你胡说什么！"

"我早就看出来了。"

这可大大出乎谭成的意外。他发现了自己在保护这段隐私工程中的最大失误：低估了这位共同活动伙伴的观察力。这是一次令谭成感到十分尴尬的失败。

阳傀先生决定去探察一下邓晓阳。他飘身来到天津，在胜利大道一座大厦的23层找到天祥海洋生物基因工程公司的写字楼。它的实验室不在这里，写字楼的面积不大，不超过1000平方米。除了经理室、会议室、会客室、签约室和咨询接待室稍大一点外，其他每位职员都独立隔开一间工作室，这些工作室都不超过七八平方米。先生飘进写字楼的玻璃门，进门左侧是咨询接待室，右侧是会客室。在咨询接待室门前摆放着一张小型写字台，一位职员坐在那里，估计是负责接待的。再往里，咨询接待室的隔壁是签约室，签约室的对面……正在阳傀先生浏览的时候，忽然进来一个人对那位职员说，要见邓晓阳经理，事先已约好。先生一看，几乎啊的一声叫出声来，原来是马恕人教授。不能向马教授问候问候，打个招呼，先生觉得很痛苦。他找邓晓阳干什么？那位职员把他让进会客室以后，打电话报告邓晓阳。先生奇怪，邓晓阳不是正在住院作换心手术么？两分钟后邓晓阳来到会客室，阳傀先生也跟了进去，他想弄清楚这位邓经理为什么没有住在医院。邓经理热情招呼马恕人："马老师，其实我到北京去您家里很方便，您非要跑这一趟。"先生仔细看了看，邓晓阳三十多岁，180厘米的个头儿，不胖不瘦，穿着整齐，修饰得当，谈吐颇有风度。

"不客气，有几件事想找你打听一下。"听口气两人关系很好，马教授没有客套，说话直截了当。一位小姐送进来两杯咖啡。

"您说，您说。"

"天祥公司和英国的南亚集团有没有生意往来？"

"有。您对国际贸易也有兴趣啦？"邓晓阳笑着反问。

马教授笑了："我能对贸易有什么兴趣？最近听说这么一件事情，南亚集团董事长威尔逊先生派了两个人到北京来，一位是威斯特先生，一位是艾登先生。威斯特先生是心理医生，英国有名的催眠专家；艾登先生是汉学家，在北方大学作过研究生，南亚集团的职员。威尔逊先生的目的是让他们了解从事所谓'异型生命工程'研究的那些青年科学家的隐藏地点。他们似乎有点不择手段。"

阳傀先生很惊奇。邓晓阳更惊奇，他说："真有意思，想不到您也知道这件事情，而且看样子知道得还很详细。"

"这件事情在北京已经有不少人知道，看样子你全清楚咯！"马教授有些兴奋，觉得不虚此行。阳傀先生比他还兴奋，也觉得不虚此行。

"我也只是略知一二。那位艾登先生还到天津找过我。这本来是南亚集团的一项绝密行动，想不到现在闹得满城风雨了。不过，威尔逊先生好像还不知道威斯特先生办得这么糟糕。"

"倒还说不上是满城风雨，不过在北京的学术界已经一片哗然。如果真的是一项绝密行动，威尔逊先生会让威斯特先生这样行事吗？这可不像是英国人的传统！再说，按道理他们应该首先在英国寻找。"

"据南亚集团方面透露，确是一项绝密行动。我想很可能他们已经在英国找过了，没有结果，这才跑到中国来。不过，出现了现在这样的致命泄漏，等于自己在向社会通告。您……"

二十九

"哦，听说这位威斯特先生的催眠术，已经运用到了神奇的程度，在任何情况下都能把人催眠，我很想领教一下。再有，你知道，我发起组织的泰山南极考察队，有位队员去年 12 月 26 日在南极点失踪，他去南极点的目的也是寻找研究所谓'异型生命工程'的那些先生。我怀疑，他的失踪会不会和南亚集团有关。"听到这里，阳傀先生摇了摇头，他想："马教授怎么想到南亚集团那里去了？威斯特和艾登不是在我出事后才来中国的么？当然我怀疑那些年轻学者也不太有根据，他们不大可能干出那种事情来。"

邓晓阳说："您说的是阳傀博士，是位很有才华的学者，只可惜有点迂，有点不务正业。对不起，我不应该在背后批评阳傀先生。我是从媒体报道上知道他失踪的消息的，但是不知道他也在寻找那些人。他为什么要寻找他们？"

"阳傀这个人可贵之处就在这里。他有一项足以轰动世界的重大发现，可是没有考虑怎么发表，反而认为可能是那些人的研究出了问题，担心会给地球生态环境造成重大后果，于是到处奔波寻找他们以消除事故，挽回事态。大家说他迂，说他不务正业，大概指的就是这类事情。"

阳傀先生没有想到马恕人教授对自己这样理解，心里十分感激。

"噢！那是我误会阳傀博士了。不过他也太轻信那些年轻人公开说的话了。"

"邓经理的意思是……"

"马老师您知道，我的第一个专业是微生物学，以后又攻读过细胞学、病毒学、遗传学和分子生物学。虽然哪一方面都钻得不深，但是常识还是有的。以现有的地球生物来说，即便是细菌这种最微小的个体，它构造的复杂程度，也是常人难以想象的。对地球生命模式，我们可以说有一定了解了，但是至今，完全用《元素周期表》上那些元素的原子做原料一步一步进行的生物合成，也不过迈出了几小步：病毒、细菌、最简单的真核生物、结构比较复杂的真核生物。由几个、几十个细胞组成的多细胞原生生物，至今尚未合成成功。那些先生在没有任何现成模式作依据的情况下硬说他们要创造出不同于地球生物的另一种生命体，而且散布已经取得初步成功，这不是说梦话吗？谁能相信？"

听到这里，阳傀先生就觉得自己的头嗡的一声，几乎晕了过去。他想："邓晓阳先生说的道理是明摆着的，自己应该比他更清楚，为什么没有想到？这一时的糊涂，不仅白白浪费几年的时光，而且使自己变成了超等残疾人，啊！代价太大了。可是……"先生转而又想，自己已经走到这一步，不能因为邓晓阳这几句话就半途而废，一定要搞个水落石出。况且自己身体的遗失，也需要查清是自然原因还是被人陷害，和这些年轻学者有没有关系。

"据阳傀介绍，那些年轻人学生物学的居多，个别也有学物理学的，学化学的，还有学数学的，学计算机的，都很有造诣，已经崭露头角；年龄在30岁上下，正是敢冲敢闯，敢想敢做，可望在学术上有重大突破的时候。对他们说的话，对他们的活动，是不是也不应该估量过低？如果说他们的说法不可信，可为什么要那样宣扬，为什么又躲到别人找不到的地方去干呢？"马教授提出了疑问。阳傀先生一听，对！马教授想得是。

邓晓阳双眉微皱沉思了一下，缓缓地说："教授说的是，对这些年轻学者的言谈活动，不能小看，而且我也有同样疑问。他们散布的那些东西，我怀疑是一种烟幕，可他们到底在烟幕后面干些什么？为什么要这么隐秘？威尔逊先生又插上一脚，更让人费解。艾登对我说过一个理由，当然不可信。我想难道威尔逊先生发现了这里有值得出手的商机？据我在直接接触中观察和从南亚集团人员的谈话中了解，印象此人正当盛年，精力充沛，雄心勃勃，在经营上从不墨守成规，对商机特别敏感，而且魄力非凡，能够当机立断，敢冒风险。南亚集团的出现，使得这件事情，更为复杂，更吸引人的视线。"

马教授说："听说有不少人在寻找这些人的下落，寻找他们实验室的下落。"

"确实如此，据我所知，多数是自然科学界人士，动机各不相同。相信他们说的话的，或者想找到他们进行劝阻，这一般是年事较高，很有成就的科学家；或者认为他们的课题很有创意，想参与共同研究，这是些年轻的科学家，人数极少。不相信他们说的话的，主要是出于好奇，想一探他们实验室的究竟。至于抱有阳傀先生这样目的的，恐怕不会有第二位了。"

邓晓阳继续说道："另外，听南亚集团的人说，近年他们的董事长好像迷信上了巫术，喜欢和一些巫师、通灵人交往。看来，人不管怎么精明，总有自己的局限。"

阳傀先生一听到邓晓阳提到巫师，如同条件反射一样，腾地一下子一腔怒火直往上撞，他又想起了《大众科学晚报》那篇题为《阳傀——一位勇于涉险的科学家》的文章。"我一定要控告他们！"差一点点他就要把心里这句话喊出声来。

马教授摇了摇头："不一定吧！根据你刚才的介绍，威尔逊应该是位事业心极强的人，正专注于事业，人生旅途也处于一帆风顺的时候，怎么会忽然有了闲情逸致去迷信巫术？如果他在事业上、生活上遭受到重大挫折或者发生了让他极度伤心的事情，那自然另当别论。"

邓晓阳点了点头说道："您说的是。难道在巫师、通灵人身上也有什么生意经？"

"巫师，在我们这里就是'跳大神儿的'；通灵人就是我们这里所说的'特异功能人'。他们的把戏都是骗人的东西，难道威尔逊想利用他们来骗人？赚大钱？笑话！"马恕人说。偏见往往会蒙住一个人的眼睛，甚至让聪明人变成糊涂人。

"那就一定另有其他隐情了。"

邓晓阳继续说道："无论怎么说，威尔逊先生插手寻找这些年轻学者的活动，总让人觉得有些诡秘。当然这件事情，只有找到这些年轻学者之后，真相才能显露出来。"

马教授问："那你是怎么知道这件事情的？"

三十

邓晓阳说："二月份一天，我收到威尔逊先生一封电子信函，说他的汉文秘书艾登先生正在北京，按他的指示要来拜访我，有重要事情请我帮忙。第二天艾登就来到了天津。艾登说，威尔逊先生十分担心'异型生命工程'可能造成的后果，他清楚自己和南亚集团无力阻止那些学者的研究，但是愿意和他们协商，从预防出现灾害的角度和他们合作。南亚集团了解他们处境困难，愿意资助他们的研究，愿意为他们提供安全的不受任何国家法律管辖的理想研究地点和设备完善的实验室、舒适的生活设施，条件是派专家介入他们的研究。当前首要问题是如何找到他们。艾登说，威尔逊先生认为我可以为他们提供找到那几位学者的线索。我表示抱歉，在这方面确实无能为力。艾登说，在我的潜意识中可能有这方面线索。他想大胆提出一个很不礼貌的请求，就是由和他同来的威斯特先生对我进行催眠，提取这方面的信息，催眠过程可由我指定的人在旁监视。就是说要求我同意，由他们打开我的'思维保险柜'。未免太过分了，被我严词拒绝了。艾登连连道歉，说他内心是不同意这样做的，但是不能不执行威尔逊先生的指示。他再三请求我帮助他应付一下威尔逊先生，我就随便说了一句'你就说我突发心脏病，需要住院半年换心。'据说威尔逊先生居然相信了这个说法，而且让他们等待我出院，还让他们利用这半年时间去羌塘自然保护区作一次探险旅行。让他们去旅行？威尔逊先生是不是别有用意？"

"你是经理，如果你的职员出差去什么地方，你会让他在那里等待半年，还让他去作什么探险旅行吗？"马教授笑着问邓晓阳。

"当然不会。"

"是啊！所以这里边一定另有文章。我只好等待半年以后再会那位威斯特先生咯！"

"我们可以静观其变。"

"也只好如此了。他们再和你见面的时候，请务必通知我。"

"一定。"

阳傀先生见他们的谈话已经结束，自己首先飘了出去。实际上，在阳傀先生离开后，他们换了个题目，谈话又继续下去了。当时马教授要告辞，邓晓阳说："请马老师再坐一坐，我还有事情请教。"他又扶已经站起来的马教授重新坐下。"请问马老师，阳傀先生失踪是不是有些太过离奇？"

"可以这么说。情况大致就像报纸报道的那样，可是据去南极点寻找的人回来报告，在阳傀活动过的地方，冰面上没有留下任何痕迹。这是不合常情的，只有几个小时时间，南极点附近天气晴好，没有风雪，气温没有大的变化，不应该没有一点出事的痕迹留下。还有一个谜团，就是阳傀的东西是怎么跑到50公里以外去的？"马教授说着，双眉紧锁，摇着头，仿佛自己又回到了窝头山寻找失踪的阳傀的日子里。

"有没有可能遭人绑架，遇险报告是被别人逼迫写出来的？"

"这种可能性太小了。自从19世纪20年代初发现南极大陆，开始有人去南极大陆探险、考察以来，在那里还没有发生绑架事件的纪录。现在在南极活动的都是各国的学者，他们不会做这种事情，也不会允许别人在他们的眼皮底下做这种事情。阳傀不过一介书生，没有被绑架的理由。再说，凭阳傀的为人，即使以死亡相威胁他也不会屈服，不会写出那样的假报告来。"

"如果是遭人绑架，所有的疑点就都得到了解释。"

"那也不是，遇险报告后面那14个字仍旧无法解释。"

"也有人推测是'外星人'所为。"

"无稽之谈！"马教授从来不相信外星人之类的东西。其实邓晓阳也不相信，只是顺口说了那么一句。

"据您判断，阳傀先生还有没有生还的希望？"

"太渺茫了。"马教授神情黯然。邓晓阳也不好再说什么，他想留马教授吃过午饭再走，马教授已经没有了来时的兴致，就告辞了。

阳傀先生觉得应该让谭成和曹秉毅知道邓晓阳并没有住院和他对威斯特、艾登活动的看法。于是当晚又发了一件电子信函：

"阳傀先生：

邓晓阳并没有住院。换心一说，是邓和艾登共同商定欺骗威尔逊的谎言。今天马恕人教授访问了邓，询问威斯特和艾登的情况。邓认为威尔逊要威斯特、艾登去藏北无人区探险，可能另有图谋。特告。即日"

阳傀先生在北京没有久留，又匆匆飘到了藏北无人区。听了邓晓阳的分析以后，他担心威斯特和艾登并没有像自己给他们安排的路线行动。他先来到马熊三母子大嚼威斯特、艾登口粮的地方,那里静悄悄地,既没有人的踪迹,也没有熊的踪迹,只有一些食物残渣和包装物还没有被风吹走。先生盘算,自己离开不过30多个小时,他们即使顺利行进,距离这里最多也超不过100公里。他开始搜索,很快就在以西60公里的地方看到了他们。有意思的是,先生发现1大2小3只马熊在来路距离他们几公里的地方边嗅边跑,似乎在追踪能让他们填饱肚子的那个怪物。大概大马熊觉得在它的家园里生活太艰难了,遇到这样好的食物来源,跑得再辛苦也不能放过。已经是下午4点多钟,威斯特和艾登很快就会停车宿营,马熊一家大概不会失望,不知道昨天晚上它们有没有收获。

果然,刚刚5点钟,威斯特和艾登就把车停下,威斯特走下来,面对夕阳伸伸腰,活动活动四肢。艾登也下了车,今天他想按中国人的办法,烧一锅香肠大米粥。他倒是想到了,在海拔这么高的地方,水烧到七、八十摄氏度就会开锅,米能不能煮烂可是个疑问。他放好氢气炉,不锈钢锅,添好米和碎香肠,又加上一些罐头青豆,加好水封好锅盖,把氢气点着。十几分钟以后,灭了火,又停了停,把锅盖打开,一股冲鼻的香气惊动了威斯特。出乎他们意料的是,香肠粥的香气也惊动了马熊。

"艾登先生,没想到你还有这么高超的烹饪技术。今天这顿晚餐,可能是我平生吃到的最有味道的晚餐之一。感谢上帝,今天那该死的马熊大概不会……不好,艾登快上车!"完全出乎意料,在艾登聚精会神准备晚餐,威斯特全身放松活动的时候,大马熊已经掩至车后,两只小马熊也从百米之外跑了过来。

第七章

痴情睿智述淑女　接木移花缔百年

三十一

　　威斯特眼看着快要到口的美味，被两只熊崽儿扒翻在地，三舔五舔，连一个米粒也没剩下，真想冲出去把它们掐死。可惜大马熊两眼冒着凶光堵门而立，正监视着他和艾登的一举一动。威斯特捶胸顿足破口大骂："这些该诅咒的中国人，偏偏规定不准携带猎枪！请求上帝惩罚这只马熊和它的熊崽儿！惩罚这些野蛮的中国人！"

　　本来艾登看着自己精心准备的美味被马熊母子夺走，心中也十分恼火，可是威斯特对中国人的恶毒咒骂，使他的怒火转移了方向。几个月来积累的对威斯特的不满，突然像火山一样爆发了，愤慨摧毁了艾登心中所有的顾忌。他尽可能抑制自己，不紧不慢地说道："亲爱的威斯特先生，你的上帝不过是古代希伯来人的一件杰作，一件可以在人们心灵深处悬挂的伟大艺术品，他帮不了你什么。中国政府禁止携带猎枪进入自然保护区，确有先见之明，他们预见到今天威斯特先生为了一顿晚餐会大发雷霆，发誓要杀死3只马熊。"

　　威斯特一下子愣住了，他怎么也没有料到艾登会对自己使用这样罪恶的语言说话，转过神来立刻大声叫道："你疯啦！竟敢亵渎上帝！"

"我没有亵渎你的上帝，我只是说上帝并不存在。其实先生你也只是在需要上帝的时候才希望它存在；不需要它的时候，特别害怕它的时候，你是不希望它存在的。"

"你这个犹大，上帝会惩罚你的！"威斯特气得浑身直哆嗦，他祈求上帝赐给他冷静。

"我是无神论者，没有资格作犹大。你的上帝不会惩罚你，可是你的良心会惩罚你，如果你还有良心的话。"

阳傀先生对威斯特一直抱有恶感，刚才听到威斯特的恶毒诅咒，更是怒火中烧。见艾登对威斯特又是挖苦又是斥责，觉得十分痛快。不过目睹、耳闻他们的争吵，还是十分惋惜，无奈自己只是个超等残疾人，没有办法劝阻或制止他们。先生了解，在这种空气稀薄缺氧的地方，无论是发怒、生气或者大声吵闹，对身体都特别有害。果然，威斯特脸色发青，五官扭曲，头部感到剧痛，已经歪在了驾驶座后边的座位上，上气不接下气地哼哼起来。艾登还好，还能挺住，只是不断喘着粗气。见威斯特闹成这个样子，不由得紧张起来，赶快取出氧气袋，先让他吸氧，然后找出抗高山反应药物给他服下。为了能让他平静下来，还特别违背自己心愿向他道了歉。没想到这时大马熊在越野车后备箱上拍打起来。原来大马熊想寻找食物，打不开后备箱，正在发火。艾登知道现在安静对威斯特特别重要，不得已把车窗打开一道缝扔出去一些食物，满足一下马熊的要求。

阳傀先生估计，两位英国朋友的探险旅行继续不下去了。正如所料，次日清晨，威斯特好了些，两个人简单商量几句，决定折返双湖经拉萨回北京。先生不再担心什么，轻松地飘离了藏北无人区。

谭成接到杨立群的电话，说又有信函要他去取。谭成不太好意思，要曹秉毅去。老曹说："你是大博士生，可以坐在家里'研究'，我得上班。你去吧！老实一点，别让杨老师把你轰出来。"

谭成满心得意，立刻就坡下："我说曹兄，我不想抢这份差事，这可是你让我去的。"

"你真不想去，就让杨老师在电话里念念，我记一记就行了。"

谭成真没想到，原来老曹的嘴并不笨。现在是自己处在了下风。

到了杨立群家里，刚刚坐定，她端上一杯茶，把信件事情抛在一边，却对他说："谭成，我改了名字。"

"改了名字？"谭成有点莫名其妙。

"对！改成'爱群'。以后也不想当老师了，别再杨老师杨老师地叫我，就叫我爱群好了。如果不好意思，就叫杨爱群。"她像似不在意地说着，可是话一出口，自己先有点不好意思了，低下了头，躲开了谭成的目光。

谭成愣了，他无论如何也没想到，事情变化得这么快。上次刚刚觉得她不再用'您'，直接叫他谭成，不再称先生，拉近了两人的距离，现在又让我直接叫她立群，不，爱群，这不是……想到这里，谭成觉得全身开始发热。这"爱"好像挺难，又好像挺容易。这种让人魂牵梦绕的幸福难道真的要降临头上了？这些天的幻想真的变成了现实？不是又在做梦吧？如果能娶到这么美丽这么聪明的一个媳妇，那生活可真是太有意义了。只要有了她，别的什么都可以不要！

"好意思，好意思，啊！对，不，没有什么不好意思，就叫您，就叫你爱群。爱群！"谭成可能是平生第一次，觉得自己的嘴太笨了，太不听使唤了。

她抬起了头，两颊微微泛红，两眼闪烁着满足的泪水，突然变得娇艳无比。低声问了他一句："你真的爱我吗？"

"爱，爱。"谭成发现喉咙中似乎有什么障碍，使得自己声音有些沙哑，吐字显得十分吃力。

她站了起来，谭成几乎与她同时也站了起来，两人抱在了一起，她让自己的嘴唇紧紧贴在了他的嘴唇上。

谭成第一次尝到拥抱女人和接吻的滋味，他是那么专注，完全忘掉了周围的一切。

她让自己的嘴唇滑行到他的耳边，先含了一下他的耳垂，然后柔声说："亲爱的，我比你大一岁；已经结过一次婚；我还有小红，你不在意吧？"

他用紧紧地拥抱，热烈地在她的面颊、脖颈上移动嘴唇回答了她。不过最后还是用语言表明了自己的心迹："我只希望你永远爱我，永远不要从我身边飞走。"

她好像十分满意他的回答，在他的耳边小声说："让我们永远不分开。永远，永远。"

他的动作几近疯狂，但是总觉得情有不尽。

她艰难地用力把两人的距离拉开一点，伸手解开上衣衣扣，扯开乳罩，然后搬着他的右手移动到自己胸前。他像得到了新的恩赐，啊，原来这么美妙！她的身子震颤了一下，软绵绵地靠在了他的怀中。

　　好像过了很长时间，她首先清醒，慢慢推开了他，抬手理理头发，整理了一下衣服，斩钉截铁似地说："我不住这里了。跟我走！"谭成什么都不再想，唯命是从。他们锁好门，出了小院，往西沿一条石板小路步行了大约10分钟，走进了另一个一模一样的小院，走进同样一座楼房的三层同样一个单元。很奇怪，这里的装修、陈设，也几乎与前一个单元相同。谭成怀疑是不是又回到了原来地方。

　　她为什么改了名字？为什么搬了家？这两个问题都在谭成的大脑中暂时隐藏起来了。

　　刚刚锁好门，他又迫不及待地紧紧地抱住了她狂吻起来。她娇笑着说："在这里我们可以随便了，想怎么爱就怎么爱！"她把他带进自己的卧室，然后引领他一步一步进入到他神往已久的那个美妙世界。

三十二

　　谭成忽然想起自己是取信来的，在他一愣的刹那间杨爱群觉察了，紧紧拥吻了他两分钟，然后说："起来吧！我们还得回到那边去。"

　　他们肩并肩牵着手再次踏上石板小路，谭成满腹的疑惑，不过还是忍住了。十分钟后，回到原来的单元门前，杨爱群刚要打开手提袋取钥匙，忽然愣了一下，随后抬手按了按电铃。谭成更加疑惑："谁会在里边？"

　　"咔"的一声门锁自动开了，杨爱群领先推门进去，谭成随后。刚刚进到客厅，忽见杨爱群迎面站在3米以外茶几的后边，面带亲切的微笑正看着自己。不对！爱群就在自己前边不到两米远的地方，背对着自己。看！她回过头来了，满脸诡谲的笑容。他惊住了，脚忘记了移动。两个杨爱群？她会分身？

　　背对他的这个杨爱群侧过身来拉了一下他的衣袖："这是我姐姐！你也叫姐姐吧！"

　　"姐，"第二个姐字被他吞了回去，"啊！您才是杨立群杨老师！可是……"

"可是，什么时候变成爱群了？"杨爱群替他说了出来。

对面的姐姐说话了："对不起谭先生，不是有意欺骗您，您牵着大白、阿花来的那次，我恰巧临时有急事，爱群离得很近，我要她临时替我接待一下，谁知道她没有对您说明。"

"其实是姐姐看你这个人挺好，有意让我们认识认识。你应该谢谢姐姐！"

杨立群收敛了笑容，皱了皱眉："爱群？"

"我们已经……订婚了。"爱群说。

"你们互相了解吗？"杨立群的口气中像是带有轻微责怪的意思。

谭成站在那里有些尴尬。

爱群说："他姓谭名成，男，31岁，未婚，五官端正，四肢齐全。我们一见钟情，订下终身。他发誓非我不娶，我发誓非他不嫁。我想我们跑个百米就行了，何必非要来个恋爱马拉松！姐姐你说，是不是？"

杨立群笑了："听你这一套！"然后转脸对谭成说："谭先生，我妹妹有些顽皮，以后如果在一起生活，还希望您多多宽容。"

"是，是。"对杨立群的这句话，谭成觉得除了说是以外，实在很难应对。可是说是又有点陪着爱群接受她责备的味道，感到很不舒服。心说，"杨立群怎么对妹妹说话像妈妈对女儿一样，这么老气横秋的？幸亏我爱上的是爱群。她是不是对阳傀先生说话也这么个样子？老夫子在家里有位老姐姐，看，老姐姐训话：'阳傀，看你呆头呆脑笨手笨脚的样子！'真有意思！"想到这里，谭成一走神几乎笑出声来。

"谭成！你笑什么？"

"啊，啊！没笑什么，没笑什么。"被爱群这么一敲打，谭成有点不知所措。

杨立群看着他俩的样子，心里发笑：谭成那么伶牙俐齿，一碰上爱群，怎么变得笨嘴拙舌了？真是"一物降一物"啊！

这里要交代一下，杨立群和杨爱群是孪生姐妹，两个人一起长大，从小学到大学，一直是同校同班，从未分开过，修硕士学位也是同一位导师。只是工作以后才分开在两个学校教书，不过所教课程仍然相同。两个人的体形、相貌几乎完全相同，只有她们的亲人才能分辨出来。两个人的性格却大不一样，立群文静，稳重端庄，读书用功；爱群活泼，任性爱玩，但聪明绝顶。立群自幼独立生活能力强；爱群自幼生活漫无条理，处处依靠姐姐照顾，学习也靠姐姐督促。立群只比爱群早出生一个时辰，可是姐俩相处就像她大她七八岁似的。爱群比立群结婚稍晚，婚后两三年就因双方性格不合，很难一起生活，协议离了婚，已经单身生活了几年。

爱群跑进书房，把信件拿了出来交给谭成。

看过信件之后，谭成嘴角浮起一丝得意的微笑，他觉得自己在邓晓阳这件事情上，总算走了一步先手棋。

"有什么高兴的事情？"爱群笑着问，她从表情中看出了谭成的心思。

"这位朋友放了马后炮，邓晓阳没有住院，我和老曹早就知道了。对威尔逊让威斯特和艾登去藏北无人区作探险旅行，我们也早就怀疑别有用心。"谭成得意地说。

"威尔逊的真正用心，你也知道啦？"爱群依旧笑着略带讥诮地问，这一问是故意难为一下谭成。

"喔……这一点嘛……"爱群这一军将得谭成乱了手脚。

杨立群叫了一声："爱群！"对她皱了皱眉，然后面对谭成问道："谭先生和曹先生有没有研究过，给阳傀发信的这位朋友，是谁？是怎样一个人？他对威斯特和艾登的事情怎么知道得那么清楚？"开始杨立群把收到的阳傀的信件交给谭成、曹秉毅，是因为觉得对他们和泰山南极考察队寻找阳傀可能有用。寻找阳傀这件事只有他们能办，自己插不上手，能做的就是这么一点工作。经过转信，她越来越关心谭成和老曹的活动，也越来越想参与他们的活动了。爱群也想参与，她关心姐姐，希望姐夫能早一点平安归来。多有些机会同谭成相聚，还有她好动的性格，也促使她愿意参与。

"研究过，不得要领。您是不是考虑过这个人可能是谁？"和杨立群讨论一下这位不署名的朋友是谁，也是谭成的想法。谭成选择这个话题，是早有考虑的。最了解阳傀先生有哪些朋友的，还是杨立群。当然，这位不署名的朋友是谁，杨立群也不会知道。如果她能很容易猜到，这位朋友就会另想别的不透露姓名的办法了。而且，如果她已经知道，或者推测到可能是谁，也早就说出来了。但是一起讨论一下，把阳傀先生所有的朋友摆一摆，逐人分析分析，也许能找出一点蛛丝马迹。同时，他过去曾经这样想，能和杨立群坐在一起讨论问题，那是求之不得的事情，不仅可以借机会展示一下自己，就是在一块坐坐，一句话不说，也足以令人神向往之。现在知道自己爱上的是爱群，情况自然有了变化。

"反复考虑过，从收到他的第一封信函起，我就在想这个人是谁，想的结果是，阳傀没有这样一个朋友。知道阳傀这个电子信箱的人很少，最近我询问过，他们全都没有发过信，也没有把这个电子信箱告诉过别人。阳傀的所有朋友和同学、同事，没有不知道他已经失踪的，也不可能给他发信。阳傀没有英国朋友，他不认识威斯特和艾登，据我所知，他的朋友当中也没有认识这两个人的。过去，阳傀从没有收到过发信人不署名的信件……"

三十三

"对不起，请原谅我打断您的话。"谭成突然想起了什么，拦住了杨立群的话头。"可不可以从另一个角度想一想：1.不署名是因为有难言之隐；2.阳傀先生失踪，尽人皆知，写信的这位朋友也知道，只是装作不知道；3.信不是写给先生，实际是写给我和老曹的，这位朋友对您非常了解，判断您收到后会转给我们，知道我们想知道这些信息；4.信连续发来，说明他了解我和老曹的活动，知道这些信已经确实到了我们手中，提供的信息起到了应起的作用；5.这位朋友的热心，似乎表明他有意让我和老曹替他做他自己想做而又做不了的事情；6.这是最重要的一点，这位朋友提供的信息，是除了威斯特、艾登他们本人外，别人不可能知道的，他莫不成是个幽灵？"

真是个聪明小伙儿，爱群心里高兴，她歪头看了看姐姐。

杨立群暗暗佩服谭成的头脑，这种换位思考正是跳出牛角尖，使问题柳暗花明所必需的。她知道谭成已经心中有数，问道："谭先生的结论是什么？"

"我想问杨老师几个问题：一是，除了您刚才说的几个朋友以外，还有谁知道先生的电子信箱？"

"怎么还叫杨老师？叫姐姐！"爱群推了推谭成。

杨立群沉吟了一下，回答道："谭先生是说还有我和阳傀？"

"姐姐，你怎么还叫他先生？就叫他名字好不好？"爱群觉得只有姐姐直称谭成，才算她认可了自己这门亲事。

谭成对杨立群的问题不置可否，接着又问："二是，我和老曹在这件事情上的活动，最符合谁的心愿？"

"嗯。"杨立群点了点头，意思是了解了他的意思：答案和第一个问题相同。

谭成再问："谁有难言之隐，发信不便署名？"不等杨立群回答，谭成接着问："谁能够整天盯住威斯特和艾登，又不会被他们发现？"

最后这个问题，可使杨立群疑惑了。联系上边几问，她想："难道谭成怀疑是阳傀？是阳傀死了，死后阴魂不散？"

谭成接着说道："我们都学过量子理论，在宏观世界，人的肉体、人的大脑、几十亿个神经元的共同活动，产生精神，又是精神的载体；在微观世界，人的精神活动似乎又决定物质的存在。在精神、精神与肉体的关系上，至今仍有许多难解的谜团。我们为什么不可以摆脱固有观念，引申一下思考，大胆设想，精神在特定条件下可以脱离人的肉体也就是大脑而独立存在呢？"

杨立群愣了愣，忽然大喊起来："不，不，阳傀没有死，他还活着，他一定活着！"越喊越伤心，精神有些失去控制。爱群示意谭成，两个人一左一右把杨立群扶进了她的卧室，让她躺在床上休息。然后两个人来到书房，小声继续议论。

爱群说："你的推断有道理。姐姐只是从感情上不能接受。"

笔者曾不无同情地询问过先生，有没有觉得谭成这小子有点不够朋友？他一见面就对先生的夫人心存非分，好在结果是成了连襟。他没有回答。笔者身上一阵起刺儿，似乎被他瞪了一眼。

谭成和曹秉毅登门拜访了马恕人教授，受到了马教授的热烈欢迎。一见面马教授就笑着说："两位是不是完全和好啦？如果还有什么过节解不开，我这个小院还算宽绰，两位可以就在这里比划比划，作个最后了结。谭成你应该放明白点，曹秉毅是我邀请出山的。"

曹秉毅哈哈大笑："谢谢马老爷子关照啦！"

谭成微笑着说："马老师，您可别听老曹当面说谢您，背后牢骚可大啦！他说您用他的时候把他拉出来，不用了就一脚把他踢开。"

"是吗？曹秉毅。"马教授笑着问老曹。

曹秉毅急了："谭成！你怎么当面造谣？"

"谭成，有什么话，你就直截了当地说吧！"一年多的相处，马恕人已经熟悉了谭成的这一套。

"好，那我就说，老曹已经知道，今年冬季的泰山考察队要把爬犁狗全部精简掉，这样他就没事干了，当然也得精简。您说他能不发牢骚吗？"

"我没发牢骚。"老曹听出了谭成话中的味道。

"我在想，老曹发牢骚不是没有道理。您想想，我们不能不继续查找阳傀的下落吧？办这件事，能离得开老曹吗？泰山站的管理工作，需要增加人，为什么不能让老曹来干？当然，老曹过去是为狗服务，为狗服务和为人服务是一个道理嘛！"

曹秉毅听这话有点不顺耳："谭成，有你这么说话的吗？"

"话粗理不粗嘛！"

马教授笑着问曹秉毅："你们商量过吧！谭成说的你都同意？"

"我真没发牢骚。"

"好！就这么说定了，今年组队由我推荐曹秉毅继续参加。"马教授的心情好像特别好。由他推荐，就有了眉目。谭成、曹秉毅见他这么痛快就答应了，十分高兴。

"马老师，听说您去天津见邓晓阳了？"

"怎么？你们认识邓晓阳？"

"不认识，是一位朋友告诉我们的。"接着谭成就把他们如何收到电子信函，如何盯住威斯特和艾登，李文库和威斯特如何进行"学术交流"等等，都如实向马教授汇报了一遍。中间，曹秉毅也东一句西一句作了些补充。谭成只把最近这次和杨立群见面的交谈内容保留下了，当然也没有告诉过曹秉毅，不然曹秉毅也得推着他向马教授报告。

听他们说完，马教授沉思了一会儿，然后缓缓地说道："昨天我还去看过杨立群，她很坚强，很乐观，觉得阳傀的事情已经发生了，再伤心也没用。她很感激你们两位对她的慰问照顾，对你们的印象很好，也很关心你们，还反复询问过你们的情况。"

"她打听的是谭成！"老曹突然插了这么一句，吓得谭成一激灵。还好，老曹没有往下再说，马教授也没有注意。不过谭成心里可咚、咚地打起鼓来。

"收到那些电子信函的事情和你们俩那些活动，她没有对我说。我从别人那里听说，威斯特以'学术交流'为名对李文库大夫进行过催眠，结果如何不清楚。李大夫说不是催眠术，是特异功能。我不相信什么特异功能，也不相信气功治病这类事情。我们还是谈谈这两位英国客人的活动吧！邓晓阳说，据他所知，威斯特和艾登这次办的事情是南亚集团的一项绝密行动。我看，有可能是威尔逊放的一个烟幕，是不是意图把中国各个方面寻找从事所谓'异型生命工程'那些学者的注意力都吸引到威斯特和艾登的身上来？不然就没办法解释威尔逊对这两个人的指挥为什么那么不合常理,令人费解。如果我的推测不错，他们和李大夫的交手，效果出乎威尔逊的预料，可能已经达到了制造烟幕的目的。可以判断，威尔逊已经取消了威斯特、艾登这项任务，半年后也不会再去拜访邓晓阳了。可是在这层烟幕后面，威尔逊到底想干些什么呢？"

三十四

"谭成也怀疑这些英国人在捣鬼。"老曹说。

"您这一分析，我和老曹的疑问都有了答案。我觉得威尔逊是在搞'声东击西'。"

马教授点了点头。"威尔逊想找到那些人，设法让他们为南亚集团所用，这一点可以肯定，当然用他们做什么还不清楚；他不想让别人找到，最希望别人不找，这一点也可以肯定；别人要找，没办法阻止，于是制造烟幕，把别人往错误方向上引导。"

谭成接着说："在烟幕后面，威尔逊应该已经在他认为那些人最可能藏身的地方动手了。可是他动手的地方是哪里呢？"

"对！关键是找到这个答案。靠我们这几个人回答不了这个问题，有一个人也许能帮助我们,不过这个人太难请了。谭成聪明绝顶,也许能想出办法来。"马教授微笑看着谭成。

谭成想了想，扬头对马教授说道："末将得令！10天内找不到那位朋友，愿受军法处置！"

马教授哈哈大笑，说道："真称得上是小诸葛，看来已经胸有成竹了。"

老曹看看马教授，又看看谭成，一脸茫然，摸不着头脑了："你们说的是什么？"

"曹秉毅，由你协助谭成去办，10天完不成任务，你也要挨板子！任务内容，由谭成详细对你说明。"

"是。您指哪儿我打哪儿。"老曹倒也知趣，知道早晚谭成要告诉他，也就不急着问了。

谭成和曹秉毅从马恕人家告别出来，都觉得心里特别痛快。谭成觉得由马老师坐镇当司令，有了后台老板，心里踏实了，办事也有了紧迫感。老曹觉得再进泰山考察队已经有了把握，可以参加继续寻找阳傀的工作，对得起阳傀了，也对得起杨立群了，去掉一块心病。

回到小别墅，谭成找来毛笔、墨汁，在一张八开白纸上写了几句话："不署名报信的朋友：马恕人教授约你见面有要事相商，请定时间、地点。即日起，七日内听你回音。曹秉毅、谭成、大白、阿花"下边是年、月、日。写好后，请老曹贴在客厅门前。谭成判断，如果自己的推测不错，阳傀的精神曾不断在这里出现，现在也应该这样。

老曹又有点摸不着头脑了。"谭成，你这是写给谁看的？"

"上边不是写得很清楚嘛！自己看。"

"那个不署名报信的朋友是谁呀？你贴在客厅门口，人家看得见吗？"

"那你说贴到哪儿去？"

这下子可真把老曹问住了，老曹急了："我报告马老爷子，说你糊弄他！说你把大白、阿花的名字也写上，纯粹是玩闹？"

"如果马老师问你：'我让你协助谭成，你是怎么协助的？他写张字纸让你贴在客厅门口你都不办，这叫协助吗？'"

这下子又把老曹问住了，老曹的脖子都憋红了。

谭成慢条斯理接着说道："曹兄，让你贴在客厅门口，你就贴在客厅门口。'山人自有道理。'"

老曹实在没办法了，只好照谭成说的把那张纸贴在了客厅门口，不过这口气还是憋在了心里："我说谭成，你先别得意，过了第十天看你怎么向马老爷子交代！"

如果没有八九成以上的把握，谭成不会在马教授那里立军令状。实际上，在那天和杨立群、杨爱群议论提出那个推测之后，他就在考虑和对方联络的办法了。他推测不署名报信的人是阳傀，说是阳傀的精神也行，说是他的灵魂也行。他觉得这是最合理解释。可是，他也觉得这个"合理解释"又十分不合理，好像要和宗教迷信挂钩。一想到有点要沾鬼神的边儿，就觉得全身都不舒服。不过谭成也在想，承认客观存在的事实，从客观存在的事实出发思考问题，解决问题，不管是什么结果，都和宗教是两回事，和鬼神是两回事。谭成很清楚，这个阳傀的精神或阳傀的灵魂，很可能根本不存在，自己的推测彻底错了，所以他也准备了第二手。他正在编制一个计算机程序，起名"礼尚往来"。计算机只要安装上这个软件，在开始接收电子信函的瞬间会自动启动，立刻把任一事先拟好的信函，循来函路径送给对方，在对方的荧屏上显示出来。第一手，就是贴在小别墅客厅门外那张纸，主要目的是检测自己的推断，并不抱太大希望；可是他也清楚，一旦有了反应，在自然科学界就会惊天动地。不过事先不能说明，否则一旦落空，就会闹出大笑话。第二手是自己的依靠，无论那位朋友是谁，只要他发函，就有把握让他看到自己的回函，而且可以记下他的电子信箱地址。这个"礼尚往来"，谭成在中学玩电脑的时候，就因为觉得好玩设计过，在接近完成的时候，因为其他事情放下了。现在回忆起来最后完成设计没有太大困难，只是需要时间。

　　在老曹贴完那张纸以后，谭成说："曹兄，你可以去睡大觉了，要不然把大白、阿花领出来一块去爬爬鹫峰。睡觉也行，爬山也行，愿意干别的也行，只要不打扰我，就算你完成了协助任务。"

　　曹秉毅听谭成这么说话，真是火冒三丈，可是又说不出什么来，一赌气开着车去找杨立群发牢骚。老曹并不知道还有个杨爱群，更不知道杨立群心情不好需要休息，已经委托爱群代表自己为那位不知道姓名的朋友接转信件，并且和爱群交换了住处。他仍然把杨爱群当成杨立群。没想到把谭成干的这些事对杨爱群一说，杨爱群反问了一句："你出来的时候，谭成在干什么？"

　　"玩上了。"

　　"玩什么？"

　　"玩电脑呗！"

　　杨爱群心里牵挂着谭成，她在想，不能把宝押在那个推测上，那个推测太离谱了。她又觉得谭成不会不考虑到这一点，一定还会有别的办法。她还是不大放心，给谭成挂了个电话："谭成，你在干什么？"

　　谭成一听知道是爱群不是立群，身心马上放松了。"是不是老曹找你发牢骚去了？暂时不要告诉他你是爱群。"爱群举着听筒看了看老曹，笑了，没有回答。"我在编一个程序,准备装在姐姐的计算机上,在接收电子信函同时,能自动启动,逆来函路径送出一封回函。"

"啊!明白了。有把握吗?"

"请放宽心,亲爱的。"

"好啦!再见。"杨爱群笑着挂断了电话。然后对老曹说:"你放心吧!谭成有把握在十天内完成任务。他正在设计一个计算机程序,能找到发信的人。让你别打扰他,就是因为这个。你该上班上班,该休息休息,有事他自然找你。"

三十五

"马教授说了,他要是完不成任务,我跟他一块挨罚。"老曹的气一消,自己找台阶下了。

老曹一进门,大白、阿花就跑到他身边,亲热不已;小红也跑过来靠在了老曹身旁。老曹和杨爱群说话的时候,他们都安安静静地不打扰。现在见他们事说完了,小红缠着老曹,要他带她出去玩,两只狗也在旁边摇头摆尾为她帮腔。老曹一高兴,对小红说:"好啊!带着大白、阿花,咱们一块去西山。"

杨爱群也很高兴,嘱咐孩子:"要听曹叔叔话,不要乱跑,早一点回家!"

谭成见那张纸已经贴出去7天了,不见反应,便不再抱什么希望。好在3天前就把"礼尚往来"装在了杨立群的计算机上。现在唯一担心的是对方这几天不发信,这是完全可能的,因为两个英国人正在藏北旅行,没什么重要情况可告诉。心里有点七上八下,可是表面上仍旧若无其事。

老曹开始说风凉话:"今天是第七天喽!明天就是第八天,大后天就是第十天,我的屁股已经准备好,等着挨板子喽!"直到现在谭成也没有向他说过他是怎么想的,老曹又有了意见。

现在的杨爱群,心里像是有了一根线,一头拴住了谭成,另一头拴在了自己的心尖上,每时每刻都在牵挂着这个心上人。她算计着10天限期所余时间无多,担心谭成,怕他失败,虽然这种失败并没有太大关系。

不出谭成所料,在他的那张纸贴出来的第七天上午,阳傀先生来到了小别墅。一看那几行字他愣住了:"'不署名报信的朋友','曹秉毅、谭成',还有'大白、阿花'，贴在院子里除了我这个超等残疾人之外别人看不到的地方，难道这是写给我的？谭成怎么认定那个'不署名报信的朋友'就是我？是已经变成了超等残疾人的阳傀？他是不是认为阳傀已经死了，阴魂不散，正在北京游荡？谭成不会相信鬼神，可这又是怎么一回事？""马教授约见怎么办？他有什么重要事情和我商量？他说有重要事情就一定有。可是怎么见面？怎么商量？今天是给他回音的最后一天，怎么办？"阳傀先生一筹莫展了，他又信马由缰飘上了鬼见愁。

先生曾经希望能和谭成、曹秉毅直接沟通，可是当机会突然摆在眼前的时候，他却疑虑重重了。他觉得心烦意乱，也说不清自己到底顾虑什么。他决定"以后再说"，既然谭成猜想到可能是自己，这个"机会"就会长期存在，只要自己愿意，随时可以找他。现在可以发封电子信函，然后去谭成那里，看看他和曹秉毅两个人说什么。

谭成对贴出去的那张纸不再抱希望，第七天晚饭后，他来到杨爱群家，决定和杨爱群一起守候电子计算机上的信箱。小红已经回自己卧室睡觉，他和她相拥着坐在计算机旁，一边盯着计算机的荧屏，一边尽情享受两人独处的欢爱。他们刚刚成为事实上的夫妻，又不能公开同居，所以有机会聚在一起，自然比普通新婚还要亲热百倍。

21时整，杨爱群、谭成收到了一封电子信函，内容是：

"阳傀先生：艾登和威斯特在藏北无人区旅行途中闹翻，中断探险，不久将返回北京。特告。即日"

两个人欣喜欲狂，总算和这位朋友联络上了，谭成迅速保存好查到的对方电子信箱地址。他们已经停止了爱抚动作，几乎是屏住了呼吸，聚精会神，继续盯住荧屏观察对方反应。

在自然通讯社阅览室的一台电子计算机荧屏前的阳傀先生，怎么也没有想到在自己发出电子信函的同时，计算机荧屏上会显示出一封短信：

"不署名报信的朋友：著名心理学家马恕人教授诚心诚意邀请先生见面，商讨一件重要事情。如蒙应邀，时间、地点请示下。曹秉毅、谭成。即时"

当然，他更没有想到，隔着荧屏在对面自己的书房里，并不是自己的妻子杨立群，而是好朋友谭成和小姨子杨爱群。

如何应对谭成和曹秉毅的邀请，先生又踌躇起来，最后还是来了个'以后再说'。不过，马教授到底有什么重要事情要找自己商量？这么拖下去，会不会误了马教授的大事？他想还是应该了解清楚。

谭成和杨爱群聚精会神等了30分钟，仍不见回音，知道这位朋友有意回避。他们没有关机，以防万一，然后双双进了杨爱群的卧室……

杨爱群要谭成住下，谭成告诉她老曹已经察觉，无论如何也要回去。杨爱群却不以为然，反正两个人要结婚，只是办理结婚手续的问题，谁愿意说什么就由他说去。不过她还是帮助谭成穿好衣服放他走了。

谭成和曹秉毅经过一番追查，最后来到自然通讯社。得到的答复是，阅览室下午6时关闭，晚间不会有人进出，所查的那台计算机确实在阅览室，不过不会发出电子信函；这种张冠李戴的错误不足为奇，请他们还是到别处去查找。曹秉毅还不太死心。谭成并没有感到意外，他觉得这个结果符合自己的推断。他拉着老曹离开自然通讯社，告诉老曹，容他再想想办法。这次虽然没有找到那位朋友，老曹对谭成也是心服口服了，绝口不再说风凉话。

这天晚上，谭成又去找杨爱群。老曹自然还以为是杨立群，根据他的观察，认为他们现在的来往是两相情愿，于是不再难为谭成，遇到需要找杨立群的事情，还自觉回避。谭成把追查发信电子计算机的结果告诉了杨立群和杨爱群。杨立群缓缓地摇了摇头沉默起来。谭成一时摸不清她心里想的是什么，也沉默着。过了有二三十分钟，杨立群打破了沉默，她说："你们议论议论吧！我先回去了。"说完，她回自己的家了。

杨爱群、谭成没有心思再谈论这个问题，她从厨房食品柜里端出来几盘小食品，又打开了一瓶长白山葡萄酒，倒满两只高脚杯。

"来，谭成，我们干一杯！"

"好！"说完，谭成把她抱在怀里。两个人碰了碰杯，接着各自一饮而尽。

谭成把自己的杯子放在了茶几上，又把她的杯子拿过来放在茶几上，然后紧紧抱着她接了一个长吻。"你看姐姐的心情怎么样？"他问爱群。

"很不好。她心情不好的时候，就想一个人待着，不愿让别人打扰。""我们再喝一杯！"谭成一手搂着她，一手把两个杯子倒满，然后两个人碰了碰，各自一饮而尽。爱群两颊泛红，嘴角带着酒窝，微微笑着，仰头目不转睛地看着谭成。

谭成怀抱着这个天仙一般对自己情意绵绵的美人，他陶醉了。

第八章

悄语情人抛钓饵　堂皇记者像泥鳅

三十六

谭成和曹秉毅再次来到马教授的小院，向马教授作了汇报。谭成说了说在杨立群的计算机上安装了"礼尚往来"软件，对方肯定见到了邀请见面的函件，可是没有答复；找到了对方用来发电子函件的计算机，但是没有找到本人等等情况。曹秉毅说："谭成还在我们住的别墅小院里贴了一张字纸，也是写给那位朋友的，我说他玩闹。"

马教授笑了笑，说道："诸葛亮装神弄鬼借过东风，谭成是小诸葛，在院里贴张字纸都不行吗？"接着又说："这位先生不愿意见我们，也许有难言之隐。我看这样，用你那个'礼尚往来'把我们的意图告诉他，就说：据判断，威尔逊先生在利用威斯特和艾登声东击西，我们很想知道他的'西'在什么地方。相信先生能够帮助我们，也乐意帮助我们。"

谭成说："这件事办起来难度不小，威斯特和艾登并不知情，要找威尔逊，得跑到英国去，还得能够进入南亚集团的心脏部位。就算这位先生肯帮这个忙，他能办到吗？既然他不愿意见我们，就由我们自己先试试，比如能不能利用利用威斯特和艾登？"

"你以为他们是你手里的玩意儿，想耍弄耍弄就耍弄耍弄？"老曹说。

"可以试试嘛！"谭成说。

马教授看着他俩笑了，他说："谭成，你已经有了主意？是不是想设法运用威斯特和艾登把威尔逊先生请到北京来？"

"让您一眼就看穿了。不过，要想把威尔逊引到北京来，没有像样的钓饵，恐怕他不会上钩。再说，一个司令两个兵，唱出空城计还能对付，办这件事情，是不是人手太少了点？真要动起来，没有一笔经费也不行。"

"经费不必担心，可以保证，由我负责募集。至于人手，很抱歉，眼前从我这里可以动员的只有两个人。一位是我的硕士研究生，女孩子，刚结束论文答辩，是位外向型人物，擅长公关，出身武术世家，是个散打好手。再一位就是我的儿子了，去年拿到硕士学位，正在修基因工程博士学位。这小子不务正业，几年前就迷恋上气功、特异功能的研究。再要勉强动员，还有老妻一名，她和她的晨练老伙计们，可以组织个总预备队。"

"不敢，不敢。有您这位老令公在，岂敢劳驾老太君。只要令郎和令高足两位年轻男女壮士肯鼎力相助，不愁大事不成。"

"他们两个人好办，本星期内让他们到小别墅找你们二位报到。"马教授沉吟了一下，又说："这件事情不是三天两天可以结束的，为了便于你们活动，应该组织个私家侦探社。你们两位和我那小子可算业余兼职侦探，我那位学生算专职侦探。专职、兼职各有报酬，报酬从优。"

老曹听了半天没插上嘴，现在发话了："我可业余不了，我得盯着上班，不上班就拿不到工资。"

马教授想了想说："老曹你考虑一下，干脆把农大那边工作辞了，专心干这边，作专职侦探。这边事情结束了，你再回农大。有问题由我解决。"

"用不着考虑，我听您的。"

"老曹，你就作这家侦探社的法人代表吧！第一笔拨款的支票由我那位学生报到时带给你。你还得兼会计、出纳、管理员。不过办理注册手续、在银行开账号、聘个法律顾问等等，可以交给我的那位学生去办。当前最需要的是，每人要配备一辆小汽车。谭成，你作首席侦探，你们受理的第一个案子，就是查清阳傀失踪的事实，作为第一步，先找到那些学者。委托人是中国泰山南极考察队，由我办理委托手续。侦查方案由首席侦探和各位侦探商定。"

"好，马老爷子，照您的吩咐，我就当这个法人代表。您看，既然是侦探，每个人还得装备一只手枪吧？"

"那可不行。你们四个人，除了我那小子以外，都有一身功夫，这比手枪可好用多了。过一段你们就会知道，我那位学生的少林散手，可称得上当今武林一绝。谭成，你看这么安排行吧！"

"太好了。大家没有了后顾之忧，可以安心干下去了。马老师，您是真有司令样子，运筹帷幄。不过，我们这几个人当侦探行吗？可别坏了人家私家侦探的名声！"

"侦探也不是天生的，其实你和老曹已经是侦探了。"

阳傀先生旁听了他们的全部谈话。有几次真想插嘴发表意见，可是限于自己的超等残疾人身份，不得不强行忍住了。他想，假如自己是一个正常人……想到这里，忽然觉得灵台怦然一动。

三天以后，杨立群的计算机又收到了一封电子信函。内容是：

"阳傀先生：威斯特先生和艾登先生已经回到北京，依旧住在燕云饭店1611和1613房间。两个人不再争吵，但是互不说话。艾登向威尔逊先生汇报了他们的藏北之行，只说旅行中断原因是威斯特身体不适。威斯特背着艾登向威尔逊先生告了一状，说艾登不肯很好配合，两人无法合作，要求派人替换，或者同意他解除和南亚集团的委托合同。威尔逊先生挽留了威斯特，同时指示他们暂时留在北京待命。特告。 即日"

谭成看过信件，又详细向杨爱群介绍了见马教授时谈话情况，现在杨爱群已经成了杨立群的全权代表。

爱群问谭成："你真有办法把威尔逊请到北京来？"语气中表露对这一点有很大疑问，她担心谭成把话说过了头。

"我没有说一定能办到，只是说试试。用什么办法，现在还没有想好。不过应该有一半的把握。"谭成回答，然后用京剧小生道白的腔调说道："请娘子放心好了，为夫一定谨慎行事。"

"少来一点油嘴滑舌好不好？"爱群笑着说，其实她很喜欢谭成的风趣。

"遵命，禀告夫人，如果威尔逊确实在搞声东击西，本人判断，他对自己认定的'西'，也没有多大把握，一定同时在查找别的线索。如果声东击西只是我们的多想，威斯特和艾登的活动并非虚张声势，那么威尔逊寻找线索的心情就会更急切。"

"你的意思是，就抓住他迫切寻找线索的心理，让威斯特和艾登扮演蒋干？"

"正如夫人所言。"

三十七

"威斯特和艾登，特别是威尔逊，就那么容易受摆布？你的如意算盘是不是打得太满啦！"

"当然，应该充分估计困难，威尔逊先生的智商不会低于周瑜、曹孟德和司马懿。问题是他和这几位风云人物一样，也有弱点，就是没完没了地盘算如何赚大钱。何况，跑一趟北京的投资，不过是几十个小时，没有损失千万英镑、上亿英镑的风险。本人和其他几位福尔摩斯，还要研究具体行动方案，各方面因素都会周详考虑。"

"没想到福尔摩斯也要贬值了。"

7月中旬，按农历说正是中伏，这一天的上午11点40分左右，赤日炎炎，无风，树梢纹丝不动，气压很低，只热得大街上排队等候公共汽车的人、步行的人，个个挥汗如雨。

一辆出租车停在了燕云饭店门前，艾登从车上下来，走进饭店大门，穿过大堂，径直进了中餐厅。艾登和威斯特还在这里待命，两人间的冷战尚未结束，威斯特要保持自己的威严，艾登又十分固执，谁也不肯首先退让一步。两个人分开进餐，威斯特在西餐厅，艾登在中餐厅，互相避不见面。威斯特觉得十分枯燥，简直是度日如年。艾登不同，时间总不够用，跑了北京图书馆、民族博物馆、陶瓷展览馆、青铜器展览馆等等，今天是参观中国国家博物馆的中国通史展览，已经是第四天，刚刚看完最后一个展厅——现代史展厅赶回饭店。这时候吃饭的人还不多，几十张餐桌，散散落落地只坐着几个人。艾登习惯地又坐在了10号餐桌旁，要了一个汤两个菜和一小碗米饭。在等候的几分钟时间里，他打开了《中国日报》翻看。忽然邻桌一对青年男女的说笑声引起了他的注意，他歪过头去瞥了一眼。两个人大概是一对恋人，似乎是哪个大学在校的学生。女的像个运动员，身材不高，十分健壮，娃娃脸，白里透红，笑声不断；男的中等个头儿，不胖不瘦，白净净的脸上戴着一副近视镜，给人印象似乎有些木讷。女朋友的爽朗笑声好像让他有点不知所措。两个人在喝着啤酒。只听那个女孩子在笑声中说道："你哥哥可真像个怪物，干吗非要跑到没人烟的地方去制造外星生命？"

"不是外星生命，恰当一点说，应该叫'异型生命'，就是说和地球上现有生命类型不同的一种生命。"那个男青年说话慢条斯理，不慌不忙，不疾不徐，给人印象是个慢性子。

"你有几年没有见过他了？想他吗？"那个女孩子微笑着带点揶揄地问。

"有五六年了。我妈妈想他都要想病了。"男青年依旧按照自己惯用的吐字速度，慢慢地回答。

"你不会陪你的爹妈找找他去！问问他还要不要老人？"

"不知道他的地点。"这个男青年的几个字回答，还是慢腾腾的。

"什么？对你们家里人也保密？那还不声明和他脱离关系！"

男青年向左右瞥了瞥，语速不变，用恳求的口吻说道："请你小声一点！"

"不好意思啦！有什么不好意思的？"女孩子还在笑着，声音却低下来许多。

"他那样做是不得已，好多人反对他和他的那些同事搞这种研究，英国已经立法禁止；据说我国人大常委也接受了反对者的要求，准备立法。再说，他并没有和家里断绝来往，每年都要写给我们一两封信，我们也给他写信。"男青年认真地低声作着解释，给人的感觉，还是那么不慌不忙。

"你不是说不知道他的地点吗？没有地点怎么写信？"女孩子的声音又高了起来。

男青年向前后左右看了看，把声音又压低了许多，欠着身对她说："自然通讯社一位记者给我们转。"真有意思，从表情上看，他对那个女孩子没完没了的纠缠，似乎是又焦急又无可奈何，可是从说话节奏、声调上听起来，还是那么不疾不徐，慢条斯理。

"哎呀！你可真笨，问问他不就知道你哥哥在哪儿了吗？"女孩子在那男青年的影响下，也尽量压低了声音。

"我们追问过，他就是不说。"男青年回答。

"不说？让我问他，我就不信他不说。告诉我，他叫什么名字，我去找他！"

女孩子说着，声音越来越高。

"我求求你了，别嚷了行不行？"男青年急了，不过从语声听起来，仍像是很平静。

"我没嚷,把他的名字告诉我！"女孩子的声音没有压下来,显然有些激动。此时用餐的人渐渐多了起来，远远近近几十对眼睛都在向他们那张桌子聚光，只有艾登若无其事，专心致志地在看报。他要的汤、菜、饭，服务员已经送齐了，他没有发觉。其实他早已把全身的神经都动员起来，集中在耳朵上，一字不漏地听着两个男女青年的谈话。

这个不像会发脾气的男青年竟然动了肝火，满脸通红，声音也大了起来，他似乎有个毛病，只要一着急，说话想快一点，就犯结巴。"别……别……别嚷了，我告诉你！他叫王……王了然。行了吧？"说罢，站起身来，头一摆向餐厅大门走去。

艾登全部心思都专注到两个青年谈话上了，要的饭菜几乎一筷子没动，就匆匆回到了房间。到中国几个月了，他从没有像今天这样高兴过。他觉得自己就要解放了，再也不用引诱别人接受威斯特的催眠了，再也不用受威斯特的窝囊气了。他忘记了此时的伦敦尚未破晓，威尔逊先生如果没有患失眠症，应该正是鼾声如雷的时候。他拨通了他的电话，足足等了有90秒钟，才听到威尔逊先生声音嘶哑地喊了一声"喂！"声调中带着八九分的不高兴。艾登此时才觉察到自己犯了错误，无奈，只能硬着头皮说下去。

"我是艾登，有个重要消息报告您。"

"说吧！"很明显，这两个字是带着威尔逊的一腔怒气越过欧亚大陆的。

艾登唯一的指望是自己的好消息能够扑灭威尔逊的怒火，他平静一下心情，尽可能不说废话，以免火上浇油："北京自然通讯社记者王了然知道'异型生命工程'实验室的地点。"

"什么？请你再重复一遍！"

艾登感觉到在一万公里外的电话彼端，威尔逊的情绪有了变化，说不清是吃惊还是兴奋取代了恼怒。他又一字一顿地重复了一遍。

"消息确实？"

"确实。直接从参与'异型生命工程'研究的一位学者的弟弟口中听到。"

"请你和威斯特先生设法尽快和王了然见面。授权给你，可动用不超过50

万英镑的现款，买断这条信息的专有权。格林尼治时间今天10点钟以后，上海汇丰银行北京分行会准备好50万英镑，随时供你提取。如对方拒绝，可由威斯特先生接手办理。"

"遵命。"艾登长长地舒了一口气，身上一下子轻松了许多。还要继续和威斯特先生合作，虽然让他头疼，好在很可能是最后一次了。

三十八

艾登来到威斯特房间，向威斯特详细介绍了一下情况，转达了威尔逊的指示。在艾登这方面，自己的发现和威尔逊先生的指示都像是命运送给他的额外礼物，使得他多少产生了一点胜利者的心理，对主动找威斯特谈话，并没有觉得勉强。在威斯特方面，认为艾登主动找自己，就是另一种形式的道歉，自己坚守阵地这么多天，总算保住了威严。于是两个人又恢复了原有关系。待命状态结束，有了事情做，威斯特不再感到生活枯燥；艾登也只好把注意力由个人兴趣转到任务上来。

杨立群的计算机又收到一封电子信函：

"阳傀先生：艾登报告威尔逊，发现自然通讯社记者王了然知道'异型生命工程'实验室藏匿地点。威尔逊指示艾登，可用不超过50万英镑的现款和王了然做交易，买断这条信息专有权。如遭拒绝，再由威斯特设法达到目的。艾登和威斯特二人正在研究约王了然见面办法。特告。即日"

谭成见到这封信很高兴，他告诉爱群："我们的曹法人代表已经在自然通讯社门口上班，等待两位英国朋友了。"

爱群问："王了然这个人是你们告诉艾登的？"

"当然，我们不送这份大礼，艾登有多大本事能得到这个消息。为了准备这份礼物，我整整导演了两天，两名年轻侦探才勉强登台。看艾登的反应，他们的表演很到位，两个人双双进入了角色。"

"是不是老曹也要登台？"

"当然，要不堂堂曹氏侦探社的法人代表会跑到自然通讯社门口瞎转悠？老曹天生不是演员材料，导他费了牛劲了。如果不是法人代表这个头衔拘着，他才不上台！只要他不砸锅，这步棋就活了。"

"王了然呢？"

"只好由本首席侦探自导自演了。"

"瞧你这个得意劲！别忘了，威尔逊到现在也没说要来。"

"不需娘子多虑，开局不错，下边的棋不会太难下啦！请娘子奖励奖励吧！"说着粗野地抱着爱群狂吻了起来，客厅中回荡起爱群的声声娇笑。

正如谭成所说，曹秉毅此时正在自然通讯社门前不住地转来转去。谭成判断，艾登和威斯特寻找王了然，除了登门以外，别无他法。可是如果让他们走到接待室，接待室回答查无此人，下步棋就不好走了，所以他安排由曹秉毅冒充自然通讯社人员来接待他们。曹秉毅迎候他们的位置，定在自然通讯社大门的右前方人行道边上，这里距大门十几米远，是他们来时停车下车的地方。这个位置恰好，在他和艾登、威斯特接触的时候，自然通讯社接待室人员和门前保安人员，听不到他们的谈话，不会认为他是自己人，也不会认为两位外国朋友是造访自然通讯社的；曹秉毅和艾登、威斯特搭话，只要措词恰当，又不会被他们俩认为不是自然通讯社的人。措词事先早已斟酌妥当，也反复进行了排练。经过排练，谭成认定，老曹可以凑合登台，关键要看临场发挥。

自然通讯社是上午九点钟上班，老曹从八点半就到了，在门前遛来遛去，不时伸着脖子朝燕云饭店方向看一看。上班的人逐渐多了起来，从他身旁走过进入大门的人都带着一种疑问眼光或讨厌神色看他两眼，他妨碍了别人通行。老曹没有注意到这些，就是注意到了，也不会在意。虽然此时的太阳还比不了中午，可这是盛夏时节，老曹已经是满头大汗。他心里着急，一怕如果两位客人这时到场，演员和这多观众搅在一起，这戏就难演了；二怕自己一急一怯场，把台词忘了。

不过还好，九点半的时候，一辆燕云饭店的出租车不前不后正好停在了老曹选定的那个位置，车门一开，艾登走了出来。老曹心里有点紧张，趋步向前，步子比排练时快了一倍，不过当发觉只是艾登一个人的时候，老曹的胆子又壮了些。"您是到我们通讯社来的吗？"边问边回身指了指自然通讯社的大门。

"是的。"艾登微笑点了点头。从表情上看，他好像心里在想:这个人够古怪，怎么动作有点像机械？说话也够古怪的，像小孩子背课本。再说大热天，不好好待在房子里，硬要让太阳晒得大汗淋淋。

"您有什么事情？我可以为您效劳。"说完这句话，老曹觉得轻松多了。

"我想见一下贵社的王了然记者。我是英国南亚集团的职员。"艾登已经完全认可老曹是自然通讯社接待室的人员了，不过留下的印象不大好，不仅是行动、言语古怪，而且总觉得这个人不大像样子。

"噢！王了然，我们社第六采访部的高级记者……"老曹说话开始恢复常态。

"对，对！"艾登很高兴，一是原来自己还多少有点担心，现在已经完全证实，确有王了然其人；二是又知道了王了然是这个社第六采访部的，是个高级记者。他开始觉得对面这个人，虽然看起来有点古怪，有点不大像样子，不过还是挺可爱的。

"他现在不在，出去采访了。记者白天都得出去，哪能总坐在家里，您说说，这新闻能从天上掉下来吗？"这后一句话，台词里没有，老曹紧张劲过去了，一高兴顺口发挥了发挥。

艾登有点失望。

老曹看出了艾登的心情。他更高兴了："咱们交个朋友吧！我帮你一个忙，把王了然手机的号码告诉你，你可以在晚上给他打个电话。"在这句台词里，老曹加了不少作料。接着他把号码给艾登一个字一个字交代了一遍。

艾登高兴极了，把王了然的电话号码记好以后，紧紧握着老曹的手连声道谢。艾登的表示，使老曹得以印证自己表演的成功，他更加忘乎所以，不禁高兴得放声大笑起来。

当晚，刚刚吃过晚饭，艾登就迫不及待地给王了然挂了电话。谭成也刚刚吃过晚饭，正坐在小别墅的客厅里恭候。

"请问，您是王了然先生吗？"

"我是王了然，您是……"

三十九

"对不起，打扰了。我是英国南亚集团董事长秘书艾登，有件重要事情想和您见见面，希望赏光。"

"是不是贵公司董事长有意要我单独采访他一下？如果他现在北京，我看可以，请尽快安排时间。如果……"

"请原谅，我打断您一下。不是董事长，是董事长派我和您商量一件重要的事情。"

"和我商量一件事情？您应该知道，我是记者……"

"知道，知道。您是自然通讯社第六采访部的高级记者，想和您商量的事情和一件新闻有关。"

"是生命科学基础研究方面的吗？如果是别的方面的，我可以给您介绍别的采访部的……"

"不，不，正是生命科学方面的。您看明天上午可以吗？"

"对不起，明天上午我已经有了安排。如果方便，可以安排在后天上午。"

"当然可以，后天上午9点，我和敝集团的顾问威斯特先生在燕云饭店门前恭候。"

"一言为定，我和我的一位助手准时到达。再见。"

艾登迟疑了一下，本来想提出只要他一个人来，可惜无法开口。

谭成去请教了一下母舅李文庠大夫。对正面和威斯特打交道，他心里有点嘀咕，觉得还是小心为上。

李文庠听他说要会会艾登和威斯特，有点替外甥担心。他说："威斯特可不是油嘴滑舌可以对付的，如果是普通的催眠术，那好说，问题是他有特异功能。你总不能一点不看他，只要稍微一对眼神，就有可能被他勾住。"

"舅舅，我可不是属耗子的，我不信邪。"

"哟嗬！好小子，你可真是好汉，那你找我来干什么？"

"不就是想找您参谋参谋嘛！您也不能先把人吓唬一通呀！"

"我说的是实际，你以为是吓唬你？"

"我知道，那次'学术交流'，您虽然算胜了，可也让他吓破了胆。您一个人让他吓破了胆没关系，可也不能到处吓唬别的人。"

"嘿！你这小子说话可真气人。我'算'胜了？我让威斯特吓破了胆？"

"那次'学术交流'，第一，威斯特太骄傲了，兵法有云：'骄兵必败'。第二，当时如果威斯特再坚持一下，那失败的惨相就出在您身上了。第三，您说是靠定力，实际靠的是侥幸。"

"你可真把我气死了。你到这儿来，是不是专为气我来的？"

"您说到哪儿去了，我怎么敢气您。这不是就事论事嘛！我这么说，如果您认为不实际，由我安排，您再和威斯特照照面对一对眼神，要是您退缩了，证明我说的一点不假；如果是威斯特退缩了，证明他怕您，不是您怕他，是我说错了，我给您鞠躬赔礼！"

"我没那功夫，我陪不起半天时间！"

"您看是不是？刚一说您就找词儿打退堂鼓了。干什么要用半天？两分钟时间就能看出高下。"

"好小子！这回我就叫你看看吕洞宾是不是真人！"

"好！一言为定，说办就办，明天上午9点整，在燕云饭店大门前，让他等您，我今天就去约他。您只要上前打个招呼，随便说两句话，就什么都看出来了。您不要自己开车，明天上午8点30分有人开车来门口等您。司机就是见证人。"说完，谭成告辞走了。

谭成走后，李大夫火气渐渐消了，冷静一想，这事不大对劲，谭成这小子好像在搞什么鬼？他和艾登、威斯特打交道，为什么让我去和威斯特招呼两分钟？不过话已经说出去了，明天无论如何也要和那个英国人碰上一面。

第二天上午差两分9点，艾登和威斯特走出燕云饭店的大门，站在门前恭候王了然的到来。这时一辆崭新的武夷山牌小轿车停在了他们眼前，他们以为是王了然到了，正要趋前迎接，结果从车内走下来的是李文庠大夫，他们不禁一愣。

"啊！威斯特先生，艾登先生，你们好！"

"李先生好！"艾登和威斯特齐声说。威斯特表情尴尬。

李文庠不得不按谭成的要求站在威斯特先生的对面停了停。"两位先生一直住在这里？为什么不到外地玩一玩，难道另有公干？"这句话本来没有什么，李文庠只是随便顺口说说，可是威斯特脸色变了，他以为李文庠说的"另有公干"是指他还在害人。于是头一低，说了声失陪，扭头就走了。艾登的脸色也变得难看起来，他也误会李文庠是指他们继续干那种不光彩的事，不过他没有离开。他不能离开，此时正是9点，王了然应该到了。

看到这种结果，李文庠只好对艾登说声对不起，忘记了应该进到饭店里边转一转，表明自己到这里有事，和他们只是巧遇，而是转身上汽车走了。

艾登目送李文庠的汽车还没有转过头来，有一男一女两个人已经来到他的眼前。他刚刚打量了一下,走在前边,年龄稍大一点的那个男人开口了:"我是王了然,请问……"

艾登急忙说道:"啊!欢迎,欢迎,我是艾登。"

"王了然"指着自己左边站得稍后一点的女青年说道:"这是我的助手赵欣然小姐。"赵欣然就是马恕人教授的那位研究生。

"欢迎。"艾登向这位赵小姐多看了两眼,觉得有些眼熟,似乎在什么地方见过。艾登的感觉没有错,几天前在燕云中餐厅引起他注意的那对情侣中的那位女角,就是赵小姐。不过当时的赵小姐穿着入时,现在的穿着就大不同了。一身米色工作服,外披一件蓝色粗布多兜坎肩,胸前挂着一架上海牌高级相机,一看就知道是位摄影记者。当时艾登只在走进餐厅时和他们照了一面,其后为了避免被发觉偷听他们谈话,故意不看他们,现在自然认不出来了。

艾登把"王了然"和赵小姐引到16楼一个套间的客厅里,"王了然"知道这里就是这两位英国朋友和李文库进行"学术交流"的那间房子。给他们安排好茶水之后,艾登离开两分钟去请威斯特。也许是觉得受辱气病了,威斯特没有出现。

在策划这次和两位英国朋友见面的时候,谈起威斯特先生,谭成和老曹都有些担心,担心在交谈当中,威斯特耍出他的特异功能。马仁,就是马教授的儿子,也就是曾在燕云中餐厅出现的那个慢性子男青年,他向大家介绍,据他所知,特异功能人一般都有这样一个特点:情绪好,发挥得就好;情绪不好,就发挥得不好或发挥不出来。如果在见面之前搞坏他的情绪,就用不着担心了。这就是谭成激将李文库的起因。他清楚,只要李文库和威斯特碰一碰面,寒暄两句,激发他回忆一下那次的"学术交流",就足以让他恶心几个小时了。

四十

"敝集团顾问威斯特先生身体不适,不能参加了,他要我代他向王先生道歉。"

"不客气。"

"据知王先生手里有一件重要新闻,敝集团董事长威尔逊先生特别委派我和您接洽，如果王先生有意转让，敝公司愿出高价购买。"

"王了然"故作惊讶姿态："艾登先生是不是搞错了？敝社的新闻稿每天一期，可以随便订阅，我采访的东西也刊登在上面。我不是自由撰稿人，不向别人出卖自己的采访稿，也不出卖自己的评论文章，那些东西都由社里采用，另发稿酬。"他摇了摇头接着又说："再说，我那些采访稿，也不是什么值得出高价购买的东西。"

艾登没有急于点明，只是泛泛地说："您是位高级记者，您的脑子中现有的、将来可能有的不供公开发表的东西是很多的，其中自然不乏珍贵信息。我指的当然不是个人隐私，威尔逊先生对别人的隐私没有兴趣。"

"王了然"点了点头。"我明白了，威尔逊先生感兴趣的是科技情报，他想秘密雇用我作贵集团的产业间谍。请转告威尔逊先生，他找错人了。"说着站了起来，作势要走。赵小姐的娃娃脸也沉了下来，跟着站起了身。

艾登有点慌了。他知道中国是个"礼仪之邦"，中国人和英国人的观念不同，认为间谍都是些鸡鸣狗盗之徒，作间谍是不光彩的。急忙向这位高级记者解释："误会了，完全误会了。威尔逊先生绝对没有这个意思。请坐下，请坐下。"

"王了然"余怒未消，质问道："那又是什么意思？"

艾登苦笑了一下，说道："那我就直说了吧！有个'异型生命工程'实验室，有些学者在那里试图创制出一种不同于地球生物的全新的生命体。威尔逊先生对他们的研究感兴趣，知道他们处境困难，想帮助他们，当然是有条件的。可是这个实验室的地点很隐秘，听说只有王先生知道。敝集团愿意出高额报酬换取王先生的合作。"

"艾登先生想必知道，我是专作生命科学基础研究方面采访的。我确实知道有这样一个实验室，有一部分学者在那里工作。它的地点……"说到这里，"王了然"摇了摇头，这是在表示"不知道"还是在表示"不便奉告"？让人捉摸不透。

艾登急忙说道："我想王先生肯定知道它的地点。敝集团愿出10万英镑。当然还可以进一步商量。"

"企业家自然最了解金钱的力量，也最迷信金钱的力量。汉语中有一句俗话，'有钱能使鬼推磨。'"说罢，"王了然"嘻嘻一笑。让人弄不清他的态度是认真的还是不认真的；是承认还是否定"有钱能使鬼推磨"；是想推托还是想讨价还价。

见王了然谈了半天，没有切入正题，艾登有点着急。可是他手中除了50万英镑，没有别的武器，只好假定王了然嫌10万英镑太少。他说："如果王先生对这个数目不满意，就再加20万英镑。"

"王了然"既没有点头，也没有摇头，眼睛盯着艾登只是微笑。

艾登被迫，只好亮出底牌："50万英镑，只能是这个数了，威尔逊先生授权就这么多。"在中国人看来，艾登是个大老实人、大好人，是个学究式人物，说难听一点是个"书呆子"。进南亚集团已经几年时间了，本色未变。

"艾登先生，听您汉语说得这么好，不像是成年后学习的，好像从小就在北京。"

"不错，王先生说得不错。"虽然换换话题可以轻松一下，艾登对这个话题也有兴趣，可是他的心思拴在了正题上，没有往下多说。本来在一般的谈判里，中间换个无关的话题，有助于缓和气氛，打破僵局。特别是"王了然"提起的这个题目，艾登应该认为对自己十分有利，一定会抓住，可惜他真是个"书呆子"。

"我真不明白，这条信息就那么值钱？你们买它到底怎么用，公开发表，闹个轰动效应，给南亚集团增加点无形资产，你们能看得上这点东西？要不真想找到那几位学者，帮帮他们，当然得有利可图？再不然，你们自己已经知道，想独霸，把它买断？真让人莫名其妙！""王了然"这几句话也让艾登不明所以，到底是询问，想得到答案，还是随便说说，并不一定得到答案？其实这几个问题，正是"王了然"要了解的，当然第一个问题只是陪衬。他想一步一步引诱艾登说出买断专有权的目的。他知道艾登回答不了，不过忍不住还想试试。他冒了一个很大的风险，艾登固不足虑（不仅因为他是大好人，主要因为他不了解威尔逊先生的计划），可是他低估了威尔逊先生。如果他说的话原封到达威尔逊先生那里，等于把自己的意图阖盘托出送到对手面前，后果不堪设想。

艾登为了把事情办成，不得不处处迁就"王了然"，甚至可以说是讨好。不管"王了然"对答案是不是有兴趣，他还是作了回应："实在抱歉，我无法回答您的问题，因为我实在不知道。"这个"书呆子"终于说了一句谎话，没有说出"威尔逊先生的意思是买断专有权"。

艾登原来以为，有50万英镑作武器，这件事情并不太难办。他相信威尔逊先生不会做不利那些学者的事情，只要他们不受到伤害，办这件事情他就是心安理得的。万没想到这位王记者这么难对付，像条泥鳅，怎么抓都滑不溜秋。直到最后，也摸不清他是否真的知道那个地点，肯不肯作这笔交易，对50万英镑出价是否满意。他认识不少中国朋友，他们都非常诚实，非常坦率，没有想到还有像王了然这样的滑头中国人。艾登哪里知道，在既无脚本，又无原型的情况下，谭成创作王了然这个角色，比梅兰芳先生创作虞姬的舞台形象，费的心血还要大上多少倍。艾登不愿威斯特动用催眠术这种不道德武器，可是现在对威斯特缺席，他真的有点遗憾了。他担心这件事办不成，自己也许要被迫辞职。

第九章

自昭骗局攻为守　另隐深谋守亦攻

四十一

阳傀先生对自己的好朋友谭成、曹秉毅这次的举动，颇不以为然。他认为不能为达目的不择手段，不能把自己变成骗子。他不想和他们一起骗人，即便是欺骗威斯特，他也不能干。

和"王了然"的谈判中止两小时后，艾登通过电话详细向威尔逊作了汇报。完全出乎艾登和威斯特的意外，次日下午威尔逊先生只身一人突然出现在燕云饭店16楼的一个豪华套房内，距艾登、威斯特的住房不过几步之遥。谭成的判断有一定的道理，有关"异型生命工程"实验室的信息，对威尔逊先生太有吸引力了。虽然他已经怀疑到，艾登也许在钻一个圈套。即使是圈套，那也是关系到"异型生命工程"实验室的圈套，他也不能放过。

威尔逊先生把艾登召进自己的房间，详细询问了发现王了然、寻找王了然、接触王了然的全过程和每一个细节。又请去威斯特作了一些补充。最后，已经接近下班时间，他还是要求艾登和威斯特马上去自然通讯社再找一次王了然，万一找到，可约他次日上午继续谈判。"不过，"他说，"如果我的判断不错，在自然通讯社是找不到王了然的。"

艾登说："可以打他的手机，一定能够找到。"

威尔逊说："我相信。不过找到的很可能不是自然通讯社的高级记者。还是按我说的去做，立刻！"

威斯特摇了摇头，有些不解。艾登已经预感到事情不妙。他们很快来到自然通讯社的接待室。查找的结果是：自然通讯社的采访部门半年前已经改组，第六采访部撤销了，也从来没有王了然这样一位高级记者。艾登不甘心接受这个事实，又描绘了曹秉毅的样子，询问接待室有没有这个人。得到的答复十分肯定，绝无此人。艾登死心了。

晚餐过后，威尔逊先生在自己的房间里含笑迎接了威斯特和神情沮丧的艾登，听了他们的汇报。威斯特表面不动声色，可是他不断闪动的眼神已经流露出，对艾登这次大失误的幸灾乐祸。

"昨天上午你们两位迎候'王了然'，刚刚出现在饭店门前，李文库却突然来到，真是太巧了。如果不是艾登单枪匹马，也许当时就把这位冒牌记者的骗局揭穿了。我对威斯特先生的催眠术是有信心的，不过很遗憾，你轻易丢失了这次机会。"威尔逊没有责备艾登，却轻轻敲打了一下威斯特。威斯特觉得脸上有些发热，刚才为艾登失误而高兴的那股劲头一下子消失了；艾登显然轻松了一些。

"来！我们一起研究一下，这个巧妙的骗局是什么人主持设计的？目的是什么？"威尔逊先生平和地说。他认为，这两个问题的背后，应该隐藏着一些重要信息。

威尔逊先生虽然已经是五十岁上下的人了，可仍然算得上是一位美男子。中等身材，不胖不瘦，脸型椭圆，五官匀称，肤色红润，风度翩翩，举止自然，平易近人，没有他这个阶层英国人身上常见的那种傲气。现在，他脸上堆着微笑，两眼不断地在艾登、威斯特身上扫来扫去。

有5分钟的时间，谁也没有出声。

"我想这个骗局的主谋，一定是李文库。"威斯特先生首先打破沉默。现在在所有的中国人中，他最惧怕的是李文库，最恼恨的是李文库，最佩服的也是李文库；严格说来，到现在为止，在所有的中国人中，威斯特唯一认识的也只有李文库。威斯特几乎怀疑李文库不是中国人，中国人不可能有这么高的智商。

如果他是中国人，也一定是个超级中国人。

威尔逊笑了笑没有说什么，他的眼神开始盯住艾登。

"李文庠先生肯定不是这个骗局的主谋，而且我认为他和这个骗局根本没有关系。李先生是位学者，一位德高望重的中医大夫，他不会做出这种事情。主谋一定是那个王了然，这个人太狡猾了，实在让人无法相信还有这样的中国人。"自几个月前那次学术交流之后，李文庠已经变成艾登崇拜的偶像；相反，"王了然"在艾登眼里，成了最坏的中国人的典型。

"李文庠也好，王了然也好，他们设计这个骗局的目的是什么呢？骗钱？这是最简单的推断。"威尔逊询问。

"最简单的推断，很可能也是最合理的推断。南亚集团在中国的知名度很高，诈骗团伙把南亚集团列为诈骗目标，毫不奇怪。对李文庠绝不可低估，骗子最擅长伪装，否则就做不成骗子了。"威斯特说。

经历这次事情，艾登的头脑骤然变得复杂了许多。他沉默着，微微地锁着双眉，两眼凝视着右前方的写字台，有几分钟时间一言未发。威尔逊先生看了看威斯特，又重新盯着艾登，在耐心地等待着。

艾登说话了："当然不能排除诈骗钱财的可能性，我和威斯特先生在北京的活动，没有保持住秘密，难免引起一些骗子的注意。可是，从和那位王了然先生的接触中，看不出他对钱财有超乎寻常的兴趣。骗子贪婪钱财的本性，不可能一点不流露出来。"他沉默了片刻，忽然想起了王了然最后说的几句话，思路出现转机。他接着说道："王了然先生在谈判中说过，对我们肯出那么大价钱买这条信息，感到莫名其妙。还似乎在询问，是想公开发表造成轰动效应，还是真的想帮助那几位学者，或者是想独霸，先买断。好像有意了解我们的意图。"

威尔逊先生对他属下这位汉学家的书生气，很了解。他注意到了艾登这一段时间的变化，对他的发言表示赞赏地点了点头。他说："李文庠先生、王了然先生哪位是主谋，或者另有主谋，可以慢慢观察，好在这场骗局还远没有结束，对方还没有达到目的，自然不会就此中止。我们要了解对方设计这场骗局的意图，也需要请他们继续表演下去。我们的研究先进行到这里。"威尔逊看了一下写字台上的座表，"已经是20时10分，请艾登先生立刻和王了然联系。告诉这位先生，南亚集团董事长威尔逊专程来到北京，希望明天上午和他见面，继续接洽那件事情。"

四十二

对威尔逊这个决定，威斯特和艾登都感到意外。他们奇怪：堂堂的世界知名大企业南亚集团的董事长，居然要会见一个小小的骗子手，不可思议，实在不可思议。他们自然不知道威尔逊先生的心思。现在任何有关"异型生命工程"实验室的信息，都牵动着他的中枢神经。

谭成、曹秉毅和两位年轻侦探估计到，艾登要向威尔逊电话请示下一步怎么办，快则当晚，迟则次日，一定再来电话约会见面。没想到当天下午、晚上过去了，艾登那边毫无动静；次日一整天又过去了，依旧毫无动静。晚饭后四个人坐在客厅的沙发上，八只眼睛盯着平放在茶几上的"王了然"手机，继续苦等。时间过得好像很慢，谭成已经有些烦躁，两只手搓来搓去；曹秉毅打起盹来，而且鼾声渐渐震耳；两位年轻侦探看看他们，相视一笑，开始小声闲聊。

"我说吕四娘，请教请教，你习武习的是内家功夫还是外家功夫？"马仁面带微笑一句一字地低声询问赵欣然。赵欣然常到马教授家里去，两人年龄差不多，自然接近，互相都很熟悉，印象也很好，但是极少有机会单独在一起。到了侦探社，环境让人放松，马仁开始用"吕四娘"这样一个绰号称呼她。

"好说，杠头先生，本人是内外兼修，以内家功夫为主。听令尊说你对气功颇有研究，能不能指教一二？"赵欣然说起话来语声语调爽朗大方，和马仁说话的不紧不慢不疾不徐倒有点相映成趣。

马仁是个慢性子，极少着急上火。这种性格的形成，和幼年时纠正说话结巴有关。大人严格要求说话要慢，要一个字一个字地说。结巴纠正了，说话变成慢条斯理了，人也成了慢性子。他又认死理，和别人争论问题，不分清是非曲直决不罢休，不过即使别人面红耳赤，高声大叫，他仍旧不慌不忙用平静的语调讲自己的道理。早在读大学本科的时候，就因为这一点得了个绰号："杠头"，而且是五百里地不换肩的"死杠头"。赵欣然和他不是同学，不知道从哪里听到了这个绰号，不过客气了一些，加上了"先生"两字，算是回敬。

"他说我'颇有研究'？笑话。他骂我不务正业，光搞歪门邪道。他说，什么特异功能，什么气功，都是魔术，要不就是江湖骗子的胡说八道！"

"你要不是颇有研究，老师能够那样骂你吗？"谭成忽然有了兴趣，也参加进来："自古以来，对待特异功能和气功，就分为信与不信两派。马老师和那些蛮不讲理的不信派不同，他特别尊重事实。两位小朋友，如果你们能拿出有说服力的事实来，相信马老师自会'恍然大悟'！"

"请问谭大朋友，当过兵吧？"

"我当过兵？"对这一问，谭成有点摸不着头脑了。

"对呀！号兵！要不哪来这么大口气。"

谭成哈哈笑了起来："好厉害的吕四娘！"

曹秉毅醒了："什么？吕四娘？吕四娘来啦？吕四娘在哪搭儿？"

其他三个人哄然大笑起来。在众人的大笑声中手机铃尖叫起来。谭成嗖地一下站了起来，两手左右平伸向下按了按，示意要大家安静。他轻轻拿起手机，看了看屏幕显示的机号，待铃响第四次的时候，才按键接听。他故意把声音压得低低的："喂！哪位？我是王了然。有话请快说，我正在采访。"

"鬼才相信这么晚了还在采访！"老曹对谭成的台词颇不以为然，不过他的声音很小，不会由手机传出去。

谭成听到了电话彼端艾登的声音："我是南亚集团的艾登，敝公司董事长威尔逊先生已专程来到北京，希望明天上午能和王先生见面，继续接洽那桩生意。"

"生意？啊！你说的是那件信息的事情。怎么？贵公司董事长也那么关注这件事情，专程来到北京？实在太荣幸了。不过明天上午我已经安排了一件重要采访，实在无法推迟。"谭成故意停了一停，"这样吧！请和董事长先生商量一下，明天13时30分如何？"

电话彼端的艾登好像请示了一下威尔逊，随后说道："威尔逊先生同意。明天13时30分，我在燕云饭店门前恭候。"

"好！一言为定。"

等谭成挂断手机，赵欣然像被弹簧弹了起来，笑着跳着鼓起掌来，马仁也高兴得站起身来跟着拍起了手。包括谭成在内，大家谁也没有料到这么容易就把威尔逊请来了，更没有料到他会来得这么快。老曹满面春风，他又想起了自己在自然通讯社门前的精彩表演，不禁得意起来："自从艾登在自然通讯社门前打听王了然开始，我就断定这事儿有门儿了。果不其然，威尔逊这么快就到了。"

"就是，曹兄一向料事如神。明天怎么和威尔逊对话，对话结果会如何？请曹兄指点。"

"我说谭成，当初说得明白，我只扮演自然通讯社门前的接待员，王了然由你扮演，怎么问起我来了？我的表演怎么样？光靠你编的那几句台词，艾登能够那么信服吗？这可是'有目共睹'啊！"老曹对自己忽然也能用上"有目共睹"这样的文言词，十分得意。

赵欣然又是一阵放声大笑，用力鼓掌。马仁也笑了，跟着鼓了鼓掌。

这时电话铃响了。谭成看了看手表，得意地说道："杨……立群！一定是那位朋友有了来信，不过又是马后炮了。"说着他拿起了听筒。

听筒中传来了杨爱群急切的声音："是谭成吗？来信了，有紧急事情，你马上过来！"

"是好消息吧！我已经知道了。"

"不！是坏消息，不要耽误时间，赶快过来！"

谭成愣了，刚才的高兴劲儿，让杨爱群的几句话一下子抵消了。他的脸色一变，客厅里的气氛也马上凝重起来。像是被泼了一头冷水，可又不知道缘由。谭成明白，既然爱群让马上过去，定有原因。

老曹疑惑，问谭成："杨立群那儿怎么了？"

"她说又来一件电子信，报告一个坏消息。"

"怎么能呢！威尔逊都来北京了，哪来的坏消息！"

谭成吩咐赵欣然和马仁各自回去休息，明天早晨8点在客厅集合。然后郑重地拉上老曹驾车去了双榆树。

杨爱群紧锁着双眉，没等客人坐下，就把一张信纸塞到了谭成手里。谭成和老曹一起观看那封信，只见信上的宋体字写道：

"阳傀先生：威尔逊突然来京出现在燕云饭店，他已令艾登、威斯特去自然通讯社查清，并无王了然其人；艾登所遇门前接待员也非该社人员。威尔逊约见王了然，意图不明。仅知三人曾分析骗局的主谋为何许人，设计这个骗局的目的何在。谨告。即日"

谭成还是初次遇到这么大的挫折，脑子里轰的一下子，懵了，颓丧地把屁股重重地摔在了沙发上，双手抱头，一言不发。

在爱群眼里，谭成一直像一只欢快的马骝，现在看到他这种垂头丧气的样子，不免心痛。

谭成一直是曹秉毅的主心骨，现在忽然变成一只斗败了的公鸡，害得曹秉毅像丢了魂一样，两眼发直，手脚不知所措。

四十三

大约有十几分钟时间，谭成坐在沙发上，杨爱群、曹秉毅站在他的身前，三个人像三尊雕像，一动未动。

"要想想办法，光这样待着有什么用？"还是杨爱群首先打破了沉静，不过谭成、曹秉毅还是一言不发。

眼看心爱的人遇难的时候，女人身上有时会突然爆发出一股神奇的力量。此时的杨爱群就是，忽然觉得脑子里灵光一闪，只见她不顾老曹就在旁边，快速地屈身坐在了谭成身旁，将一条胳臂轻轻搭在谭成的肩膀上，在他耳边低声地说："这是一招'马前炮'！既然掌握了对方动向，就可以化被动为主动，进可攻，退可守。还不赶快考虑制胜方策！"

杨爱群一语道破天机。谭成心想：对啊！为什么不将计就计再争先机？他噌地一下跳了起来，忽觉全身发热，动了真情，对杨爱群又爱又感激。已经伸出双臂准备把杨爱群紧紧抱住狂吻一番，当他发觉老曹还站在那里盯着自己的时候，又把双臂硬生生地抽了回来，改为双手抱拳几乎是擦着杨爱群的鼻尖和前胸躬下身去一揖到底："多谢……大姐，请受小生一拜！此番指点之恩，自当铭刻肺腑，终生不忘。"这句话虽是以诙谐语调说出，可确实是出自谭成的内心。不过差一点说成"多谢娘子"，吓了爱群一跳。

"行啦！行啦！只要你不变成泄了气的皮球，咱就不会被失败卡住。你说，明天咱们怎么对付威尔逊！"老曹一下子又有了精气神。现在他认真佩服起杨立群来，心里说："她的心计真不在谭成之下，你看，一句话就能让一条已经翻了白的大马哈鱼又像野鸡一样飞了起来！"

"走！走！向马老师汇报，请示怎么办。"

"这天可够晚的啦！"老曹抬手看了看表，已经是 22 点 35 分。

"再晚也得去！"

看到谭成又精神起来，爱群踏实了，嘴边含着开心的微笑，把两个人送到楼下。又一再叮嘱谭成，千万不要急，不要开快车。

阳傀先生不希望自己的好朋友陷入失败的苦恼之中，不过他们如果由此能住手，不再当骗子，未尝不是好事。他发完电子信函，飘出自然通讯社的阅览室，感到一阵轻松，飞身来到了老北京城的最高点——景山，坐在了中央那座名为"万春亭"的古老建筑顶端的大圆球上。立秋节已过，一场大雨带走了连续几天的高温闷热天气，人们纷纷走出家门来到灯火通明的大街上，享受着夏夜的清爽。景山公园里，除了树林深处对对青年情侣，在如醉如痴地品尝着情爱的甜蜜滋味以外，游人并不太多。先生低头望了望山下的满城灯火，又抬头望了望满天的星星，人间天上，意马心猿，开始到处奔驰跳跃。那是织女，那是牛郎。啊！七月七，又是他们踏着鹊桥执手相会的日子了。他们只隔着一道银河，银河看起来并不太宽，只是缺座桥而已。有了鹊桥，面对面跑上几分钟，就能聚到一起了。可是谁又知道他们实际相隔却有百万亿公里之遥。硬把他们拉在一起，让永远没有机会见面的两位"天仙"变成了一家人？真是异想天开！那是北极星，都说它在正北，看着也像正北。你看，从永定门，经过前门、天安门、太和殿、景山顶到鼓楼这条子午线，不是正对着北极星么？不知道朱棣建设太和殿时使用的罗盘到底有多大的误差？明清两代二十多位皇帝，他们坐在太和殿的宝座上，都认为自己是坐北朝南，谁知道他们偏了几度几分几秒？啊！好大的一颗流星！它会不会来自太阳系外？它会不会为地球这个生命演化舞台带来新的客人？啊！我那个发现怎么办？先生想到自己的发现，思绪收拢了起来。自己和自己嘀咕：如果真的和那些不安分的学者无关，毫无疑问，那是个意义重大的发现。这种小东西出现在地球生物演化舞台上，对人类生存环境，对整个地球生态系统，不可避免地要产生翻天覆地的影响。不向世界公开这个发现，那可要对人类、对地球生物界犯下滔天大罪。虽然还没有制定法律，认定这种罪行、惩治这种罪行，但是在伦理道德上，这种罪行是绝对不可宽恕的，至少也要受到自己良心的谴责。这件事情可以委托别人帮忙代做吗？杨立群？研究室的同事？谭成、曹秉毅？……都不行。他们做不了，自己也不想直接和他们沟通。怎么办？正在先生苦苦思索的时候……

次日，13时30分，"王了然"带着赵欣然准时来到燕云饭店门前和艾登碰了面。艾登把他们引到16楼豪华套房的大客厅内，介绍他们认识了等候在那里的威尔逊先生和陪着他的威斯特先生。然后分宾主在一张长方形大会议桌旁落座，一面是"王了然"和赵欣然，一面是威尔逊和艾登、威斯特。桌上有事先摆好的饮料和记事用纸笔。威尔逊先表示了一下对他们到来的谢意，然后艾登说了说威尔逊先生想知道一下，上次他们谈的事情，王先生的进一步考虑。说完又会意地向赵欣然笑了笑，很明显，这是表示他已经认出了她就是曾在中餐厅和她的男朋友一起向自己提供王了然信息的那位小姐。赵欣然也大方地向他微笑点了点头。

下面紧接着应该是"王了然"发言，可是突然赵欣然面对威斯特微笑着用英语说："听说威斯特先生，是伦敦大名鼎鼎的心理医生，现在您在北京也同样大名鼎鼎了。"一见到威斯特在场，"王了然"心里有点发毛，曾用眼神暗示了一下赵欣然。赵欣然按照事先的研究分工，来了个先下手为强，破坏一下威斯特的情绪。

这一招果然见效，威斯特脸红了，低下了头什么也没说。威尔逊有点莫名其妙，皱了皱眉。艾登也摇了摇头。这时"王了然"站了起来，首先微微向艾登鞠了一躬，然后脸上带着饱含歉意的笑容用英语说道："本人首先要郑重向艾登先生道歉，我欺骗了您。第一，我的名字不叫王了然，也不是自然通讯社的高级记者。我的名字叫谭成，是北京曹氏侦探社的首席侦探，地球物理学硕士。"说着取出三张名片，递给艾登、威尔逊和威斯特每人一张。

四十四

谭成此言一出，真可谓满座皆惊。艾登和威斯特两眼看着谭成，有些发直。威尔逊先生也是脸色一整，不过他显得很镇静。

"第二，这位赵小姐，艾登先生想必已经认出来了。她的男朋友马仁先生，艾登先生也见过。他们都是我的同事，是曹氏侦探社的侦探。他们和从事"异型生命工程"研究的学者们毫无关系，所以艾登先生从他们口中得到的信息都是假的。"

听到这里，艾登反而渐渐转变了对眼前这位"王了然"的看法，而且还有了一些亲近感。对谭成的叙述像听故事一样产生了兴趣。不禁插言问道："请问，在自然通讯社门前接待我的那位先生……"

"啊！那是曹氏侦探社的法人代表曹秉毅先生。"

"啧、啧！你们几位不是侦探，都是一流的表演艺术家！"

"哈哈！艾登先生谬奖了。"

听到这里，威尔逊先生觉得谭成已经把真相说得差不多了，于是拦住了谭成和艾登的话头，他想尽快转入正题。他问谭成："请问谭先生：贵社设计这个骗局的目的何在呢？"

谭成说："下面我要说的，正是董事长先生所提问题的答案。事情的缘起是这样的：中国泰山南极考察队，一位名叫阳傀的队员去年12月下旬在南极点失踪。不久前，敝社接受委托对阳傀先生失踪案进行调查。我们在调查中了解到，阳傀先生与那些从事'异型生命工程'研究的学者有些纠葛，有人怀疑他的失踪和那些学者有关。同时我们也了解到，贵公司派艾登先生陪同威斯特先生专程来中国，也在查找那些学者的下落。我们判断贵公司可能已经有了若干眉目，敝社目的，无非是想借助贵公司遍布全球的信息网络，了解一下阳傀先生失踪案的线索。毋庸讳言，泰安市太极开发企业集团的信息网络，不收集这方面东西，满足不了敝社的需要。"

"谭先生的说明，听起来倒也合情合理。不过为什么又自己揭穿这个骗局呢？"

"不客气说，如果仍旧由艾登先生和威斯特先生主持此事，我们不会如此开诚布公。只是因为董事长先生驾临，而且愿意和我们会面，我们才作出这样的决定，以表达一下我们的诚意，准备和贵公司合作的诚意。"

"贵社和敝公司合作？"威尔逊先生眼神中和语气中露出一丝轻蔑，只是一闪而过。

谭成肯定、自信地回答道："正是。一只老鼠和一头大象的合作，平等的合作。"

威尔逊迷惑了。今天，从坐到谈判桌前开始，面前这位青年首席侦探的作为，就处处出乎自己的意料。现在，他又代表这个只有几名侦探的小小侦探社，狂言要和自己任董事长这个名列世界百强企业之林的南亚集团平等合作。真是不可思议！不过，从对话中，威尔逊早就感受到了这位曹氏侦探社首席侦探的气势不同寻常，多年商业谈判的经验告诉他，对此人不可小觑，他的手中可能握有王牌！何况，无论如何也要把他们插手调查"异型生命工程"实验室的活动控制起来，否则后果难料。不过他也想到艾登刚才说过的话，曹氏侦探社的几位侦探都是一流的"表演艺术家"。他缓缓地回答谭成："敝公司愿意和任何一间有信誉有实力的企业谈判合作，只要敝公司认为这种合作是有价值的。"

"阳傀先生是在南极点神秘失踪的，这一案件曾经轰动世界，想必威尔逊先生也有所闻。"

威尔逊点了点头："看到过媒体的报导。"

"泰山南极考察队是得到有名的大企业泰安市太极开发企业集团支持的，阳傀先生案件的委托人，就是太极企业集团。请问，这一点可不可以说明敝社的信誉和实力？"

威尔逊先生没有表示什么，可是心里确实有些惊讶。他想，阳傀先生神秘失踪案件，就是欧美的一些有名的大侦探社，也不敢轻易接手，眼前这位默默无闻的年轻侦探竟敢接受委托，太极企业集团也居然肯于委托，难道这是真的吗？他想拖延一下时间，哪知谭成又接着往下说了：

"如果这一点还不足以说明敝社的信誉和实力的话，我代表敝社邀请董事长先生在北京再停留48小时。48小时以内，我们会作一些能使先生满意的展示。我想，为了一笔巨大的风险投资，董事长先生是不会吝惜付出这一点时间的。"所谓"一笔巨大的风险投资"是谭成的推测，谭成认为威尔逊这么大的举动，肯定和南亚集团一项巨大投资活动有关，于是冒险使用了这样一个有待证实的信息。

一笔巨大的风险投资！这个年轻人指的是什么？难道他发觉了？谭成最后这段发言，让威尔逊先生更为惊讶。正好他也想拖延一点时间，了解一下太极集团委托曹氏侦探社调查阳傀先生失踪案件情况，只是48小时确实太长了一点，为了弄清谭成手里的王牌，也只好接受。他沉吟了一下说道："好吧！十分感谢，本人接受贵社的邀请。"

威斯特满脸不屑地摇了摇头。堂堂的大不列颠及北爱尔兰联合王国南亚企业集团的董事长，会接受中国一个小得不可再小的侦探社的邀请，一留就是

48小时，实在令他难以理解。在他看来，谭成代表曹氏侦探社提出这个邀请本身，就是对威尔逊先生的侮辱。

艾登对谭成的看法有了很大变化，道歉、承认错误是勇敢和诚实的表现。不过他仍然觉得谭成有点可怕，对一个能设计出那么巧妙的骗局——他认定谭成是那场骗局的主谋，而且把"王了然"这个角色表演得如同泥鳅一样油滑的人，还是小心一点为好。

下午，艾登先生陪着饭店的两名服务员，抬着一座用绣有大红茶花的乳白色锦缎罩着的摆设，来到威尔逊先生的豪华套房，把它摆在了谈判桌的正中。接着，服务员双手捧着一个典雅的封套交给了威尔逊先生。威尔逊先生打开一看，里边是一张精美的信笺，上边用毛笔书写着几行汉字："这是本社镇社之宝——一件精美的艺术品，有它的陪伴，相信董事长先生在北京的48小时，不会再感到寂寞。曹氏侦探社"

四十五

艾登为他作了翻译。威尔逊颇有兴致地掀开锦缎一看，原来是一件由一个紫檀木雕底座托着的滚圆光润的和田玉球。玉球直径约有25厘米，球面由黑白两色组成，黑色墨黑，白色雪白。特别是它的雕琢独具匠心，使玉料的天然两色在球面上形成一个规整的太极图案。艾登介绍说："我在中国的古籍、古画、道家洞天胜境以及其他名胜古迹中看到的太极图案，都是二维的，还从没有见到过三维的。这个三维图案，黑白两色在球面上的分割，让人看着是那么自然，那么舒服。真是不可多得的珍品！"威尔逊微笑着点了点头，不过他不是在欣赏这件艺术品，而是欣赏谭成这位年轻侦探又给自己出了一道难题。他在思索，谭成把这件东西送到这里会有什么含义呢？

在收到阳傀先生电子信件的当天晚上将近11点钟的时候，谭成、曹秉毅匆匆赶到了马教授家里。在车上，谭成构思了一个行动方案。向马教授汇报了当前情况之后，谭成提出三点要求：其一，为达到目的，允许他们采取他们认为所有可以使用的办法，包括和南亚集团合作寻找那几位学者；其二，在南亚集团调查曹氏侦探社实力和信誉的时候，请太极集团全力支持；其三，借用几天太极集团送给马教授摆在客厅里的和田玉太极球。前文已经提到，这只玉球后来以曹氏侦探社镇社之宝为名，被摆在了威尔逊先生住房客厅的会议桌上。

听完谭成汇报，马教授笑了。他说："和南亚集团合作？可以试试。在南亚集团眼里，你们的分量超不过一只跳蚤。小心一点，别把自己送到狼嘴里去。你们的具体作法，我不过问。你现在特意提出来，想必又有了鬼花招儿。我只要求你们：不要触犯法律；不要有损我们中华民族和中华人民共和国的形象；不要有损太极集团的信誉。至于太极集团方面，明天早晨一上班我就打招呼，具体支持要求由你向他们提出，出现困难，我再出面协调。这个玉球，可不是一般摆设。盘古开天辟地，大概就出了这么一块能够表征阴阳的和田奇玉，又恰好遇到一位雕琢能人，慧眼巧手，才打造出这么一件宝贝。借，可以。一定要保护好，不能有毫发损伤！"

谭成十分高兴。他说："司令尽可放心，我们心里有数，知道威尔逊不是好招惹的。至于您提的三点要求，您不说，我们也不会做那种出格儿的事情。这个宝贝玉球，我一定把它和我的眼珠子同等对待。"

马恕人没有想到，谭成事先挂号，是为了堵住他的嘴。谭成准备采取的做法当中，正包含着他反对的东西。

这一天上午8点，也就是谭成带着赵欣然如约去会见威尔逊先生之前几个小时，曹氏侦探社的所有4名成员齐集小别墅的客厅。谭成首先把前一天晚上杨立群计算机收到的电子信函说成线人密报，向两位年轻侦探宣读了一下，顿时营造出了一种危机气氛。随后谭成说道："我们承接的阳傀先生失踪案件，现在进行到了紧要关头。如果这一关闯过去，前边就是康庄大道；闯不过去，那可就水复山重了。本首席侦探已经有了应付威尔逊的方略，只要大家齐心协力，胜算当有百分之七十。现在大家分头行动！"

曹秉毅不满意了："我说谭成，我可是法人代表，这么大的事，不告诉他们两位可以，怎么也得跟我说清楚吧？"

"当然，当然。您是法人代表，怎么也不能把您当成聋子的耳朵——摆设啊！请放心，下面我会单独向您汇报。"随后，谭成分别向三个人布置了任务。先向老曹简单说了一下争取与南亚集团合作的打算、作法，然后布置他和太极集团联系请太极集团支持的事项，联系内容，找哪个人，话怎么说，都做了清楚的交代。接着布置赵欣然作为首席侦探助手跟随自己行动，首先是和威尔逊的会见。两点注意：从容应对艾登；如果有威斯特出席，由她采取防范措施。下午，负责把和田玉太极球安全送到燕云饭店，摆到威尔逊住房客厅的会议桌上。

最后，谭成对马仁说："你的任务是关乎这次行动成败的关键一招。不仅如此，对今后诸多方面还会产生深远影响。务必请你竭尽全力，保证一举成功。"接着谭成在自己的卧室和马仁低声研究了一个小时，最后敲定了行动方案。慢性子人是不容易兴奋、激动的，马仁走出谭成卧室，从表情上看不出什么来，不过可以推测到，他十分高兴，对完成任务也蛮有把握。他没有耽搁时间，很快就驾着自己的轿车离开了小别墅。

威尔逊先生原计划只在北京停留48个小时，接受谭成邀请，现在不得不延长为72个小时，无奈只好把燕云饭店这套住房变成临时写字间，通过电话和计算机处理应该在伦敦处理的公司事务。中间偶尔休息几分钟，就来到会议桌前琢磨那个玉球，反复揣测谭成的用意，不过一直没有结果。威尔逊先生在香港受过教育，过去南亚集团总部设在香港，所以也在那里工作过。对中国文化有所了解，进入企业上层以后又研究过《孙子兵法》，可以算得上半个中国通。在他的观念中，中国人是天生的"兵家"，善用计谋。他认为，自己这次北京之行以及应邀又多留32个小时，都是谭成事先设定的。谭成运用的就是孙子兵法上的一句话："能使敌人自至者，利之也。"

艾登委托上海汇丰银行北京分行向太极开发企业集团了解了曹氏侦探社有限公司的资信、实力情况。太极集团的答复证明，谭成所说均是事实。

第四天的上午8时，留在北京的时间还剩下6个小时，威尔逊先生已经起床，刚好洗漱完毕，穿好衬衣，忽然发现自己已经准备好的一条红色领带不翼而飞。奇怪的是领带就放在折叠整齐的衬衣上面，拿衬衣时还曾见到，丢失是在自己的眼皮底下，而且只在一两分钟时间之内。威尔逊相信自己的头脑，没有反复寻找，也没有声张，只作为一件怪事放在了心里。他忽然想到那个太极玉球，自言自语地说："这个东西会不会有什么古怪？"

第十章

刚凰柔凤求连理 大象小鼷议合群

四十六

  威尔逊一边自言自语一边走到玉球近前，掀开罩在上面的乳白色锦缎，拍打拍打，接着又搬了起来仔细察看球面的各个部分，又用手指敲敲放在耳边听听。他最后肯定，这是一个实心玉球，没有任何可疑之处。他把玉球轻轻放在一个单人沙发上，端起紫坛木雕底座，几乎把每一片刀痕都反复察看了几遍。最后肯定，这个底座是整木雕成，也没有任何可疑之处。他把底座、玉球按原样重新放好，罩上那块锦缎。

  威尔逊先生打开衣柜，准备重新取出一条领带，这时候有人敲门。饭店的服务员双手托着一个外观华美的长方形纸盒，说是曹氏侦探社刚刚派人给威尔逊先生送来的。他打开一看，是一条名贵的高粱红色真丝领带，领带上面放着一张花笺，用英文写着：恭赠红色领带一条。董事长先生不必为失去一条心爱的领带有所遗憾。威尔逊轻轻摇了摇头沉思起来："领带遗失得固然奇怪，可仅仅10分钟左右时间，曹氏侦探社又送来一条新的，更加奇怪。这件事情只能有一个解释，全部都是那位年轻的首席侦探事先策划好的。在自己的眼皮底下拿走一条领带不难，魔术师可以办到，扒手也可以，可是房间里只有自己一个人。唯一可以做到这一点的，恐怕只有那些'通灵人'，中国人叫他们'特异功能人'。这位年轻的首席侦探和他的那几位手下，难道是'通灵侦探'？或者至少有一个人是，比如那位谭成？没有一点特殊本事，绝不敢接手像阳傀失踪这样离奇古怪的案件。果真如此，倒是个意外收获，不虚三天的北京之行了。自己千方百计网罗各类通灵人，至今在蒙古人种中尚未遇到理想个体，但愿这次是上帝恩赐。"虽然还不十分肯定，威尔逊先生已在设想如何把谭成以及其他几个人抓到自己手中了。"吞并曹氏侦探社？不可能，他们正雄心勃勃想创一番事业，太极集团也会出头阻拦。用高薪诱走他们？首先谭成就不像是金钱能够动摇的。眼前唯一能做的事情，就是先把他们套住。也好，因势利导，接受谭成的南亚集团和曹氏侦探社平等合作的提议。至于如何把他们网罗到手，以后再想办法。"想到这里，他把艾登叫来，吩咐艾登代表南亚集团按照谭成的提议，和曹氏侦探社先进行意向性谈判，听听对方的具体条件，然后汇报，听取下一步指示。艾登了解这位董事长先生的作风，凡是看准了的事情，马上就办。不过也有些奇怪，曹氏侦探社的人并没有和他接触，他是根据什么突然做出这个决定的？谭成这个中国泥鳅！真有办法。他没有询问什么，只应一声是，就转身出去为威尔逊准备机票了。艾登刚刚出去，房间的电话铃响了。威尔逊按了一下免提键，电话中传来了谭成的声音："早安，董事长先生！谢谢您的决定。在您离开房间去用早餐之前，我愿意告诉您一个可以令人开心的消息：您可以找回遗失的领带了。本社镇社之宝太极玉球开了您一个玩笑，我代它向您道歉。"

"谢谢谭先生，想不到玉球的主人还是位妙手空空的梁上君子。哈哈！"说着，威尔逊急行两步来到玉球近前，掀开锦缎一看，当时就怔住了，只见自己那条心爱的红色领带横向沿着太极图案的黑白分界线整整齐齐嵌入了玉球，只均匀留出1厘米宽的边，突然使玉球变得分外鲜艳夺目。"ooparts！"（奥帕茨）他惊呼了一声。又自言自语地说："不对。这是人为的。ooparts是指在远古地层中发现的不符合那个地层年代的人造物品。形成原因不明。"

电话那端传来了谭成的笑声："请董事长先生放心，本社的镇社之宝，决不会给您留下不愉快的回忆。我想您不会反对和它道声再见。"

就在威尔逊的眼神离开玉球移向电话、又从电话移回玉球的几秒钟时间内，他的红色领带已经褪出玉球，平平整整地搭在玉球顶端。玉球恢复原状，了无痕迹。威尔逊缓缓地取回领带，来回踱了几步，心里暗道：真是无法想象，太神奇了。他对着电话说道："谢谢首席侦探先生，您的太极玉球使我大开了眼界。我已经按照您的建议和它道别了。"

"看来您不喜欢别人打扰，我和我的同事们就不为您送行了。上帝保佑董事长先生一路顺风！"

"谢谢！我看还是请上帝保佑我们合作愉快吧！希望很快能够在伦敦欢迎阁下。再见！"威尔逊罗致谭成和他的同事们的决心，变得不可动摇了。

"再见！"

两个星期之后，谭成和曹秉毅在伦敦南亚集团总部和威尔逊先生签订了一项秘密合作协议。协议的主要内容有以下一些：中国曹氏侦探社有限公司和英国南亚企业有限公司（集团）为了各自不同目的在查找"异型生命工程"实验室的下落方面进行合作；南亚集团负责提供"异型生命工程"实验室半径不大于100公里区域的宏观位置信息，曹氏侦探社负责根据南亚集团提供的信息，在指定区域进行具体查找；查找所需人员，由曹氏侦探社负责提供，负责组织；查找所需经费，由南亚集团负责提供；双方均可在各自负责的范围内，自由采取认为必要的措施并承担法律责任，另一方不得干涉，等等。还有一条对曹氏侦探社十分不利的规定，这是威尔逊先生特别加上去的，即在协议生效期间，不得接受其他案件委托，所受损失，由南亚集团补偿。好在曹氏侦探社至少在阳傀案件结案之前，无意接手其他案件。

威尔逊坚持，协议必须是秘密的，而且只能是个君子协定，既不受英国法律的保护，也不受中国法律的保护。他的理由是，正式合作协议必须由董事会审议通过，这项协议董事会是通不过的，他也不想让董事会知道。另一个说不出口的理由是，如果堂堂的南亚集团和一个名不见经传小得不能再小的侦探社公开签订这样一个协议，实在有损他的声誉。

四十七

谭成觉得，为了实现合作的目标，威尔逊不会轻易撕毁协议，曹氏侦探社也不想借这个协议增加自己的无形资产，秘密也好，没有法律约束力也好，没有太大的问题。和曹秉毅一商量，他也没有坚持反对。自然，他们也准备处处小心行事，不见兔子不撒鹰。协议既然是秘密的，曹氏侦探社执行协议的行动仍旧用自己的名义。南亚集团所出经费则由威尔逊先生委托邓晓阳先生以天祥海洋生物基因工程公司赞助的名义拨付，同时负责开支监督。

阳傀2年9月中旬的一个晚上，小别墅空间不大的客厅里灯火辉煌，曹氏侦探社的庆功宴会刚刚开始。参加宴会的，除了曹氏侦探社的四位侦探外，还有两位特邀贵宾。谭成首先致词，他说："各位同仁：我和曹法人代表的伦敦之行，签署了和南亚集团合作的协议，这可以称得上是一次战役胜利。取得这次战役胜利，马仁先生和他邀请助拳的两位朋友做出了关键性贡献。下面就请马仁先生给大家介绍一下他的两位朋友。"马仁站起身来，指着坐在自己身边的两个20岁上下的青年用他固有的语言节奏介绍说："左边这位是王天佐；右边这位是王天佑。他们是双生兄弟，天佐是老大，天佑是老二。都是北方师范大学物理学系三年级学生，我的好朋友。"他又指点几位侦探一一介绍给王氏兄弟。介绍到赵欣然的时候，他说："女英雄吕四娘，你们已经认识，用不着再介绍了。"

赵欣然在嘴头上是不饶人的，随口就应了一句："杠头先生，还是介绍介绍你自己怎么抬杠吧！"引起了一阵哄笑。

王氏兄弟俩，身材、相貌十分相似，不是很熟悉的人很难区分出哪个是哥哥，哪个是弟弟。他们身高大约175厘米，瘦瘦的，体重不超过65公斤，瘦削脸庞，黄白面皮，看似不甚健康，其实两个人还是学校的一对男双乒乓健将。天佐左手执拍，天佑右手执拍，两人心意相通，横拍快攻，配合得天衣无缝，是全国大学生运动会的冠军。兄弟俩是一对特异功能人，天佐擅长特异致动；天佑擅长特异感知。从小学四年级时被发现，至今已超过10年，一直发挥稳定。马仁在上中学时就对气功现象、特异功能现象产生了浓厚的兴趣。在王氏兄弟被发现后，他主动去结识他们，处处把他们看成小弟弟一样帮助他们，照顾他们，他们也把他看成大哥哥一样，有什么话都对他说，有什么困难都找他解决。他们也是马仁的研究对象，有什么研究需要，都能很好地配合。这次是马仁把他们请来，先详细介绍了情况，说明目的，提出要求和他们商量，他们愿意帮忙。在威尔逊决定再滞留北京48小时之后的次日晚间，马仁把他们安排住在燕云饭店15楼威尔逊所住房间下面那个房间里。第二天早晨7时，马仁又把赵欣然请来，帮助他们调整心理，使他们的情绪处在最佳状态。结果在谭成电话指挥下，分秒不差地实现了预定要求。他们征服了威尔逊，使得威尔逊进一步认定谭成就是"通灵侦探"。

庆功宴会结束后，谭成、曹秉毅请马仁把这次工作的报酬和奖金交给他们，并征求他们意见，可否应聘作曹氏侦探社的业余侦探。王氏兄弟说，当然可以，有这笔收入可以减轻父母不少的负担。但是，不能作缺德事，不然自己一觉得亏心，特异功能就没有了；再就是尽可能少耽误功课。马仁告诉他们，自己也是业余侦探，如果做坏事，自己也不干。另外，安排他们的工作，会考虑他们的特点，不是十分必要，不占用上课时间。王氏兄弟同意受聘，时间从即日算起。

庆功宴过后不久，艾登在一个上午来电话约见谭成和曹秉毅。艾登仍然住在燕云饭店，见面后，交给他们两份由威尔逊亲笔签署的函件。一份是，告知曹氏侦探社法人代表和首席侦探：根据可靠情报，"异型生命工程"实验室的学者们，最近曾在南极点附近100平方公里范围内出没，但潜藏地点极为隐蔽，俄罗斯一个南极点考察站曾派人搜索，没有结果。建议贵社组织一个侦探组利用南极大陆夏季时间前往查找。另一份是，通知曹氏侦探社，南亚集团委派艾登先生作为联络员，随同曹氏侦探社即将组织的南极侦探组行动。艾登告诉谭成、曹秉毅，如有异议，由他转告威尔逊先生。

谭成把两份函件放在一边不提，问艾登："看来艾登先生和威斯特先生在中国的公务要结束了，不知道威斯特先生下一步有什么打算？"

艾登已经感觉到，自己这次北京之行接触到的中国朋友都对威斯特没有好感。他没有回答谭成的问话，却说："我和威斯特先生在北京期间的活动，如果有得罪各位中国朋友的地方，务请多多原谅。"

"艾登先生客气了。我们欢迎威斯特先生能够和艾登先生一起随同我们活动。"谭成继续婉转询问威斯特今后行踪。

"威斯特先生会感谢朋友们的好意。不过威尔逊先生已经决定了的事情，不好再改变。"艾登依旧未提威斯特的下落。

谭成觉察到艾登有意回避，也就不再继续询问。

威斯特根据威尔逊的要求，依旧留在北京，不过已经搬出燕云饭店，由他自己在当地另聘了一位翻译，对外也不再用南亚集团的名义。艾登所以回避谭成的询问，是因为威尔逊交代，对威斯特情况要保密，有人询问，可说他已经中止了和南亚集团的聘约。艾登不愿说谎话欺骗朋友，可又不能违背威尔逊的指示。从艾登的态度上，谭成判断威斯特还在北京活动，至少还在中国境内活动。如果已经回英国，艾登就用不着回避了。威尔逊让威斯特留下来干什么？谭成在脑子里画了一个大问号。他期待着那位匿名朋友的电子信函，不过已经信心不足。最近按过去惯例应该收到他信函的时候，都没有收到。

谭成和曹秉毅对威尔逊的函件没有提出异议。

泰山南极考察队又在组建，依旧用原班人马。谭成、曹秉毅退出，另组一南极点侦探组，租用部分窝头山作基地，必要时也要租用泰山队的各种装备，赴南极时随同泰山队行动。

四十八

南极点侦探组原定五名成员：谭成、曹秉毅、马仁、王天佐、王天佑，加上艾登，共6人。谁知中间又杀进来一位名叫李察德的新西兰籍北方大学极地学博士研究生，变成了7个人。李察德是华裔，刚刚来到北京几个月，汉语说得很好，虽然不太流利。年龄已接近50岁，身高约190厘米，肩宽腰细，胸腹后收，由第七节颈椎向下直抵骶骨的17节脊柱形成一个弓形的弧。头部稍嫌小了一点，而且额头扁平后斜，下巴内收，鼻梁不高，小眼睛，显得有些猥琐。自称曾在南极点做过考察，熟悉情况；了解"异型生命工程"研究室那几位学者的情况。得知曹氏侦探社正在组织一次南极点侦探活动，坚决要求参加，不计报酬。奇怪的是，李察德居然了解泰山南极考察队，还知道谭成、曹秉毅去南极点是为寻找那些不安分的学者。可言语支吾，怎么也说不清楚如何知道这些情况的，而态度又让人觉得十分诚恳。老曹和谭成虽然欣赏他的专业和熟悉南极点附近情况，可是总觉得此人有点奇怪，不想收。艾登听说有位英联邦国家的公民要求参加南极点的侦探活动，自己这个外国人有了伙伴，非常高兴，建议曹秉毅收下。如果曹氏侦探社有困难，可以作为南亚集团联络员助手聘用。这样李察德终于成为南极点侦探组的第六名成员。

马仁和王氏兄弟没有去过南极，需要做一点适应性训练，由老曹负责安排。

老曹决定自己带队，把大白、阿花也带去，它们也需要再适应一下。大量的后勤准备工作，由赵欣然负责筹办。这时候，天祥公司如期把经费拨入了曹氏侦探社的账号。第一次经手这样一大笔款项，赵欣然惊喜欲狂。谭成对她说："这点钱，在南亚集团看来不过九牛一毛。既然有财神撑腰，用起来要大方点，特别用于南极点的活动物资，一定要从优、从宽。"赵欣然笑着、跳着连声应是。

按照曹秉毅和谭成的安排，南极点侦探组一旦出发，赵欣然要留守小别墅，参与泰山南极考察队后方办事处的工作，负责南极点侦探组的后方事务。

10月下旬曹秉毅带着马仁、王氏兄弟和大白、阿花出发去漠河。就在他们临行的前一天下午下班前，赵欣然刚刚收拾起账目和一部分现金放入保险柜，锁好，马仁轻手轻脚地走进了客厅。赵欣然的写字台和保险柜在客厅的一角，看见马仁进来，赵欣然一边收拾东西一边招呼道："杠头先生，明天就要出发了，今天还不早一点回家！老师和师娘一定给你准备了一顿丰盛的晚餐。"

马仁脸上表情有点奇怪，慢吞吞地说："我不回家吃晚饭了，想请你一块儿去西山酒店吃涮羊肉。"

赵欣然抬起头，双手也停了下来，略显奇怪地问："请我？"她看了看马仁的表情，似乎猜出了点什么，脸上露出了在和马仁谈话时常有的带点揶揄的笑容。"好，欢迎。你请客，当然欢迎。就请我一个？"

马仁有点尴尬。声音放得很低不自然地说："就请你，我们两个人。"

"好！马上就走。"

在西山饭店顶层旋转餐厅的一个卡座里，马仁和赵欣然面对面坐着，桌上已经是杯盘狼藉。赵欣然微笑看着马仁，显然是等着他开口说出他心里想说的话。马仁却低头玩弄手中的筷子，好像上下嘴唇被锁在了一起，怎么用力口也张不开。

赵欣然忍耐不住了，对马仁说："窗外满山的红叶，你无心欣赏，可以说天太黑了；桌上那么好的羊肉，你无心品尝，就吃了三两片；有话，又不肯爽快说出来，好像我在堵你的嘴。你实在不肯开口，那我就替你说！"

马仁没想到赵欣然会有这一手，一下子慌了手脚，对这个慢性子来说这种表现太少见了，只见他连声说："我……我说，我……我……我说。"说完了"我说"又忸怩起来。这时候他虽然远远避开赵欣然的眼神，可是总觉着她在咄咄逼视着自己，看得自己身上直起刺儿。最后，他终于鼓足了勇气，结结巴巴地说道："我想……你看……我们两个人可不可以做朋友？"

赵欣然笑了。她一笑，马仁摸不清是什么意思，心里七上八下的，不知道她是答应还是拒绝。

"我说马仁，现在是什么年代了？这么点事，说出来就这么难。倒退几十年，老师对师娘说这句话的时候，也不会像你这样忸忸怩怩吞吞吐吐的！"

马仁一边听，一边尴尬地强笑着，一边焦灼地等待她的判决，心里咚咚直跳。

"我可以答应你做朋友。不过，你听明白，这可不是答应和你结婚。我还要考察你。我先问问你：你不怕我厉害？"

马仁一听赵欣然答应了，心里像放下了一块大石头，又轻松，又高兴。不禁眉开眼笑地摇头说道："不怕！不怕！你是直爽，不是厉害。我喜欢直爽。"

"咱们两个人性格可大不一样，能合得来吗？"

"能，一定能。你有你的优点，我有我的优点，我们俩可以优势互补。"

马仁一句"优势互补"把赵欣然逗得抿嘴直笑。"你可真行！"她用手指轻轻点了他一下。

他们离开了西山饭店，马仁驾车把她送到宿舍。赵欣然下车后，马仁也下车送她到门口。在昏暗的灯光下，赵欣然忽然转过身来走近马仁，几乎要贴在了他的身上，双手摆弄着他的领带，微低着头无限妩媚地轻声对他说："还不亲我一下！"

马仁愣住了，他完全没有想到赵欣然原来也有这么柔媚可人的一面。不过已经顾不得多想，他的心脏狂跳起来，一下子把赵欣然揽在怀里，在她的脸颊上、脖颈上狂风暴雨般亲了起来。他的动作是那样的凶猛，是那样的有力，简直变成了一头扑向猎物的雄狮。赵欣然春情荡漾，像一只小小的羊羔，娇弱无力地倚在马仁的双臂环抱中，迷迷惘惘地享受着第一次被男性拥抱亲吻的奇妙感觉。稍稍清醒之后，她忽然不无欣喜地想到：这个慢性子原来是个凶猛的男子汉！

四十九

次日，曹秉毅带领马仁等一行启程去漠河的时候，谭成、赵欣然到机场送行。在候机室，谭成从言语、态度上，发现马仁和赵欣然的关系出现了微妙变化，于是郑重其事地对曹秉毅说："曹兄此行责任重大。王氏兄弟还是昨日之王氏兄弟，大白、阿花也还是昨日之大白、阿花，唯马仁已非昨日之马仁。"

"我说谭成，别转了行不行，你到底想说什么？"曹秉毅并没有明白谭成的意思。

赵欣然自然敏感，她抢在谭成前边说道："曹老师，谭先生告诉你：马教授昨天就是马仁这么一个儿子，今天还是马仁这么一个儿子，请您务必把他照顾好！"赵欣然这么一抢话，等于自己认了账。

曹秉毅越听越糊涂，大声喊道："马仁不就是马仁吗？马仁怎么啦？"

谭成哈哈大笑起来："昨天的马仁还是马仁，今天的马仁可变成了吕四娘的心上人啦！"

"喂！赵小姐，你和马仁偷偷摸摸地搞对象啦？怎么不告诉大伙一声？"老曹总算明白过来了，不过这话问得有点不三不四。

别看赵欣然平时大大方方什么都不在乎，现在也被谭成逗得满脸通红。看见马仁在旁边笑眯眯地一副得意的样子，不知道她是真嗔还是假嗔，真怒还是假怒，大声指责马仁："马仁！你美什么？别忘了我还在考察你！"

突然被赵欣然一敲打，马仁赶紧表白："大……大家别误会，别……别误会，我们俩人昨天晚上才说好，就是做朋友，没别的，真……真没有别的。"虽然有点慌神，可是说话慢条斯理的习惯改变不了，加上一点结巴，未免显得滑稽。

谭成、老曹，连同王氏兄弟哄然一声大笑起来。

赵欣然也被马仁闹得哭也不是笑也不是。呯，当胸给了马仁一拳，当然没有用劲："你是真傻还是装傻？胡说了些什么！"

"我看是装傻！"谭成故作认真地说。几个人又是一阵哄笑。

杨爱群自从被姐姐移花接木爱上了谭成，两人以百米短跑的速度成了事实上的夫妻，谭成在她心里的分量越来越重，甚至占据了她的所有心思。她非常关心曹氏侦探社和曹氏侦探社在阳傀失踪案件上进行的活动，受姐姐的委托，责任所在自不必说，但是更重要的因为这是谭成的事业。一到关键时刻，她就提心吊胆，担心谭成会不会出现什么闪失。爱群表面似乎粗粗拉拉，实际不仅极其聪明而且心思细腻，她总觉得和南亚集团合作进行得过于顺利，她怀疑威尔逊接受和曹氏侦探社合作，是不是还有别的打算，谭成会不会上当。她发现谭成有个很大的弱点，在事情顺利的时候，往往头脑不够清醒，对可能存在的风险，缺乏估计。

送走曹秉毅一行之后，谭成来会爱群，他和她商量，打算休学一年，作曹氏侦探社的专职侦探。爱群赞成，认为既然实际上已无法顾及学业，何必还要白白分心？不过，她也对谭成说："专职也好，兼职也好，主要担子都在你的肩上，千万要小心谨慎。威尔逊先生可能是个有信用的人，是个值得尊敬的人。但是作为一个大企业集团的董事长，在商海中他也一定是条大白鲨。大白鲨是要吃人的，不然它就生存不下去了。你要估计到被吞掉的风险，万万不可大意。"

对爱群处处关心自己，谭成心里觉得非常温暖。有个家和没有家，有个妻子和没有妻子，确实大不相同。虽然他们还没有正式结婚，还没有完全形成家庭，但是爱群在他心里就是妻子，爱群的家也就是自己的家，小红也就是自己的女儿。但是对爱群这席话他并不完全以为然，认为她因为爱自己，所以过于担心了。他说："曹氏侦探社除了几个人以外，可以说一无所有。威尔逊就是想吞掉我们，又有什么可吞的？"

爱群沉思片刻，说道："南亚集团和你们合作，看重你们的是什么？"

"当然是我们的实力。"

"既然一无所有，实力是从哪里来的？"

谭成缓缓地点了点头，说道："威尔逊看重的是我们这几个人。"

"他看重的不会是老曹，也不会是马仁和赵欣然。他看重的就是你！他想'吞掉'的也一定是你！"

"他怎么'吞掉'我？"

"唉！"爱群叹息了一声，"可惜，给我们报信息的那位朋友，好像已经消失了。不然，从他的信息中也许能了解到一些威尔逊的心思。"

谭成对那位匿名报信息的朋友，应该说感触最深。最近一段，有几个关节点，按过去惯例都应该收到他的信息，但是收不到了。谭成感觉，如同失掉了一只眼睛。他像询问自己："难道他真的是……"

爱群知道，谭成指的是阳傀的灵魂，或者说精神。她摇了摇头，似乎在表达一种无可奈何的心情，而不是回答谭成的问题。

"去南极都需要带什么衣服？还需要作什么准备？要提前告诉我。自己要有个小食品库，我会提前给你准备好。也给老曹准备一份，要给他多带几瓶好酒。"

曹氏侦探社能够争取到和南亚集团合作，马恕人教授一直有些迷惑不解。运用王氏兄弟特异功能使威尔逊动心的这段经过，谭成隐瞒未报。不过百密一疏，他嘱咐了曹秉毅，认为马仁不会去谈，单单忘记了赵欣然。送走了马仁，赵欣然来到马教授家，看看有什么需要她做的事情。虽然她心许马仁还不到一个昼夜，可是内心对马教授夫妇已经产生了一种超越师生关系的亲近感和责任感。在谈话当中，忽然马教授随便问了一句："你和马仁常见面吧？他干得怎么样？"

心直口快的赵欣然顺口就说："您还不知道吧？他和王氏兄弟在征服威尔逊时可起了大作用啦！"话说出去了，心里又犯嘀咕：老师会不会把马仁又教训一通？

"王氏兄弟？是不是马仁那两个小朋友王天佐、王天佑？这两个孩子也到你们那里去啦？"

"是马仁请他们帮帮忙。"赵欣然有点吞吞吐吐了。

"帮忙？帮什么忙？是不是马仁和他们俩串通好，变了一场戏法，把威尔逊给唬住了？"

"看您说的，变场戏法怎么能唬住威尔逊？是用他们的特异功能！"赵欣然不会敷衍，事实是怎么样就怎么说。

五十

马恕人笑了，他说："那次谭成向我汇报，我就觉着他肚子里有鬼，原来是这么回事。你回去给谭成捎话，就说我告诉他：靠骗是不行的，小心让人拆穿骗局没法收场。"

"老师，我跟您说，绝对不是骗！不信，将来您亲眼看看。"

"好！让他们也来骗骗我。"他了解自己这个学生，一向实话实说，是个可信的孩子。所以嘴里这么说，心里也在琢磨：难道真有什么特异功能？。

进入11月，曹秉毅从漠河带队回来，很快就到了出发去南极的日子。除了艾登、李察德两个外国人，曹秉毅的亲属在黑龙江，带队作适应性训练时已经顺道探望，其余4个人都有亲人在北京，要同亲人告别。在出发前两天，爱群把谭成叫到家里，把小红也从幼儿园接了出来，三口人过了一整天的家庭生活。午饭、晚饭都由她亲自下厨烧菜，谭成当助手。晚饭后，她给曹秉毅打了个电话，说谭成在她家喝酒喝醉了，夜里住在她家，不回小别墅了。曹秉毅说："这小子真没出息，没关系，我开车把他接回来！"

"不用了，你休息吧！我这里有地方，也方便。"爱群说。

"不方便吧？"曹秉毅仍然没有品过味儿来。

"方便，有什么不方便的！"爱群知道老曹的脑子像根竹筒，不会拐弯儿，只好多说两句。

"噢！"老曹有点迷惑了。

第二天中午，杨立群请曹秉毅和谭成吃潮州馆，爱群作陪。直到此时，老曹才恍然大悟。他对谭成说："你这就不对了，不应该瞒着我。也别说，我早就发现有点不对劲，可没想到不是杨老师。"席间老曹突然又冒出了一句："小杨老师，你和谭成快点结婚吧！"

虽然她和谭成两人的事情不想再对老曹保守秘密，可是老曹突然来了这么一句，爱群还是脸红了，低头笑了笑，没有说什么。小红插了一句："妈妈，谭叔叔和你一结婚，是不是就可以每天住在咱们家啦？"

老曹放声大笑起来："小红真聪明，说得对，说得对！"

这一来，谭成也有一点不好意思了。

"我来做主，等这次从南极回来，你们就把事办了。"老曹几杯酒下肚，已经有点兴奋。

杨立群看着他们高兴的样子，一直微笑，没有说话，只在最后说了一句："寻找阳傀的事情，请谭先生、曹先生多费心吧！"说罢，眼中已经噙满泪花。

"请姐姐放心。"谭成声音低沉，没有继续说下去。

"杨老师，您放心吧……"老曹本来顺口想说，"保证让您生能见人，死能见尸！"一想不好，又吞了回去。

谭成、曹秉毅一直还没有看到小花。杨立群告诉他们，爷爷、奶奶很想孙女，已经把她送去成都，估计不住上一年半载的，老人不会让她回来。

这天下午，谭成到母舅李文庠家告别。自从那次激李文庠到燕云饭店门前破坏威斯特情绪，到现在已经有几个月的时间了，他们还一直没有见过面，也没有通过电话。谭成已经准备好进门先挨骂了。没想到一见面李文庠就问："这几个月你跑到哪儿去啦？为什么连个电话都不打？"

"哪儿也没去，就是太忙了。明天准备出发去南极。"

"怎么又去南极？去年不是去过了吗？"

"继续查找去年失踪的阳傀。"

"行啦！现在回答我，那次你激我和威斯特碰那么一面，打的是什么鬼算盘？"

谭成一听，心说开始了，赶快弯腰低头装出一副毕恭毕敬战战兢兢的样子，回答道："我老实坦白，当天艾登、威斯特约我谈一项交易，我怕威斯特，所以请您去恶心他一下。您别说，还真灵，当天的谈判他缺席了。"

"那你为什么不老实对我说？"

"如果老实说，知道您准不去。"

"用不着我去，我可以教给你办法。"

"是，是。不过现在用不着了，我们已经有了办法了。"

"我说谭成，把头抬起来！把腰直起来！老实人是装出来的吗？"

谭成立刻昂首挺胸大声应道："是！"

在谭成住在爱群家里的那个晚上，马仁和赵欣然沿着香山山麓散步，直到夜半子时过后才分手。两个人都觉得有好多话要说，可是翻来覆去除了侦探社那点事情之外，又没有更多的话题。不过，有话没话，两人总希望在一起，即使白天各有各的事情，仅仅几个小时不能见面，也觉得像隔了三年似的。临分手的时候，拥抱又拥抱，亲吻又亲吻，本来已经各自掉头走出了几步，又跑回来再重复几遍。两人说好，明天，不，已经是今天，上午一起去见马仁的父母。

马恕人和老伴一见自己的儿子和自己的学生进了家门的神态，就知道两个人在谈恋爱了。他们很喜欢赵欣然的不怕吃苦、爱劳动、诚实爽朗、尊敬长辈。能有这样一位儿媳妇，保证自己的家庭会和睦。不过他们也担心，赵欣然是急性子，自己的儿子是慢性子，两个人的脾气各异，能不能合得来。又一想，一柔一刚，刚柔相济，也不一定不好。知道儿子就要去南极，老两口几天前就预约了一位厨师，准备办一席丰盛的家宴，为儿子饯行。他们原来也想请自己的学生赵欣然参加，正好儿子通知：他们要一块儿来，当然更好了。席间，马仁和赵欣然没有特别说明两人恋爱的事情，两位老人也一字未提，算是自然挂上了号。马恕人没有提起王氏兄弟的事，赵欣然一直在心里打鼓，马仁已经听惯父亲那一套教训，反而没有太在意。

　　王氏兄弟的父母知道他们的孩子要去南极，本来不大愿意，怕出危险，也怕耽误功课太多。听儿子说马仁和他们一起去，知道马仁会照顾他们，也就放心了。送行的时候，母亲特别叮嘱兄弟俩："大佐，你的话太多，要多听听人家说什么，自己少说两句别人不会把你当成哑巴；小佑，你的话太少，该说话的时候要说，别人不会把你当成八哥。有事多和你们马大哥商量，要紧的时候别离开马大哥！"

　　南极点侦探组随同泰山南极考察队，乘飞机经南美转赴南极大陆。后勤支援船已先期到达位于玛丽皇后海岸的一处物资堆积点，然后组成一支车队把物资送到距离窝头山还有300公里的后勤支援基地。后勤支援基地建在一片没有被冰雪覆盖的地表上，有一个简易机场。人员由窝头山经南美洲回国或者去窝头山，都在这里中转。南极点侦探组和泰山南极考察队在这里下机后没有停留，立即有一支由雪地车和拖拉机组成的车队把人员连同一部分物资，浩浩荡荡地送往窝头山。

第十一章

笨伯跟踪遭败绩 怪人流泪溢真情

五十一

威斯特先生在朝阳门外日坛公园附近的摩云大厦14层，开设了一间"威斯特心理咨询中心"。日坛公园附近地区，是世界各国驻华使馆、领事馆、商务处、文化处等等外交机构和各大跨国企业驻京金融、投资、贸易等等机构比较集中的地方，母语为英语的外交官员、商务人员随处可见。威斯特心理咨询中心开业后，凭借威斯特先生在英国的知名度，业务倒也日见兴旺。除了威斯特，还有一位刚刚来自伦敦也颇有些名气的斯潘塞心理医生。威斯特高薪邀聘斯潘塞心理医生来北京，是威尔逊先生决定的，因为威斯特有他的特殊事情，不可能拴死在这里。还有两位职员，一位是南亚集团派来的，英国籍，姓塔特，懂汉语；一位是在当地雇用的，中国籍，名闵楫三，懂英语，是威斯特的翻译兼私人秘书。

塔特和威斯特一样，是位天主教徒。四十多岁，在南亚集团新加坡分公司任职时业余学的汉语，一般生活用语、商业用语可以对付。身材矮壮，有些谢顶，是位业余拳击好手。为人圆滑，老于世故。威尔逊调从未在中国生活过的塔特到北京来和威斯特搭档，也是接受艾登的教训。威尔逊不喜欢威斯特，可是威斯特有用，不得不用。塔特会办事，把威斯特心理咨询中心的各种事务处理得井井有条，威斯特十分满意。最让威斯特满意的还是，塔特最理解他的催眠术，尊称他为"世界第一催眠大师"。这一称号经过塔特宣扬，几天时间，附近的欧美人士已经无人不晓。威斯特觉得，塔特和艾登那头犟牛不同，从不顶撞自己，和他共事，让自己感到愉快。应付好了威斯特，却忽略了另一位。斯潘塞医生认为，塔特吹捧威斯特是有意贬低自己，给自己难堪，于是处处找塔特的别扭。闵楫三，不到30岁，在威斯特心理中心，作为当地雇员，总觉得自己是外人。冷眼旁观，他认为塔特是个马屁精。

　　威尔逊要求塔特和威斯特，在曹秉毅、谭成率南极点侦探组离开北京后，立即着手对曹氏侦探社的谭成、曹秉毅、赵欣然和马仁进行调查，查清他们的个人情况。威尔逊没有忽略王氏兄弟和李察德，不过这三个人是在曹氏侦探社着手组建南极点侦探组前后才参加的，都不是正式侦探，何况王氏兄弟是在校学生，李察德是新西兰人。塔特虽然汉语说得不够好，不熟悉中国的社会情况，但是办起事情，确实比艾登要强。他没有自己直接动手，只是翻了翻北京市电话簿，用电话和几家侦探社接洽了一下，最后把事情委托给一位私人侦探。这位私人侦探的工作效率，不能不让塔特叹服，只一天时间，几张用英文打印着四个人简要情况的纸张就摆在了他的写字台上。弄到这些东西，就同买来几支铅笔几只茶杯一样，塔特并不觉得新奇，但是有成就感，很欣赏自己的才干。他对这些材料的内容没有任何兴趣，只简单翻看了一下就随手推到威斯特的眼前。当看到谭成的材料中清楚写着"其舅李文庠，著名中医师，现在北方人体科学研究所任研究员"的时候，威斯特不由得激灵灵打了个冷战。他想，原来是老魔鬼的外甥，一个小魔鬼！他庆幸自己没有一对一地和谭成打过交道，否则……他有些后怕，预感到在这个魔鬼国家里，自己要走的道路将会陷阱重重。

　　谭成等四个人的材料，很快到了威尔逊手中。对曹秉毅、马仁、赵欣然三人的材料，他只是随便看了几眼，最后仔细研究了谭成的材料。威尔逊沉思了一阵，他在想，李文庠怎样使威斯特的催眠术失败的？难道他也是通灵人？谭成的母亲是不是通灵人？谭成的通灵是不是由遗传获致的？他奖励了塔特，同时布置他进一步调查谭成母亲的情况，调查重点是她的特点特长，最特殊的地方、最与众不同的地方。威尔逊不想让威斯特、塔特，也包括艾登，知道自己关注的焦点是什么。他还要求塔特亲自跟踪赵欣然一个月，注意发现她和什么人接触。他怀疑谭成身后除了李文库之外，也许还有通灵高人，可能由留守北京的赵欣然负责他们之间的联络。塔特跑跑腿可以，办些事务性事情也能想想办法，但是超出这个范围，他的头脑就难以应付了。这一点，威尔逊本来清楚，但是塔特调查谭成等4个人材料的"成功"，大幅度改变了他对自己这位亲信的估价。这在威尔逊来说，是不应该犯的错误。接着他又下决心，一等谭成在南极点的侦查安排就绪，就临时调回艾登，他要详细询问一下威斯特和李文库进行"学术交流"的全过程和所有细节。

塔特安排好私人侦探调查谭成的母亲之后，开始了对赵欣然的跟踪。话说谭成的母亲，名李文芷，也是广州的一位挂牌中医师，擅长针灸，医术高超，医德高尚，与其弟李文库齐名，世称岭南二李。其实到文芷、文库姐弟这一代，李家已是五代相传的中医世家。调查他们的情况可说是易如反掌，塔特委托的这位私人侦探，连写字间也没出，就从《中医学界名人录》和《五羊晚报》近十年来对二李的几篇报导中抄抄编编完成了委托。不过为了显示调查颇费周折，一直拖到第七天才交给塔特。

赵欣然现在大致的活动范围，一个是香山脚下的小别墅；一个是东城的泰山南极考察队后方办事处；一个是植物园附近一个居民小区内的一座公寓楼，这里有她的宿舍。此外，差不多每个星期日都要到马恕人教授家看看。在第一次调查谭成等4个人的材料中，有小别墅的地址和赵欣然所用武夷山牌小轿车的车牌号码。前者是那位私人侦探从工商管理单位查到的；后者是从交通管理单位查到的。

塔特跟踪赵欣然的第一天，是个星期一，他驾着一辆黑色轿车在上午8时50分来到香山脚下，停在小别墅所在的那条胡同出口对面的马路边上，这里距小别墅大门大约50米。他双手紧握方向盘，两眼死盯着小别墅的大门一眨不眨。就这样一直坚持到下午5时，连赵欣然的影子也没看到。塔特又渴又饿，脖子又酸又木，两眼一眨就想闭上不再睁开。

五十二

　　第二天同一时间，塔特又把自己的黑色轿车停在了老地方。他刚刚把车停好，就见一辆青灰色小轿车由东面驶来向南拐进胡同进了小别墅朝东开的大门。塔特看清了车号，正是赵欣然的，不由得精神大振，心脏一阵狂跳。这是他平生第一次跟踪别人，总算抓住了目标。又是8个小时，下午5时整，见赵欣然那辆青灰色轿车从小别墅大门出来，驶出胡同上了马路向东驶去。这次塔特从正面看到了驾驶座上的赵欣然，不过她戴着墨镜，面貌无法看清。塔特不敢松懈，紧紧跟了上去，相距不足20米，亦步亦趋，一直把赵欣然送到她住的公寓楼群。他没敢进入居民小区，怕万一被保安人员询问，自己无法作答。这一天虽然也累，但比前一天好多了，无需再那么聚精会神，而且接受教训，带足了食品和饮料，没有再忍渴挨饿。

　　泰山南极考察队的车队渐渐接近窝头山。那棕褐色山体和山上十分显眼的棕红色泰山考察站建筑，已经清清楚楚映入大家的眼帘。马仁发现坐在自己身边的李察德不知道什么原因在不断地抽噎、流泪，看样子很伤心。他想安慰安慰，于是用他特有的缓慢语速询问了一句："李先生是想家了吗？"

　　不知道是因为听力不佳还是心思飘忽，他没有听到，没有回声。

　　马仁靠近一些，声音也大了一点，又问了一句："李先生是想家了吗？"

　　李察德如梦初醒，停止了抽噎，一边擦着鼻涕眼泪，一边连连说道："啊！对不起。不是，不是。"

　　"那一定是旧地重游回忆起什么伤心事啦？"

　　"啊！不，不……"

　　马仁这一问好像触到了李察德的内心深处，不知道什么原因，他显得有些慌乱。

　　马仁不好再问，感到一丝奇怪。

　　南极点侦探组和泰山南极考察队的人员走进了窝头山的东门，按照行政管理员事先的分配计划，大家纷纷散开，各自寻找自己的住房。南极点侦探组租用了七间卧房和一个由三间卧房拆去中间隔扇形成的会议室。会议室靠左边的一间，就是去年阳傀先生住过两天的房间，先生用过的家具——一张床、一张小型写字台、一把椅子、一个小小的衣柜和先生个人的衣物、用具，几乎原样摆在那里。阳傀先生失踪后，在马恕人教授的建议下，站长指示管理员：阳傀先生的房间和房间内所有东西，一律原样不动保存好，等待本人平安归来。"等待本人平安归来"，是一个不得不这样说的说法。实际上，是留下作个"阳傀先生纪念室"。会议室靠右边的两间，摆着一张会议桌和十把椅子，可以满足侦探组全体人员集会使用。七间卧房，在会议室的左边有两间，分配给艾登一间，应艾登要求，另一间分配给了李察德；会议室右边的五间，依次分配给曹秉毅、谭成、马仁、王天佐、王天佑。七个人提着各自的行李，分别走进了分配给自己的房间。

谭成安放好自己的行李走出房门来到走廊上，发现会议室里好像有人，于是推门走了进去，一看原来是李察德正站在阳傀先生用过的写字台前，出神地看着写字台正中摆着的一只小小的瓷茶杯。这个茶杯，是阳傀元年秋天阳傀先生离家赴南极时，女儿小花送给他的。当年12月15日，先生离开窝头山赴南极点的那个早晨，把它放在嘴边亲吻了几分钟之后，轻轻摆在了写字台的中间。茶杯上，画有一只仰面躺在草地上玩耍的黑白花小狗，那是小花最喜欢的动物朋友。直到谭成走近身前，李察德才发觉，似乎惊了一下抬起头来。谭成发现，他的眼睛里有两颗泪珠在滚动。谭成微微笑了笑说道："李先生还不知道吧？这个房间就是我们接受委托的阳傀失踪案中阳傀先生去年12月住过的房间。李先生既然参加了我们曹氏侦探社的南极点侦探组，对南极点附近地区又比较熟悉，对涉及的一些情况也比较熟悉，大家对李先生在侦破这个案件中能够有所贡献寄予厚望。"

李察德默默听着，最后只说声谢谢，就没有话了。艾登忽然走了进来，见谭成、李察德都在这里，笑着说："你们两位、还有曹先生好像都来过这里，对这里一点也不陌生。"

还在北京的时候，艾登很想参加去漠河的适应性训练，因为担心威尔逊先生随时可能有事情找他，没有去成。他觉得不久前的藏北无人区之行，对他来南极多少会有些帮助。他对谭成没有参加适应性训练，感到奇怪。在来南极大陆的旅途上，发现他和泰山南极考察队的人十分熟悉。到了窝头山，又发现他对这里的一切也很熟悉。他想，谭成一定是在接手阳傀失踪案件后到这里来过，或许他就是去年泰山南极考察队的一名成员。他也看出，曹秉毅也是来过窝头山的。不过，他并不认为这也需要向威尔逊先生汇报。

李察德说："我到过南极点，在那里考察过几天。"对艾登说他好像来过这里，既没有承认，也没有否认。

谭成说："我和曹先生都来过这里。"

艾登说："那谭先生、曹先生都有资格作导游啦！"

"我还有别的事情，不多陪了。你们两位谈谈吧！"说完，谭成出去了。

马仁和王氏兄弟对进入南极大陆后看到的一切都感到新奇，他们一起走出房间，先沿着走廊把整个泰山南极考察站参观了一遍。

窝头山坐落在南纬89度、东经117度附近，是个海拔接近3000米的山峰顶部。山体绝大部分埋在厚厚的亘古不化的冰层中，最高处高出冰面也不过十一二米。它的棕褐色山头，很像个窝头，在茫茫的冰雪原上十分显眼。泰山站建在窝头山上，是一座随着地形高低起伏或曲或直的不规则环形建筑。外圈是150厘米宽，在东、西两个方向对外各开一个门的走廊。走廊可以联通全站的各个部分，包括工作房间、实验室、会议室、通讯室、居住房间、健身房、游艺室和食堂、厨房等等。各个房间都有独立的卫生间。热电站、污水处理站和空调机房单独建在山的南麓，地势只比主建筑低3米左右，相距也只五六米，有走廊相通。整个建筑是由植入山体的几百根无缝钢管支撑，建筑底部平均距地面约有100厘米，很像云南省山区居民的吊脚楼。建筑的地板、天花板、围墙、门窗等等，全部使用保温材料。建筑内部通过自动控制保持20摄氏度常温。

五十三

马仁和王氏兄弟一边参观，一边不断啧啧赞叹。他们怎么也没有想到，在南极会有这么一座外观漂亮内部舒适的星级酒店式建筑。他们到南极来，是作了挨冻、受苦的准备的。他们想象着，在南极洲的冰雪大地上，虽然是夏季，太阳昼夜留在天上打转儿，但是太阳也不能化解全部寒冷，躺在气温只有摄氏零下二三十度的帐篷里睡觉，只要不被冻成冰棍儿，就要谢天谢地了。几个月不脱衣服，不能洗澡，满身散发着汗臭，虱子爬来爬去，咬得人浑身刺痒难忍。当然，他们还从来没有见过虱子，连虱子的标本也没见过。就连他们的上一代、上两代也只是听更上一代的人议论过这种讨厌的寄生虫。虽然虱子已经在几代人的身上绝迹了，可是关于虱子的传说却一直流传下来，在精神上对人多少还形成一点威胁。

　　浏览了一下泰山南极考察站内部之后，他们回到各自的房间，穿上防寒服、登上防寒靴，戴好防护眼镜，从东门走出了考察站。站外气温低于摄氏零下25度，门内门外相差40多度，虽然只有些小风，他们也突然感到脸上露在空气中那部分，像遭到刀子割一样疼痛。

　　"咱们还是赶快进去吧！太冷了。"说着，马仁转身就要往回走。

　　"喂！马哥，还是锻炼锻炼好！"王天佐说，"漠河的气温比这里可差远了，趁着去南极点之前还有点时间，适应适应吧！"这对孪生兄弟心意相通，想法往往是一样的，但是弟弟很少说话，两个人的想法都由哥哥一个人动口表达。

　　马仁有些不好意思了，又转回身来，挺了挺胸说道："对！对！不能老是躲在房子里。"

　　他们由东门往北沿着山麓转到了西门，又由西门转到供热站，过了热电站，忽然看到艾登和李察德站在前方只有十几米远的地方，面对山坡方向，正在观看沿山麓建筑的一排高只有一米左右的简陋小房子。原来，谭成走后，他们也从会议室出来，先一步来到这里。大白、阿花不知道从什么地方跑了出来，看到他们五个人，两只狗忽然各自钻进一间小房子，卧在了里边，眼盯着他们，汪汪叫了两声。似乎在告诉他们：这是它们的卧室，请他们观赏；虽然低矮、简陋，可是还算暖和。

　　李察德望着大白和阿花，望着这一排狗舍，眼神中饱含深情，好像忘记了周围的一切。天佑抻了抻天佐的防寒服衣袖，朝着李察德方向努了努嘴。天佐点了点头，表示自己也注意到了，然后转过头去附在马仁的耳旁低声说："马哥，注意看看那位李先生！"

　　马仁早就注意到了，微笑着点了点头。联系在雪地车上产生的疑问，他问李察德："李先生好像来过这里，挺熟悉的，也认识这两只狗？"

　　李察德慌张地摇了摇头："啊！我是不说假话的。不过……"说着，转身步履凌乱地向东门走去。他的仙鹤腿、弧形上身加上两肩托着的长长的脖颈、小小的脑瓜，走起路来步幅很大，上身向前一探一探的，样子颇为滑稽。听了李察德的这句回答，王氏兄弟有点摸不着头脑，双双望着马仁。马仁也摇了摇头，觉得莫名其妙。艾登看了看马仁，又看了看李察德的背影，满腹狐疑地迈步也随着李察德走开去。

跟踪赵欣然的第三天，塔特在上午 8 时 30 分把自己的黑色轿车开到赵欣然居住的公寓楼群近前，等候赵欣然的出现。这一天，赵欣然依旧开着车到小别墅上班，塔特又紧紧尾随，然后又把车停在了老地方。第四天又重复进行了一遍。只是在上午 10 时前后和下午 15 时前后，塔特看到有个穿着像炊事员模样的中年男子从小别墅大门出来买了一趟菜，买了一趟日用品。到第五天，上午还是老样子，下午 16 时，赵欣然的车突然从大门开了出来。塔特一下子紧张起来，知道有事情做了，两眼眨也不敢眨地紧盯着。只见她出了胡同口拐向西，走了不足半公里向南拐上了一条路面较窄只容两辆卡车对开时勉强可以错车的农村公路。塔特振作精神，以不超过 20 米的车距紧紧尾随。眼看赵欣然的车越开越快，塔特也连连跟着加速。20 分钟以后已到了荒郊野外，正值冬季，太阳通红，迫近西山，极目望去，看不到一个人影，公路上也没有一辆车影。走着走着只见赵欣然的车稍微减了减速，塔特也赶紧跟着减速，这样两车的距离已拉到 30 米以上。塔特赶忙加速跟上去，没想到赵欣然突然来了个急刹车，把车停在了路的正中。塔特一慌，立刻习惯地向左打方向盘，固然没有撞上赵欣然的车尾，可是车子已经头朝下有三个轮子滑出了路肩。塔特狼狈地斜身从车门出来，两手着地爬上公路，还没容他直起身子，就见半米以外有穿着白色运动鞋踝骨以上是白色罗口运动裤的两只脚，脚尖朝着自己钉在地上。塔特知道在这个时间这个地点车子卧在路肩下自然是个大麻烦，而眼前这位就凭站相，已经可以认定是来者不善。他是个业余拳击运动员，遇到这种情况，全身运动神经迅速作出反应，使自己处于戒备状态。塔特懂得规矩，自己不站直身子做好准备，对方不会动手。他缓缓站了起来，张眼一看，眼前是位女士，身材比自己略矮。啊！对，是赵欣然。既然是女的，有什么可怕的！在他的神经刚要放松的一刹那，只见对方一只右臂稍向上扬抡成一个圆弧好像用足了力气击向了自己的左脸颊。塔特大吃一惊，他在新加坡见识过，知道这是全球所有华人经典的教训人手法——抽嘴巴。不容多想，塔特双足轻轻一颠，两手迅速握拳，左拳曲肘上抬护住左颊，接着一个右手直拳击向对方面门。

五十四

　　塔特对面这位女士果然是赵欣然。赵欣然给自己安排，每星期一、五到泰山南极考察队后方办事处上班，星期二、三、四在小别墅上班。星期二上午到小别墅上班时，发现胡同口停着一辆黑色轿车，驾驶座上坐着个外国人，因为附近没有停放别的车辆，所以十分显眼。下午下班，她开着车从小别墅出来，发现那辆车原地未动，依旧停在那里。等自己的车上了马路，居然紧紧咬住自己车尾，一直跟到宿舍的小区门口。星期三、星期四上班时，那辆车竟公然开到小区门口迎候自己了。这样，除了在宿舍在写字间，其余时间都被这辆车盯死了。星期四，她请小别墅的炊事员出来两次，一是确认一下这辆车的车牌号码，一是看一下它中间有没有离开。赵欣然心想，这小子不是胆子太大，就是个呆瓜、笨蛋，哪有这样跟踪的。她用电话询问了一下交通管理部门，意外得知威斯特还在北京，而且开了个"威斯特心理咨询中心"，这辆车是威斯特的职员塔特的。事情很清楚，塔特可能是受威斯特的指使，也可能是威尔逊直接下的指示。跟踪的目的是什么呢？"不管他什么目的，先教训教训这个塔特再说。"所谓艺高人胆大，赵欣然正是这样。星期五她向后方办事处请了假。

　　赵欣然一见塔特出手，就知道这小子有两下子。没想到碰上个对手，她兴奋起来，迅速收回右手，向后滑了20厘米，同时左手一招燕子穿云把塔特招数已经用老的直拳向外格开30厘米，右手一招金龙探爪，五指箕张像把小型蒲扇直向塔特面门抓去。这是个虚招，赵欣然的用意是刺激一下塔特，让他兴奋起来，全力跟自己过上几招，过过瘾。塔特一个直拳打空，眼看对方右手五个手指迎面抓来，他想："这就是中国功夫？没想到这样一位女士也能动动拳头。好，那就让你认识认识我们英国拳头的厉害。"塔特果然精神大振，左拳护住头部，右拳一收一放一个右钩拳击向赵欣然头部左侧。右钩拳是塔特的擅长，这一拳是带着风声击出去的，足有150公斤的力道。赵欣然从塔特这一拳击出的速度上，知道他认真起来，心里高兴。她又轻松后跃20厘米，让塔特的右拳从自己的鼻尖前2厘米处向右滑过去，接着一侧身右臂右肩从外侧贴上塔特的右臂借力打力顺势扛了一下，左手并指疾伸用了两成力道在他的右胁软肋上戳了一下，随着又向后滑出50厘米。这一招叫拨草寻蛇，因塔特比自己个子高，稍稍变化了一下，改拨为扛。腋下是敏感部位，疼得塔特嗷地叫了一声。这下也激起了他的火气，跟着扑上前去，一个左钩拳一个右钩拳开始拼命攻击。赵欣然又是一个虚招，然后轻飘飘后滑了两米多。塔特紧追不放，扑上去，又是一记右手直拳。赵欣然看出塔特的本事也就是这样了，没能遭遇真正对手好好打上一场，多少有一点失望。她不再浪费时间，口中用英语骂道："哪里来的瞎眼流氓？竟敢如此放肆地尾随妇女，侮辱妇女！今天不让你尝尝厉害，你是长不了记性的！"一边骂一边拆招后退。赵欣然骂完最后一句，正赶上塔特一记用足十分力气的右手直拳击了过来。赵欣然喊了一声好！身子轻轻向左侧后一挪，闪电般伸出右手从塔特的外侧叼住他伸过来的右腕顺势向身后一带，然后趁他前扑的瞬间，身子一转，左手在他的右肩上补了一掌。这一招叫顺水推舟，只见塔特一个跟跄，扑腾出四五米远趴在了地上。赵欣然一纵身跃到塔特的头前，两脚不丁不八面对趴在地上的塔特往那里一站。待他慢慢从地上爬起来，在自己的眼前站好，没容他说话或者动手，闪电般左右开弓连打了四个嘴巴。塔特还没来得及反应，就觉得两颊热辣辣的，两眼一片模糊直冒金星。待他稍稍清醒定睛再看时，赵欣然已经登车，掉头扬长而去了。

赵欣然事前动了一番心思，没有揭穿塔特的面目，只骂他是流氓。教训完塔特之后，马上去了马教授家，向老师详细报告了这件事情的前前后后。马教授夸奖她粗中有细，马教授说："揭穿塔特就是揭穿威尔逊，揭穿威尔逊肯定对大局要产生影响，会产生什么影响，只有谭成、曹秉毅才能判断。现在他们不在，这样处理非常妥善。以后需要揭穿时可以揭穿，没有揭穿的需要时，就可以放着，不失主动。"

塔特不愿惊动警察，不过最后还是请来警察把轿车从路肩下吊了上来。回到住处的时候，已经是晚上10点了。又累又饿，吃了一块火腿肠，喝了半瓶威士忌，洗了洗澡，身子一歪躺在了床上。这是塔特平生第一次吃了这么大的苦头，第一次遭遇到这么令人颜面扫地的事情。他紧闭着双眼，但是睡不着。如何向威尔逊董事长交代，这是一件不能不让他感到焦虑的事情，他不能失掉威尔逊对他的信任。如实报告？不行，绝对不行。报告跟踪赵欣然一个月，除了看到她到曹氏侦探社上班以外，没有发现她和任何人来往？董事长相信吗？如果他要求继续跟踪怎么办？中国功夫难道就那么厉害？一个女人，居然把自己打倒在地；居然在不给任何抵挡、躲闪机会的情况下又抽了自己四个嘴巴。

太令人难堪了，也太难以想象了。回想十几年前，不要说在英国本土，就是在全欧洲的业余拳击手中，自己也要排在前十名以内，金牌、银牌、铜牌也拿过几枚。现在能算老了吗？为什么在赵欣然手里败得那么惨？威斯特医生说过，中国人中有许多魔鬼，难道赵欣然也是个魔鬼，是个通灵人？啊！她一定是个通灵侦探！听说威斯特医生就吃过一个中医的大亏，据说这个中医就是个巫师。无论如何，不能再招惹这位赵女士。可是下一步怎么办？明天一定要找威斯特医生商量商量，这事不能瞒他，也瞒不过他，他大概不会出卖朋友。

泰山南极考察队的人员变化不大，仍旧是30人，30人中只有4名新成员，填补未再参加的马教授、失踪的阳傀先生和另起炉灶的曹秉毅、谭成的空缺。

五十五

曹秉毅把全组的事务一一安排好，便拉着谭成去见队长，把曹氏侦探社的成立、与英国南亚集团的合作等等情况，一一向队长作了详细汇报，此前只汇报过梗概。队长很高兴，查找阳傀先生的工作由南极点侦探组负责，他可以不再分心。谭成向队长请教了一下南极点附近一年来的情况，侦查工作中应该注意的问题。最后，队长表示，对南极点侦探组的工作全力支持，对工作上、生活上的所有装备、用品需要，可由老曹直接找行政管理员。由他通知行政管理员，对老曹提出的要求，一律满足。

走出队长工作室以后，曹秉毅对谭成说：“我说谭成，全看见了吧！还是咱老曹有面子。所有要求一律满足，那是什么意思！”

"那还用说，曹氏侦探社法人代表，谁能不给面子？"谭成又压低声音说，"曹兄，借着队长这句话，马上去找行政管理员，要求他把嫂夫人给接来！"

"我说谭成，老曹不是吹牛，从来不干那种以权谋私的事！何况……"

"何况什么？何况嫂夫人不是装备？你就硬把嫂夫人当作装备、用品申报，我就不信不行！"

"你这小子！又在耍我是不是？"

阳傀2年12月20日上午9时，南极点侦探组全体6名成员加上艾登，带着大白、阿花和一应辎重，乘坐一辆雪地车、一辆雪地拖拉机带斗，从窝头山出发了。准备当晚到达南极点，21日作一些准备工作，22日上午10时29分12秒南半球夏至，准时对南极点作一次模拟测定和现场观察；26日早晨6时至8时模拟一下去年此时阳傀先生失踪前最后一段时间的活动。22日至25日以及26日以后的时间，要对南极点附近100平方公里地域进行详尽搜索。初步预定，全部活动在阳傀3年元月上旬告一段落。

在南极点侦探组的雪地车和雪地拖拉机行进到去年曹秉毅失过足的那条冰裂缝时，谭成招呼大家下车，他和曹秉毅向大家指认了一下发现阳傀先生背包和滑雪杖的地点，介绍了一下当时的情况。包括艾登在内，大家一阵纷纷议论、猜测。只有李察德站在曹秉毅、谭成指认的地方，呆呆的一言不发。

谭成一直在密切观察李察德的一举一动，而且找过马仁了解他观察到的情况。但是虽经反复思索，依旧想不出个所以然来。

在重新出发驶往南极点的时候，李察德一个人躲在了雪地车最后一排座位上低头沉思。他好像在回忆着什么，可能一阵阵感伤袭上心头，他又流泪了。

"到啦！"雪地车到达南极点附近时，老曹喊了一声。

李察德从往事回忆的沉迷中醒了过来，尾随大家下了车。此时距离次日南半球夏至还有大约33个小时，按照老曹的招呼，七个人先支好七顶帐篷，老曹又特别为大白、阿花单独支了一顶。随后，他向大家宣布：第一，按照窝头山的规定，在南极点仍旧使用北京时间；第二，每天的8点到12点、13点到17点为工作时间，7点、12点、18点用餐。他要求大家现在各回自己的帐篷休息，不过没有人响应这个要求。艾登兴致最高，把行李丢进自己的帐篷以后，就钻进了李察德的帐篷。李察德正在摆放自己的行李，因为心事重重，居然没有发觉艾登进来。

"李先生！"

李察德听到艾登的招呼吓了一跳，慌里慌张地放下手中东西冲着艾登"噢啊"了两声。

"到了南极点,你可是大家的义务导游了。先带着我在附近转转,怎么样？"

李察德不好推辞，把东西简单收拾了一下，就和艾登一起出去了。大白、阿花也闻声走出自己的帐篷，尾随前探着身子，一步迈出足有八九十厘米的李察德亦步亦趋。艾登一下车，就发现来路方向对面大约1公里以外有两个大雪包，一个偏东一些，一个偏西一些，相距也有1公里多。细看，可以看出是大部分被雪盖住的两层楼房。这两座建筑物引起了艾登的兴趣，他要求先看看它们。李察德看到那两座建筑物，心中就产生一种酸苦滋味。不过还是硬着头皮领着艾登走了过去。

　　王氏兄弟把行李拿进各自的帐篷，简单收拾一下，就出来围着100多米外多年竖立起来的几十根极点标志杆跑了一圈。这些标志杆疏疏落落地竖立在几百平方米的地域内，大都是有毛竹般粗细，露出冰面部分高有1米的金属棱柱体。棱柱体的四个侧面都用汉文、英文、西班牙文、俄文、日文等十几种文字标明着测定这一南极点的年、月、日、时、分、秒。其中有一个，顶端顶着一个圆球，非常显眼，圆球上有用十几种文字书刻的"地理南极点"字样。再一个更加惹人注目，位置在边沿部分，比其他标志杆高出大约20厘米，通体乌黑，顶端是高约30厘米厚约5厘米的扁平体，一个直径约20厘米的圆盘下连一个高宽各约10厘米的方盘，其下是直径约5厘米高约90厘米的圆柱体。像是由高强度的纳米塑料制成的。圆盘的一面是中华人民共和国国徽；另一面是一幅太极图案。都是用颜色纯正鲜艳似乎有极强附着力的涂料绘上去的。方盘部分，一面雕着"中国泰山南极考察队"九个阴文字和竖立的年月日；另一面雕着阳文隶书"极点"两个大字。

　　"这个大概就是阳傀先生一年前立下的极点标志杆。"天佐说。天佑点了点头。"这个标志杆造型特别，像个古代女人头上戴的金簪，立在那里重心太高，好在材质似乎很轻，让人减弱了一些不稳定感。"天佑又点了点头。

　　塔特已经一个星期没有到写字间了，再到写字间的时候，迎面碰上了斯潘塞医生。斯潘塞医生的相貌很像英国历史上著名的首相丘吉尔爵士，方头大脸，只是腰围比丘吉尔先生略逊一筹。斯潘塞站在塔特眼前约1米处，装模作样地睁大眼睛，向左歪歪头，向右歪歪头，审视了足有两分钟，然后开口说道："这不是塔特先生吗？要是再看不见你，我就要报警了。你是不是因为调戏妇女被警方拘留了？要不就是打架斗殴负伤住进了医院？你要小心点哟！千万不要调戏中国妇女，千万不要和中国人打架。别看在英国你是个拳击好手，在中国功夫面前，你那两下子不过……"他歪头问坐在几米以外的闵楫三："喂！闵先生，中国话怎么说来着？"

第十二章

分谋奇正任侦探　共与辱荣俩败兵

五十六

闵楫三笑着接口用汉语说："小菜一碟。"

"对、对，就是这意思。"

塔特不想跟斯潘塞斗嘴，可是听了他这席话，未免心里嘀咕了一下：难道跟踪赵欣然的事他知道啦？其实斯潘塞什么也不知道，只是借机会怄一怄他。塔特没有搭理斯潘塞，一扭身绕开他进了威斯特的咨询室。虽然没有来咨询的客人，在咨询室谈话也是不方便的，在塔特说明来意之后，威斯特把他带到自己专用的一间工作室。

威斯特初到中国时那种趾高气扬的神气已经消失。中国有句俗话：一朝被蛇咬，十年怕井绳。初到中国，威斯特总想一展身手，给艾登看看，当然更重要的是给威尔逊看看。现在变了，他接受了"多一事不如少一事"的人生哲学。

塔特把跟踪赵欣然的情况前前后后向威斯特叙述了一遍。威斯特只对最后一天16点以后的情况感兴趣，特别是对塔特爬上公路发现赵欣然站在眼前到赵欣然开车扬长而去这一段情况最感兴趣，几乎询问了每一个细节。塔特有意无意地对赵欣然攻击自己的招数进行了渲染,渲染到了怪异的程度。威斯特对他的渲染多少有所觉察,但是他自己就有过比塔特更惨痛的失败,夸大对手力量掩饰自己失败,也是他的心理趋向。同病相怜,使得他认为,塔特说的都很实际。

塔特摸到了威斯特的心理,装出一副无可奈何的样子,他说:"只好向威尔逊先生报告,我失败了。看来办这件事情,最后还得麻烦先生亲自出马。"

威斯特一惊,心想:"你是个过气运动员,让赵欣然揍几下子不在乎。我可不行,要是我让她揍趴下,就别想爬起来了。"不过他表面没露声色,微笑说道:"几个月前,董事长先生来北京和谭成谈判的时候,我和赵欣然都在场,她知道我的催眠术厉害,处处提防。由我出面对付她,已经没有条件。"威斯特明白,塔特如果把他的失败据实报告给威尔逊,威尔逊很可能要求自己出马。于是眼珠一转,接着对塔特说道:"塔特先生,此事如何向董事长先生报告,恐怕还要好好斟酌。我是个自己挂牌的心理医生,自由职业者。你和我不同,你是南亚集团的职员,又是威尔逊先生重用的人,失掉他的信任意味什么?我想你不会不了解。"

威斯特觉得自己这番话说得很得体,既不失尊严地避开了下一步可能出现的困境,又笼络了塔特。

听了威斯特这席话,塔特三天来忐忑不安的心情一下子平静了许多。他已经清楚,在赵欣然这件事情上,两个人是荣辱与共的。如果自己的失败报告了董事长,那下一个失败的就是他。瞒过了董事长,既保全了自己,又保全了他。作这个假报告,主意是他出的,两个人都有一份,共同维护,保险系数高多了。

趁着艾登、李察德走开的机会,谭成把曹秉毅、马仁请进自己的帐篷,三个人开了个小会。谭成提出需要共同研究的两个问题:一,如何对待艾登,是让他参与、了解侦查案件的全部过程,还是只让他了解结果和概括过程?二,如何看待李察德?曹秉毅根据以前李文库大夫和威斯特进行"学术交流"后谈的情况、自己在自然通讯社大门前直接接触的第一印象以及这一段时间接触的印象,认为艾登诚实、正直、友好;何况南亚集团是曹氏侦探社的合作伙伴,提供全部侦查经费,艾登是南亚集团董事长派来的联络员,应该让他全部参与,不应该对他有什么保留。马仁不同意曹秉毅的意见,他认为,不能让艾登和李察德两个陌生人了解王氏兄弟有特异功能,要保护他们,防止出现意外。所以有些侦查案件的细节情况，不能让艾登参与、了解，也不能让李察德了解。马仁怀疑李察德是不是威尔逊特意安插进来秘密监视侦探组活动的。谭成和曹秉毅也觉得李察德这个人有些奇怪，他们从大白、阿花对他的举动中判断，这个人参加这次活动没有恶意。大白、阿花像是认识他，把他看成朋友，总想和他亲近。谭成说："可惜，曹兄当初没有训练它们学会说话。"

曹秉毅说："训练它们学会说话？我没有这本事，也许你行。"

"我说曹兄，当初可是马老师请你出来训练它们的，不是请我！"

"马老爷子给我的任务是训练它们拉雪爬犁，不是训练它们说话。"

"训练的时候，你不是整天和它们说话吗？光是你说，它们不说吗？"

"它们从来就没有说过人话！"老曹有点急了，声音大了起来。

"俗话说，人有人言，兽有兽语。它们不会说人话，总也会说狗话吧！它们听得懂你的人话，你听得懂它们的狗话，你和它们人狗能够交流，才能把它们训练出来。对吧？"

什么"人话"、"狗话"、"人狗交流"，老曹越听越觉得别扭，是不是谭成又拿自己开心？不过他说的倒不是没有道理。两眼翻瞪翻瞪，没有说话。

"你听得懂狗话，你负责找大白、阿花问问，为什么跟李察德那么亲热，事情不就清楚啦？"

"可以试试！不过我告诉你，它们只会汪汪叫，它们说狗话比不了你谭成说人话说得那么明白！"说到最后，老曹得意地笑了。他对自己能够说出最后这句漂亮话反击了谭成一下，十分满意。

马仁一直在笑眯眯地听着他们的对话，觉得有点味道，像听相声似的。现在他插嘴了："曹老师，您和谭先生在一块儿，说话可是大有进步！"

"真的？"老曹更高兴了，"马仁，你什么都好，就是太棉软了一点。以后和赵小姐在一块儿，学上个三拳两腿的，我保准你能硬棒起来！"说罢一阵哈哈大笑。

待老曹的笑声停下以后，谭成说道："书归正传。我同意曹兄对艾登的看法，这个人很正直，对咱们也友好。不过，他是南亚集团的人，他要听威尔逊的，他看到听到的我们的活动情况，要向威尔逊报告。南亚集团向我们提供经费不是捐赠，是投资。我们侦查案件的成果，它有一半所有权。而且双方协议也没有规定南亚集团必须知道全部详细侦查过程，我们要保护自己的商业秘密。特别是，王氏兄弟的特异功能在促成南亚集团和我们的合作上起了关键作用。要保护他们的安全，也要保护他们的个人隐私。估计威尔逊先生认为，是我有特异功能，我是西方人所说的那种通灵侦探。我们应该让他保持这个看法，而且要让他继续加深这个印象。"

五十七

马仁插言说："那好办。在侦查案件过程中，王氏兄弟无论有什么发现，只秘密告诉我，由我报告谭先生。"

谭成说："你们三位可以形成一个小组，你就是组长。我和曹兄、李察德组成一个组，估计艾登会跟着我们这个组活动。"

老曹说："我同意你们两位的意见。咱们是不是就这么决定，马仁是一个组的组长，谭成是一个组的组长？"

谭成说："好！就这么决定。"

李察德领着艾登，绕着驻营地和两座建筑物三个点形成的大三角匆匆走了一遭。艾登本想仔细看看，可是发觉那两座建筑物似乎久已失去人踪，又见李察德神不守舍的样子，没好意思再勉强。就这样，也用了大约一个多小时时间。

下午1点，谭成和曹秉毅召集侦探组全体成员来到阳傀先生竖立的南极点标志杆附近，艾登也跟了过来。首先，让大家仔细看了看这根标志杆，由老曹作了些说明；接着由谭成重新向大家介绍一下阳傀失踪案案情。他说：阳傀先生在去年12月22日凌晨4时36分南半球夏至之前不久，只身到达南极点地区，26日早晨6点46分，在南极点电告泰山南极考察站，考察项目结束，即刻启程返回基地。他出事的时间，估计是在6点46分之后的几分钟或十几分钟内，超过20分钟的可能性不大；出事地点，应该是在他写的遇难报告里说的"极点附近"。极点指的应该是他自己刚刚测定的南极点，不会是指别人测定的那些南极点；这个"附近"又有多大范围？可不可以假定在以这个极点标志杆为中心，以10米为半径划出一个圆的地域之内？这个地域面积大约有300多平方米。阳傀先生的遇难报告写得很简单，只有两句话，一句是"本人遇险，生还无望。"另一句的前半句是"极点附近，不可进，"后半句是"务必尽快通告中外同行。"两句话之间应该还有些别的话没有来得及写出；后一句的两个半句之间也应该还有些别的话。据事后在极点附近探查，除了本人在窝头山方向距极点几十米的地方留下一点宿营的痕迹外，没有查看到其他任何痕迹。

　　在谭成介绍完情况后，马仁围绕标志杆观察了一下，然后慢条斯理地说道："分析一下阳傀先生遇险报告，可以认为，当时先生遇到的危及生命的危险，是来自地表以下。"此言一出，顿时把大家的注意力全部吸引了过来。马仁继续说道："我的判断根据是：第一，报告说'极点附近，不可进'，意思是说极点附近这一片地方存在危险；第二，报告说'务必尽快通告中外同行'，说明是一种可能长期存在的危险，明天、后天别人还可能遇到；第三，'极点附近'按以这根标志杆为圆心半径为10米计，这块地表，除了这个标志杆，另外一个标志杆，再没有其他东西。可以肯定危险源不是两个标志杆，如果是，报告会直接指明；第四，如果危险源指的是外来的人或物，那就不会限于'极点附近'，也不大可能是长期存在的。不知道这个推断能不能成立？"

　　在场的众人频频点头，表示赞同。

　　谭成心里高兴，马仁的分析、推断说明，他的思路清晰、条理，反应敏捷，完全可以放心让他独当一面。他说："同意马仁的推断，只是根据案发后12个小时内的勘查，地表上没有发现任何可以证实这个推断的证据。不过，在没有其他更合理的推断之前，可以先假定它是成立的。另外补充一点：这个危险源，很可能是事先无法发现或很难发现的，一经发现就已经被困住，再也无法逃脱。这也是可以从阳傀先生的遇险报告中看出来的。"

　　这时一个语调带有几分稚气、腼腆的声音说道："我也有一点看法，不知道对不对。"大家一看，原来是王氏兄弟中的一个，可是认不出是哥哥还是弟弟，只有马仁知道是天佐。"我们上初中时的一个春天，北京市在永定河公园组织了一次孪生少年联欢会。联欢开始之前，每对孪生兄弟或姐妹要共同种一棵树留作纪念。联欢进行了两个钟头。结束时谁也没有忙着回家，而是纷纷跑到自己种的树近前又好好看了一遍。我想，阳傀先生在动身离开这里之前，也一定又欣赏了一下自己竖立的标志杆，出事有可能就在那个时候，地点也会离这个标志杆很近。"

　　"有理，有理！"曹秉毅大喊了一声。其他几个人也频频点头。

　　众人经过一阵纷纷议论之后，大体都同意以上的分析意见。

李察德没有说话，一直站在距离阳傀先生竖立的极点标志杆3米左右，越过标志杆顶部可以面对中国东部沿海地带的位置上，两眼盯着前方的标志杆顶部出神。

　　"李察德先生有什么看法要说说吗？"谭成一直没有放松观察李察德，有意问了一句。

　　谭成问话来得突然，李察德毫无思想准备，慌乱中回答道："没有，没有。就在这里，就在这里。"

　　谭成皱了皱眉，问道："什么？就在这里？什么就在这里？"

　　李察德镇静下来了，急忙回答："我是说阳傀遇险的地方，也许就在这里。"

　　这个说法引起了大家的兴趣，最有兴趣的是李天佐，他马上追问："李先生，您的根据是什么？"

　　李察德回答说："没有，只是这样想。站在这里，两眼越过这根标志杆，可以一直看到泰山。"

　　这个回答引起了轻轻的一阵哄笑。

　　谭成很注意李察德这个想法，心里思忖：这个李察德为什么要这样想呢？这时候阿花像嗅到了什么，围着李察德转了一圈，汪汪叫了两声，又是一阵呻吟。大白凝神昂首站在李察德身边，纹丝未动。老曹舌抵上膛发出几个唧唧声，把大白、阿花召唤到自己身边，然后领着它们向百米外的宿营地走去。大家没有注意，谭成装作没有看见。他进一步介绍案情："阳傀先生失踪案件，委托方要求我们寻找到阳傀先生，如果他已经遇难，要找到遗体，查清遇险或遇难原因。阳傀先生失踪，是自然灾难，是人为陷害，还是另有原因，目前还无法认定。准备暂时把自然原因放在一边，先从人为原因下手查找。目前只掌握一条嫌疑线索，就是'异型生命工程'实验室的那些学者。很多人怀疑这些学者和他们的实验室可能藏匿在南极点地区，同时阳傀先生又和他们的工程有些瓜葛……"

五十八

　　"阳傀和他们的工程没有瓜葛！"李察德突然自言自语地冒出了这么一句。

大家又把疑问的眼光集中在他身上。谭成和马仁，却大为惊讶。周围的眼神让李察德有些不知所措，赶忙解释："我是说阳傀好像并不赞成那几个人搞的'异型生命工程'，怎么会和它有瓜葛？"

"啊！原来李先生认识阳傀先生。"艾登像发现了新大陆那样惊喜地对李察德说。

"不，不，只是听别人说。"李察德向艾登解释。接着又旁若无人地摇着头喏嚅着自言自语："我是不说假话的。可是现在的处境太难了，让你一张口就不得不……"不过声音很低，别人都没有听清。

艾登看着李察德，摇了摇头。说不清是表示怀疑还是表示失望。

老曹和大白、阿花又回到了人群中，老曹向谭成轻轻摇了摇头，表示从大白和阿花那里什么也没了解到。

谭成暂时抛开心中疑云，继续往下说："不久前艾登先生代表南亚集团向我们通报：最近发现从事'异型生命工程'的那些学者曾在南极点地区出现。……我们的任务是，在以南极点为中心向各个方向辐射6公里到8公里这样一片区域内，进行仔细搜索，寻找那几位学者的藏身地点。"随后他宣布，全体侦探分成两组行动，一组由马仁带领，有王天佐、王天佑参加；另一组由他本人带领，有曹秉毅和李察德参加。马仁这一组的任务是搜索围绕南极点的几百平方米地域和附近的两座建筑物；他这一组的任务是搜索此外的大片地区。马仁那一组，如果提前结束搜索行动，也要参加到对大片地区的搜索行动中来。行动由次日上午开始，上午10时29分12秒是南半球夏至，届时由马仁组模拟去年阳傀先生对南极点进行一次测定，同时在阳傀先生去年竖立的极点标志杆附近注意观察有没有异常情况。谭成这样安排，有他的考虑。他认为，如果"异型生命工程"实验室确实隐匿在南极点地区，在冰面以上，很可能要利用现有的建筑物或利用露出冰面的山体开凿洞穴；在冰面以下，要有出口，出口也很可能建在现有的建筑物内或露出冰面的山体上。在南极大陆，永久性的和临时性的建筑物十分有限，而且几乎全部都被绘制在各国的地图上。在冰面以上出现任何新的建筑物，都会引起注意，受到调查。他和曹秉毅在阳傀先生遇险当天来到南极点的时候，就发现了附近有两座建筑物，也知道那是被废弃了的考察站建筑。他还记得在北京第一次去见杨立群之前，和老曹谈及这两座建筑物时，曾后悔没有去查看一下。在还没有发现其他可疑地点之前，极点标志杆附近地域和这两座建筑物，当然是搜索的重点。他抑制住由自己亲自搜索重点的欲望，安排马仁小组执行这个任务，期望由王氏兄弟在没有艾登和李察德干扰的情况下，施展专长，能够有所发现。

李察德忽然像一只灰鹤迈开大步，上身向前一探一探地来到谭成的面前，弯着腰比比画画地低声对谭成说："谭先生，能不能让我参加马仁先生那个组？我熟悉这附近的情况，您看看这附近的地形，除了两座大小坟墓以外……"

"您说什么？两座大小坟墓！"

"我是说那两座建筑物。"李察德慌忙改口，"除了它们之外，连个山包都没有，那么大的一个实验室能够藏到哪里去？一定在那里。当然不会在地面以上，也不会像普通的地下室隔着一层地板就在房子下面，很可能在地面以下相当深与建筑物有一定距离的地方，只是把出口隐蔽在建筑物里面。"

谭成心里说："这位李察德先生想的和自己心里想的是一致的，看起来事情很明显。只要稍微了解一点极点附近情况的人，恐怕都会想到。"

见谭成没有作声，李察德继续说道："马仁先生和王天佐、王天佑同学都是第一次来南极，不熟悉情况，还是让我去那个组吧！"

"已经分配定了，不好再变动。"谭成委婉拒绝。

李察德不高兴了："不就是谭先生一句话吗？有什么不好变动的！"

"是我和曹先生预先商定的，确实不好再变。"

李察德十分固执，似乎不达到目的决不罢休。他说："老曹就在帐篷里，你去跟他说说，他一定同意，他还不是听你的。"

谭成对李察德早已满腹疑团，听了他这句话更感惊异，他想："真怪！怎么说话口气突然变得像熟人一样了？我和老曹哪里有他这么个熟人？无论如何不能让他到那个组去。"他对李察德说："请李先生原谅，您还是在这个组吧！"

李察德火了，高声说："你没有理由拒绝我的正当要求！真没想到你谭成变得这么不讲道理！"说罢恨恨地走开了。

最后这句话也让谭成有点莫名其妙："我变了？我怎么变了？他又像早就认识我似的。"

艾登果然准备跟随谭成这一组，根据威尔逊先生的意思他不得不盯住谭成。他也是抑制住了自己想看看那两座建筑物的欲望，他的欲望完全出于好奇。不过在这一组有李察德做伴，使他略略得到一些补偿。

谭成心中有数，距离南极点最近的现用考察站建筑，也在60公里外；100公里以内废弃的考察站建筑，只有附近这两座。露出冰表的山头，附近更少，稍大一点的就是百多公里外的窝头山。自己这一组的搜寻任务，就是在这茫茫的冰面上，查找冰表以下秘密建筑的踪迹。如果确有秘密建筑隐藏在这里，查找起来也如同大海寻针，难度之大，可以想象。从这一点看，也应该由自己这一组承担。严格地说，在划定的这个区域内，有百分之七八十以上的地方，人类还从未涉足过，除了这次搜寻外，将来恐怕也不会有人涉足。所以在这样的地方建造地下秘密建筑的出口、透气孔，在隐蔽方面，只要注意不被从空中发现，就不会有问题。所以在搜寻中，应该特别注意观察附近有没有冰裂缝，注意察看那些冰丘和小山头。搜寻的路线，谭成是这样策划的：以阳傀去年竖立的极点标志杆为圆心，以2公里、3公里、4公里、5公里、6公里为半径，所画的5个圆周就是搜寻路线，搜寻时坐在雪地车上沿途向两边巡视。必要时使用望远镜，发现可疑目标或需要近前察看的目标，即接近察看。

五十九

22日上午7时50分，谭成这一组正在做出发的准备，艾登匆匆从他的帐篷里出来告诉谭成、曹秉毅：威尔逊先生要他即刻启程回伦敦，这次查找只好失陪了。谭成一听心里暗暗高兴，真想派李察德送他到窝头山，直到他在后勤支援基地的简易机场登上飞机再回来。可是一想不妥，过于露骨。和老曹商量一下，最后还是决定由老曹来送。

送走艾登、老曹，已经是8时30分。李察德今天的精神似乎不太好，样子有些疲惫，走到谭成的面前对谭成说："谭先生，就剩咱们两个人了，雪地车也让老曹开走了，我建议和马仁那个组合并。"

谭成笑了笑说："没有雪地车就用拖拉机，时间不多，我们不能等。李先生会开拖拉机吗？不会也没关系，我会。"谭成开着拖拉机，李察德无精打采地坐在他的身边，两人出发了。

马仁和王氏兄弟是在7时50分出发的。谭成和李察德出发的时候，他们已经从左手方向那座建筑物出发向右手方向那座建筑物前进了。他们到左手方向那座建筑物的时候，首先停在距离 5 米左右的地方，在正面观察了一下，又绕了一周从后面和两个侧面观察了一下。没有发现近期曾有人进出过的痕迹。他们没有进去，而是去了另一座建筑物。也是先来到正面在距离 5 米的地方观察，然后围着它转了一圈，观察了后面和两个侧面。最后根据马仁的意思退后 30 米，马仁低声问王氏兄弟俩："发现什么没有？"

"门前的冰雪上有脚印，有人出入过。脚印是一个人的，出入的只有一个人。"天佐说。说完他看了一眼天佑，天佑也看了看他，接着又补充说："天佑认为，脚印的边缘清楚，时间不长，好像就发生在过去的几个小时里。"

"还有别的发现吗？再想一想。"马仁进一步诱导他们。

天佐看了看天佑，然后摇了摇头。

"如果多看看，细想想，还可以看出：第一，从重叠的脚印中可以看出，进门的脚印在下，出门的脚印在上，这个人是由外边进去又出来的；第二，这个人脚很大，步子也大，可能是个高个子；第三，最奇怪的是，这个人穿的防寒靴和窝头山的人包括我们穿的防寒靴是一样的，都是企鹅牌的。把你们自己的脚印和这个人留下的脚印对照一下就可以看出来。"

天佐、天佑低头看了看自己的脚印，又跑到那座建筑物前看了看刚才已经看过的脚印，微笑点了点头。天佐沉思了一下，看了看天佑，对走在后边的马仁高声说："我和天佑想进去看看，马哥同意吗？"

马仁走近他们说："不忙！"马仁想保留一下现场，也许谭成会来勘察一下。说完不忙，马仁愣了一下，忽然像是想起了什么急事，不过仍旧按照他自己固有的行动速度不慌不忙地脱下手套，拉开防寒服拉锁从里边口袋里掏出怀表一看，已经是 10 时 9 分。他大声招呼王氏兄弟："还……还差 20 分钟就到南半球夏至了，差……差一点误了大事！"

在向南极点奔走的过程中，他们隐约发现李察德又站在了阳傀先生竖立的极点标志杆近前昨天站立过的位置上，谭成也在他的旁边。

谭成和李察德驾驶着拖拉机先向左前方向，从左手边那座建筑物左面约一公里处直插出去，准备绕着极点先转一大圈，做一次全面观察。他们前进到距极点 6 公里的地方后向左拐开始弧形前进，同时朝内侧方向观察。谭成发觉今天的李察德似乎有点奇怪，一是有点萎靡不振；二是有点神不守舍。要他观察，他的眼光总落不到地面上，不是向上愣愣地观天，就是死盯着前方一动不动。

拖拉机大约行进了二十多公里，李察德忽然以央求的口吻对谭成说："谭先生，我们回去吧！"

"怎么？李先生身体不好？"

"不，不，我是不说假话的。不过……我的肚子有点痛。"

谭成无可奈何地说："既然李先生肚子痛，我们只好打道回府啦！"

他们回到极点的时候，李察德看了看表，是9点5分，他突然高兴起来，自言自语地说："还有二十多分钟，不晚，不晚！"随后就飞步跑向阳傀先生竖立的标志杆，站在了昨天站立过的位置上，两眼一眨不眨地穿过标志杆顶部向中国东部沿海方向望了起来。

谭成也跟着他来到那个标志杆前，故意问道："李先生的肚子不痛啦？"

"谢谢，不痛了。谭先生了解，我是不说假话的，真的不痛。"

谭成火大了，心里说："我了解什么？我了解你不说假话？你一直在说假话！"不过谭成又觉得此人不是在故意欺骗，只是有点神神经经的。可是为什么会这个样子呢？他的心里到底在想些什么？

"啊！我看到了泰山的玉皇顶！那不是那块极顶石么？真的，就是那块极顶石！"

谭成一直站在旁边研究着，听到他说玉皇顶、极顶石，不禁又奇怪起来：这个人是第一次到中国，而且时间不长，一直在北京，好像没有去过外地。他可以听说过泰山，甚至听说过玉皇顶，可是他怎么会知道还有块极顶石？

马仁和王氏兄弟也跑到了附近。夏至时间将到，马仁取出定位仪，准时测定了南极点；对附近进行了仔细观察，没有出现异常情况。只是李察德忽然变得神态肃穆，立在那里凝视着泰山方向的天际。

谭成有些心绪不佳，宣布："今天上午就到这里，大家休息一下，午饭后继续。"李察德、王氏兄弟回了各自的帐篷，谭成没有动，马仁也没有动，他向谭成报告了刚才发现的有人进出过右边那座建筑物的情况。

谭成吃了一惊，自己问自己："就这么容易发现了那些学者的行踪？不大可能。不是他们又是什么人？"

马仁说："我怀疑是李察德！"

"李察德？"谭成想了想点点头，"完全可能。昨天他向我提出过，要求参加你那个组，我拒绝了，他很不高兴。估计是在夜里他自己去了，刚才我已经发现他不大精神。"

"怎么办？"

六十

"装作不知道。如果是他，他还会去，今天夜里可以确认一下。他对我们不会有什么妨碍，你我心中有数就行了。下午你们三位先进入左边那座建筑物，仔细勘察一下原始现场，不然又让这位李先生抢了先。右边那座也要尽快进入勘察。"

当天夜里，马仁果然发现李察德又去了右边那座建筑物。

马仁和王氏兄弟当天下午和 23 日、24 日连续两天，在两座建筑物中进行了检查。从摆放的家具、遗留的仪器、机器、燃料等等方面看，左边这座建筑物像是已有几十年，至少是几年没有人出入过的痕迹；而右边这座，单从被遗弃的点滴生活废弃物中，就明显可以看出，最近，也许就在我们来这里之前一、两个星期，有不止一两个人在里边活动过。马仁在汇报时说到这一点，谭成沉思了一下，他说："难道就是那些学者？也许他们和他们的实验室就在那座建筑物的地下？这个线索很重要。"经过共同研究，大家一致认为，右边这座建筑物有可能隐藏着"异型生命工程"实验室的秘密。如果这个实验室就在这座建筑物的附近冰面以下，那么它的出入口很可能开在这座建筑物的内部，通风孔很可能开在它的附近。最后谭成说："不过这只是可能，对两座建筑物都还要进行反复检查，只是重点放在右边。不要让李察德发现有异常。"

马仁还发现李察德先生 23 日、24 日夜里仍在坚持出入两座建筑物，每次用三四个小时。谭成说："这位先生年龄比我们大许多，太辛苦了。现在白天我很照顾他，只要他说不舒服就让他休息；即使和我出去，他愿意打盹就由他打盹，他愿意发愣就由他发愣。"

25 日 22 时刚过，老曹风风火火地赶了回来，手捧着一封通过北京至窝头山专递邮送来的赵欣然给曹秉毅、谭成的报告。谭成知道一定有重要事情，马仁和赵欣然每天都有电子信函联系，一般的事情用不着写信。他把马仁请过来，三个人一看，原来赵欣然报告的是被塔特跟踪以及自己处理此事的前后情况。

赵欣然还真是粗中有细,她担心通过电子信函容易泄密,虽然发信用的时间要很长,但是比较保险。看过报告之后,老曹就急不可待地发表了意见:"威尔逊这小子太不地道了,不知道他打的是什么主意。吕四娘真够意思,那拳脚准够塔特那老小子喝两壶的。我说马仁,你得抓紧时间学两手。学打人是不行了,可是你得学学怎么挨打。小两口难免要吵架,吕四娘要是动起手来,别说你,把我和谭成绑在一块也不够她打两分钟的。会挨打学问可大了,第一,要学会让她舍不得打你,或者不好意思打你,不愿意打你,觉得不值得打你,这一招最难;第二,……"

"那曹老师一定最精通这招了,大概从来没有挨过夫人的打。"马仁也开始俏皮老曹了。

"那还用说,想打我?门儿也没有!不过我也不打她,我们两个人没有家庭暴力。"

"曹兄,你还是说说威尔逊打的是什么主意吧!"谭成拦住了曹秉毅的话头。

"那还能有好主意?当然是坏主意了。马仁你先说说,威尔逊打的是什么坏主意。"

"我认为威尔逊派人跟踪赵欣然的目的,第一,不是为调查曹氏侦探社的资信,已经没有这个必要;第二,威尔逊很清楚曹氏侦探社的实力,除了人以外一无所有,所以他对曹氏侦探社其他方面情况也没有必要调查;第三,目的一定是了解我们的人,按道理他最注意的是谭先生,可为什么要跟踪赵欣然呢?这一点我还弄不明白。"慢条斯理地说完,马仁摇了摇头。

谭成点了点头:"我同意马仁的看法。他派人跟踪赵欣然应该也是为了调查我,难道他怀疑我背后还有什么人?"

"塔特挨了打,就这么完啦?威尔逊会不会再让威斯特上来试试!"老曹说。

"最好曹老师先教教他怎么挨打。"马仁说。

"别忘了他的'催眠术'!"

"赵欣然的内功深,定力强,威斯特对付不了她,可以放心。"马仁说。

"如果威斯特和塔特如实向威尔逊报告,赵欣然一定会引起他的注意!"谭成说,"不过,如果换了艾登,一定会;如果只是威斯特,很可能不会;可是塔特怎么样,我们就不了解了。"

"威斯特怕砸饭碗,塔特就不怕?"老曹说。

谭成点了点头："有可能他们不如实报告。"

谭成又对马仁说："向吕四娘暗示一下：报告收到，事情处理得当。要她多加小心！"接着又说："看起来，威尔逊和我们合作，幕后情况比我们想到的要复杂。他到底打的什么主意？比如说，他看重的是我们的人，主要看重的是我，那么我对他到底有什么用呢？就为了寻找'异型生命工程'实验室和那些学者？恐怕不止于此。"

马仁说："可以大胆推测，绝对不是。寻找'异型生命工程'实验室和那些学者，最多是目的之一，也可能就是个假相。可以设想，比如，如果南亚集团真的发现那些学者曾在南极点附近出现过，那么有许多现代化手段可以用来找到他们的实验室，即使它建在冰表以下上百米深处。无论他们发电、用电、进行实验、呼吸、饮食、消化排泄，都要在环境中留下痕迹，发现这些痕迹不难，循这些痕迹找到他们也不会太难。"

谭成说："这只是一个方面，另一方面，把这个实验室与周围环境隔离，不使任何痕迹在环境中出现的现代化手段也有。如果威尔逊确实想找到这个实验室和那些学者，和我们合作还是有充分理由的。有可能认为，谭成还是不可替代的。"

老曹说："塔特跟踪吕四娘，也算给我们报个信，对威尔逊这小子，还真得多留个心眼。"

"曹兄赶快回帐篷休息，有什么话明天再说。"老曹、马仁离开后，谭成很快进入了梦乡。

第十三章

天生有壳成无壳　缘致失神复得神

六十一

26日凌晨零时35分左右,各个帐篷传出的鼾声此起彼伏,声声震耳。李察德突然气喘吁吁地从右手边那座建筑物跑回来,一头钻进了谭成的帐篷。

谭成正在作着一个美梦:他回到了北京,由舅舅和杨立群主持,和爱群举行了婚礼。婚礼结束,爱群要小红叫他爸爸。小红说,他不是爸爸,他是叔叔。爱群说,他现在由叔叔变成了爸爸。小红问,曹叔叔为什么没有变成爸爸?爱群说,因为谭叔叔和妈妈结婚了,所以他才能变成爸爸。小红又问,那爸爸变成什么啦?爱群说,爸爸还是爸爸,什么也没有变,可他不是已经死了吗?小红说,那我又有一个爸爸啦?爱群说,对!小红睡觉了。他觉得自己力大无穷,轻轻地没有用力就把爱群抱了起来。忽然觉得他和爱群被人绑在了一起,手脚不能动了,呼吸也发生困难。他拼命挣扎,大声呻吟。此时忽听有人呼叫:"谭先生!谭成!醒醒,醒醒。"

谭成在窄小的睡袋中挣扎出一身大汗,听到呼唤,把头钻了出来,此时自己和爱群被人绑在一起的梦境仍然依稀如在眼前。好梦被冲散,他有些不高兴。

扬头一看，见李察德站在身边。李察德急促促地说："谭先生，有重大发现！"

"什么重大发现？"

"走，跟着我去看！"

谭成只好钻出睡袋，迅速穿好防寒服，蹬上防寒靴，戴好防护眼镜，又把马仁和王氏兄弟叫了起来，几个人坐上老曹刚刚开回来的雪地车，在李察德指引下直奔右前方那座建筑物。李察德知道老曹回来了，他问谭成："为什么不叫上老曹？"正说着，老曹和大白、阿花已经走出自己的帐篷从后边赶了上来。谭成不想叫醒老曹，觉得他太累了，又刚刚睡过去不久。没想到还是把他吵醒了，这时开车的马仁，已经把车停了下来。老曹把大白、阿花赶了回去，要它们注意看守营地。它们不大高兴，汪汪叫了几声，懒洋洋地回了自己的帐篷。

他们在距建筑物大门约10米处下了车。李察德迈着仙鹤步在前面带路，走到门前停了下来，他指着地上只有三级的台阶说："问题就在这里！"

大家一看，这个台阶横向有150厘米宽，进深有100厘米，似乎是由抗低温材料预制的，紧贴房基，最高一级和门槛根部基石持平，上边有薄薄的一层冰雪，有些脚印，看不出异样。

只见李察德一步迈上了最高一层台阶，扭动大门把手，推开两扇门，招呼大家："跟我来！"

大门里边是一间约有4平方米的防寒门厅，左右两边各有一扇宽约80厘米、高约200厘米的推拉门。李察德打开左边的推拉门走了进去，众人也紧随着跟了进去。马仁和王氏兄弟几次进出，对这座二层楼的内部情况已经很熟悉。楼下大厅，正面和防寒门厅相对是通向二楼的楼梯；左侧中间是向左伸出的一条走廊，走廊两边是几间实验室、工作室；右侧也是向右伸出的一条走廊，走廊两边是发电机房、仓库、厨房、餐厅等等。楼上是20间卧室，每间卧室都有独立的卫生间。李察德并没有再往里走，等大家都进入大厅之后，他一个大步回到了刚才进来的那个推拉门前，眼睛紧盯着推拉门的上框。这个推拉门框，高约220厘米，宽约180厘米，框的厚和宽都有15厘米，横断面应有200多平方厘米，材质好像是高强度的塑料，给人的印象是十分坚实，严严密密地嵌在防寒门厅墙壁上。只见李察德先生神情肃穆，慢慢把推拉门固定在中间位置，距两边边框各约40厘米，然后举起双臂，双手像体操运动员紧握单杠一样在推拉门的左右外侧握住上框突然发力下拉。王天佐首先啊了一声，接着大叫："原来是活动的！"别人都没有出声，几乎是屏住了呼吸目不转睛地继续往下看。

　　随着李察德的双臂双手向下移动，推拉门连同它的四框慢慢脱离原来位置滑向地下。大家逐渐看清，左边框和右边框在贴墙一面还凸出有10厘米，像火车的车轨，它的T字形顶部卡在藏于墙壁内的一个槽中，似乎靠滚珠上下滑动。上框已被李察德拉到齐胸高，他改拉为压，王氏兄弟这时上去从左右两边帮助用力，上框很快被压到距地面大约100厘米处。这时忽听门外响起刺耳的轧轧声，谭成和马仁从另一侧的推拉门进入防寒门厅，打开大门一看，门前的三级台阶已经随着轧轧声离开地面缓慢地向上升了起来。谭成两膝两手着地，歪着头，左耳贴近地皮向升起的台阶下面看去，原来台阶底面是平的，正好盖住下面一个四周比台阶底面略小的长方形洞口。由洞口的四角伸出四根一握粗细光亮的钢柱，钢柱上缘固定在台阶底面四角上，把台阶顶了起来。在李察德和王氏兄弟把推拉门框几乎全部压入地下的时候，门前台阶已升起有50厘米。接着在李察德的指挥下，王氏兄弟和他又把门框拉了起来，直到恢复原位。接着又向下拉向下压，如此反复了三次，台阶已经升高到接近200厘米并固定下来。谭成和马仁走近门槛，探头一看，原来是一口竖井。四面井壁全由很厚的钢板焊接起来固定在岩石上而成，左右两侧的井壁上都有由直径3厘米左右长约40厘米的钢条弯成门字形固定上去的壁梯，可以手攀脚蹬上下。沿井壁向下看去黑洞洞深不见底。

　　"李先生，您知道这个台阶如何复原吗？"谭成问。

　　"很简单！"李察德说着让谭成、马仁退开，自己走近门槛，举起两臂叉开双腿，双手手指钩住井盖（台阶）上沿轻轻下拉、下压，台阶很快就复了位，而且除了上面那层薄薄的冰雪上留有众人的脚印，靠近门槛位置留有李察德两手部分指印外，了无其他痕迹。再到大厅里面看看已经复位的左边推拉门和它的框子，也是了无痕迹。

六十二

　　"现在还不到3点，大家回去接着睡觉，8点再起。原定26日6点46分的模拟项目撤销。曹兄和李先生可以安心睡到中午。发现这口竖井的消息，现在只限于我们几个人知道，注意不要在计算机上出现。今天停止搜寻活动，大家围绕李先生这个重要发现，研究一下我们的下一步行动。"谭成说完率先走出大门，然后登上了雪地车的驾驶座；马仁最后一个走出来，他把里边的推拉门关好，又把大门关好。

李察德似乎有些心事，他没有多睡，在6点40分的时候独自一个人来到阳傀先生竖立的极点标志杆附近，没有想到王氏兄弟已经先他一步来到了这里，而且王天佑正站在有太极图案的一侧距离标志杆约3米的地方，王天佐站在他的身旁。这本来是他每次到这里来站立的位置。只见王天佑好像有意模仿着自己的样子，面向标志杆越过标志杆顶部向泰山方向凝望着。他不大高兴，也有点着急，这个时间本应该是自己站在这里。可是又不能把别人赶开，没有理由那样做。他连招呼也没有打，烦躁地围着标志杆转了几圈，停留了大约10分钟，摇了摇头，重新回了自己的帐篷。

王氏兄弟对李察德每次来到极点近前都站在同一个地方向泰山方向观望，觉得奇怪，虽然谭成宣布取消了今天的模拟活动，他们还是来到这里。天佑想自己站在这个位置上向北看看，也许能看到什么。

"李先生像是不高兴了。"天佐说。

几天没有说过一句话的天佑，忽然开口了。"哥，这个地方有点奇怪。整整一年前有人站在这个位置上没了！"

"没了？什么没了？"

"人没了。"

"嗯？"

"我说不明白。"

在不到8点的时候李察德又走了出来。这时的气温很低，大约在零下27摄氏度上下，好在只有一、二级风，而且除了鼻子和一小部分脸颊裸露在空气中感到由皮肤一直冷到骨头以外，其他全身各个部位都被防寒服包裹得严严实实的。他面向太阳活动活动像螳螂前足一样的双臂，又活动活动两条仙鹤腿。这时忽然发觉有人拍了一下自己的肩膀，回头一看，原来是曹秉毅。和谭成比，老曹十分高大魁梧；可是和李察德比，虽然李察德因为腰呈弓形打了点折扣，可他还是矮了一大截。今天老曹对李察德的态度特别友好，他向李察德一挑大姆指，笑容满面地说："老李，行！让你立了头功。"

"就是发现了一个井口，下边也许什么都没有。"李察德平和地说。

"让我猜，我们要找的人就在下边。不信咱们打赌！"

"打赌？打什么赌？我不会。"

"那有什么不会的？新西兰人都不打赌？"

"曹老师，我跟您打赌！"马仁走出帐篷来到他们身边。

"你赌也行。你说怎么赌法？"

"赌您小仓库里那五瓶好酒。您要是输了，那五瓶酒归我；您要是赢了，回到北京，原样我赔您五瓶。"

"行！……什么？回到北京？你知道这五瓶好酒由北京背到窝头山费我多大力气？回北京赔！马仁你可真会打算盘。这么着吧，你把吕四娘给你带的几十包零嘴儿赌上吧！"

"我赞成！"谭成也凑过来了，"后边不管谁赌输谁赌赢，今天早点，曹兄先贡献一瓶酒，马仁先贡献十袋小食品，见了输赢再结算！"

"不对吧！要是老曹赢了，今天这瓶酒怎么算？要是马仁赢了，今天这十袋小食品怎么算？"真没想到李察德会认真起来。

谭成说："那好办！不管谁亏了，都由李先生兜底补齐。"

李察德迷惑了，他自言自语地说："我没赌啊！跟我有什么关系？"

谭成说："有关系！井口是李先生发现的，他们打的赌等于是李先生出的题目，谁出题目谁兜底嘛！"

李察德又自言自语起来："打赌也有规矩，'谁出题目谁兜底'。"

这时候王氏兄弟也凑了过来，王天佐抻了抻马仁的防寒服袖子朝李察德努了努嘴，马仁点头笑了笑。

谭成的帐篷比其他几顶稍大一些，可以席地坐下七八个人，地上铺了一层帆布，又放了一些坐垫。老曹事先想到，如果全组加上艾登要开个会，得有个地方。南极点侦探组的六名成员全部到齐，谭成主持这个会，他说：李察德先生发现这个井口，是侦探组工作的一个大进展，使我们这次侦查活动出现了曙光。在讨论开始之前，他先请李察德介绍一下发现这个井口的经过。

李察德先作检讨，他说自己违反纪律，连续四夜背着大家去作调查。发现这个井口非常偶然。原来，从22日开始，每天夜里他偷偷起来去检查两座建筑物，几乎查遍了每一个角落，一直无所发现。最后这一次，在右边这座进行了大约90分钟，他认为可以查到的地方都查到了，还是一无所获，有些失望。在他无精打采地从防寒门厅左边推拉门向外走的时候，偶然举起双手搭在推拉门上框的上面，想让双腿轻松片刻，这才发现推拉门框是活动的，而且压到底时居然把大门前的台阶举了起来。反复提压，台阶能升到和门楣一样高。后来想让台阶复位，又摸索到复原的办法。

此时马仁插嘴说："如果这个井是为秘密藏身建造的，应该也可以从井内打开、关闭；如果这个推测成立，开井、关井很可能靠电力操纵，人力操纵只是备用办法或者只限于从井外；井内应该设有报警装置，井外有人开井、关井，井内会收到报警信号。"

听到这里，李察德着急起来："我们已经两次开井、关井，井里的人收到警报还不跑掉？我们得赶快去追！"

老曹也急了，他冲着马仁大喊："你为什么不早说？人要是跑了，我这个法人代表非斩马谡不可！"

马仁火了，质问老曹："曹老师，请问……问……谁……谁是……是马……马谡？"愤怒促使他迅速发泄，结果诱发了老毛病。

"你就是！你那个组负责这两个地方，什么也没检查出来。人家李先生发现了井口，你还不把它看起来，人都让你放跑了！"

"我……放……放放跑谁啦？"

"真要把人放跑了，说什么都晚啦！"老曹可能知道自己理亏了，口气开始缓和。

六十三

谭成微笑着说："诸位请放宽心，就怕没有人，就怕虽然有人，可是躲在井下不出来。如果有人，又能够自己跑出来，我们谢天谢地。马仁小组第一次进入两座建筑物的时候，就在它们的顶子上安装了遥控红外扫描报警器，今天凌晨出发去看井口的时候，王氏兄弟把它们打开了。现在两台报警器除了对我们宿营地方向各留90度缺口外，对其他方向连续扫描，在10公里以内任何人或其他有相当10公斤以上体重哺乳类动物热辐射的物体出现，都逃脱不掉它的眼睛。现在大白、阿花也在围绕两座建筑物巡逻，填补500米距离内红外扫描的死角。"

李察德脸上露出了笑容，他放心了。

"我说谭成，你这就不对了。你为什么不早说？是不是成心想挑唆我和马仁吵架？马仁，咱们哪儿说哪儿了，是我不对，我向你赔不是了。"老曹说完给马仁鞠了一躬。

"不行！曹老师得拿出一瓶好酒来。"马仁气消了，也不再结巴，这时故意绷起脸来。

"行！不就是一瓶吗？"

"现在开始研究下一步行动。我同意马仁的分析，假如井下有人，他们已经得到报警。但是知道井上有人，他们不会上来。当然，如果远在我们视线达不到的地方另有出口，又当别论。不过，除了左边那座建筑物以外，至少在距离南极点50公里的范围以内很难找到可以另建出口的理想地形地貌。就说在10公里以外另建出口吧，那工程也太大了，不可设想。这样，我建议：第一，今天做好准备，明天下井检查；第二，下井时，井口要有人，随时准备对井下进行支持和救援；第三，要有人在左边那座建筑物内外进行监视，防备那里另有出口。这几点请大家议一议。"

和过去不同了，这次李察德抢先发言："同意谭先生这样安排，我最熟悉情况，由我第一个下井探路，然后组长再安排别人下去检查。"在不到10个小时以前，大家还把他李察德看成是外人，底细不清的人，没什么本事的人；现在好像这一切都翻过来了。李察德变成了英雄，赢得了全组的尊敬，尽管大家仍然觉得他有点神神经经的，有点怪；有时候摸不清他在想些什么。

"我说老李，你几天没睡好觉了，在咱们组里数你年岁最大，大家都不同意让你再去打头阵。我除了个头儿比你差点，身体要棒多了，年轻力壮嘛！这探路当然是我的事。"老曹倒不是想争这第一个下井，他是爱护李察德。他认为人家连续几夜偷着去干，为什么？要不是这么干，这井口能发现吗？现在无论如何不能再让人家第一个下井。

马仁自从李察德发现那个井口，心里就有点不是滋味。自己带着王氏兄弟检查了几天都茫无头绪，结果被人家夜里偷着干的把井口发现了，实在丢面子。别人会怎么看？刚才曹秉毅那几句话就是例证。这次下井，一定要争这第一个。

老曹话一停，他就接上了茬："曹老师说得对！李先生这几天够累了，年岁又大，怎么能再让李先生第一个下去？曹老师也不适合。心里装着全组的事，送艾登先生，还要急着往回赶，几夜没睡好觉，要说累比谁都累。再说，我和天佐、天佑分工就是这两座建筑物，责任所在，理所当然我应该第一个下井。"

"你还别说，马仁说的在理。"看样子，老曹还真的倾向同意马仁了。

"我和天佑同意马哥第一个下井，马哥可以带着我们俩全组一块下去！"

"谭成，一定要派我第一个下去。我最熟悉'异型生命工程'实验室那些先生的事情，尽快找到他们是我平生最大的愿望。无论如何，我必须第一个下井！"

谭成说："几位都争着第一个下井，李先生还说他必须是第一个，本首席侦探连争一争的机会都没有了。好，先休会，30分钟后继续开！"

休会后谭成和老曹商量了一下，谭成主张让李察德第一个下井，他说："你不在的时候，他要求参加马仁那个组，我不同意，结果是他一个人夜里去干。这次他的态度更坚决，如果我们不同意，说不定他要提前偷偷下去，那问题就大了。别看他神神经经的，办起事来可头脑清楚，也有能力，为人也实在。可是这个人的固执劲头儿，怎么看怎么像阳傀先生。去年如果阳傀先生不是那么固执，你我能当这份侦探吗？"

"我看也是这意思，让他第一个下井，给他做好安全防护，比他偷偷下去安全多了。"

"曹兄，还得劳动你一下，马上去窝头山借一付绞盘和长1000米的安全索来。"

"行！这下井装备的事全交给我了，保证误不了用！"

继续开会时，谭成宣布由李察德第一个下井探路；马仁小组在左边那座建筑物监视；谭成和曹秉毅在井口支援李察德；大白、阿花守护营地。谭成再一次要求大家对发现井口一事要严守秘密，一律不准在计算机上出现。

威尔逊看了塔特调查的李文芷的材料，觉得没有解决问题，他不想再进一步调查，认为再查也很难有什么结果。

艾登回到伦敦，正赶上圣诞节休假，不过威尔逊还是立刻召见了他。艾登先向威尔逊汇报了南极点侦探组的活动情况。威尔逊只详细了解了谭成的活动，对别的情况似乎没有兴趣。接着，根据威尔逊的询问，艾登又冥思苦想回忆了威斯特和李文庠进行"学术交流"的过程。他能回忆起来的只是他被威斯特催眠以前的情形和李文庠准备告辞把他和威斯特唤醒后的情形,当然知道中间发生了许多事情,可是脑子里一片空白。他几乎是一字不漏地把那天"学术交流"开始后威斯特和李文庠的对话,特别是李文庠告辞前对他对威斯特说的话,全部写了出来。威尔逊当然不满足,又反复仔细进行了询问,不过多一个字的情况也得不到了。此时又收到塔特报告,说跟踪赵欣然无所收获。他要艾登留在伦敦两天,休息一下。接着又把威斯特召回伦敦。

六十四

艾登汇报过的情况,威尔逊没有再问威斯特。他知道,艾登汇报的真实性、客观性不容怀疑,也足够详细,再让威斯特讲一遍,徒然把情况搅浑。他只问威斯特和李文庠进行"学术交流"失败的一瞬间的详细过程。威斯特最怵谈论这次失败,特别是谈论失败的具体情况。他闪转腾挪,用尽各种招数,怎奈威尔逊死死盯住这一点不放。威斯特躲不开了,但还是把事情说得云谲波诡,让威尔逊真假难辨。威斯特说:"本人的催眠术有一个特点,只要受术人能够和本人面对面坐下来,互相看上几眼,就可以顺利施术,不怕受术人拒绝合作。可是李文庠不同,我可以肯定,他是个大巫师,会用魔法。那天他一直坐在我的对面,而且高兴地表示愿意接受催眠。不过,我们的目光刚一接触,我就凭直觉意识到事情不妙。他好像变成了一个魔鬼,眼睛里闪烁着两道凶光,一瞬间就咬住了我的眼神,把我的眼神变成一条隧道,他的意念沿着这条隧道深入到了我的内心,支配了我的神智,支配了我的全身。下边又发生了些什么事情,我就不知道了。好像他询问了几个问题,艾登都做了回答。"

威尔逊知道他在说假话,可是又无法认定他说的都是假话。既不敢完全相信,又不敢完全不信。好在事先已经从艾登那里了解了当时他看到的外表情况,现在所缺少的只是作为当事人威斯特的直接感受、内心感受。威尔逊又从各个角度反复作了询问,希望从中筛选出一点真实东西,可惜还是白费了心机。最后他苦笑着说了一声:"谢谢!"

威斯特告辞出来,如释重负,掏出一张纸巾擦了擦前额沁出的汗珠,长长地出了一口气。

威尔逊的用人之道中有这样一条：不能要求一个人事事时时处处都说实话。应该了解一个人在什么事情上、什么地方、什么时间诚实可信；在什么事情上、什么地方、什么时间不诚实不可信。要相信实话，也要容忍假话。对说假话的人，他从不当面戳穿，从不大发雷霆，从不用刻薄的语言挖苦他们。对威斯特的态度，就是他的用人之道中这一条的体现。不过这次和威斯特谈话让他十分苦恼，他无法分清威斯特说的哪些是应该相信的实话，哪些是应该容忍的假话。他又请来艾登，把威斯特说的情况核对了一下，依旧不得要领。不过他还是能够得出结论：李文庠是个杰出的通灵人；谭成是个杰出的通灵人；他们属于一个通灵家族。谭成的母亲李文芷，也应该是个通灵人。有了这样一个结论，威尔逊还是满意的。

在艾登离开伦敦之前，威尔逊对他说："见到谭成先生请代我问候，祝他好运。"说罢诡异地笑了笑。

艾登说："一定办到。"他对威尔逊的笑容有些不解，不过没有多想，问号很快就从大脑里抹去了。

李察德在曹秉毅的帮助下，全身武装了起来：头戴安全帽；身系安全索；一副袖珍耳机和话筒已经戴好，那是联系井上井下的有线对讲机，导线附着在安全索上；防寒服衣袋中装有袖珍摄像机和各种微型测量仪器；腰带上挂着两支强光手电筒，每只保用24小时；身后背有一个背包，里边装有两个容积1升的暖水瓶，一瓶装的是热茶，一瓶装的是热白水，还有老曹贡献的好酒一瓶和1公斤食品。

从昨天凌晨以来，谭成在内心深处对李察德产生了一种敬重感，现在李察德要下井了，他十分关切地对李察德说："对井下的情况我们一点都不了解，请李先生务必多加小心。这种直上直下的壁梯爬起来太消耗体力，如果觉得难以支撑，或者出现意外困难，要立刻上来，千万不要勉强。"

李察德对谭成和曹秉毅说："请你们两位放心，我一定注意安全。对探险我是有经验的，又有你们在井口支援，可以保证万无一失。有什么新情况随时会用对讲机报告你们。"李察德就要下井了，他又看了看谭成和老曹，有些恋恋难舍。

李察德就要下井了，阳傀先生认为有必要在这里向读者先生们介绍一下这位先生。阳傀先生语出惊人，他说："李察德就是我！"

前文说过，阳傀先生在发出了告诉谭成、曹秉毅、威尔逊突然来京，查清并无王了然其人的信函后，飘上了景山最高点。正在他苦苦思索如何处理自己那个意义重大的发现的时候，忽听山下隐约传来几个人的说话声：

"他像是个傻子，弱智人！"

"不，不像，弱智的人不这样。你看他穿得整整齐齐，身上干干净净，超过一米九的个头儿，虽然瘦瘦的，水蛇腰，像个大刀螂，可怎么看也不像傻子。也许是个疯子，文疯子！"

"也不大像。"

"是啊！眼神不发直，就是总皱着眉，一会儿摇一摇头，好像在思索什么难题。您看出点规律没有？他每走出二三十步，就停下来，朝前后左右看看，一脸茫然的样子。接着又往下走，不过不一定向前，也许右拐，也许左拐！"

"还真是的。"

"真可惜，看样子有四十几岁，像是受过高等教育。怎么得了这种怪病？"

"过去听说有这么一种病，老百姓叫它失心疯，也许他得的就是失心疯！"

"不完全是，'失心'，大概就是失掉思想，好像也有忘了自己的意思。"

"是不是把什么事全都忘了的意思？"

"对！对！失掉了记忆。您想想，一个人如果把家里人、亲戚朋友、老师同学、邻居同事等等都忘了，把过去记住的事也都忘了，那还不是'失心'？"

"请大家让一让，请大家让一让，他是我们医院的病人，正在我们医院检查！"

六十五

"请问大夫，他得的是什么病？"

"现在还不能确诊。从症状上看，好像丧失了记忆，而且视、听、嗅、味、触觉新感知的东西，在他脑子里也只能留住几十秒钟。"

阳傀先生突然产生了一种强烈的欲望，想看看这位病人。他飘到了这位病人的身边。两位穿白大褂的医护人员，一左一右扶持着病人，向坐落在景山东街的大门走去。先生突然感到自己的脑子乱了，行动不能自持，那个病人身躯周围像是个强气旋，使他不由自主地被卷了过去。开始觉得两位医护人员在扶持自己了，他想挣脱。他们手上加了力气，没有挣脱掉。让先生大感奇怪的是，自南极点遇险后半年多来，第一次有了与实体接触产生着力的感觉。他向左右侧头看了看，又奋力扭着脖子向后看了看，那个病人没了踪影。他惊讶地发现，自己现在向前走动的位置，就是那位病人方才所处的位置。他未加思索，想飘回景山之巅，可是身子不再受意念支配，没有飘动。他又试了试，还是那样。似乎自己被锁在了那个病人身上，失掉了自由。他俯身向下看了看，又向左右看了看，发现自己有了身躯和四肢；他又奋力挣脱左手抬起来摸了摸头和脖颈，啊！都有了。他终于明白了，自己已经和那个病人合二为一：自己的精神加上那个人的身躯。记忆是精神的核心。那个人丧失了记忆和记忆能力，也就是丧失了精神，于是躯体变成了精神真空，自己一接近，便被吸附上去。他没有思想准备，突然改变半年多超等残疾人的自由生活，还不能习惯。他觉得有些失落，转念一想自己可以重新融入社会，又觉得有些安慰。他很快就接受了这个现实，反过来又担心会不会重新失去这个躯体。他双臂向上一振，甩开两个人的扶持，跳了跳，跑动跑动，啊！啊！大喊了几声。居然感觉和变成超等残疾人之前一样，没有任何异常，没有任何不舒服。他放心了，不过还要继续观察以后会不会产生异体排斥现象。半年多的超等残疾人生活，使他变得小心翼翼，唯恐自己惊扰到别人。他决定，还要像"失心疯"病人样子继续装下去，把周围观察清楚，再决定怎么办。于是他又安安静静接受了两位医护人员的扶持，随着他们走进了附近一所医院的病房。

这是一间双人病房，他坐在病床边上，另一张病床空着。一位年轻的男护士陪着一位老大夫走了进来。老大夫来到他的面前，伸手拍了拍他的肩膀，先用汉语，又用英语，问他："先生，你叫什么名字？"

他不清楚怎么回答为好，于是摇了摇头。

老大夫又用两种语言问道："你在哪个单位做事？"

先生依旧摇了摇头。

"你知道自己的国籍吗？"

先生一惊：难道自己，不，难道这个躯体不是中国人？不过他还是很快摇了摇头。

老大夫不再问了，自言自语说道："病情还在继续恶化。如果大脑残留的一点记忆功能也丧失的话，恐怕连生活也不能自理了。"无可奈何地摊了摊手。他回身问那位护士："和新西兰大使馆联系过了吗？"

"联系过了，据他们向国内查询，病人李察德的父母、祖父母、外祖父母都是华裔，家族中没有类似病史。父母几年前遭遇车祸去世，祖父母、外祖父母都死于脑血管病和心血管病。他本人没有兄弟姐妹，他的父亲、母亲、他的祖父母、外祖父母也都没有兄弟姐妹。"

"他没有妻子儿女？"

"没有。他到中国的时间不长，刚刚进入北方大学理学院，在修地球极地学博士学位……"

"是谁把他送进医院来的？"

"是他住的紫竹园饭店的服务员。连他的行李也一起送到了这里。"护士说着指了指另一张空病床上的一只箱子。

"举目无亲，可怜哪！"老大夫长长叹息了一声。

先生明白了，这个躯体的主人，不，现在就是我，名字叫李察德，新西兰国籍华裔，大概是地球极地学硕士，就算是惠灵顿大学的吧！没有亲属、亲戚；在北京没有朋友，几乎没有熟人。这也好！会少遇到许多麻烦。先生盘算，现在有两条道路可以选择：一是明天凌晨，在值班大夫、护士打盹、病人熟睡的时候，可以偷偷离开这里。不过，离开容易，离开以后许多问题不好处理。二是装作突然病好，办理手续正常出院，下一步再考虑以后。这个办法有许多繁琐事要办，但没有后遗症。以稳妥为上，他决定采取后一个做法。

已经是夜里11点05分，先生——李察德，走出了病房来到护士值班室，询问："请问这是什么地方？我怎么来到了这里？"先生脸上有些发烧，自己开始说假话了，尽管没有任何恶意。

正是那位男护士在值班，他一下子愣住了。不过很快就回过味来，回答道："这里是医院，请您先回病房，我去请大夫！"

李察德回到了自己病房，几分钟后护士陪着那位老大夫来了。大夫已经从护士那里知道了他刚才的举动，判断这个病人可能突然恢复了记忆，这种情况以前并不鲜见。不过那些病人只是局部或全部忘掉过去，并没有同时丧失记忆功能。老大夫没有等他说话，就主动问他："请问你贵姓，名字怎么称呼？"

"李察德。"

"你的国籍?"

"新西兰。"

"到中国来的目的是什么?"

"在北方大学读书,修博士学位。"

"原来住在哪里?"

"紫竹园饭店。"

接着又为他简单作了一下中枢神经检查,然后扼要向他介绍了一下他得的病和进入医院经过。老大夫要求他继续留在医院作全面检查,他坚决要求出院。天亮后由那位男护士帮助他办好出院手续,把他送出医院大门。他一再向那位老大夫和那位护士表示感谢。

第十四章

莫道楼中无隐秘 焉知井下有人居

六十六

"李察德——阳傀",恐怕只有这样称呼,才符合这位先生的实际身份。如果称呼他李察德,实际他已经虚有李察德其表,内里已是阳傀;如果称呼他阳傀,至少到目前为止,他的同事和朋友们只承认他是李察德。不过"李察德——阳傀"读来是5个音,看起来又像6个字,似乎太长了些。掂量再三,笔者以为,还是依旧称之为李察德比较好,只要读者明白他已经表里有别就行了。阳傀先生并不在乎人们怎么叫他,阳傀就不是真名实姓,改叫李察德也未尝不可。

李察德先生进入井口,开始沿着右边壁梯一磴一磴下行。他发现有微风从井下向上吹来,说明这个井的下边还有别的通道或者通风口通到地面。他默默计算着,一磴、两磴、三磴……数到了18磴的时候停了下来。他算了一下,每两磴之间的距离大约是70厘米,现在已经下行了近13米。抬头向上看了看,井口变小了,老曹正伸头向下看;用手电筒向下照了照,依旧是黑洞洞的看不见底,但是在下边十多米处右边井壁上模模糊糊地似乎有个长圆形洞口。

"喂!是老曹吗?"

"是啊,我是老曹,我是老曹!"

"我已经下了18磴,下边还是看不见底。"因为还不能确定,他没有说出这个洞口。

"如果体力顶不住,就上来!"

"没有问题,我要继续往下走啦!"

李察德又开始一磴一磴下行,当下行到27磴的时候,他用手电筒上下左右照了照,发现就在右手身边确实有个洞口。又下了一磴,使自己的身体正和洞口平齐,用手电筒向洞内照去,顺着手电筒的光线往里边一看,他惊得啊的一声大叫。

对讲机里传来谭成急切询问的声音:"出什么事了?李先生!"

"在我的右手也就是极点方向的井壁上,有3个磴高矮没有钢板,露出的是岩石,上面有一个高约2米宽约80厘米的洞口,上缘和下缘都呈圆形,洞口往里是一条沿水平方向延伸出去的巷道,高、宽和洞口一样。我看不太清楚,好像在二十几米外巷道进入了一个水晶似的世界。刚才用手电筒一照,看到好像有许多人也在对面晃动着手电筒向我照过来,吓了一跳。大概是看花了眼了。"

"您已经完成了探路任务,可以上来了。"谭成担心他的安全,想借着这个洞口的发现把他请上来。不过谭成也知道这一招很难奏效。

李察德在这种时候自然不肯上去,他说:"这不能算完成任务,我要进入这条巷道,希望你同意。"

谭成心说,我不同意你肯上来吗? "请先生务必小心,随时报告前进情况。"

李察德一迈步进入了巷道,脚踏实地了,全身放松下来。在壁梯上,悬着心,手脚并用,全身紧绷绷地挂在上面,片刻不敢松懈。特别是他的脚大,只能用脚尖踩着梯磴,28磴下来,身上已经有汗,两腿开始发软。现在席地一坐,解下背包,取出一个暖水瓶嘟嘟喝了几口白水,长长地出了一口气,疲乏的感觉马上消除了一大半。这里的温度比上边略高,他的背心、衬衣因为汗浸,刚才觉得热烘烘的,现在贴在身上透心凉,他打了个冷战,赶快伸开两臂活动活动。他的手电筒一直在亮着,不过不知道为什么,总不敢再往前照。他心里有些发毛,头发似乎也一根一根竖了起来。此外,这样一个上下左右都是岩石的狭小空间,既让他感到气闷,又让他感到恐惧:万一头上冒了顶,大块的石头砸下来,想跑都没处跑。他定了定神,运了运气,用手电筒上下左右照了一通,站起身来重新背好背包，接着大喊了一声："往前走！"

耳机中又传来了谭成关切的声音："李先生，李先生，有什么事情吗？"

"没事没事，我休息了一下，现在准备往里走。"

他担心顶上岩石碰着头，微弯着腰，手电筒照在脚尖前面几米远的地方，一步一步试探着前进。原来进了巷道口以后，只有两三米远地面是平整的，再往里一路过去脚下都是大大小小带棱带尖带角带刃的碎石，看来开凿时并没有把它们完全清理出去。他每迈出一步，都要凭借手电筒的亮光寻找一下可以让脚站稳的地方。不仅浪费了时间，也非常消耗体力。算计着前进有二十多步了，努力壮了壮胆子，然后猛地端平手电筒往前照去。发现就在正前方距离自己大约四五米的地方，和自己端平手电筒的同时，斜七正八地无数支光线闪了出来，一阵眼花缭乱。他的心脏顿时跳上了嗓子眼儿。因为早有思想准备，一声"我的妈耶！"没有喊出口又吞了回去。镇静了一下，他把手电筒稍微向右偏了偏，准备凝神再看，哪知那些光线随着手电筒的移动倏然隐去。他怀着疑问把手电筒又正了回来，就在同时那些光线又出现了。完全明白了，这是有什么东西在反射手电筒的光线。又把手电筒向右偏了偏，对面的光线不见了，他眨了眨眼，小心翼翼地向前走近几步，仔细一看，原来这个洞是根"盲肠"。盲肠尽头也像个开凿得很不规则的洞口，洞口外紧贴着一面坑坑洼洼的冰墙。先生推测，这里大概是个凿穿了的悬崖或山坡，因为长度不够，这条巷道被废弃了。

"喂！谭先生，这个巷道是根'盲肠'，大概不到 25 米长。"

"不对吧！您再仔细看看。"

"我已经反复看过，没有疑问，尽头已经凿穿，再往前就是冰了。"

"啊！您再反复勘察一下，是不是确实是个石洞，洞壁不会是伪装的吧？"

"是个石洞，里边还留着不少开凿时没有清理走的碎石块。不过洞壁上有没有伪装的地方？我倒没有想到。你等一等。"先生后悔没有带一把锤子下来，只好掏出随身携带的万用刀，在自己的周围上下左右都敲了敲，然后告诉谭成："喂！不像有伪装。"

"您休息一下，我也下去看看。请用一把手电筒照着洞口。"

六十七

马仁和王氏兄弟，在左边那座建筑物的里里外外和周围认真巡视着。天佐忽然开口对马仁说："马哥，这位李察德先生真有点怪，他要想干什么就一定要干，谭先生对他也没有办法。可我又觉得这个人并不让人讨厌，我倒挺喜欢这样的人。"

"天佑！你是不是也喜欢李先生？"马仁见天佑站着发愣，故意问他一句。

天佐看了看天佑，天佑也看了看天佐。天佐替天佑说："李先生不错，如果不是他，那个井口还发现不了。"

"天佑，是不是这里离南磁极太近了，你感觉不舒服？"马仁见天佑的特异功能一直没有发挥出来有点担心。

"他没有什么不舒服地方。昨天早晨6点50分前后，天佑站在阳傀先生竖立的那个标志杆有太极图的一侧，李先生常站的那个地方，发现整整一年前有个人在那儿没了。"天佐说。

"什么？有个人没了，什么意思？"

"就是说，有个人一年前也站在那儿，消失了。"

马仁倒吸了一口冷气：难道是阳傀？又问："怎么消失的？"

"他说不清楚，反正站在那儿就没了。会不会就是阳傀先生？"

马仁没有回答他的问话，又问："整整一年前？"

天佐天佑对看了看，天佐说："整整一年前。"

马仁现在眼睛盯着天佑接着追问："没了，是不是自己从那儿走开了？"天佑摇了摇头。"被人拉走了？架走了？"天佑又摇了摇头。马仁有点急躁："被人拽到天上去了？"天佑还是摇头。"钻到地底下去啦？"

天佑额头上已经冒了汗，不过这次没有摇头，可也没有点头。

天佐也有点急了。他说："马哥别问了，他说不清楚！"

马仁长长地吁了一口气，然后缓慢地说道："天佑说'没了'的这个人，有可能就是阳傀先生。时间完全对，地点也许就是那个位置，可是人消失到哪儿去了呢？"他又看了看天佑。"难道真的钻到地下去了？"天佑低下了头，躲开了马仁的目光。

三个人现在站在了建筑物门前，马仁对天佐、天佑说："你们说说，假如这里也有个井口，会不会也在这个台阶下面？也用那么一个推拉门操纵关闭、打开？"

天佐、天佑对看了看，天佐说："不会，这种机关消息儿，多么奇妙的设计也不能够重复，重复一次被发现的概率就要增加若干倍。他们不会那么笨吧！"

马仁说："你们这样说的前提是两个井口的主人是一个。当然，如果这里真的也有一口竖井或者斜井、别的什么井，那两口井的主人很可能就是一个。不过，假如它们的主人不是一个，建筑的时间一前一后相隔至少几年，后者不知道前者也曾建过这样一个井口，那又会怎么样呢？"

天佐说："这种巧合的概率接近零。"

天佑嗯了一声，天佐看了看他又说："天佑说，假如两个井口的主人请的是一位设计师设计的，这位设计师欺骗了他们，用的是同一个设计？"

马仁笑了，他说："不能排除这种可能。"

天佐说："这也是一种巧合，这个巧合的概率比前一个还要低。可以想一想，假如右边那座建筑物那个井口是我们要寻找的那些学者为躲避别人的追寻建造的，同样又有几个人为了同样目的也看上了这个地方而且也想建造一个井口，有了同样一个设想或者请了同一位设计师受了欺骗用了相同的设计……"

天佑忍不住说话了："n个无穷小的乘积仍旧是无穷小！"

马仁见天佑说话了不由得高兴起来，他说"这个问题不能再讨论了，再讨论的话，还有无数个无穷小在等着我们。这样，请你们两位去到两边的推拉门那里试试，把最后一个无穷小排除掉！"

天佐天佑怔住了，天佐问："马哥你说什么呀？"

"嗯？"马仁也怔住了。

"这里有推拉门吗？"

马仁哈哈大笑起来，笑得弯了腰。不过他笑起来也是那么慢节奏的。

天佐、天佑互相看了看，天佐双眉紧蹙沉思了片刻，忽然说道："马哥！没有推拉门，可有大门，大门里边还有一道门，还有许多房门，这些门也都有四框。"说罢看了看天佑，接着又说："和那座不同，这座小楼有地下室。马哥注意到没有，地下室比地面上建筑短了一截，短了大门里边防寒门厅、一段走廊和两边各一间房那片面积。"原来这座建筑物比右边那座要小许多，大门宽有150厘米，进了大门前方200厘米，又是一道门，两道门和两边的墙壁圈成了防寒门厅。进了第二道门是一条笔直的走廊，走廊两边各有四间房，用作工作间、实验室。走廊尽头左拐是通往地下室和二楼的楼梯，正面是厨房和食堂。二楼有居住房间和游艺室、健身房、图书室等等。地下室是机房和仓库。

"你们的意思是，这座建筑如果有地下通道，出口很可能就在防寒门厅和它的左右两间房里。"马仁想了想又说，"想得好！不过也不一定就用门来操纵开关。再想想，还可能用什么？"

"再到里边看看，这次也许能看出点什么来。"天佐说。

"行！你们两个进去，我在外边守望。一定要多加小心！"马仁说完，把门给他们打开。他们进去后，自己先围绕这座小楼转了一圈，最后站在大门前聆听里面的动静。

天佐、天佑进门以后先到地下室，里边十分黑暗，他们没有带手电筒，只凭借楼梯透下来的一点微弱光线摸索着。好在已经来过几次，很快就摸到正面那面墙壁。他们把防寒服拉锁拉开一点露出一只耳朵贴在冰冷的墙壁上，脱下手套边听边用手拍打。整面墙壁都拍打遍了，耳朵和手都快要冻僵了，也没有听出什么来。他们又来到上边，把防寒门厅和左右两间房子的地面，边用脚跺边用耳听，折腾了一遍。

在左手这间房子地面的中央部分，天佑觉到和其他地方有些微差别，似乎下面有空洞。天佐跺脚试了试，听了听，摇了摇头，不大相信。他跑到门外把马仁替换进来，马仁又试了试，听了听，也没有什么感觉。不过马仁知道，即使不属于特异功能范围的常人感知能力，天佑也有他的过人之处。既然天佑觉出有问题，有问题的可能性一定很大。马仁到门外把天佐替换回来，他对天佐说，就按天佑的感觉，试着找寻操纵机关。

六十八

谭成也是"全副武装"，一磴一磴来到井下和李察德会合。他带有锤子和一截直径约2厘米长约40厘米的金属管，两个人把这条盲肠巷道的四壁所有的边框都敲打了一遍，又用金属管一头抵着石壁，一头放在耳边，到处听了一遍，没有发现任何可疑的地方。老曹在井上等了好长一段时间，一直不见谭成回音，忍不住问道："怎么样？谭成！"

谭成回答："我和李先生整个检查了一遍，没有发现问题。我想再往下走走，你看怎么样？"

"是要再往下看看，费了那么大劲建口竖井，哪能就为了凿根'盲肠'？不过得多加小心。不然你一个人下，让老李上来吧！"

"老曹！谢谢你的好意，我不能半途而废。"

谭成和李察德一前一后出了盲肠巷道口，一个沿着左面壁梯，一个沿着右面壁梯开始下行。又下了整整10磴，这时距井口已经有38磴，一个和上边的盲肠巷道口一模一样的洞口出现在谭成左边也是极点方向的井壁上。谭成用手电筒照了照，和上边的巷道不同，在洞口里面几米处巷道往右拐了弯。似乎向左边那座建筑物的方向拐了过去，再往里看不见，这只是推测。李察德也下到了洞口，同样用手电筒往里面照着。他问谭成："怎么样？"

"看不清楚，也许是向对面那座小楼拐过去了。"

老曹在对讲机里听到了他们的说话，就问："你们说什么哪？"

谭成告诉他："我们又发现了一个洞口，在第38磴的地方，里边看不清楚，正准备进去。"

"好！可要多加小心。进了洞口先坐下来休息休息，也该填填肚子了。别忘了喝两口酒驱驱寒！"

谭成、李察德先后离开壁梯跨进了洞口。从形式上看，这个洞口和上边那个洞口没有什么不同，洞口内的巷道除了呈弧形向右弯过去，暂时看不到尽头以外，其他方面和上边那根"盲肠"，也几乎一样。

谭成示意李察德，两个人席地坐了下来，分别解下背包。谭成取出酒瓶子，拧开盖，咕嘟咕嘟灌了足有二两白酒。李察德掏出暖水瓶喝了几口热茶，他对白酒没有多大兴趣。白酒入肚，谭成觉得浑身发热，也有些兴奋，随口诌了一句："酒后胆包天"。是一副对联的下联。没想到隔了不到一分钟，李察德搭腔对出了上联："茶前心落地"。茶对酒，前对后，心对胆，落地对包天；平平平仄仄对仄仄仄平平；描绘的也是眼前的实情实景，可以说十分工整。嗯？谭成未免有些奇怪。于是借着酒兴搜索枯肠，想起了小时候背诵过的李白的一首绝句,有意无意拿着腔调吟出了头一行:"兰陵美酒郁金香"。这次李察德未加思索就接口吟出了后三行:"玉碗盛来琥珀光;但使主人能醉客,不知何处是他乡。"

谭成心想,英语环境熏陶出来的人,无论怎么学,也难以有这样的汉文化修养。于是故作不经心地问道:"李先生过去在什么地方上学?"

李察德信口回答:"成都。"

谭成以为自己没听清楚,紧跟着问了声:"什么?"

李察德惊觉了,不得不痛苦地编了个瞎话:"我说去成都旅游。成都就是成都,我是不说假话的。"经过一番磨炼,这位先生大有进步,说了假话也能强词夺理了。

谭成摇了摇头,心说:"凡是这位先生说'我是不说假话的'时候,他一定在说假话。真是一位诚实的说谎人!"

吃完午点,就算是午点吧!在报告过曹秉毅之后,谭成在前,李察德在后,两个人开始往里走。这条巷道是沿一条大约60度的弧线开凿的,往里去有些下斜,不过坡度不大,对视线也没有什么影响。和上边那条一样,这条巷道走起来也很艰难,脚下同样堆着不少大大小小的碎石块。两人边往里走边检查巷道石壁,没有发现什么可疑的地方。已经前进了15米左右,仍然看不到尽头。又前进了不到10米,谭成偶然把照着脚下的手电筒端平向前方照了一下,不由得"啊!"一声叫了出来。原来这条巷道也是一根盲肠,只是尽头处和上边那条不太一样,凿穿岩石后又在冰中凿了约有五六米长。也许是想试验一下,能不能在冰上构筑什么,或者能不能用来取水。忽然对讲机中传来老曹的声音:"喂!怎么回事?谭成!"

"现在这个巷道还是根盲肠!"谭成回答。

"我看今天就算探探路,先上来,大家商量商量,养足精神,做好充分准备,明天再干。"

"时间还早,再下去看看。"说完,谭成、李察德回到洞口又先后登上壁梯,一磴一磴向下行进。这次只下了5磴又在和上边两个洞口相对的那面井壁上,也就是贴近头顶上这座楼的那面井壁上,发现一个洞口。这个洞口有些奇特,进去不到3米,就以90度角左右分开,辟成了两条巷道。经过进入探查,他们发现这两条巷道也是20多米长的盲肠,脚下到处是大大小小的碎石,是第28磴那条的翻版。这时候,他们已经感到精疲力竭了。稍事休息,谭成俯身洞口向下看了看，原来再有6磴就下到井底了。左、右、对面都看得比较清楚，没有什么特别的地方，只是最下面有三磴高四面井壁未镶钢板，裸露着岩石；井底看样子十分平整、光滑；自己所在这一面贴着井底好像有个洞口，不过看不大清。

谭成站起身来登上壁梯，向对面斜歪着身子，用电筒一照，看清了，确实有个洞口。这个洞口和上面的几个有所不同，占据三磴高，上缘平直，宽度和井壁等同，开凿得十分整齐。

六十九

他把所见告诉了李察德，还说自己想下去看看。李察德没有作声，他实在打不起精神了，他甚至担心回程时自己能不能坚持攀到井口。井上的曹秉毅发话了："不能再下！请你们两位马上上来，明天还有时间。"

谭成也很累了，两个人商量一下，决定接受老曹的建议。

尽管老曹启动绞盘把安全索绷紧让他们省些力气，回到井口的时候，如果不是老曹一一搀扶，他们几乎趴在地上站不起来了。老曹很快把井口上的台阶复原，再把他们扶进大厅，安排到一个房间里休息。在询问过已经熟悉了这座建筑物内部情况的李察德之后，他把发电机开动起来，打开空调机，温度开始上升；又启动循环供水设备，准备让大家好好洗个澡。老曹忙着忙着忽然兴奋起来，跑到谭成眼前大声说道："我说谭成，咱们这些人是不是太笨了？放着这么好的房子不住，偏去住帐篷！活受罪。阳先生也够笨的，去年如果他住在这座房子里，也许什么事都没有了。"

李察德心里说："老曹说得对，我还真是够笨的。"

老曹接着说道："我决定，从今天开始，全体侦探一律住进这座建筑物！怎么样，谭成？"

"坚决拥护曹法人代表的决定！不过，应该给这座建筑起个名字。"谭成举起右手大声说。

"我也拥护。"李察德说。

"说的也是，应该有个名儿。这座有，那座也不能没有。要起名就一块起，人齐了大家讨论。我先去招呼马仁和王氏兄弟拆帐篷、运东西。"老曹说罢向门外走去。

王氏兄弟把楼上楼下所有的门都试了一遍，没有找到操纵机关。天佐重新怀疑这里是不是真的有个洞口。天佑相反，他又跑到那间房子中间，反复用脚踩了踩，听了听，越发相信自己的判断。可是，如果有洞口，操纵机关又在什么地方呢？门全部试过了，甚至连所有的窗子也都试过了，还能在什么地方？"墙！"天佑口中蹦出了这么一个字。

"墙？"天佐不大相信墙也能隐藏操纵机关。

天佑拉着天佐走出房门进到防寒门厅，他要天佐和自己一样双手平肩按在左边墙壁上，双脚向后稍稍退了退，然后喊了一声："推！"

"啊！"天佐惊叫了一声，接着高声喊叫马仁，"马哥，快来看！"

马仁在外边一面守望，一面留意着里边两兄弟的动静，听到天佐的呼喊，知道有了新发现，不觉全身神经都兴奋起来，不过，仍旧是固有的慢节奏一步一步走了进去。一看，在王氏兄弟脚尖前面，贴着墙根的地面上出现了一条和防寒厅墙壁等长，宽约25厘米，边缘齐整的壕沟。上下左右细看一下，原来是墙壁缩进去露出来的。打开大门，防寒厅里亮了许多，向沟内察看，深下去50厘米左右像是沟底，又不像沟底，是个由钢板构成的平台。平台的中间部分横陈着一条长约40厘米宽约5厘米的长孔，一根操纵杆从沟底下面穿过长孔的一头向外倾斜着伸了出来。所以能认定是一根操纵杆，因为头上套有黑色塑料把手，看样子可以从一边扳向另一边。把手距地面不到10厘米，俯身即可握住。沟的四壁都是钢板，和沟底平台连成一体。

为了看清楚一些，马仁说："再把墙往里推一推！"

王氏兄弟重新按住墙壁用力一推，没想到腾地一下把两人反弹回来，差一点靠在后面的墙壁上。再看眼前的墙壁又恢复了原样，没留下一点痕迹。王氏兄弟想重新推一下，再把那条沟打开。正在这个时候，马仁的对讲机中传来了曹秉毅要他们回驻地搬家的命令。

"曹先生命令我们回营地，他很快开车过来接我们。也好，到吃晚饭的时候了，明天接着再干。今天收获不小，你们也立了大功！"

"马哥你说得不对！应该说我们组也立了大功。"天佐说。

"好，好，是我们组，把我也包括进去了。我们出去吧！把门关好。"马仁说话间来到门外，王氏兄弟随后也跟了出来。

一个小时以后，大家都集中到右边这座楼里了，随后由老曹亲自下厨为大家准备了一顿丰盛的晚餐。谭成、李察德已经洗过澡，加上心情好，身体轻松了许多。

马仁已经抓个机会，把他那一组的发现个别报告了谭成。谭成低头想了想，对马仁说："不用说，这个发现和李先生的发现同样重要。不过它是不是操纵机关？如果是，是操纵另一个洞口的开、关吗？又发现了一个洞口？如果不是，那又是什么呢？不管是什么，做得如此隐蔽，一定隐藏有重要秘密，也许和阳傀先生失踪有关系。吃饭时让大家都知道一下，便于大家联系起来思考。"

"那，李先生？"

"没有问题，和王氏兄弟的特异功能无关。何况，这个新的发现早晚他也会知道。经过这段观察，可以肯定他和南亚集团没有关系，对我们没有恶意。"

马仁点了点头。又说："还有一个重要情况，另找时间汇报，不急。"

"好。"

老曹安排大白、阿花去对面那座建筑物附近巡逻。随后又找到王氏兄弟，布置他们重新调一下两台报警器，对原来宿营地方向不再留扫描缺口，在两座建筑物和它们之间的通道区域设置扫描空白区。

这是到南极点后，全体侦探第一次在餐桌上吃饭，谭成贡献出两瓶好酒助兴。在动筷子之前，谭成宣布了马仁组的发现，王天佐兴奋地介绍了发现经过。介绍刚完，曹秉毅高兴，迫不及待地发表了意见："本法人代表早就知道，李先生发现这个井口之后，你们一定跟着就有发现！来，来，来，为李先生和马仁、天佐、天佑庆功，大家干一杯！"老曹在下厨的时候，看到了几只玻璃杯，现在派上了用场，他打开酒瓶，给每人倒了半杯，给自己倒了个满杯。先举杯示意，然后一仰脖，自己先干了。大家也跟着或多或少喝了一些。

七十

"曹兄，再满上！"谭成也高兴，举起了自己的杯子，老曹依言又倒了个满杯举了起来。"为曹兄有先见之明，昨天留下马谡没斩，干杯！"两人碰杯，双双一饮而尽。大家哄然大笑。

李察德心想，诸葛亮把马谡斩了，怎么留下没斩？这有什么可笑的？

"我说谭成，咱可不能哪壶不开提哪壶。"说罢老曹又为自己倒了个满杯。"昨天不该唱那出《失空斩》，我自己罚自己一杯！"说罢，又是一个满杯下肚。

"大家快喝！曹老师要是再罚自己两杯，两瓶酒就全光了。"马仁这句话又引起一阵大笑，大家纷纷举杯。饭后，几个人没有马上离开餐桌。在座专职的、兼职的6位侦探，除了李察德有些心事外，其余几位心情都特别好，加上两瓶白酒形成的群体兴奋效应，桌上的气氛十分热烈。谭成已经有段时间没有闲空找几个对象聊聊天了，今天能聊的会听的都有，于是来了兴致；曹秉毅本来不大爱说话，也不怎么和别人交往，自从和谭成打过一架变成好朋友之后，受谭成的熏染，嘴不笨了，话也多了，今天心里高兴，自然想凑凑热闹；马仁别看文绉绉的，除了在赵欣然面前往往手足无措，张口不知所云以外，平时和人交往不仅进退自如，而且说起话来慢条斯理又不失幽默感，对谭曹斗嘴更是个痴迷听众，今天当然不肯错过机会；天佐、天佑年轻喜欢热闹，见大家都不离开，他们高兴，更不肯离开；李察德虽有心事，不过这两天情绪还好，也愿意陪大家坐一坐。

曹秉毅心里放不下事情，首先开了口："这两座建筑物现在都有了大发现，我们说话的时候十句有八句要提到它们，需要每座都有个名字，不能总是这座、那座、左边那座、右边那座、对面那座、这里这座的，说起来麻烦，听起来也麻烦。其实这名字好起，简单一点，这座就叫1号，那座就叫2号。要是复杂一点，可以用立大功的人的姓命名，这座就叫李家楼，那座就叫王家楼。如果想起个雅一点文一点的，我提不出来，各位秀才出口成章……"

马仁拦住了老曹的话头儿："曹老师，行啦！用不着再'复杂'了，我赞成就叫1号、2号，简单明白。"

"马仁，你这就不对了。让大家多提几个方案，供选择嘛！提出的方案越多，选择的余地越大！我老曹不过是抛砖引玉，后边的方案会一个比一个好。"

"我提议叫李宅、马宅。"天佐说。

"李宅？那可不行！我又不住在这里。"李察德认真起来。

"我说老李，你家在新西兰，离这里最近，夏天到这里避暑多好！叫李宅不大恰当，应该叫'李察德避暑山庄'！"在这群人中，似乎只有老曹和李察德混得最熟，也只有他能开李察德这种玩笑。大家嘻嘻哈哈笑了起来，可是都没好意思附和。

"我的家不……"李察德急得涨红了脸，他本来想说他的家不在新西兰，说到不字时觉出不对劲，硬把后半句咽了回去。

"我赞成曹法人代表的第一个方案，暂时就叫1号、2号，以后如果井下有了新的发现，觉得应该改个更好听的、更美的、更雅的、更有诗意的或者寓意更深的名字，可以在各位侦探中正式征选重新命名。不过，咱们有个疏忽，一直还不清楚这两座建筑物的历史，也不知道所有权属于谁。"谭成说。

"这两座建筑物最早分属两个跨国集团，他们各以一个小国官方考察站名义建筑的，建筑时间2号在前，1号在后，相隔5年。多年来，1号、2号都曾多次易手，最后这两座建筑都落在一位探险家手中。这位探险家去世时留有遗嘱，宣布这两座建筑的所有权，赠给他去世后第一位单身到南极点探险而且在这里度过4月到10月的朋友。不过，直到现在还没有出现这样一位继承人。如果曹老师有兴趣，这次不必回去，在南极点度过一个南极的冬季，一定够刺激的。"马仁饭前利用一点时间已经查过资料了。

"我在这里待上一年半载，没多大关系，换成你就麻烦了。吕四娘找我要人，你说怎么应付？到法院告我，这好说；要是一着急给我两拳，我可就变成塔特了。"老曹今天太高兴了，嘴头变得空前利落，可是舌头过滑，顺口把塔特抖搂了出来。

李察德和王氏兄弟都不知道赵欣然教训塔特的事情，天佐嘴快，立刻说出了三个人共同的疑问："塔特？塔特是谁？"

谭成把话接了过去，他面带诡异笑容对天佐说道："连塔特是谁都不知道？那是一位名满天下的西洋拳击家！打遍欧美两洲未遇敌手，独霸世界西洋拳坛30年！诸位可能没有体会，拳击家找不到能够战胜自己几场的对手会有多么寂寞？塔特不甘寂寞，来到了北京，效法当年中国象棋棋王杨长胜愿以中国象棋对抗国际象棋挑战俄罗斯国际象棋棋王西蒙诺夫的先例，向中国的武术界叫阵：愿以西洋拳挑战中国功夫，哪位中国武师有胆可以站出来，和本人斗上几个回合。凡能胜得一招半式的，本人愿以全部家产奉赠！各位听听，这口气有多大！当时传说，这位西洋拳术第一大家，多年出场费积累的财产折成黄金不下几十吨！这几十吨黄金可了不得喽！一下子引出了几百名武师出头应战。结果一个个都被塔特打得鼻青脸肿，灰溜溜回了老家。这一天早餐，得意洋洋的塔特，一时兴起喝了两杯中国茅台，头脑未免发热，在餐厅里用汉语说了几句中国式粗话：'什么中国功夫！完全是床上功夫，对付娘儿们的功夫！'正在他张嘴准备继续说下去的时候，突然'噗'的一声！"

第十五章

戏诒拳霸吞飞蛋　惊见身躯隐极冰

七十一

"就听'噗'的一声,一枚茶鸡蛋疾飞过来强行闯入塔特的口中。说来也怪,这枚鸡蛋飞过来是整个的,冲开塔特嘴唇时也是整个的,可是一进口腔就变得碎如细沙涌入气管。只呛得塔特两眼圆睁满脸通红,足足过了30秒钟,才缓过这口气大声咳嗽起来。咳嗽过后,又喘息了30秒钟,一面忍住满腔怒火,一面环视四周,寻找这枚'导弹'的来路。这时,邻桌有位年轻女士站起身来步履轻盈地向外走去,临出餐厅大门,只见玉手向后稍稍一甩,一张便笺就像有人托着一样轻飘飘飞来落在了塔特眼前。塔特一看,上面两行汉字写得清楚:今天下午二时,在天坛公园圜丘恭候,请阁下见识见识中国功夫!"说到这里,谭成停住了,想喝口水润润嗓子。天佑察言观色明白所以,几步跑进谭成的房间把他的水杯取来放在他的眼前。谭成看着天佑笑了,歪歪头表示赞赏,然后呷了两口水,面对王氏兄弟和李察德期盼的目光,拿腔拿调地说道:"要知那位女士如何让塔特见识中国功夫,且听下回分解!"说罢抬起屁股要走。

见谭成起身要走,天佑急了,眼睛盯着天佐。天佐央求谭成:"谭先生,时间还早，时间还早，说完了您再休息吧！"

李察德没有说话，可是从眼神能够看出来，他也支持王氏兄弟的要求。

"那就接着往下说？不过……"谭成咂了咂嘴，转了转眼珠。

天佑一看天佐，天佐又央求老曹："曹大叔，您再贡献一瓶酒吧！"

"行啊，小伙子！嘴儿够甜的。今儿个我老曹高兴，就冲你这声曹大叔，我也得拿出一瓶来。早喝晚不喝，谭成算计我的，喝完了我的就喝他的！马仁，你也别闲着，去！拿几袋小零嘴来。"老曹说完，取来了一瓶酒。

马仁一笑，大大方方拿出来几袋小食品。

……

阳傀2年12月27日那顿欢快的晚餐过后，马仁向谭成和曹秉毅汇报了王天佑的发现。马仁说："昨天早晨大约6时46分过后，也许是6时50分过后，在阳傀先生去年竖立的极点标志杆有太极图案一侧距标志杆大约3米的地方，天佑说他发现整整一年前有人站在这个位置上没了。"

"没了？怎么没了？"老曹和谭成几乎是同时开口询问。

"就是消失了。怎么消失的，天佑说不清楚。问他，是自己走开了？还是被别人架走了？或者是飞到天上去了？他都说不是。"

谭成又让马仁把王氏兄弟请来详细询问了一遍，没问出更多的情况，只是补充了一点：那时候李察德也去了，见应该由他站的地方被天佑占据了，似乎有些生气，可又无可奈何，围绕标志杆转了几圈离开了。

谭成和曹秉毅又个别询问马仁：天佑的特异感知是否可靠。马仁说，过去的记录是百分之百准确无误，可是从没有遇到过类似这样的例子。

谭成点了点头："看来，已经大体可以肯定，阳傀先生出事的地点就是李察德站立过的地方。一年前，先生曾经站在那里，后来不见了。不是自己离开的，也没有被绑架。那又是到什么地方去了？难道陷入了冰层？李察德又为什么对那个地方情有独钟？"

"对啦！我还问过天佑，那个人是不是钻到地底下去了？他没有确认，也没有否认。"马仁说。

"如果陷入冰层，冰表应该留下痕迹……"谭成自言自语。

阳傀2年12月28日早晨，谭成和曹秉毅决定，大白、阿花留守1号楼，全体侦探集中在2号楼，查看2号楼是不是有井口。上午8点整，大家来到2

号楼门前，马仁指挥王氏兄弟把昨天发现的壕沟打开，谭成、曹秉毅、李察德先后进去，轮流蹲在沟前用手电筒照明察看了一遍。然后几个人站在门外议论了一下。

天佐说："操纵杆下面一定是个传动装置，扳动操纵杆可以启动什么。"

天佑认为墙壁后边这间房子的地板下面可能有个井口，操纵杆大概是用作启动井盖的。

谭成说："可以先按天佐、天佑的推测试试。"

大家没有异议。于是谭成、曹秉毅、李察德进入左边房间，马仁和王氏兄弟进入防寒门厅。天佐告诉进入房间的三位，注意靠边站，井口可能在房间正中的地板下面。

天佑蹲下身去，右膝、左手着地，右手握着那个操纵杆的把手，开始用力搬动，谁知那个操纵杆一动没动。马仁叫停，天佐忽然说道："往上拔一拔！"

天佑依言，又开始用力往上拔。这次很顺当，操纵杆升高了100厘米，现在不用弯腰就可以握住操纵杆了。天佐又说："再搬搬试试！"

天佑依言又开始搬动。操纵杆划动了一个45度角，随后有一股弹力使它回归了原位。天佑又重复搬动了两次，就听老曹隔着墙喊道："动啦！动啦！"

原来确如天佑所测，在房间的中央部位由九块正方形塑料地板组成的一个正方形盖子开始脱离周边地板慢慢升起。天佑继续搬动操纵杆，方形盖子升高到10厘米时停了下来，接着砰的一声响，盖子向一边垂直立了起来。这时天佑手中的操纵杆像是脱离了下边的机器，不再吃力。细看已经立起来的方形井盖，可以发现：这个盖子下面同样由四根支柱在四角支撑，只是在升高到距地面10厘米的时候，靠一边相邻的两根支柱顶部装置的处于压缩状态的弹簧突然放开，一面把盖子弹起立向对面，一面把两根支柱弹回原位；另两个支柱通过在顶端设置的折页和井盖连在一起，在井盖立起后依旧作为支撑。这个井盖只有大约15厘米厚，材质像塑料，奇怪的是天佐、天佑前一天用脚踩时的感觉几乎和其他地面完全一样。盖子盖住的也是一口方形竖井，在井盖左右两边的井壁上，也装有壁梯。从井口向下看去，只在井口四周镶有约80厘米高的钢板，再往下似乎都是石壁，凹凸不平，还是原来开凿时留下的痕迹，壁梯装在岩石上。5米以下，黑洞洞的，即使用手电照射，也看不太清。这时马仁和天佐、天佑也进到房子里，天佐、天佑观察了一下井口、井盖，两人对看了一眼，天佐对大家说："请后退一步。"接着天佑走到直立的井盖后面上部一推接着向下一按，只听"卡叭"一声，井盖已经复归原位，四周看不出一点启动过的样子。

李察德点点头说："这个井盖装置比那边那个要巧妙一些。"

七十二

在征得曹秉毅同意后，谭成决定先探看一下这口竖井。他说："马仁，走，我们俩把保险索和绞盘用拖拉机运过来。"

"别介，别介，帅不离位。我和马仁去！"曹秉毅说着和马仁出去了。只几十分钟时间，就把两根保险索和绞盘运过来了。

天佑一声未出，先把保险索系在自己身上一根，接着天佐也把另一根抢在自己手上。经过马仁一番说服，天佐极不情愿地把自己这根让了出来，由马仁系在了身上。

谭成对曹秉毅和李察德说："人家连井盖都顾不得打开就把保险索抢过去了，我们也别争了。"他走到防寒门厅，握住把手扳了一通，重新把井盖打开，又进到房间里，对马仁和王天佑说："你们现在就开始下，每人只带一支手电筒、一部对讲机，别的都不带。最多下到50磴，有没有发现都要上来。"

马仁、天佑大声答应："是！"然后马仁在前，沿左边也就是靠近窗子那边的壁磴，开始一步一步下行。天佑随在马仁后边沿右边壁磴下行。谭成、老曹表情严肃，手持对讲机，目不转睛地盯住井口。天佐转动绞盘，一点一点往下输送两根保险索。李察德不声不响，静静地等待井下的消息。

对讲机中传来马仁的声音："我们已经下到第20磴，井身成直角变成了直径大约两米的圆筒形巷道向南极点方向拐了过去。我们是不是继续往前走？"

谭成看了看老曹，老曹点了点头。谭成告诉井下："同意进入洞口继续前进。注意小心谨慎！"

十几分钟后，对讲机中又传来马仁的声音："我们前进了大约5米，岩石巷道已经到头，再往前是在冰中开凿的。接口的地方，冰巷道向下错开了大约有20厘米，可能是积冰下沉造成的。我们可不可以继续前进？"

"小心谨慎，继续前进。"谭成回答。

且说井下，马仁在前，天佑紧随其后，两人手持电筒照明，进入了冰巷道。经手电筒光线一照，洞中到处闪亮，真成了水晶世界。圆壁凿成后未经修整，除了脚下比较平坦外，头顶和两边都是坑坑洼洼棱棱角角。他们向前走时，总是半低着头，担心撞上顶子。这条巷道虽然上下左右弯曲不直，但大体还是水平地向极点方向延伸。他们前进了30米左右，谭成听不到井下动静，大概不放心了，在对讲机中询问马仁："马仁，情况怎么样？"

马仁回答："我们在这个冰筒子里已经前进了30米，没有发现异常情况。"

"好，多加小心。"

马仁和天佑又前进了30米，天佑在马仁身后突然大声迸出了一句："小心！前面有情况！"

马仁吓得一哆嗦。井上，不仅谭成和曹秉毅在对讲机中听到了天佑这一喊，李察德和天佐在他们身旁也听到了。天佐似乎胸有成竹，若无其事；其他三个人的心都悬了起来。老曹最沉不住气，大声急切地喊道："马仁！出什么事啦？"

马仁回答："我也让天佑吓了一跳。不过还没有发现什么情况。"

天佑忽然一侧身一个大步跨到马仁的前面，端平手电筒前行了几步，忽然回头望望马仁，手中的手电筒依旧向前照着。

马仁越过天佑的右肩向前方看去，只见3米以外一道两米宽的冰裂缝成了坑道的尽头。当初开凿这条坑道，可能到这里半途而废了。黑洞洞的大缝看上去十分吓人。两人又往前走了两步，上下左右细看了一下，这条大冰缝向右向上宽度保持在两米左右向外延伸开去；但是向左下方却越远越宽，而且向前方斜了出去。用手电一照，探身细看，下面十几米处的斜坡不再反光，有可能露出了岩石。他们距离裂缝边缘还有1米远近，但觉有一股让人刚刚感觉到的暖风由左下方吹了过来。马仁把眼前见到的情形报告了井上，请示怎么办。嘴唇有些发颤，声音也变了。

老曹小声询问谭成："马仁这是怎么了？"

谭成也小声笑着回答："吕四娘天不怕地不怕，马仁刚好相反。相反相成，不正好是一对么！"

"有理，有理！哈哈……"老曹放声大笑起来。

井下的马仁毛了："曹老师，您笑什么？"

"我笑人家吕四娘可是天不怕地不怕呀！"

马仁在井下也尴尬地笑了。

征得曹秉毅同意，谭成要下去看看。天佐和李察德也都争着要下去。老曹说话了："这次谭成下到前线，要观察情况，是进攻是撤退，要由他下决心。你们能行吗？"李察德哑口无言了，天佐不再争了。

谭成指示马仁："你和天佑退后3米，就地休息。把你的保险索解开，我抽上来使用。"马仁听说谭成下来，心里马上安定下来，依言解开自己的保险索并通知谭成。

谭成很快就和马仁、天佑会合了。他让他们继续原地休息，把他们的手电筒都要了过来，自己小心翼翼地走到大缝的边缘，先普遍察看了一下，然后把三支手电筒全部打开，一齐向左下方照过去。确实，很像出现了岩石。他回过头来询问马仁和天佑："你们估算一下，下边露出岩石的地方距我们脚下有多少米？裂缝边沿距岩洞、冰洞交界点有多少米？"

马仁说："一个大约有10米到15米；一个大约有30米到35米。"

天佑突然开口补充了一句："斜坡不超过30度，不陡。"

谭成笑了："天佑，你可真灵！"

马仁看了看天佑，露出了微笑，天佑也腼腆地笑了。谭成当然看不到他们的笑容，不过也感觉到了或者是推测到了。极点地区处于南极大陆腹地，天气特别干燥，加上气温低，冻和风吹，侦探组六个人，无一例外，脸部裸露部分都皱了，而且出现红肿。谭成刚一走近大裂缝，就觉察到那股微微的暖风吹到脸上特别舒服，看来大裂缝下边湿度一定很大。在1号楼的竖井里，他也感到那里的小风也比较湿润，只是没有这里明显。又仔细观察了一遍，谭成决定下去看看，他退回到马仁和天佑休息的地方，和他们商量。从表情上看，天佑好像赞同；马仁不大同意，认为太冒险，要求谭成征求老曹意见。谭成和老曹一说，老曹又和天佐、李察德商量。天佐说，天佑就在井下，他同意，自己也同意。还说，天佑和他都知道马哥有时候过于谨慎。李察德大体同意王氏兄弟的意见，可以下去看看，不过务必小心谨慎。

七十三

　　这两个人的意见让老曹心里有了谱儿，他大声对井下说："同意谭成下去看看，不过一定要小心谨慎。让天佑回到竖井，把一根保险索放开，给你们送下去一点吃的喝的，吃饱喝足再干。还得取把斧头来，下去用得上，可惜没有钻子，只好将就点喽！"

　　谭成要马仁帮助自己重新把安全索系好，安排马仁系上天佑的安全索守候在大裂缝附近，接应自己；安排井上老曹绷紧自己的安全索，听到通知便缓缓下放；安排天佑在竖井和坑道连接处，拽住两根安全索，不使它在拐角处摩擦。一切安排就绪，他让马仁拽住自己的安全索，然后通知井上绷紧马仁的安全索，下放自己的安全索，接着顺裂缝边缘溜了下去。在裂缝中下降的前十多米，双脚几乎找不到着力处，体重全部放在了安全索上。多亏马仁拼命拽住安全索不使它在裂缝边沿上摩擦。最后借助右手手电筒照明，左手握紧斧头在冰壁上一砍向左一撑，两脚轻轻落在了岩石坡上。他呼叫老曹暂停输放安全索，报告老曹自己已经安全接触到岩石。

　　"下边是什么样子？"老曹询问，声音显得很兴奋。

　　"脚下明显是一面山坡，头上是冰顶，山坡和冰顶之间就是所谓的裂缝。冰顶和山坡间的空隙很大，窄的地方有两、三米，宽的地方超过四、五米。向左边望去，向下望去，看不到尽头。这里空气湿润，温度比上边也高一些。我想顺山坡向下走一段，看个究竟。"

　　"可以，下边不会有豺狼虎豹蜈蚣蛇蝎，不过还是要多加小心。"曹秉毅回答。

　　马仁的手电筒向下照了过来，他问："谭先生，怎么样？"

　　"你可松开我的保险索了，不过要继续看住，如果发现突然绷紧，你再把它提起来。"

　　"好！"

　　谭成开始往下走，山体像钢铁铸成的一样，没有松动的石块，更没有碎石、砂粒和土。山坡时陡时缓，冰顶时高时低，有些地方冰缝消失，山坡冰顶又形成一体，只留有几十米宽的通道，走过一段之后却又豁然开朗。手电照亮的范围有限，四周一片漆黑，没有一丝光线。虽然明明知道，这里，不仅人类没有涉足过，而且除了可能有极少种类的微生物外，也许其他任何生命都没有存在过，身边的黑暗世界中，除了冰层和岩石以外，什么也没有，可是谭成忽然产生了一种对黑暗的恐怖感，头发似乎一根根竖了起来，身上也起了一层鸡皮疙瘩。虽然依靠对讲机不断和井上联系，消除了一些，可是说话时，有的地段四外往往产生回声，有的地段周围空洞洞的有些嗡嗡的共鸣。这些现象反过来又加重了恐怖感。脚下并不平坦，有的地方光滑如镜面，有的地方棱、角乱陈，也有的地方积留着一片一片的残冰，走起来必须加倍小心。不过聚精会神在脚下、在眼前，也有好处，可以一阵一阵忘掉恐怖。谭成判断自己前进的方向应该是1号楼和南极点连接线的中心附近。

老曹在井上提心吊胆，隔上几分钟就催促一次，要谭成赶快上来。李察德也很揪心，后来站不住了，就在井口四周走来走去。井下马仁不时地用手电筒往下照一照，不过只能照见不断往黑暗中移动的保险索。只有天佐、天佑好像十分坦然。马仁心里多少有些底，他知道，如果谭成有什么危险，天佑会有预感，一定马上跑过来告诉自己。

谭成下行有500米左右了，他判断自己距离冰表大约已接近150米，和2号楼的水平距离已经超过450米。他明显觉出由双脚踏上山坡开始，越往下温度越高，现在身上已经有汗，而且感到一阵阵燥热。他打开防寒服前襟的拉锁，先把耳朵露了出来，不太冷，接着把头和脸全部露了出来，冷一点，不过空气湿润，没有寒风，完全可以忍受。他一边应付老曹的催促，一边又下行了几十米。忽然前方传来极轻的伴有回声的叮叮咚咚的声音，凝神细听，错不了，像是水滴滴在水面上的声音。他用手电向前方照过去，手电筒发出的亮光好像给黑暗吞噬了，虽然努力集中视力，还是漆黑一片，什么也看不见。他又前进了大约20米，那声音听得更清楚了。他发现几米以外到了山坡尽头，又小心翼翼向前走了几步，原来到了一个悬崖边上。用手电向左右照了照，能看清的距离内都是和眼前这里连在一起的悬崖。再用手电向下照去，啊！下面三四米是水面，水面上似乎还漂浮着一些碎冰。再用手电向前方照过去，能看到的地方都是水面。谭成点了点头，心想：附近是座山，一定是座火山，这个湖在火山口上，是火山湖，南极点的"天池"！1号楼和2号楼原来都建筑在火山口的边沿上，这可是个重大的地理发现。其实他错了，后来事实证明这确实是个湖，但不是火山湖，它比一般的火山湖大得多。这项地理发现的意义，也比他的估计远为重要。谭成早就忘记了恐怖,兴奋地向老曹报告:"曹兄!有个重大发现!现在摆在我眼前的是一个火山湖!"

"别说梦话了。你在下边好几个钟头了,你的眼睛一定出了毛病,快上来吧!"曹秉毅刚说完这句话,耳机中突然听到咚的一声和嗡嗡的共鸣。"谭成!什么响动?是不是你掉到湖里啦?"还没有听到谭成的回答,耳机中又传来一下扑喇喇的声音。"怎么回事,怎么听不见你回答?"老曹担心谭成是不是出了事,有点急了。

"曹兄,请放心,我这里平安无事。刚才就在我脚下,好像有条至少有几公斤重的大鱼在水面搅动了一下。这个和外界完全隔绝,一点光线都见不到的地方怎么会有鱼?可是现在水面上还有刚才那声搅动的波纹。"这时谭成的耳机中忽然传来李察德的声音:"老曹把对讲机给我!"可能是曹秉毅把对讲机给了他,也可能是他从曹秉毅手中夺了过去。

"谭成!跟我说说,你都在下边看见了什么?从头说起。"谭成领教过这位李先生的执拗脾气,只好从头到尾又向他汇报了一遍。只听李察德在上边说:"老曹,谭成的发现非常重要!先让他上来,明天我要和他一块下去再看看。"

七十四

"明天是不是还下去,再商量,现在先让谭成上来要紧。"接着他通过对讲机对谭成说,"谭成,今天到此为止,赶快上来。老李建议明天再下去一趟,我看可以商量。"

谭成第一个拖着疲惫的身子爬出了井口,李察德和曹秉毅抢着把他搀扶起来,一直扶着他出了楼门一起上了雪地车,由老曹驾驶向1号楼开去。马仁和天佑也相继出了井口,他们先把井口复原,然后又到防寒门厅把操纵杆复位,把掩盖壕沟的墙壁复位。待一切收拾完毕,老曹又把雪地车开了回来把三人接走。

老曹很快准备好了晚餐,又主动把自己最后的两瓶白酒贡献出来。大家各就各位坐好以后,他手按着两瓶白酒发话:"这是我最后的两瓶酒了,为了庆祝今天的重要发现贡献给诸位。我说马仁,你还愣着什么?"

没等马仁说话，天佑双手从桌下捧出一大包下酒菜放在了桌上。天佐说："这是我妈在临行前给我们准备的，有炸花生仁、炸虾片、炸蚕豆、膨化薯条、海虾仁等等，请大家品尝。"接着天佑给每人的杯中倒上了酒。

老曹高兴了。"两个小伙子真会来事！哪，大家就别客气啦！"他先动了勺子。

李察德早就等得不耐烦了，回到1号楼他见谭成洗澡、换衣服，满脸疲倦的样子，一直没好意思开口。现在，老曹的话刚一停顿，他马上插上去询问谭成："谭成，在井下你有没有感到不舒服？"

"没有啊！"谭成有些奇怪。

"下边的空气怎么样？"

"空气？空气没什么特别的，就是比上边湿润多了。"谭成还是摸不着头脑。

"你有没有感到头昏或头脑发胀、发懵什么的？"

"没有，没有。"谭成越发糊涂了。

天佑看了看天佐，天佐插话了："谭先生，李先生想问你，你在下边看到的那些东西，是不是幻觉，是不是看眼离了？"李察德看了天佑两眼，没说什么。

谭成恍然大悟，对李察德说："李先生，我在下边看到的绝不是幻觉，千真万确！"

李察德侧头旁视想了想，又缓缓摆了摆他那小脑壳说道："这就奇怪了。有个火山湖可以理解，火山口漾出的地热可以维持湖水不结冰，当然温度不会太高。湖水中有某些微生物，也是可能的。但是一个火山湖最大也大不过几十平方公里，如果有大型动物，在这样的封闭环境里，如何独立地形成一个生态系统？不可思议，不可思议！"

这次轮到曹秉毅等得不耐烦了："明天再下去看看，也许就可以思议了。来，大家先干这一杯！"说完他先干了自己这一杯，接着又给自己满上了。

"大家都干，大家都干！谁要是不干，谁就是想把曹大叔灌醉。"

"行啊！天佐，跟你曹大叔来这套。你曹大叔可不吃这个，干！"说完一仰脖，又干了一杯，接着又给自己满上了。众人哈哈大笑，纷纷举杯。

饭后，大家刚要起身，李察德把大家拦住了："老曹！是不是得商量一下明天怎么办？"

"对！对！谭成你说，明天是不是还下去？我看倒是可以，就是离咱们的案子远了一点，别的倒没什么。咱们要找的可是那些学者和他们的实验室。"

没等谭成说话，李察德先抢着发言："当然得下去！这种发现，千载难逢，对那件案子也没什么影响。我和谭成要下到湖边。马先生，你们三位也别争。谭成得带路，我是生物学博士，不得不下去。"

天佐忽然插话："李先生，您不是极地学硕士吗，怎么又变成生物学博士啦？"

"我是不说假话的。生物学博士就是生物学博士！我是先修的生物学，再修极地学。"

谭成心中一动。

马仁说："谭先生，你决定吧！我和天佐、天佑服从安排。"

谭成想了想，随后说道："我同意下去，不过有个问题得研究一下。艾登如果还回来，就这一两天的事，再晚就没有必要了。如果他回来，我们发现的这两个井口、今天发现的火山湖、也许明天还有更重大发现，这些是不是让他知道？因为都和我们寻找的'异型生命工程'实验室没有关系。"

马仁看了看李察德。他没有想到李察德首先发表了自己的意见："1号楼这个竖井是不是告诉他，我提不出意见。2号楼的发现，无论如何不能让他知道。艾登先生本人，是值得我们信任的，但是他知道了要报告威尔逊先生。威尔逊先生知道了，他会干什么？谁也不知道。这个火山湖，如果真有高等生物，那就必然存在一个独立的生态系统。可以想见，这样一个封闭的生态系统，一定十分脆弱，一旦遭到破坏，系统内的物种就有可能完全灭绝。灭绝一个物种，就等于我们人类杀死了自己的一个朋友。为了保护大自然这点隐私，我恳请各位，完全保守这个秘密，不仅不能告诉艾登，而且任何人都不要告诉！"

李察德的话刚刚说完，谭成、马仁、曹秉毅就一块鼓起掌来。王氏兄弟见他们鼓掌，也跟着鼓掌。曹秉毅高兴了，他说："老李，行！你跟我们想到一块去了，是自己哥们！"

谭成说："完全赞成李先生的意见。大家就这么约定，2号楼的发现绝不向任何人透露！有不同意见吗？"大家纷纷表示赞同。谭成又说："1号楼竖井下的情况，我们还没有弄清楚。我认为，如果和'异型生命工程'实验室有关，按照和南亚集团的协议，应该告诉艾登；如果无关，就不要告诉他，而且要像保守2号楼发现的秘密那样保守这个秘密，这两座建筑物下面都有秘密坑道，难道是巧合？有没有连带关系？我们是不是这样决定，明天探明那个火山湖，后天探明1号楼下的第二条坑道。要抓紧时间，抢在艾登回来之前做完。晚饭后还得劳驾一下曹兄，去趟窝头山，再取几根1000米长的救生索、登山用具、几种测试仪器，大家也想想还需要什么。"

"行！你放心吧，一定不误明天使用。现在本法人代表要求大家想想还需要什么东西，想到，随时提出。饭后回房间好好休息，马仁、天佑还要准备明天继续在井下做谭成和老李的接应，天佐要准备继续在井上负责管理绞盘。"

七十五

阳傀2年12月29日刚刚8时40分，谭成和李察德已经来到前一天谭成发现的那个火山湖的湖边。李察德取出仪器测试了一下，表层水温摄氏0.3度。测试了一下含盐量，不高，属于淡水。又测试了一下水深，仪器的显示让李察德、谭成大吃一惊，最深处距水面超过1000米。

李察德说："不对！"

"什么不对？仪器坏啦？"谭成问。

李察德说："仪器没有问题。我是说，这不是火山湖，一般火山湖不会有这么深。推测湖面的面积一定很大，这里不是山头，而是海拔两千多米的高原。这个高原的面积会有多大呢？为什么过去没有勘测出来？如果是个高原湖泊，水很深，面积很大，假设被冰封住已有100万年，冰封是个缓慢过程，经历时间很长，比如几万年、十几万年，里边原有的生态系统保留下来经过演化，由依靠阳光逐步改为依靠地热生存，或者在新的环境下重新形成，倒也不是完全没有可能。"

"谭成、老李，下边怎么样？"老曹在上边询问。

谭成回答："老曹，你一夜没睡，现在应该休息。"

"少睡几个钟头没事。我也是不放心。"

"我们现在湖边。李先生测量了一下，湖水很深，估计水面的面积也会很大。可以肯定不是火山湖。我想和李先生商量一下，右边湖岸好像往南极点方向延伸，沿右边湖岸往前再看看。"谭成想摸到阳傀竖立的极点标志杆下边看看，他想按天佑的感知，阳傀先生很可能消失在冰表以下，在这里也许能得到一些线索。

"行吗？不行就上来吧！"

"曹兄放心吧！行。"

李察德同意谭成的想法，谭成在前，李察德在后，两个人开始沿着湖岸向右方前进。他们出发的地方是个陡崖，临湖一面直上直下，高出水面有三、四米。陡崖上边怪石嶙峋，很不好走。他们小心翼翼，有时右手持着手电筒，左手还要着地。这样走出去大约有200米，湖岸渐渐变成冻土缓坡。湖岸向上，有的地方离开水边四、五米，有的地方离开水边两、三米，就和冰顶连在了一起，头上的冰顶变得忽高忽低。遇到冰顶低的地方，他们只好猫腰前进，李察德特别辛苦。湖水原来是静止的，这时忽然产生了涟漪，有点像海水涨潮，只是幅度很小，一会涨上湖岸把他们的防寒靴底淹没，接着又迅速退了回去，发出刷刷的声音。

"谭成，在这样的封闭环境里，如果没有大型动物活动，湖水是不是应该完全静止？"

"也不一定，如果湖底、湖面温差大，水会快速上下对流；如果湖底不断有某种气体大量出现，气体上冲也会扰动湖水。"

他们又向前走了七八百米，中间有过些弯曲，方向有过一些小的变化，不过借助仪器仍然可以测定出来，已经到达南极点附近。谭成回过身来对李察德说："已经到了南极点，不能再往前走了，除非我们想绕着湖边遛上一圈。可是这里不像是散步的理想地方，您说呢？"

"你说什么？遛上一圈，散步？"

"我知道您不想在这儿散步，咱是不是该往回……"说话的时候谭成的头摆动了一下，忽然觉得左耳根后边撞上了什么东西。他一歪头，见眼前也就是离自己鼻尖15厘米左右的地方，有两个黑糊糊的东西从头顶的冰上垂了下来。吓得他"啊！"地大叫了一声，右脚向后退了一大步，已经踩到了水里。

"谭成！谭成！怎么回事？"老曹在井上比在谭成身边的李察德反应得还快。

"怎么啦？"李察德虽然也让谭成这一声喊叫吓了一跳，可是话说起来显得很平静，一边说一边扬起手电筒向谭成两眼盯着的地方照去。这一看，不由得激灵灵打了个冷战，向后退了一步。

这时谭成镇静下来了，一边告诉老曹："平安无事，平安无事。"一边也扬起手电筒照过去。在两只手电筒的强光照射下，两个人看清了，是两只人脚。仔细再看，是穿着防寒靴从冰中垂下来露至一半踝骨地方的两只人脚，两脚相距大约35厘米，好像是一个人，踝骨的上一半和踝骨以上部分隐在冰里，冰里只有几厘米深处依稀可见，再往上就一片模糊了。谭成忽然又发现有一件闪亮的东西在距左脚内侧中间几厘米的地方，细看是一把小刀的刀片垂在那里，它的上部留在冰里，隐约可以看出是把万用刀。无论防寒靴也好，万用刀也好，看着都好熟悉，不都是去年泰山南极考察队配备给队员用的吗？"啊！难道是阳傀先生？很可能就是，和天佑感知的一致。"就在谭成产生这个念头的一刹那间，他发现李察德的手电筒光线向下垂去。歪头一看，李察德身子摇晃着就要倒下。谭成闪电般把电筒交到左手，右臂一伸揽住他的后背。嘴里说着："怎么啦？李先生？"

李察德一看到那把万用刀，心里就已完全肯定，这就是自己去年12月26日早晨在极点标志杆一侧遗失的原来的身体。它为什么会在距离冰面一百多米的深处？是怎么到这里的？是一下子就到了这里还是逐渐沉到这里的？又想到了去年当时的情景，他心里乱极了。在谭成的扶持下，他的左臂搭在谭成的肩上，右手用力握紧差一点脱落的手电筒，慢慢站稳了身子。与此同时，井上传来老曹急切的声音："谭成！谭成！老李出什么事啦？老李出什么事啦？"

李察德抢先回答，声音略显虚弱："老曹，请放心，我没事，真的没事。"

"不对！你的声音就不对！"

"没事，我是不说假话的。刚才就是突然感到一阵头晕，已经过去了。"接着他又对谭成说，"谭成，用斧子敲两下把那把万用刀取下来！"

谭成思想上已有准备，首先取出微型摄像机把现场反复录了像，收好摄像机，取下斧头用力在冰上凿了几下，把那把万用刀从冰里取出来放进了衣袋里。又在近旁湖岸显眼的地方用钻子在冻土上凿了一个洞，然后把斧把栽进洞里，斧头露在上边埋好。他心里想，这里如果是阳傀先生葬身之处，这把斧头就算作它的墓碑吧！如果以后还要来寻找，这也可以算作一个记号。李察德默默地站在一边为谭成照明。

第十六章

大地有容身去也　长天无际气悠然

七十六

在回程的路上，李察德依靠谭成的扶持，好不容易重新爬到井上。一路上谭成和他说过几句话，他只是哼、哈，偶尔说上一句，也是一副神不守舍的样子，前言不搭后语。阳傀元年 12 月 26 日在南极点的遭遇，一幕幕不停地在他脑子里翻来覆去。

阳傀元年 12 月 18 日，眼看着谭成、崴了脚的曹秉毅和 24 条狗友热诚为自己送行，阳傀先生心里十分感动。当回头模糊看到朋友们已经掉头踏上回窝头山的旅途，他稍稍加快了脚步。他盘算着，一定要在 22 日凌晨南半球夏至以前赶到南极点，以便在夏至的时候准时测定南极点位置，竖立赞助单位提供的标志杆。第一天很顺利，走了大约 20 公里。第二天又走了大约 18 公里。第三天早晨，刚刚收起帐篷准备动身，忽然偏南风呼啸而起，满天银花飞舞，一测，超过了五级。进驻窝头山以来，有风也不过是一二级，遇到这么大的风还是第一次。他心中未免焦躁，不得不重新费尽力气支起帐篷。"要是谭成、曹秉毅在这里……"他摇了摇头，皱起了双眉。一会儿躲进帐篷，一会儿出来观测观测风向。中午过后，对大风短时间可以停下来已经不抱希望，心情也平静了一些，于是脱下防寒服钻进了睡袋，想借机会长长地睡上一觉，养养体力。自从上路以来，也许是劳累的关系，一直没有再失眠。朦胧中阳傀先生回到了北京，进了自己的家门，迎面见到的是女儿小花那红扑扑的脸蛋儿，又黑又亮的小眼睛。小花扑过来大声呼叫爸爸，扬起双手要爸爸抱，可是小脸上又充满一种生疏且略带疑惑的表情。阳傀先生想起来了，自己每次长时间外出回来才进家门的时候，女儿就是这副表情。他感到心脏似乎一阵阵收缩。算一算，孩子已经快四岁了，自己没有带她去过一次动物园，甚至没有抽出过几十分钟时间给孩子讲讲故事，孩子缠求的时间稍长还要申斥几句。忽然小花不见了，迎面站着的换成了小自己6岁的妻子杨立群，自己一直为妻子的年轻美貌暗暗感到骄傲，小花出生以前的两年新婚时期，心中总是有点忐忑不安，担心她像小鸟儿一样从自己身边飞走不再回来。眼前的她，仍然像新婚时那样美丽，一会儿双眉微蹙目光幽怨，一会儿面带微笑又略有嗔意，一会儿又用俏皮的眼神盯着自己不放。先生等待着她扑上来狠狠亲自己几口，可是她站在那里一动未动。唉！结婚6年了，自己总是东跑西颠，很少有那么几天时间留在家里陪一陪她，至今她那红里透白白里透红的面庞，在自己的记忆中仍旧模糊不清。家务全部由她承担了，小花可以说是由她一个人带大的。她的身心承受能力到底有多大？实在让人估量不透。几年来每次外出回家总要给小花带回一些小玩意儿或者糖果，可是不知道为什么偏偏想不到给她带些东西。结婚之前并不是这样，结婚之后为什么忽略了呢？她会不会感到受了冷落？他有些后悔，又感到一些歉疚。忽然又回到了成都老家的客厅里，父亲母亲的头发都已经花白，父亲坐在茶几左面的牛皮沙发里，母亲坐在茶几后面横着的那件白碴橡木三人凉椅上。只见二位老人几乎是同时站起身来，妈妈飞快地抓住了自己的左臂，爸爸飞快地抓住了自己的右臂，各自用力向自己这边拉。难道被他们拉成了两半？他觉得自己好像在妈妈的怀抱里，又好像在爸爸的怀抱里。他感到了幼儿时期在妈妈、爸爸怀抱中的温暖安适。

　　阳傀先生醒来的时候已经是21日清晨，这几天太疲倦了，一觉足足睡了20个钟头。他觉得全身舒泰，精力充沛，只是肚子瘪得像变成了前后两层皮。风已经停了，可是时间也所余无多，他匆匆填饱了肚子，收拾好背包，又开始向南极点进发。今天不再用滑雪板，只用右手撑着一支滑雪杖，大步向前走着，显得十分轻快。上路走了一段以后，脚下变得越来越松软，每行进一步防寒靴都要陷到脚踝以上。中午以后，两条腿像绑上了几公斤沙袋，有那么一种说不出来的沉重。下午4时20分的时候，来到一面冰雪坡前，坡度不大，缓缓向上，在二三百米以外形成一道矮矮的山梁，挡住了视线。先生停下了脚步，长长地出了一口气。从右后方射过来的阳光，十分明亮，他回头向来路望望，除了一串若隐若现的防寒靴踏出的雪窝窝以外，到处是白茫茫的。周围一片死寂，似乎自己也溶进了这一片死寂之中。"要是谭成和曹秉毅在这里，他们俩说几句话……"他摇了摇头，突然觉得头皮一阵发麻，随着一阵尿急，打了个寒战，一种恐怖感涌了上来。先生赶快收敛一下心神，嘴里不由自主地嘟嘟囔囔叨念起来："莫再看，莫再想，英雄来到了景阳冈。"什么？景阳冈？怎么跑到景阳冈去了？可是，景阳冈上有大片的松树林，有武松躺过的大青石，风景优美，和南极可大不一样。三碗不过冈，武松那年代喝的是什么酒？不会是泸州老窖，那么一个小地方怎么见得到四川好酒！不对，那时候还是黄酒，谭成说过，到了元代才酿出了白酒。元代，成吉思汗和他的子孙们做皇帝，谭成说蒙古族好汉能喝，几大碗不算回事。要是武松到了大草原，面对大碗白酒，他会不会告饶？曹秉毅不是蒙古族吧？谭成肯定不是。谭成身高不到一米七五，体重超不过60公斤，广东人都那么瘦小？杨立群也是广东人，也那么瘦小。广东人的基因和东北人的基因差别在什么地方？蒙古族人基因和汉族人基因差别在什么地方？基因，真是大自然的杰作，不过是几个核苷酸排来排去，居然把地球生物界排得那么让人眼花缭乱，每一种生物都排得那么美妙绝伦。眼花缭乱！美妙绝伦！这两个词好像还是初中学的，二十几年没用，怎么突然蹦出来了？防寒靴、滑雪杖在松软的冰雪中陷进拔出，拔出陷进，发出单调刺耳的喳、喳、哧、哧的声音并没有影响阳傀先生的胡思乱想。长长一段二三百米不算不陡的斜坡，在先生"莫再看，莫再想"的嘟囔声中，好像只用了几秒钟就把它的顶部移到了先生脚下。

七十七

停下脚步抬头一看，只见眼前又是一段斜坡缓缓向前低下去，几百米以外就平平坦坦了。他从防寒服口袋中掏出一块纱布,摘下防护眼镜仔细擦了擦,然后重新戴好向前看去,"怎么,到了?"又打开防寒服袖口露出手表上的定位仪仔细看了看,跟着就突然大喊了一声:"到啦!"随后像小孩子一样往冰雪地上一坐,双手拄着滑雪杖一撑顺着斜坡滑了下去。原来阳傀先生看到前方不远处有几百平方米的一片地方,上面疏疏落落地竖立着几十根金属柱,都有毛竹般粗细,其中有一根很特别,头上顶着一个比足球还大一些的圆球。他判断,那些金属柱就是谭成说的过去多年测定的南极点标志。

看了看手表,现在是18时17分,距离22日4时36分,即南半球夏至时间,还有十个小时多一点。他把附近察看了一下,发现有两座面积有几百平方米被冰雪覆盖着的隆起,从他站立的位置看,一座正处在阳光从他背后射过来照出的他的细长影子的延长线上,距他有1公里左右;一座在这一座的右面大约1公里远的地方,距他有1公里稍多一点。从隆起的一些未被冰雪覆盖的裸露部分看,明显的是两座建筑物,可是看不到一点有人在里面生活、活动的痕迹。他走到左边那一座的近前看了看,又走到右边那一座的近前看了看,确实像他判断的那样,是两座废弃了多时的考察站建筑。他发觉自己好像有点讨厌这两个东西,越看越觉得阴森森的,像是两座坟墓。两座建筑物都是两层楼房,右边这座大一些,像是个大坟墓;左边那座小一些,像是个小坟墓。他越不想看它们,就越控制不住自己,多看上几眼,可是越看越想越感到有点恐惧。"如果曹秉毅和谭成在这里就好了……"他想着,迅速回到极点附近,定了定神,然后打开背包,支好帐篷,起火烧饭。

22日凌晨4时36分0秒南半球夏至,先生准时用定位仪测定了此刻南极点的位置,误差近于0。接着就用手持计算机,报告窝头山:"12月22日北京时间4时36分0秒,已经准确地测定了南极点。阳傀"。几分钟后收到回函:"向你祝贺。请立下标志杆,尽快完成预定考察项目,安全返回。启程时间请预告。泰山"。阳傀先生取出了标志杆。这个标志杆是泰山南极考察队唯一赞助单位泰安市太极开发企业集团提供的,要求做到三点:阳傀元年南半球夏至准时测定南极点位置;在测定位置竖立这个标志杆,标志杆要和大地准确垂直;标志杆顶端圆盘有中国国徽一面要朝向泰山玉皇顶,要使通过泰山玉皇顶的子午线和这个圆盘平面准确垂直。标志杆是一个直径5厘米,全长270厘米的圆柱体,为了便于携带,平均分成9节,节与节之间以丝扣相连。这是用一种极轻而强度极高的纳米塑料制成的，通体乌黑，可耐强碱强酸的腐蚀。竖立之后，即使是在摄氏负150度的低温下，也可以抗住10级以上强风的摧拉。标志杆的下部5节连接起来可以形成一个手摇钻，第五节的顶部向左右各平伸出一个长10厘米的把手。握住把手，用力转动结构巧妙的钻体，即使是岩石地面也可以缓慢地钻进去。标志杆的顶端一节是厚5厘米的扁平体，一个直径20厘米的圆盘下连一个高宽各10厘米的方盘，和其下各节可连成一个整体。圆盘的一面是中华人民共和国国徽；另一面是一幅太极图案，既是太极开发企业集团的标志，又象征宇宙万物源流。圆盘两面所用涂料都是特制的，耐低温，附着力强，可历经千年的风吹、日晒、雪埋而不会剥离。方盘部分，一面雕着"中国泰山南极考察队"九个阴文字和竖立的年月日时分秒；另一面雕着阳文扁平隶书"极点"两个大字。

　　在测定的南极点位置，按照要求竖立好标志杆。又从背包里取出照相机，围绕标志杆从各个侧面给它拍了照。经过一阵紧张操作，先生略感疲倦，在标志杆有太极图的一侧相距大约3米的地方，两腿微微叉开站了下来。对着太极图，两眼越过标志杆顶部，仿佛直面玉皇顶，一边休息，一边微笑着欣赏自己的操作成果。他说："这时忽然脑子里闪过一个念头，如果立在标志杆的顶部辨别方向，南，南？消失了！东？西？也消失了，啊！这里只剩下了一个方向，四面八方全是北！"人类用东南西北四个方向确定地理位置的办法是奇妙的，不会允许在南极点只留下一个方向。"有北就有南，相对北京、泰山来说，这根标志杆就是南；左西右东，东、西也有了。妙，真妙！"在这一天的考察日志上，先生详细记下了他在南极点辨别方向的感受。

　　先生在南极点附近10公里范围内搜索了4天，一无所获。他说，这次搜索有一个致命疏漏，就是没有进入大坟墓和小坟墓看看。26日早晨6时，钻出了睡袋，吃过早饭，再次报告窝头山："考察结束，即刻启程返回。阳傀"。窝头山回函："派谭、曹循原路线迎接。泰山"。收拾好背包，已经是7时30分。先生又依依不舍地来到标志杆的有太极图的一侧，仍旧在距离3米远的地方站下，两腿微微叉开，两眼越过标志杆顶部向泰山方向看去。他说："我是不说假话的，当时我真的看到了玉皇顶。我站的位置，准确地说，穿过我的印堂、人中垂向地面的直线和穿过标志杆顶部圆盘中心垂向地面的直线、穿过泰山玉皇顶极顶石中心点垂向地心的直线，三者绝对在一条地球经线上，这就是东经117度1分23.475秒的子午线加上3米的延长线。"笔者以为，有些东西说得越精确，距离真实就越远。再说，先生在南极点就算用上当前最高倍数的天文望远镜，也看不到玉皇顶，视线是不会拐弯绕过足足超过125度的地球弧面的。

七十八

"看到玉皇顶之后，我稍稍放低视线，眼光落在那面太极图上。当时觉得全身倏然放松，思维似乎消失，进入了物我两忘的境界。可就在这个时候，突然脚下一阵颤动，停了停，又是一阵颤动。我惊醒过来，注意力集中到脚底板下。一断一续，颤动在有节奏地进行着。地震？南极点上的地震？不对！震颤周期明显，持续大约3秒，停断大约3秒；震颤时每秒约3下，节奏均匀；震颤的力度一致，没有变化；震颤只集中在两脚涌泉穴下面的两个点上。我未加思索想后退两步看看两个点的究竟，一抬左脚，不料脚底板粘在了冰面上，纹丝没动。重心已随上身后移，慌乱中又想抬右脚，右脚情形和左脚一样。身体失去平衡，几乎仰面倒了下去，借助两臂一阵摇动才又重新站稳。这是怎么回事？又试着垂直提动双腿，结果还是一样。这时已经明显感觉到两脚之下各有一股很大的吸力，向地心方向吸引，双脚已在缓缓地向冰面以下陷落。再试着挣扎了几下，依然毫无结果。遇上麻烦了，可能要出危险。刨坑？把双脚下边的冰层刨开，或许可能拔出脚来。工具呢？背包够不到，还好，衣袋里有把万用刀。掏出来，扳出一面刀片，蹲下身子，从左脚内侧刨起，不料刀尖才一接触冰面便被牢牢吸住，而且带动整个万用刀开始缓缓下陷。赶快松手，很明显，手一接触冰面，恐怕也要被吸住。"如果手被吸住，像一只大虾弯腰立在那里，那可太糟糕了。"还有什么办法？用火烧？打火机和燃料都在背包里。就算能用火烧，防寒靴、防寒服都要起火，无异自焚。对！拼着冻坏双脚，来个金蝉脱壳。于是小心翼翼地弯下腰打开防寒靴的拉锁，再直起身子准备抽出双脚，谁知脚心和靴底好像已经融为一体紧紧陷入冰中。虽继续搜索枯肠，可是什么办法也想不出来了。万用刀已经完全没入冰层，消失了踪迹，冰面已经没到双脚踝骨以上。应该阻止住继续下陷。坐下？面积大一些，也许能够阻止住。可是屁股一着冰,也许就再也站不起来了。到了这步田地,还有什么可犹豫的? 试试看吧。果然不出所料,屁股才和冰面接触,底下就出现一股吸力,再也抬不起来。同时,由两个膝窝到左右坐骨之间形成了两条震颤带,震颤依旧有节奏地进行着。现在变成了两条小腿垂直、两条大腿横向一起下陷。已经没入冰层的小腿有一种完全放松了的感觉,不冷,不热,没有挤压感,像是飘浮在空中,非常舒适。想试着活动一下脚部,可是它们不再听大脑的指挥。膝关节和大腿到屁股的冰上部分和冰面之间似乎出现了一个横断面,在这个横断面上仍然感到那股吸力的存在。逃生已经无望,灭顶就在眼前,应该利用生存的最后一刻,把发生的事情报告窝头山。"手持计算机已放进背包,只好从衣袋里掏出考察日志和铅笔。时间还来得及,准备先拟出腹稿,再郑重写出。先生拟的腹稿是:

"本人遇险,生还无望。在我竖立的极点标志杆有太极图的一侧,距标志杆大约3米,在站立观望时,双脚接触的冰面以下忽然出现了周期性的有节奏的震颤。震颤集中在双脚涌泉穴下面的两个点上。当坐下来臀部着冰的时候,由两个膝窝到臀部又出现了两条震颤带。随着震颤而来的是巨大的吸力,吸引身躯缓缓陷入冰下。想尽办法不能挣脱。在我立足的地方附近,范围无法测知,任何物体只要接触到冰面,就被牢牢吸住。现在我的双脚和小腿已全部没入冰层、膝盖、大腿、臀部已接近全部没入。身躯在冰面以下部分的感觉是,放松、失重、悬浮和极度舒适,运动神经不再受大脑控制。请队友们在到达南极点时,务必远离这个极点标志杆。请把我的遭遇尽快通告正在南极考察的中外同行,提醒他们勿蹈覆辙。请地球物理学界、天文物理学界的学者们研究这一现象,以期有朝一日彻底解开这一南极点之谜。人生有此发现,也是一种机缘,一大幸运。阳倪"。

十分可惜,这篇简洁、文字优美的报告未能面世。就在先生打开工作日志,正要开始书写的时候,身躯在一瞬间突然下沉了大约20厘米,肚脐以上胸口以下部分已经有一半没入冰面。容不得再想什么,先生忍痛放弃了这篇得意之作。抓紧时间,在前一天的考察记录后边匆匆写下了《中国新闻》报导中刊出的那两句话。写完之后,赶快用力把考察日志和铅笔抛到了背包附近,这时冰面已经托到腋窝。但愿这两天不起大风,让考察日志和其他遗物能顺利到达谭成和曹秉毅手中。完成了这项沉重任务之后,他还在想:这次发现无疑很有价值,可惜没有办法发表了,更谈不上有机会参与解开这个谜团了。

这段遇险叙述，称得上是详细、具体、生动，让人听后有真切感，不像假话。不过好的小说也可以产生同样的效果。笔者当下问道："先生的这段叙述玄乎其玄，在现代科学上可是讲不通的。"他发火了，可以感觉到他的脖子粗了，脸也红了，大声喊道："你面前的阳傀，难道不是真实的超等残疾人？这在现代科学上讲得通吗？现代科学上讲不通的东西到处都是，一万年以后也到处都是，是相信真实还是相信你的现代科学？你是迷信现代科学，这比你的祖父的祖母叩拜送子观音的行为更愚昧、更可恶！"真没想到一位文质彬彬拙于言辞的学者，竟能够以近乎谩骂的方式进行学术性争论。

"胸部已经没入冰面，在等待没顶那一刻到来的时间里，回想了过去许多事情，特别是阳傀纪元前2年，在青藏高原无人区发现藏北大裂谷，被一只硕大的金雕从背后抓起带入三千多米深的裂谷底部的经历，一直吸引着我的思路……"这一段怪诞经历，读者已经领教过了。"正当自己沉醉在往昔回忆中的时候，不期然仰头看了看那面太极图，目光刚一接触，就倏然觉得被牢牢吸引住了，头脑一片空明，身躯轻轻飘起，四肢伸开形成一个大字，逐渐变大，变大，慢慢融入太空。随后又脱离太空，慢慢变小，变小，轻飘飘地回到原来站立的地方。

七十九

我清醒过来，发现身下那股吸力消失了，震颤也消失了。脱险了？我还活着？心中浮起一阵狂喜。低头往下一看，一个被防寒帽包着的人头顶部正在无声无息地慢慢被冰层吞噬。啊！我惊叫起来，这不是我吗？对，就是我。现在这个我又是什么？下意识地抬手摸了摸头，空荡荡的，一无所有。低头看看身躯，一片虚无。变成了隐身人？不对，躯体没入了冰层，已经无身可隐。变成了幽灵？不对，我正站在光天化日之下，全身活动如常。我不愿意死，我没有死，我还活着，我还是原来的我。怀着满腔无可奈何的郁闷和哀伤大吼了一声：'我还活着，我还是我！'完全没有料到一声奋力大吼居然把周围的雪片、冰屑激荡得飞了起来。啊！这是物质力量，我确实还活着，是活人。可是躯体没有了，这算什么活人？残疾人？有丢失了全部躯体的残疾人吗？过去没有先例。我不是已经开了这种残疾之先河吗？对！就作这第一例。命名为超等残疾人。没有死，大难不死，劫后余生，第一例超等残疾人。我的心情平和了一些。"超等残疾人就是这样出现的，读者相信吗？可是这是事实，阳傀先生就在眼前，不，应该说就在耳边。事实是科学研究的起点，科学不能抹杀事实。再者，至少在先生刚刚骂过笔者祖父的祖母之后，只能承认，这是事实。

"过了不知多少时间，心境平静了下来。下一步怎么办？回窝头山？可是躯体还在这里，这里是……自己的躯体寄藏点。几年、几十年、几百年之后，说不定还会重见天日。守在这里？没有意义。还能工作吗？那几位学者还没有找到，还能够继续找下去吗？如果不能，怎么办？"先生有些焦急，急得几乎忘记了自己眼前的处境。"我快步走向那支特制铅笔，弯腰把它拾了起来，在眼前晃了晃，奇迹！铅笔在半空悬着。又拾起考察日志，也在半空悬着。翻开刚才写过遇险报告的那一页，在后边空白处试着写了写字：我不是幽灵我还活着超等残疾人。居然写了出来。又匆匆提一下背包，也悬在了半空。这时候才发觉，这些东西在手中毫无分量，重力消失了。把考察日志塞进背包走了几步，背包在空中随着我移动。看来，虽然丢失了身躯，依旧什么事情都能做。这个发现又引起一阵惊喜。下定决心，先回窝头山。开始上路，自己似乎像一朵白云飘在半空，背包、滑雪杖跟着悬空向前移动。应该走得快一些，谁知心念才动，背包、滑雪杖就随着我的身体飞也似的向前滑了出去。偶然抬头往窝头山方向注视了一下，只见谭成和曹秉毅驾着一辆雪地越野车迎面奔来，距离那条冰裂缝还有十多公里。奇怪！现在双方相距当有六七十公里，地面上也有不少障碍相隔，怎么就能看见？又凝目重新看过去，一点不错。再往更远处搜寻一下，啊！那不是考察站的漂亮建筑么？我的心头蒙上了一层阴影。遇险，变成了超等残疾人，自己唯一的愿望是能和正常人一样工作、生活。和正常人一样生活是不可能了，如果能够和正常人一样工作，也可聊以自慰。可是从登上归途这短短几分钟里发现的种种情况看，自己和正常人拉开的距离越来越大，不敢设想自己身上还会出现什么怪异现象，只好听天由命了。要赶在谭成和曹秉毅前到达那条冰裂缝，念头才动，只见左右的冰雪沟壑、丘陵、偶尔露出冰表的棕褐色山头，一齐开始向身后飞驰，也许只用了三五分钟时间，冰裂缝已在身后。停下来，朝前看看，谭、曹两位还在八九公里以外。如果他们凝神细看，很有可能发现悬在半空的滑雪杖和背包。多么想跑过去和他们紧紧拥抱，几天的离别已形同隔世。可是，能够那样做吗？背包、滑雪杖在半空悬着，一个连影子都没有的阳傀在他们耳边呼唤他们的名字，在这种杳无人迹的地方遇到这种诡异景象，他们会惊吓成什么样子？总算又见到了他们，已经不错了，要控制自己的情感。把背包、滑雪杖摆放在来途宿营时支起帐篷的地方，这里显眼，只要到了附近，立刻就会发现。"

为了避免自己的情感失控，先生远远地躲开了。

这一天晚饭，餐桌上十分沉闷。李察德一言不发，只勉强吃了几口罐头蔬菜。谭成也没有心思再说笑话，像是在沉思着什么。看着两个人这个样子，马仁和王氏兄弟也不好出声。谭成已经把在地下湖边的发现简要向大家汇报过，大家知道现在已经可以判断那就是阳傀先生的躯体。只需把那只万用刀送到窝头山，和去年的物资发放账册上记载的万用刀号码对一下，如果一致，就可以最后肯定。大家心里清楚，这只是手续问题了。可以认为，曹氏侦探社已经完成了查找阳傀先生下落的委托。可是让马仁和王氏兄弟不解的是，谭成他们为什么高兴不起来？对老曹来说，今天这个结果已在意料之中，否则他早就会出手阻止谭成和杨立群的接近了（当然，这是在得知谭成接近的实际是杨爱群之前）。可是当这个事实摆在眼前的时候，心中仍然感到有些难以接受，有些哀伤。

"说说明天谁下去探1号楼这口竖井吧！老李这个样子是不行了，我看只能由我和谭成下去了。"老曹终于首先开口说话了。

"我怎么不行？明天我还下去！"李察德突然被老曹这句话给激醒了。

"人是铁，吃了饭才能变成钢。你连饭都不吃，怎么能下去？"老曹回答。

"谁说我不吃饭？你看看！"李察德说完，一阵横扫，把餐桌上没吃完的东西全部装进了自己的肚子。马仁看着他那两眼直勾勾地像犯了神经病一样吞食东西的样子，心里直打鼓。

"行啦，行啦，慢点吃吧！我赞成还由你和谭成下去。"老曹也有点害怕了，他怕李察德撑破了肚子。

"好，明天还是我和李先生一块下去。"谭成知道，不让李察德下去行不通，尽管自己心里不大愿意。

次日早晨8时整，由王氏兄弟打开井口，老曹和马仁支好绞盘，准备好安全索。谭成和李察德全副武装，一个在先，一个在后，分由两边壁梯进入竖井。

李察德的神情已经好了许多，早餐进食正常，虽然脸无笑容，话还很少，不过平时就寡言少笑，倒也不算失常。

八十

他们没有在中间停留，顺利下到竖井井底。井底果然有三磴高四壁没有钢板，两边壁梯的最后两磴都装在岩壁上。他们先在井底观察了一下贴近一号楼方向的洞口。这个洞口和其他三个洞口不同，高约200厘米，宽约150厘米，四缘整齐，见棱见角。他们同时用手电筒向洞口中的巷道照去，巷道和洞口高、宽一样，顶部、左右两壁和脚下通道都十分平直，而且十分整洁。如同一条走廊，洞口以内大约10米，可以模糊地看到，左右两壁相对开有两个门。再往里就看不清了。

谭成低声对李察德说："李先生，可能到了我们要找的地方了。小心一点！"

"不过，我的直觉，里边好像没有人。"李察德低声回应着谭成。

谭成首先轻轻举步走进洞口，李察德低头弯腰迈着仙鹤步跟了进去。他们举着手电筒，一边上下左右察看，一边缓慢地向前移动。在距洞口10米左右的地方，左右壁上果然有两个门，实际也是两个洞口，大小和通向竖井的洞口一样。右边这个，缩进半米左右，被一道钢板制成的闸门严严实实地密封着，看不清闸门是左右开的还是上下开的。左边这个，口内是一条向左弯曲的弧形巷道，高、宽和洞口相同，而且见棱见角，上下左右四面平滑。他们没有进去，继续前行，仔细察看。又前进了大约有5米的样子，迎面被一道钢制闸门挡住了去路。在这道闸门的左上角伸出一个长有20厘米口径10厘米左右的钢管，由钢管内引出一条口径稍小一些的硬塑料管子和一条手指粗细的软塑料皮管，可以判断一条是供水管，一条是电缆。在这道闸门的左下角，也伸出一条同样粗细长短的钢管，由钢管内引出一条外径几乎和钢管内径相同的硬塑料管，似乎是下水道。电缆、供水管、下水道沿着巷道左壁的上下两角、固定在两角上向外延伸，双双拐进了左边的内洞口，沿着弧形巷道向里边伸去。电缆又分出一支，一直延伸到通向竖井的外洞口，然后向上钻进了竖井井壁的钢板后面。

"李先生，已经可以肯定，对面闸门里边是供电、供水和处理污水的枢纽。

这根电缆，"现在他们又回到外洞口，谭成指着向上进入竖井井壁钢板后面那根电缆说，"是通向井口下面操纵井盖开关机器的。"

李察德点了点头，表示同意："可是迎面这个闸门和右边这个闸门，好像都不能打开。莫不是左面这条弧形巷道是条环形巷道，可以通到这两个闸门的后面？"

谭成愣了一下，眨了眨眼说道："有道理，有道理。这个环形巷道是以竖井为圆心，以外洞口至弧形巷道口的距离为半径，估计长约 60 米左右。"

李察德又说："你发现没有？有一股暖湿空气从洞口出来向上流动，温度和湿度和我们在地下湖边感觉的差不多？"没等谭成回答，他接着说下去，"通风枢纽一定也在迎面闸门的里边。"

"我们在 2 号楼地下发现的那个大湖的湖岸，离这里大约有几百米。从上面那几根盲肠判断，1 号楼好像是坐落在湖中的一座像笔杆一样的山峰峰顶上。大湖上面的冰层，可能有若干条裂缝，所以空气是流动的。使得这条环形巷道解决通风问题就变得容易了，不必另建通向冰面的通风口，只要能和大湖水面打通就行了。"

这时曹秉毅在竖井井口上边搭了腔："你们说的话我都听见了，动作快一点吧！艾登通知，31 日上午到，要我去接他。31 日就是明天，今天你们一定要把这条巷道查清楚。"

"是！请曹法人代表放心，保证完成任务！"说完，谭成在前，李察德在后走进了弧形巷道。

确像他们推测的那样，这是一条环形巷道，接近正圆，尾部出口就是入口对面被闸门封住的那个右洞口。这个洞口所以用闸门封住，是通风的需要，迫使由抽风机吸进或自行流动进来的空气能够沿环形巷道巡行一周后，再排出洞外。排风口和进风口是一样的，一个在环形巷道的头部洞门内外侧一条宽 1 米、高 2 米、长 15 米的巷道尽头处，一个在环形巷道的尾部洞门内外侧一条同样巷道的尽头处；都是在一个高 150 厘米、宽 100 厘米可以拉开的小门上装上一台大功率抽风机，只是安装方向相反，一个里抽，一个外排。需要中等通风时，只要启动一台，另一边把小门拉开即可；需要强通风时，可以两台都启动；只需一般保持空气流通，可以把两边的小门都拉开，不启动抽风机。现在的情况是两个通向巷道外裂隙的小门都开着，因为竖井井口打开，所以两个小门都往里进风。

两条通风巷道和主巷道平行凿穿山体通向山体外。山体外，在山体和冰层之间存在一条两米多宽的空隙，向下沿山体稍稍向外倾斜，深不见底，向上只延伸了三四米，向左向右各延伸出去十几米。不过由主巷道凿穿处凸出山体向左偏下方延伸着一条山脊，在几米外，顶部插入冰层，恰巧把山体和冰层间的大裂隙沿山脊一分为二。开凿者在靠近排风口这面稍稍加工，在山脊上砌一道短墙，借助这条山脊和短墙把大裂隙从中完全隔开成两部分，右边做成取冰供水通道和进气通道，左边作成出气通道。在两个气道之间的山体中开凿出一个不大的空间，安置供电供水、污水处理设备。当然，谭成和李察德把这些设置弄清楚，是在察看完了整个环形巷道之后了。

让谭、李二人感到奇怪的是，里边并没有可以用为实验室的房洞，也没有废弃的仪器和实验室用的固定设施。在环形巷道两侧开凿出的房洞——外侧12间，内侧8间，一律都是宽3米，高2米多，进深4米，顶部加固成拱券；门1米，宽2米高，大多数房洞内还保留着一些破旧的木床，而且有盥洗设置。明显都是单人或双人卧室，只在环形巷道尾部有两个大面积房洞，从散乱的设置看，是用作储藏室和食品加工室的。在他们已经大体肯定这里不是"异型生命工程"实验室藏匿处的时候，一个新的发现让他们改变了看法。

第十七章

海壑孤峰藏密室　玄冰暗道饰虚无

八十一

谭成和李察德仔细察看了环形巷道和环形巷道中每一间房洞的所有角落，仔细察看了所有被弃置的破旧家具。在环形巷道尾部闸门后面他们向右拐进了那条狭窄的进气巷道。在这条进气巷道中部左侧，有一个可以推拉开启可以自动关闭的不足一米宽的小门，进入这个小门是一条走廊，横在面对主洞口的那个闸门和供电供水、污水处理机房洞门之间，走廊的那一头也是一个可以推拉开启可以自动关闭的小门，穿过这个小门就是位于环形巷道入口内右侧和进气巷道同样窄小的排气巷道。他们刚一进入环形巷道的时候，首先察看的就是这条排气巷道，并没有什么特别的发现。也曾开启那道小门看了一眼，就暂时放置，准备最后再仔细看看。现在，在他们察看了进气巷道、进气口、两个小门间的走廊、供电供水、污水处理机房之后，重新进入了排气巷道。

"李先生，到了吃晚饭时间了，老曹已经催过几次，这里都看过了，我们上去吧！"

"不行，再看一遍，也许就在这里有重要发现！"

自从在大湖边发现阳傀先生的遗体以来，这位李察德一直眼睛直勾勾的，有些反常。谭成发觉，他比过去更加固执。这种时候，顺着比逆着要好，不然小麻烦会变成大麻烦。李察德已经端着手电筒，上下左右搜寻着往排气口走过去。谭成无奈，只好端着手电筒在后边亦步亦趋。在短短的这一段巷道中，李先生的眼睛几乎是在一寸一寸地扫描。谭成跟在他的身后，急得像有只小毛猴在心里抓耳搔腮。

李察德走近排风洞口，先把安装抽风机的小门、抽风机和小门上与抽风机连接的风口仔细察看了一遍。然后，端平手电筒向排风洞外看去，忽然他僵在了那里，像一尊弯腰驼背头部探向洞外的木雕。过了有二十多秒钟，谭成沉不住气了，凑向李察德的后背问道："怎么啦？李先生。"

李察德把身子向左挪了挪，闪开一个空档，头也没回，对谭成说："你来看看，这是什么！"

谭成侧着身子从李察德的右边挤到洞口，端平手电筒伸出洞外，按照李察德示意的方向向右偏出大约40度照过去，两只手电筒的光聚集在一起，一下子亮了许多。可以很清楚地看到，在那面人工筑起与进风口隔开的墙上，有一个宽出去大约300厘米，高约160厘米，深有80厘米，由中间隔成上下两层的壁橱。下层并排着摆放有五个约有20升容量密封着的小口玻璃桶，里面装满液体。三桶无色透明，都贴有标签，从标签上能看出，一桶是纯水，一桶是丙酮，一桶是氨水；其余两桶，都未贴标签，一桶颜色很深，像是咖啡色，一桶虽然透明，可是有些淡淡的颜色，像是绿色，又像是蓝色或者紫色。上层又从中间隔开分成两层，第一层摆满了密封着的大口瓶，瓶上都有标签，是各种各样的化学元素，如硅、硫、钙、镁、硼等等以及各种各样的无机化合物；第二层则摆满了各种各样进行化学试验用的仪器。

两个人又向其他方向仔细察看了一遍，没有别的发现，他们从排风洞口后退了两步，直起身子长长呼了一口气。谭成没有想到，临到最后会有这个发现。他不能不感谢李察德的固执，对刚才自己心里的那些想法，未免感到一些惭愧。李察德也很意外，刚才只是认为前边的察看有些粗枝大叶，如果不在这里补偿一下，内心难安，并不是对这里有过什么怀疑。

"李先生，如果不是你坚持，这个发现就丢掉了。这个发现又说明什么呢？"

"有一种理论，认为任何生命都离不开水，没有水的地方不可能产生生命。

另外也有一种理论，认为有其他某些液体，比如丙酮的地方，也有可能产生生命。当然组成这类生命体的元素和这类生命体的生存特征，和地球的不同，如果不是完全不同，也会有很大不同。"

"李先生的意思是，有人曾经在这里进行过制造另一种生命的试验，那就是说那个'异型生命工程'实验室曾经设在这里？"

"不过……"李察德神情上露出一丝困惑，没有继续说下去。

"请两位赶快上来吧！下边太黑，说多了小心咬着舌头。"老曹在井上有点不耐烦了。

阳傀3年元月2日凌晨2时35分，老曹把艾登接回来了。艾登进入1号楼，多少感到一些惊异。当谭成和曹秉毅把他引进位于二楼右角他的卧室的时候，他更惊异了。房间里的设施，足可抵得上伦敦的三星级宾馆。谭成用一块粗抹布用力擦了擦正面窗户的一块玻璃，指给艾登看："那是南极点。用我们装备的30倍望远镜看，就在眼前。"

惊异只是一闪而过，艾登很快就回到他关心的题目上来了。"首席侦探先生，威尔逊先生很关心搜寻'异型生命工程'实验室事情的进展。"

"托福，托福，联络员先生阁下离开后，我们在南极点附近100平方公里的冰盖上掘冰三尺，工程之大之难，常人难以想象。不过总算不负威尔逊先生所托，好像抓到了一点那几位学者的影子了。"

回过头来说一下，12月30日晚饭后，大家没有离开饭桌，老曹因为就要出发去接艾登，于是迫不及待地对1号楼竖井下的发现发表看法。他认为，可以百分之一百地肯定和"异型生命工程"实验室有关系。那几位学者知道自己在这里已经被发现了，急急忙忙逃走，那些东西一定是他们扔下的。谭成不得已，只好不顾疲劳，把和李察德在井下的发现，未加看法，一五一十地说了一遍。李察德太疲倦了，精神又不好，一句话没说。天佐同意曹大叔的看法；天佑也同意，不过感觉有些事情总弄不太明白。马仁认为，到现在为止还没听说过有人跑到南极点设立化学实验室，各个南极考察站都设有自己的化验室，但是所用设备和化学药品和这次发现的有所不同，而且一般的化验设备和化学药品也没有必要保存到这么隐秘的地方。所以他觉得曹老师的推断是合理的。不过还有个看法他没有说出来：现在发现的这些东西远不能证明是用于制造另一种生命的，如果是，也只是些最基本的原料和原始设备，即使用于初步合成一些大分子，也远远不够用；何况，这些东西也完全可以用于别的实验目的。

八十二

　　马仁的这个疑问，谭成在发现那些东西时就想到了。此外还有一个更大的疑点，他发觉，从这座建筑物中所有遗留下来的东西看，至少都是几十年以前的，只有那些化学药品和实验室设备是最近的；看不到其中任何一间房洞最近几年有人使用过，无论是作卧室、作餐厅、作实验室或者作储藏室等等；机房的发电设备、供水、污水处理设备也像是多年没有启动过。李察德一直在想几个月前邓晓阳对马教授说的那席话，那些学者在创造另一种生命体的说法，不过是为了掩人耳目。可是南亚集团似乎认定那些学者的研究目标，是创造另一种生命。眼前的发现，又似乎和创造另一种生命的实验有关系，到底是怎么回事？一时他还想不明白。不过大家都同意把1号楼的秘密竖井和井下的这一发现通报给南亚集团，即使和"异型生命工程"实验室无关，也可以让威尔逊知道，曹氏侦探社确有实力。李察德最后要求，不要告诉艾登竖井井口是他发现的，最好说成是谭成发现的。因为他是临时成员，功劳放在他身上不能增加曹氏侦探社的分量。谭成是首席侦探，自然放在他的身上最好。大家都同意这个意见。这个意见，正好和谭成、曹秉毅的构想不谋而合，就是让威尔逊把注意力集中在谭成身上。

　　艾登已经熟悉了一点谭成的语言习惯，从谭成的口气中听出，搜寻可能有了相当地进展，心中不免高兴，迫不及待地要求谭成作详细介绍。谭成先绘形绘声地说了30分钟，两个组从12月22日开始到27日为止的6天中，如何分头在自己分工的地域一遍又一遍进行了仔细搜寻，结果一无所获。直听得艾登抓耳搔腮，心里像长了草一样，希望他赶快进入有什么发现的正题，可是又不便打断他的话头。谭成偏偏拗着劲儿继续往下抻，又说了20分钟搜寻没有进展，大家如何垂头丧气，自己如何给他们讲了个独霸世界西洋拳坛30年打遍欧美两洲无敌手的拳击家塔特，怎样跑到北京挑战中国武术界，被中国一位无名女侠打得灰头土脸的故事，鼓舞士气。没想到艾登这位汉学家对中国的侠文化有浓厚的兴趣，一时忘记了刚才的烦躁，问起了塔特被无名女侠打败的详情。谭成又有声有色地说了30分钟。说完，艾登问起这个故事的出处，谭成诡秘地一笑，然后向前伸出右臂再弯臂肘伸出拇指指了指自己的肚子。艾登被谭成搞得哭笑不得，可是又不能不佩服这位首席侦探的多才多艺。最后，谭成告诉艾登："27日晚间大家迁进了这座楼，夜里躺在床上，忽然直觉告诉我，这座建筑物有些异样。我轻轻起床，楼上楼下各个角落都走了一遍，最后在走进防寒门厅的时候，直觉又告诉我，蹊跷就在这里。果然经过我近百分钟的摸索，发现一边推拉门的框子是活的，操纵这个门框，结果把大门前的台阶抬了起来，原来下面藏着一口竖井。"

"啊！"艾登惊叹了一声，"你们一定下去啦？"

"当时没有。经过反复察看，又找出了使大门台阶复原的方法。这时已经是早晨6时25分，我把大家叫醒，宣布了这个发现。他们兴奋起来，大声高呼：'首席侦探万岁！'其实没什么了不起的，我不过是当时运气好。谁都有走好运的时候，当然，谁也都有走背字儿的时候。"

"'背字儿'？背字儿是什么意思？"

"哎呀！汉学家先生，连背字儿是什么意思都不知道？背者，后背也；字者，字者，汉字也。不行，这样讲解你还是不明白。直说吧！背字儿就是孬运。孬者，不好之谓也。"

艾登笑了："没想到谭先生对俚语、古汉语还有些修养。"

一个外国人说自己对汉语的俚语、古代汉语只是'有些'修养，谭成不满意了："'有些'？艾登先生！我看你像吹糖人儿的。"

"'吹糖人儿的'？什么意思？"

"口气够大的！""吹糖人"这个行业早已绝迹，只在一些民俗展览会上还有人表演。谭成没有见过，他是从北京人那里学来的这么一句古老的歇后语。

"口气够大的？啊！明白了。对不起，对不起，不应该说有些修养，应该说'精通'。不是恭维，您确实精通。"艾登又笑了。

谭成满意了："精通不敢当。我只是想说，别看您是汉学家，您的汉语只是比我的英语稍稍强一点。"

艾登自认自己的汉语水准要比谭成的英语水准高出许多，不是一点。不过他不想争论这个，眼前最重要的还是请他把那口竖井下面的情况赶快说出来。

谭成告诉艾登，当时谁也不知道井下是什么样子，第一个下井要承担很大风险，自己当然义不容辞。李察德说他有探险经验，坚持也要第一个下去。结果是两个人一起下去了。谭成又添枝加叶地把两个人在井下的搜寻活动和那项发现叙述了一番。

对侦探组在南极点的搜寻活动能够取得这样的成果，艾登觉得很满意。当然，威尔逊先生是不是满意，他还不知道。其实对他个人来说，还有一项他没有意会到的收获，那就是听到谭成的这通演义。在以后汇报的时候，无论董事长先生追问什么细节，都可以对答如流，满足他的要求了。

艾登理所当然地要求下井亲眼看一看那项发现，同样理所当然地要由谭成带路。别人没有说什么，曹秉毅作为曹氏侦探社的法人代表客气了一句："艾登先生，要不要我也陪你下井走一趟？"

"不敢当，不敢当。有谭先生一起下去，足够了。"

在井下谭成带路，先把那几根"盲肠"看了一遍。

最后在察看排风口外发现的那些东西的时候，他把自己和李察德当时所扮演的角色掉换了一下，自然也免不了再吹嘘一下自己的直觉。可是，谭成在谈及这些发现的意义的时候，却十分注意分寸。

八十三

他对艾登说：这个竖井建造得十分隐秘，如果不是像他们这样有明确目的反复仔细搜寻，被人发现的可能性几乎是不存在的。无疑这是一个可以避开世界上所有人耳目的秘密场所，完全符合设立"异型生命工程"实验室的条件。在排风口外发现的这些东西，自然还不能证明是用于制造另一种生命的，它们也完全可以用于别的实验目的。但是，把这些东西存放在那么一个隐秘又隐秘的地方，自然又非同寻常。因此，完全有理由推测和"异型生命工程"实验室有关系。其实，谭成心里还有许多疑问，不过略去未说。比如在这口竖井下的所有角落，都找不到一点曾经设立过化学实验室的痕迹；再如1号楼建设年代久远，这口竖井完全有可能是和1号楼同时建成的，即便不是，也有明显的理由说明，不是那些学者开凿的。如果"异型生命工程"实验室确实曾经设在这里，那么是谁把他们安置在这里的？而且说走就走，走得无影无踪？作为一个学者，谭成要求自己要有严格的科学态度，所以在措词上尽量掌握恰如其分。同时，疑问归疑问，在心情上，谭成还是倾向希望这就是那些学者藏过身的地方，而且希望能说服威尔逊先生也相信这一点。谭成并不知道，威尔逊先生不仅希望这次搜寻，能够使得谭成出现这样的心情，而且希望谭成最好能够完全相信这里就是那些学者的巢穴。

艾登和谭成以及侦探组的其他成员不同，他是个联络员，他的责任只是观察曹氏侦探社是否在履行协议，把这里发生的事情、侦探组的要求报告给董事长，把董事长的意图转达到侦探组。对发现竖井，他感到高兴；看到藏得那么隐秘的化学药品和实验室装备，他更感到高兴。至于这些发现能不能说明，在多大程度上说明"异型生命工程"实验室就曾设在这里，他并没有多想。回到井上以后，艾登很快整理出一份报告，当天下午就发给了威尔逊。

除了曹秉毅去接艾登，谭成陪同艾登下井，曹秉毅又在井口接应，侦探组其他成员这段时间都在休息。李察德年龄大，几天连续下井，精神又受了刺激，最为疲倦。马仁和王氏兄弟，现在对李察德已经十分敬重，这段时间处处热心照顾他，在他心情好些的时候，还找他聊天，请教学问。李察德逐步恢复了常态，开始喜欢这几位年轻人，和他们在一起话也多了起来。在两座建筑物之间转来转去执行警卫任务的大白和阿花，这几天可受了苦了。不仅昼夜不得休息，老曹一离开，别人再一疏忽，它们还要饿肚子。实在耐不下去了，就跑到1号楼门前大吵大叫一番，引起大家注意，把狗食、饮水端给它们。

在艾登整理报告的时候，谭成、老曹和李察德、马仁、王氏兄弟碰了碰头。谭成告诉大家，从2号楼井下带出来的那把万用刀，曹先生从窝头山取回验证结果，证实是第一次组队时发给阳傀先生的。已经完全可以认定，冻结在冰里的那具尸体就是阳傀先生的遗体。进一步的工作，如果条件允许，需要下井凿冰取出遗体，检查遗体弄清死亡原因，然后把遗体运回北京。这件事情，只有在艾登离开这里之后才能进行。估计，威尔逊看到艾登的报告，有可能：1. 立即调回艾登听取详细汇报；2. 判断"异型生命工程"实验室已经迁离南极点附近，建议我们收兵；3. 另有关于那些学者的行踪信息向我们通报，要求我们赶往其他地方。如果出现第一种可能，事情就好办了。如果是第二种或第三种可能，艾登一般要和我们共同离开，如何甩掉他还真是个难题。请大家考虑考虑，想想办法。话说完之后，谭成准备请大家各自回房间休息。此时李察德那瘦长身躯突然噌地一下蹿了起来，差一点撞到屋顶，把坐在旁边的马仁吓了一跳。只见他表情激动，眼睛湿漉漉地大声说道："谭成，算我求你，无论如何也要把阳傀的身体运到井上来送回北京！不然，你们都走，我一个人也要留下来，背也要把他背回去！"

那天在2号楼井下发现万用刀的一瞬间，超等残疾人阳傀先生，也就是现在的李察德，就已经肯定，冻结在冰中的那个人就是自己遗失的躯体。一时间，痛苦、哀伤、激动、委屈等等诸般滋味突然充塞胸际，几乎使他背过气去，他勉强控制自己度过了这么几天。现在情绪稳定了下来，头脑也足够清醒了，他决心无论如何要把自己的躯体取出送回北京或者四川。笔者以为，决心归决心，如果真的一个人自己留下来，他能够做什么？能够下到湖边吗？就算能够把自己的躯体从冰中凿出来，又如何从湖边运上巷道、运到井口？也许摆脱李察德这个躯壳可以办到，摆脱之后，大自然补偿给超等残疾人那些超人能力一定能够恢复吗？

听了李察德的话，大家都是一愣。王氏兄弟以为李察德犯了神经病，马仁本能地挪挪身子，离他远了一点。谭成和曹秉毅让李察德说话的那种口气，吓了一跳。他们互相看了看，心里说："这话如果是杨立群说的，毫不奇怪。谭成沉思了一下，郑重地对李察德说："请李先生放心，我和曹先生一定尽最大努力！"

马仁、王氏兄弟和李察德离开以后，曹秉毅神神秘秘地凑近谭成耳朵低声说："你听说过'撞客'没有？"

"'撞客'？什么'撞客'？没听说过。"谭成皱皱眉摇了摇头。

曹秉毅继续低声说："前几年，学校放暑假，我回农村老家住了一个月，还碰上过一份。"

"一份？什么东西还能论份！"

"你听着！我们街坊一个年轻媳妇，过门刚几个月，很文静的，见人还脸红，从不高声说话。娘家在关里，离我们那里少说也有一千几百里地。大概就在我回到家的第三天，忽然像变了一个人似的，跑到场院里大吵大叫起来。吵叫的语声、神气儿，和村里十多年前就已经过世的我的一个叔伯婶子一模一样；说的那些事情，也是我婶子活着时候常说的那些陈芝麻滥谷子！你说怪不怪？别人都说她是让我那婶子附了体了。这就叫'撞客'！"

八十四

过去对这类东西，谭成是一概不信，统统斥之为迷信。自从他怀疑杨立群的计算机收到的那些电子信件是不是阳傀先生的精神发的以后，对涉及到精神或者说灵魂这类问题，态度有了变化。"曹兄，你是说李先生得了'撞客'病？"

老曹摇了摇头。"我看他，从见到咱们的头一天起就是个'撞客'！"老曹又摇了摇头，"也不像'撞客'。人家得了'撞客'，像丢了魂，自己不知道自己在说什么干什么，可是老李像是挺清醒。不管怎么说吧！我觉得他是让阳先生附了体了。"

谭成现在不能不承认，曹秉毅说得有点道理。这个李察德，头一天见面就言语支吾，说不清楚他是怎么了解泰山南极考察队的，说不清楚怎么知道南极侦探组是去找"异型生命工程"实验室的，也说不清楚为什么要参加南极点侦探组。他好像认识我和老曹，还像很熟悉；大白、阿花好像认识他，对他特别友好；他好像到过窝头山；总去阳傀先生竖立的极点标志杆附近；发现阳傀先生遗体后的种种表现；对，是他要我把那把万用刀取下来的！阳傀先生附体的说法，几乎是目前想到的对这些谜团的最合理解释。谭成不愿意表示赞成老曹的说法，他认为老曹谈这些东西的时候，脑子里不是神就是鬼，而自己一遇到神魔鬼怪要往脑子里掺和，就觉得恶心。他对老曹说："再观察观察看看。"

威尔逊收到艾登的报告后，立刻亲自拟稿准备复电艾登转告谭成：已有信息表明，可能是俄国人惊动了那几位学者，他们已经离开南极转移到早已准备好的另一个隐藏地点。建议谭成带队先回北京，艾登陪同。电稿拟好了，又觉不妥，为了慎重，还是先调回艾登，详细了解一下谭成对这次搜查结果的看法为好。威尔逊的这个决定，给了南极点侦探组再下2号楼竖井提供了充分的时间。

按照威尔逊的指示，艾登在南极点仅仅停留了24小时，3日凌晨2时30分又由曹秉毅送他离开了。6日下午赶回了伦敦。一见面，威尔逊就满脸不高兴地说："太慢了，应该配备专用飞机！"

"董事长先生说过，不能过于张扬。"

威尔逊没有再说什么，马上进入正题，开门见山地问："对不起！请问，那个井口是谁发现的？怎么发现的？"

"是谭成先生发现的。他说是凭直觉。"

"'直觉'！是谭成亲自说的？"

"所有情况都是谭先生向我介绍的，到井下去，也是由谭先生陪同。"

"井下那些东西也是谭成发现的？"

"是。他也说是凭直觉。"

"谭成对这次发现是怎样评价的？"

"董事长先生的意思是……"

"他是不是十分肯定'异形生命工程'实验室曾经就设在这个地下建筑里，那些化学药品和实验室设备就是他们遗留下的？"

艾登犹疑了一下，说道："不是十分肯定。他说那座地下建筑十分隐秘，可以避开全世界人的耳目，完全符合设立'异型生命工程'实验室的条件。他说那些化学药品和设备很普通，但是放在那么个地方就不一般了，有理由推测和'异型生命工程'实验室有关系。"

"噢！请你根据他说话时的态度、表情，试着分析一下他当时的心态。比如他根本不相信那就是，而是企图说服你相信；他自己半信半疑，希望我们能够证实那就是；疑点很多，但是他希望就是，也希望我们相信那就是；等等等等。"

艾登低头皱眉开始思索，威尔逊神情专注，在耐心等待。已经过去了十几分钟，威尔逊有点不耐烦了，刚要出言催促，艾登抬起了头："我对中国人比较了解，谭成虽然诡计多端，善于表演，但他是个诚实的人，守信用的人，讲义气的人。"文不对题，威尔逊耐住性子没动声色。艾登继续不紧不慢地往下说："据我观察，曹氏侦探社所有的侦探，对谭成先生都有一种发自内心的尊重。曹秉毅先生，性格直爽，没有心计，待人诚恳热情。这样的人绝不会容忍别人欺骗他，对他不诚实。可就是他，和谭成先生最为要好。再说那位新西兰人李察德先生，和谭成先生素昧平生，可是现在，两个人已经变成了好朋友。谭成先生作为首席侦探，确实才能卓越，可是单凭才能是不能服众的，中国人讲究'德才兼备'，谭成正符合这个人才标准。"

"他对我们是不是同样诚实守信，讲义气？"威尔逊对艾登这样分析谭成产生了兴趣。

"曹氏侦探社既然已经和南亚集团合作，自然大家就变成了朋友，谭先生对我们也一定像对待别的朋友一样。"

威尔逊先生认为人和人之间的关系，最基本的是利益关系，典型表现就是商业关系，其他任何关系都是从商业关系派生出来的，或者是商业关系在不同场合下的不同表现，所以他习惯于从人的商业行为上判断一个人是否诚实守信。他不能接受艾登的这种分析，不能先假定谭成诚实守信。他也不欣赏艾登说的那种诚实守信，他希望自己的商业对手十分狡猾。对手越狡猾，越能激发他的斗智激情。

艾登回到了本题。他说："我认为谭成向我介绍的情况都是真实的，而且我也亲眼看到。"艾登完全不了解他的董事长的心思，他认为理所当然应该报告谭成的发现。实际上现在威尔逊最关心的是谭成相信不相信自己这些发现是真实的。艾登继续往下说："我认为谭成先生希望我，自然最后还是希望董事长先生能够肯定他的发现。他自己对这些发现自然是肯定的，不过可能也有些疑问。"

"什么？谭成有什么疑问？"疑问两个字触动了威尔逊的神经中枢。

艾登想了想说："他说那座地下建筑符合设立'异型生命工程'实验室的条件，并没有肯定实验室就设在那里；他说有理由推测那些化学药品和那些设备和'异型生命工程'实验室有关，并没有肯定就是这个实验室的。他不肯下完全肯定的结论，说明……董事长先生这一询问，让我也想到了一些疑点。"

威尔逊的多方追问，刺激艾登的思维活跃了起来。

八十五

艾登最后这句话，似乎使威尔逊吃了一惊。他急切地询问："你有什么疑问？"

"这座地下建筑物和那里边弃置的东西，仔细一想，让人感觉至少有半个世纪没有人在里边活动过了，那些化学药品和实验室设备看起来倒像是最近放在那里的。"

"蠢货！都是蠢货！"

这次轮到艾登大吃一惊，他从来没有看到过威尔逊这样生气，这样粗暴地骂过人。他丝毫没有怀疑董事长先生会骂自己，可这又是骂谁呢？

威尔逊很快就惊觉自己失态了。"对不起，我一时走神想到其他恼人的事情上去了。"接着他继续说道，"我相信艾登先生的观察。当然这一点是不是也同样会引起谭成先生的注意？"

"应该是这样，可是我发觉他好像没有留意到这一点。原因可能是寻找阳傀先生的下落占据了他的主要心思。"

"他们在这方面有什么进展吗？"

"可能没有。在我不在的这段时间里，他们，由谭成先生亲自带领把南极点附近近百平方公里的地面，几乎踏了一遍。用谭先生的话说，是在这一大片地域内掘冰三尺。当然，他对我说是搜寻'异型生命工程'实验室。"

威尔逊心里清楚，艾登观察到的，绝不会逃过谭成的眼睛，艾登没有观察到的，也不会逃过谭成的眼睛。谭成不会放过任何细节，自己用人不当，这次疏漏太大了。他会得出什么样的结论呢？

威尔逊对艾登说："谭成说的有道理，目前只能认为那座地下建筑物符合'异型生命工程'实验室藏身的条件；那些化学药品和实验室设备，可能和那个实验室有关系。还不能肯定，那些学者和他们的实验室，确实曾经隐藏在南极点；或者说曾经在那里，现在又离开迁到别的地方去了。要赞扬他们取得的进展，同时和他们商量，在南极点区域再适当扩大范围进一步搜寻一下。可以从现在算起，以10天为限，无论有无新的发现，都可以暂告结束，撤离。艾登先生暂留伦敦，只把我的意思转达给谭先生就可以了。"威尔逊见形势有变，为避免露出马脚，调整了策略，抢先对谭成他们的发现表示怀疑。他把艾登留下，仔细询问了南极点侦探组活动的细节。他无法亲临第一线，要尽可能间接掌握所有具体情况，供自己判断形势，规划下一步行动。

艾登把威尔逊的意思用电子信函转告给了谭成、曹秉毅，同时表示抱歉，告知他们，自己不能再去南极点了。

曹秉毅送艾登离开后，谭成顿感轻松。原来考虑的如何避开艾登的难题，没想到突然消失了。他估计了一下，艾登回来，再快也要在元月10日前后了，用这段时间来处理阳傀先生遗体，富富有余。他没有匆忙行动，3日、4日两天，先安排马仁和王氏兄弟设想一下，把阳傀先生遗体由凿冰取出，运到冰裂缝下，吊上巷道，运出井外可能遇到的各项问题，解决这些问题的办法，准备好需要的一切用具，作好下井的所有准备工作。接着，他找李察德交换意见。按照他的想法，这次行动这样分工：由他和王氏兄弟下到最下面去启运阳傀先生的遗体；马仁在冰裂缝上方接应，李察德在竖井井底拐角处接应；曹秉毅在井上总指挥和操控安全索绞盘。他知道，李察德会坚持下到湖边去，很难接受这个方案。

　　来到李察德的卧室门前，他没有敲门，愣在了那里。他听到里边有怪异响动，停了几十秒钟，忍不住轻轻把门推开一道缝，偷偷往里看。只见李察德先生一会儿在地板上一下一下笨拙地跳动；一会儿又站下来一下一下用力扭动上身；一会儿又坐在椅子上用力捶胸顿足；时而从侧面可以看到他的面部表情扭曲。这不是锻炼身体，谭成想，也不像精神失常。似乎是有目的地活动，难道想甩掉身上什么东西？

　　谭成猜得不错。原来，阳傀先生，也就是现在的李察德，见艾登一走，知道很快就要安排在2号楼下竖井，去湖边启运自己的躯体。无论是凿冰，还是抬运，难度都特别大。谭成有充分理由拒绝自己再下去，而自己已经失掉了所有坚持下井的理由。如果自己能甩掉李察德这个外壳，重新成为超等残疾人，也许能恢复那些超人能力，事情就变得特别容易了。不过甩掉这个外壳的希望极微，只能努力试试看。

　　谭成轻轻把门开大一些，侧身挤进房内。此时李察德正好后背对门，面朝窗户，坐在椅子上，聚精会神地抡开双臂像敲鼓一样用力捶着胸脯。门已经被打开，进来一个人，站在了他身后，他竟没有察觉。

　　谭成开口说话，为避免惊着李察德，尽量压低一点声音，尽量使声音保持平和："李先生您在做什么？"可惜，他走进门内时向前迈了两步，这时距离李察德已经不超过100厘米，他说话的气流触到了李察德的后脑；他也没有估计到李察德会专心致志到无我无他的境地，他的话尾音未落，只听"啊！"的一声，李察德高大的身子压着椅背向后倒了下来。谭成反应尚快，一瞬间向前一步奋力顶住了他的肩背。李察德没有摔倒，可是一件诡异的事情发生了。只见他从椅子上站了起来，并没有回头，好像什么事情也没有发生，却自言自语地用英语说："这是什么地方？我怎么穿着这种衣服？"他向前探身，把脸贴近玻璃向窗外望了望，然后一边推开椅子一边转身，看到了谭成，平静地用英语问："请问先生，你是谁？"

　　谭成从表情发现，李察德的神态完全变了，变成了一个陌生人。这个陌生人显得十分平和，只是两眼一片茫然，瞳孔中好像装满了问号。愣了几秒钟，忽然想到老曹说过的"撞客"，难道他得了"撞客"病？不过还是回答了他的问话："我是谭成啊！忘记啦？"

陌生人微低双眼盯着谭成，困惑地摇了摇头。接着，也就是眨眼间的事情，这个陌生人忽然紧闭双眼，皱起眉头，弯下腰去用力摆了摆身子。等他直起腰抬起头时，谭成再看，立刻感到又变成了李察德。果然他开口就问："你是什么时候进来的，怎么不敲一敲门？"一脸的不高兴。

在阳傀先生全神贯注意图甩掉李察德时，突然遭到谭成干扰，没想到惊吓之余居然精神出壳。本来达到了预定目的，遗憾的是，刚刚弄清怎么回事，尚未来得及离开，又被外壳吸了回去。

第十八章

钱买流氓施暗算 人为鬼蜮有因由

八十六

艾登，让董事长先生又整整压榨了两天。他把脑子里几天前装进去的谭成演义的那些故事，如数挤了出来。因为艾登叙述的情节具体生动，威尔逊很满意。他了解艾登，相信艾登，知道他不会说假话。谭成编述的那个拳击家塔特和中国女侠的故事，引起了威尔逊的注意，不过他没有表露什么。他布置艾登元月9日赶到北京，检查一下威斯特和塔特的工作。让艾登担负这项使命，威尔逊又犯了一个用人错误。艾登书生气十足，他很清楚；艾登对中国有一种特殊的情感，他也知道一些；可是艾登和他有不同的价值观，有自己的评价是非标准，有很强烈的正义感，他并不了解。此外，威尔逊有一个观念，认为在任何情况下，像艾登这样自己器重的下属，都不会违背他的意志。他没有看到，艾登和他的其他下属有所不同。

艾登硬着头皮来到北京，他对威斯特失掉了所有的好感，实在不愿意再和这种人打交道。塔特因为过去长驻新加坡，艾登和他从未见过面，但毕竟是一个公司同事，多少有些亲近感。虽然董事长特派他检查威斯特和塔特的工作，但是并没有交代他们在做什么工作，检查什么。书生气使然，他也丝毫没有以董事长特派员自居。在燕云饭店 16 楼，住了一个套间，有个客厅，约见客人谈话方便。他对这家饭店，特别对这个楼层有感情，作威斯特助手时发生的那些事情，给他留下的印象太深刻了。他没有很快去见威斯特和塔特，而是给曹氏侦探社打了个电话。正好赵欣然在，她觉得有些突然，不过没有表示什么。一两句客气话过后，艾登告诉赵欣然，他这次来是处理公司的其他事务。一个星期前他离开的南极点，侦探组的工作进展很顺利，预计本月 17 日前后离开南极点地区返回北京。马仁先生很好，不必挂念。艾登还是从那次在燕云饭店中餐厅受骗时得出的印象，认为马仁和赵欣然是情侣。赵欣然虽然和马仁电子信函不断，不过总还是希望能从艾登那里了解一点那边的具体情况。她和艾登约定，次日，也就是元月 10 日，上午 10 时前去拜访。通过这一段和曹氏侦探社的人员打交道，艾登觉得自己又交了一些中国朋友，而且这些人，包括谭成在内，都很诚实，对他都很热情。所以对赵欣然的来访，他十分欢迎。随后他又分别和威斯特、塔特通了电话，并约定 10 日下午去心理咨询中心看望他们。威斯特已经接到伦敦通知，知道威尔逊派艾登 9 日到北京检查工作，身份，威斯特推断，自然是特派员。

艾登来到北京，威斯特像吃了只苍蝇一样，心里觉得特别别扭。其他的过节可以忘掉，那次在藏北无人区艾登对他肆无忌惮地辱骂，他会铭记终生。初到北京时，艾登只是他的助手，现在呢？是威尔逊的特派员！对他恭敬有加？不，出不了胸中这口恶气。不理他？又不行。他把塔特叫到自己的专用会客室，装出一副关心的样子，对塔特说："塔特先生一定认识艾登先生啦！"

塔特摇了摇头。艾登进入南亚集团时，塔特已经到了新加坡，两个人没有见过面。

"艾登先生是一位不信仰上帝的人，也是上帝的敌人，是个撒旦。"威斯特尽可能把自己打扮得客观一些，语气装得平和一些。

居然有人敢和上帝为敌？塔特不相信，脸上浮出疑问神色。

"艾登先生做过我的助手。曾经在我面前公然亵渎上帝，说上帝不过是以色列人制造的一件艺术品！"

塔特打了个冷战，他不能不相信了。心想："上帝一定会惩罚这个撒旦。"不过他没有说出口来，只是脸上露出一副痛恨艾登的表情。

"撒旦对我们这些上帝的孩子不会抱友善态度，如果他在微笑，背后也会藏把尖刀。董事长先生为什么选他作特派员来北京视察我们的工作？难道……"威斯特眼睛盯住塔特，他知道用不着把话说透。

塔特觉得一阵发冷，出了一身鸡皮疙瘩。他在捉摸，威斯特特意把自己叫过来，当然不是想聊天，那他打的是什么主意呢？又提谎报赵欣然小姐情况这件事情，想揪住本人的尾巴？其实他也有尾巴，难道不怕别人把它抖搂出来？塔特城府很深，没有说话，只是态度恭谨地望着威斯特。

威斯特本想引诱塔特自己提起谎报赵欣然情况的事情，然后恳求自己，再共同商量如何对付艾登。经过这一段时间的相处，他对塔特已经有所了解。见他这副样子，不由得心中有气，暗暗骂道：忘恩负义的东西！不过表面仍旧不露声色。接着又说："赵小姐那件事情，你、我之外，没有别人知道，可以放心。只是我们都是上帝的孩子，上帝的敌人来到了眼前，我在想，我们应该怎么办呢？"威斯特眉头微皱，露出一副苦心思索的样子。

塔特并不晓得，几个月前威斯特和艾登，几乎闹到了势不两立的地步。现在，塔特已被感动，相信威斯特和自己一样对上帝是虔诚的。不过，他也相信，对上帝的虔诚，并不妨碍威斯特是一只老狐狸。他还是保持着洗耳恭听的样子，照旧没有发言。

威斯特有点耐不住了："塔特先生！您几时变成哑巴了？"

塔特没有想到威斯特对自己会使用这种刻薄语言，有点惊愕，他愣住了。

威斯特以为塔特继续对自己装哑巴，不由得动了肝火，说话的声音高了起来："塔特先生！你以为赵小姐那件事情就算过去了，是吗？你以为威斯特心理咨询中心就是你、我两个人吗？只要斯潘塞医生闻到一点风声，谁也不能保证传不到伦敦！我看这次艾登突然来北京，很可能就是冲着你来的！既然你愿意装哑巴，那就到艾登那里去装吧！"说罢一扭身，转椅转了180度，用后脑勺对着塔特了。

八十七

普通写字楼的装修，各房间之间隔音标准不高。只能做到低声说话可以完全隔绝；普通声音说话可以互不干扰；说话声音一大，几个房间就都能听到。威斯特一生气，忽略了这一点。他最后这段话，惊动了斯潘塞和闵楫三。下午4时过后，不会再有病人，斯潘塞正凑到闵楫三那里聊天。闵楫三的英语听力自然不及斯潘塞，他只听清了"赵小姐那件事情"、"传到伦敦"、"艾登……冲着你来的"一些片断；斯潘塞则几乎一字不漏地全听清了。

"听清了吗？大概是塔特在这里有了个情人，姓赵，没想到这位赵小姐是有夫之妇，惹了大麻烦，可能还挨了打。我看你们中国男人好像个个都会功夫，不过和我们英国男人不同，也个个酷爱吃醋。我看见塔特这小子就有气，这回你就盯着看他的热闹吧！"斯潘塞预感塔特遇到了麻烦，不免有点幸灾乐祸。

闵楫三并不了解威斯特的南亚集团背景，只知道塔特、斯潘塞医生都是威斯特医生聘用的。他还有作客观念，觉得一年合同期满，人家可以炒自己，自己也可以炒人家。而且自认是局外人，随便凑凑热闹可以，不愿掺和三个英国人之间的是是非非。他对塔特吹捧威斯特的那种样子，确实也看不惯，不过和斯潘塞不同，不涉及利害关系，有些憎，谈不上恨。当下笑着说道："威斯特医生那么看重塔特先生，如果没什么大事，一定会帮他应付过去。"

"事情恐怕不小，不然不会专门派个人来。刚才威斯特医生已经说了，这位专门派来的艾登先生就是冲着塔特来的。"斯潘塞受聘于威斯特，到北京后才慢慢从威斯特和塔特的言谈行动中了解到咨询中心的背后主人是南亚集团，塔特是南亚集团的职员。

"这个咨询中心难道不是威斯特医生个人开设的？这位艾登先生又是谁派来的？"闵楫三问。

斯潘塞压低声音说："威斯特医生是南亚集团的商业间谍。心理医术并不高明，比我差多了，可是专精催眠术。任何人，只要他一接触，就会受到催眠，他问什么，就会如实说什么。你想想看，威斯特医生的病人有各国驻北京的使节、商务官员、大企业家、大公司的高级职员和这些人的夫人，他想要什么样的商业情报没有？塔特是南亚集团董事长威尔逊先生的亲信，被专门派来为威斯特医生跑腿的。"斯潘塞进一步压低声音说："威斯特医生还有一项大本事，勾搭女人。他的女病人，只要年轻漂亮，他看上了，就没有弄不到手的，而且被他弄得神魂颠倒。据我所知，已经有两位英联邦国家大使的夫人成了他的情人。你看到了，他经常在应诊时间出去，那是和情人幽会去啦！这要是被那些神出鬼没的记者们发现，还不闹成国际大丑闻？"他无保留地把自己的发现，包括他认为的合理推测也作为发现的一部分掺了进去，通通告诉了闵楫三。这是威斯特和塔特的秘密，不是斯潘塞自己的秘密，他自然没有要保守这个秘密的意识。这个秘密是他发现的，宣扬自己的发现，也是人之常情。不过最后他还是嘱咐了一下闵楫三：千万不要对别人讲起。

"威斯特医生有两位大使夫人级情妇，连塔特先生也不知道吧？"闵楫三对斯潘塞抖搂出来的这些秘闻，产生了兴趣。

"那怎么可能！塔特除了服务以外，还负有监视威斯特医生的使命。所以我想，现在两个人一定是狼狈为奸，你护着我，我护着你。我有见不得人的事，你也有！谁也不敢抖搂谁。不过，还得看这位艾登先生的，如果他很厉害，这两个人就都有好戏看了。"斯潘塞还是一副幸灾乐祸的口吻。

塔特见威斯特摆出了这副架势，心里也未免有点着慌。赶快装出一副恭谨又恭谨的样子说道："先生误会了。我怎么能在先生面前装哑巴！我是说，一切都要听先生的安排。先生说怎么办，我就怎么办！"

"艾登认识赵小姐，你知道吗？如果他要和赵小姐见面，你可要当心！"威斯特坐正身子，口气缓和下来。

"赵小姐不知道我是谁，只以为是个流氓。我想躲一躲就行了。"嘴里这样说，塔特心里已经开始打鼓了。

"如果赵小姐一高兴，讲起那天发生的事情，艾登可不是白痴，一下子就找到你的头上！"威斯特说的是实话，并不是吓唬塔特。

塔特真的毛了，他开始用哀求的语调对威斯特说话："威斯特先生，您看我该怎么办？请务必给我想个办法。"

说老实话，威斯特同样担心出现这种情况，他已经在绞尽脑汁，不过到现在为止，仍然没有想出一个妥善的解决办法。琢磨了有十几分钟，他对塔特说："这么办，你先找几个私家侦探把艾登和赵小姐监视起来。我判断，如果他们要见面，一定是赵小姐去燕云饭店。所以发现赵小姐离开写字间驾车出来，就要跟定，每3分钟报告一下她的行踪。"说到这里，威斯特沉思了一下，让塔特伸着脖子足足等了5分钟，又接着说道："塔特先生，有胆量没有？"没等塔特回答，他又说下去："如果有胆量，找个没人看到的机会，戴个面罩，趁艾登不备，先用一记勾拳把他打晕，然后一脚把他的左小腿或右小腿骨头跺断。

让这小子住上一个月医院，他就没有兴趣再见赵小姐了。一举两得，也算我们替上帝惩罚了一下这个撒旦！"

听得塔特心里一哆嗦，暗道："这可不是失掉不失掉董事长先生信任的问题了。这老狐狸是想替上帝惩罚艾登，还是想把我送进中国人的监狱！不能干，不能干。"他低声下气地说："先生，您看这是不是太冒险了？我出点什么事，没有什么，如果把咨询中心牵扯出来，问题就大了。"塔特没有直说把威斯特牵扯出来。

"你不肯冒这个险也好办，找个私家侦探出面雇两个打手。出事也没关系，这行的规矩，绝不出卖雇主。费用可能大一些，由我全部承担。你看怎么样？"

八十八

塔特心里还是有点打鼓，不过自己又想不出更好的办法。

提出这个办法之后，威斯特心里也有点嘀咕。他知道，北京的刑警世界闻名，许许多多离奇、复杂的案件，都被他们一一侦破。塔特胆小如鼠，只要他上了法庭，不用法官审问，就会把我威斯特也拉上去。

元月10日上午9时，赵欣然先驾车来到小别墅，接着又驾车从小别墅出来向燕云饭店方向驶去。9时43分她来到燕云饭店的大门前，提前了17分钟，她没有等候，径直上了16楼。艾登住的房间是1649号，在服务台左侧曲尺形走廊的尽头。

赵欣然来过几次燕云饭店，对各个号房间的位置，大体有个印象。来到16楼，她沿着服务台左侧走廊一直往里走，刚跨过拐角，突然发现有两个人鬼鬼祟祟地站在尽头处一个房间门前，正往头上套黑色面罩。过去赵欣然只在欧美的电影中见过这种把头部、颈部全部罩住，只露两只眼睛的面罩，在现实世界中，这还是第一次见到，知道他们很可能是坏人。她自幼习武，反应特别快，一瞬间向后倒跃了一步，然后贴住墙角偷偷盯住那两个人。其中一个人套好面罩后往拐角方向望了望，似乎发觉了些什么。接着叫开了门，两个人一起拥了进去。赵欣然毫未犹疑，拐过墙角，一个箭步来到那两个蒙面人刚才停留的位置。一看房号1649，正是艾登的房间。此时房内已有打斗的声音，赵欣然没有怠慢，手握门把手轻轻用力一推，锁住的门已经大开。只见艾登已被两人制住，仰面躺在客厅的地毯上，翻动着眼珠，似乎在挣扎，但四肢不能动；似乎想说话，但不能出声。一个蒙面人站在艾登的脚后，侧向着房门，正抬起左脚准备向艾登左腿迎面骨跺下去；另一个蒙面人站在艾登身体右侧，背对房门，正抬起右脚准备向艾登右腿迎面骨跺下去。赵欣然明白，这两个人不像图财，如果是图财，尽可把艾登撂在一边，去翻他的行李；也不像想要艾登的命，如果想杀死他，至少背对门那个蒙面人已经抬起的脚应该对准左胸。一边脑子飞快地转动，一边已飞身跃向两个蒙面人中间，两腿凌空一分，右脚和左脚分别向两个蒙面人的左右耳根踢去。两个蒙面人身手不弱，仓促间各自后跃一步，躲开了赵欣然的凌空一击。赵欣然算得很准，在两个蒙面人双双后跃的时候，两脚着地轻轻一点，左手已经提起艾登退到房门。她把艾登放进侧面的卫生间内，顺手在他的后背上拍了两下，震开了被封的穴道，然后当门一站，堵住了两个蒙面人的退路。

　　返回头来再说塔特。他从威斯特那里出来，没敢耽搁时间，赶快找几个私家侦探联系。对他们说，自己需要找两个打手，帮助教训教训一个情敌，事成后重酬。这些私家侦探异口同声回答他，自己不接这方面业务。塔特知道，最后一条路，就是去找当地的黑社会。可是，他不了解，严格意义上的黑社会组织在中国这块土地上早已经消失了。硬要说有，也只是少数流氓团伙和个别单独活动的地痞、恶霸。已经是夜晚10点10分，他急出了一身大汗，把大衣往左前臂上一挂，来到了大街上。他对新加坡的华人社会有相当地了解，华人有一句俗话叫"不打不相识"，只有找人去打架，也许能碰上。塔特不怕打架，虽然让赵欣然教训过一通之后，对自己拳术的信心受了些打击，可是他知道，中国人中有那么高功夫的总是很少数。不过找人打架也要当心，一定要找远离警察的地方。他一边走一边琢磨，这些流氓有什么特点，怎么和他们搭讪，哪些知识用得上，哪些话用得上，应该怎么说。他和新加坡华人相处的经验，在这里派上了用场。塔特信步来到一条比较偏僻的街道上，路灯稍稍暗淡了一些，不过两边的中小型餐馆、咖啡厅、酒馆、茶馆、游艺厅、曲艺厅等等依旧灯火辉煌，人出人进，十分热闹。他沿着人行道往前走，边走边张望着。也算塔特走运，没有费事，对象居然自己找上门来。正当他走到一个酒馆门前，从里边簇拥着走出来三个年轻人，中间一个似乎喝醉了，趔趔趄趄往外走，另外两个一左一右扶着他。塔特和他们打了个照面，微微一停步，多看了两眼。中间喝醉的那位不高兴了，开口就骂："你他妈的瞪着死羊眼看什么？"接着使劲翻瞪翻瞪眼皮。"哟嗬！还是个老外？是个丘吉尔？罗斯福？戴高乐？要不是个希特勒？或者是个斯大林？"见塔特站在那里不动不说，也不让路，依旧两眼一眨不眨地看着他，这小子上火了。"好狗不挡道，管你是洋狗、土狗，反正不是好狗。今天爷爷要活动活动筋骨！"说罢两臂一振推开两边扶着他的同伴，接着头一低，一个大步像山羊一样，飞快地朝塔特的腹部撞去。要是个普通人，这一下至少要被撞出七八米去，免不了倒在地上呼叫几声爹娘。

塔特早有准备，不过准备对付的是这小子的两只手。见他一头撞来，而且速度奇快，自然也就力量奇大，未免心里一惊，赶快以左脚尖为轴身躯向右转了个90度，让对方的头部几乎是贴着自己的肚皮向前冲了过去。这一撞是躲开了，不过他万没想到，对手早就料到他有可能向左或向右躲闪，就在头部冲过去的一瞬间，两肘同时向外一撑，右肘尖结结实实撞在了塔特的胸窝与肚脐之间的部位上，疼得他嗷地叫了一声。这一下激起了塔特作为拳师的豪情，他随手把大衣往地上一丢，双拳端到胸前，双脚一前一后颠了颠，找了找感觉。此时正赶上对手转过身来，面带胜利者的笑容，右手手心朝上勾起四指伸到他的眼前。他明白，这是对手以胜利者自居，告诉自己：不服可以再上。

八十九

塔特没有浪费时间，左手一记直拳击了出去。这是虚招，意在吸引对手的注意力。就在对手右手一收一伸右臂相抗的时候，塔特收回左拳，他最得意的右手钩拳闪电般地击中了对手的左脸。塔特手下留情，在拳到的一刹那把力量收住了大半，同时稍稍压低了一点。否则这一拳如果全力击出打在太阳穴上，那小子非倒在地上晕死过去不可。可是没想到对手挨了这一拳之后，只是向右甩了一下头，便紧闭嘴唇，快速矬下身去，伸出右腿，猛力向左一扫，来了个扫堂腿。尽管塔特慌忙后退，左腿踝骨上方还是挨了一下，所幸没有摔倒。他没有再还手，弯腰拾起大衣迈步要走，但他忽地想起：这小子说不定正是自己要找的那种人。于是停住脚步重新朝对方看了看。一架打过来，那小子醉意全消，也正看着他。塔特伸出右手挑起大拇指朝那小子晃了晃,那小子很快也伸出右手挑起大拇指朝塔特晃了晃,接着两人同时哈哈大笑,两只右手也握在了一起。

四个人重新进入酒馆,找一张方桌一人一边坐了下来。那小子面对塔特,首先自我介绍:"兄弟我叫铜头杨大野,这两位是我的盟弟,他叫孟二,他叫焦三。朋友送给我们哥仨一个绰号:北城杨家将。不知道洋哥们你,高姓大名怎么称呼?"

"兄弟我,新加坡籍,父亲是华裔,新加坡杨氏宗亲会的会长;母亲是英裔,我的名字叫杨塔特,是由父姓、母姓合成的。到北京虽然时间不长,已久仰北城杨家将的大名,功夫好,讲义气,能为朋友两肋插刀。你我都姓杨,天下姓杨的是一家,今天要和大野兄弟认认宗亲了。"塔特好不容易把这篇先用英语拟出,再译成汉语的腹稿,像小学生背书一样结结巴巴地背诵出来。说完,要了一瓶威士忌,4个人每人倒了半杯。

"好说,小弟今年23岁,一看就知道,您是兄长。咱们不必费事查家谱排辈分,来个平辈论交,您看怎样?"杨大野十分豪爽,可是不太懂规矩,认宗亲可不能不排辈分。平辈论交,只能用于异姓朋友之间,双方因种种缘由辈分有差异,辈分高的人有意摆脱辈分束缚,可以这样提出。

焦三、孟二双双鼓掌欢迎,齐声说道:"我们哥俩也认了你这个哥哥!来,来,大家一块干这一杯!"说罢,两人率先举杯一饮而尽。

杨大野和塔特也高高兴兴举杯一饮而尽。塔特又要了两瓶威士忌摆在了桌上。4个杯子重新倒上酒之后,杨大野忽然问塔特:"不知道哥哥晚上一个人出来在马路上转悠什么?有什么难心的事吗?"

杨大野这一问,正中塔特下怀。不过他脑子转了好一阵子,才把想说的汉语编排好,一共不过三句话,几乎说了五分钟:"不瞒兄弟你说,我有个年轻女朋友,是英国人,现在北方语言大学留学。她在伦敦上学时有个男同学,对她穷追不放,现在又追到了北京,追得她已经开始动心,要甩开我。心头烦闷,这才来到大街上。"

只听啪的一声,杨大野一拍桌子站了起来,大声说道:"这小子欺人太甚,哥哥难道要忍下这口气?!"

这下子把别桌的顾客都惊动了,几十只眼睛都盯向了杨大野。酒馆老板赶快跑了过来,赔着笑说道:"原来是天波府的杨将军!我先赔不是了,有什么让您生气的地方，尽管说，马上改正，保您满意！"城北杨家将十天中得有五天泡在这个酒馆，拍桌子、大呼小叫是常有的事，顾客少的时候，老板也不在意。今天顾客多，怕影响生意，何况杨大野又领来个洋客人，这样才特意亲自跑了过来。

"对不起，是我们自己的事，没想到惊动了老板。"杨大野抱歉地说。

"没什么，没什么。"接着老板又高声叫道，"服务员！这四位先生，每位上半斤八年陈的花雕，冰糖、话梅，烫得热热儿的，算我奉送！"老板这一手，对杨家将算是给足了面子。他有自己的算盘，不说平时，单是今天这几瓶威士忌，就赚了不大不小的一笔；再说趁他有洋客人这机会，应付好一点，平时会少好多麻烦。

孟二、焦三十分得意，杨大野只微微一笑。这时候孟二接过原来话头说道："两位哥哥，由我们孟、焦二将替塔特哥哥出这口气吧！教训教训这小子，把他揍回英国老家去！"

杨大野说："哥哥，咱们这两位兄弟，武艺高强，办事牢靠。你把这件事交给他们，倒是可以放心！"

"哥哥我本来想算了，既然孟、焦二位兄弟热心，教训教训这小子也好。不过，第一，不能要他性命；第二，要让他一、两个月不能走路；第三，明天上午九点半以前办完，不能再迟；第四，要干净利落，别让警察找上门来。要是两位兄弟能按这四点办到，那就办，不行也别为难。"塔特说。

孟二、焦三心里有点嘀咕。平常他们打架，不过是三拳两脚，一听说要求把人打得一两个月走不了路，那就要把大腿打断，这可不是闹着玩的！未免有点含糊。杨大野看出了两人心思，用眼神盯了他们一下。两人不能示弱，马上齐声应道："不就是这四点要求吗？我们哥儿俩应了，明天上午10点，您到这里来听好消息。"

"好！一言为定。"说着，塔特从上衣口袋里掏出5000欧元现钞，先抽出4000元放在杨大野面前，说道："这是哥哥给三位兄弟的见面礼，身上带的不多，明天再给兄弟们多带一点来。"说完，又把酒馆老板叫了过来，对他说："请你把这1000欧元兑成人民币存在柜上，我们兄弟来喝酒不必一次一付钱，记账好了。"塔特知道，这5000欧元一出手，就等于给眼前这三个小子打足了气，何况他们还会惦着明天那"一点"。果然，孟二、焦三顾不得再嘀咕，和酒馆老板个个喜笑颜开。杨大野把4000欧元往孟二、焦三眼前一推，说道："哥哥的好意，你们收下吧！"塔特向孟二、焦三低声交代了艾登的住处，然后和他们分了手。

九十

　　塔特没有想到这事办得这么顺利，心里痛快，回到住处也不管威斯特是否已经入梦，马上打电话告诉了他。威斯特正躺在床上翻来覆去不能入睡，设想着如果塔特找人把艾登打个骨断筋折，出了事，自己能脱掉关系吗？能脱掉自不用说，脱不掉又会有什么后果？他有点后悔，当时不应该匆匆忙忙拿出这么个主意。一听塔特说事情进行得很顺利，又觉得压在心口的那块大石头一下子轻了一半。可是，事情刚刚开头，距离结果还好远好远。结果如何，依旧是个悬案。想到这里，又开始不安。

　　被赵欣然堵在艾登房间里的两个蒙面人，正是孟二、焦三。这两个小子在塔特离开酒馆后，低声请教了杨大野，三个人商量了很长时间，由穿什么衣服、怎样混进饭店，如何躲开闭路电视监视，直到叫门方法、制住艾登方法，打断一条腿还是两条腿，如何退出，都作了仔细地研究。孟二、焦三头脑比较简单，杨大野受过高等教育，是个负案多起的独行大盗，心思缜密，专作大案，从未失手。他的特点是细心谨慎，作案前周密策划，没有万无一失之把握，决不动手，一动手就决不犹疑。孟二、焦三只知道杨大野身手好，讲义气，继承了上辈不少遗产，手头宽绰，跟着他一起吃吃喝喝。作案的事，杨大野一向守口如瓶，不对任何人谈起，孟二、焦三自然不知道。

　　这次是他鼓励孟、焦应下塔特，一方面有意锻炼一下两个小伙伴，看看他们能不能成为干大事的助手；一方面又尽可能使自己抛清，不卷进去。他看不上塔特那几个钱，却是很想交这个外国朋友，多一个朋友多一条路。

　　他们最初设想，是在天亮之前，把艾登引到大街上找偏僻的地方动手，可是找不到引出艾登来的妥善办法。最后，只好选择在旅客出入比较多，不易被人注意的九点半到十点这段时间到饭店客房动手。也是该当这两个小子倒霉，恰巧撞在赵欣然手上。

元月10日上午，威斯特候在心理咨询中心，等候塔特的消息。他祈祷上帝保佑塔特顺利得手，祈祷上帝不要让艾登来自己的心理咨询中心。不过上帝并没有让他安心，他在自己的咨询室里坐也不是，站也不是。

塔特准时来到小酒馆，找个靠墙的卡座坐下。酒馆老板特别殷勤，塔特一进门，他就笑嘻嘻地迎了上去，随后亲自给塔特端上一份盖碗绿茶。向老板道谢之后，塔特坐在那里，心里七上八下的，总是静不下来。他有些奇怪，杨大野为什么没有出现？孟、焦二人也该有回音了，为什么也没有出现？笔者以为，能够物色到杨大野，能够不失主动地指使孟、焦二人去收拾艾登，是非姑且不论，事办得还是相当漂亮。这对塔特来说，尽管是形势所迫，毕竟还是超常发挥。可是现在按时到小酒馆坐等孟、焦回音，又未免太蠢了。应该隐身附近，待孟、焦二人出现，没有可疑情况，再现身和他们见面不迟。这样，孟、焦即使失手，引来警察，自己也完全可以躲开。塔特确实缺少这方面才干，否则跟踪赵欣然也不会出现那样的结果。当然，没有那个结果，现在这场戏也就无从演起了。

且说塔特正坐在酒馆里焦急等待，已经是11点了，孟二、焦三仍不见踪影，杨大野也没有出现。"难道这三个人是骗子？不大可能。"根据他对华人社会的了解，凡是有名有姓有一定活动地盘的黑社会人物，或者是独霸一方的单个地痞、流氓，一般都看不起这种顾头不顾腚的蒙骗行为。"出事了？不会吧！"想到这里，他觉得脊背由下而上冒起了一股凉气。不过他又想，这些人很重义气，讲究好汉做事好汉当，决不出卖朋友。出卖朋友的人，往往一辈子抬不起头来。

就在塔特东猜西想惶惶不安的时候，忽然眼前一亮，一个穿着讲究的年轻人，很有礼貌地说声对不起，坐在了自己的对面。从服装、举止、口音上，塔特马上作出了准确判断：这也是一个英国人，自己的同胞。不过马上又浮起一个问号：自己的前边后边还有两三个卡座空着，他为什么偏偏和自己坐在一起？

"对不起，请问您可是塔特先生？我是艾登。"

别看塔特老于事故，对面年轻人这一开口，就把他的魂灵震出了窍。两眼直勾勾地看着艾登，怔了足有30秒钟，才缓过神来。结结巴巴地说道："是的，我是塔特，不知道艾登先生怎么找到这里来了？"

"这里不方便，我们另找个地方吧！"艾登说。

塔特知道，坏了事了，而且比自己设想的最坏情形还要坏得多。于是像犯了错误的孩子一样,乖乖地跟着艾登走出了酒馆。

艾登把塔特带到了燕云饭店16楼自己的房间。两个小时前,这里曾发生过一场打斗,不过经服务员一收拾,已经了无痕迹。艾登让塔特和自己面对面坐下,又请服务员端来两杯红茶,然后从上衣口袋中取出4000欧元放在了塔特面前,开口说道:"塔特先生,这是孟二、焦三退给你的,请收起来吧!"

塔特进入房间以后,心里一直在咚咚敲着小鼓,等待艾登审判。出乎意料,艾登竟然从4000欧元开始。脑子里残存的一点侥幸荡然无存了,又是惊心,又是尴尬,满脸通红,无言以对。

"这件事情,没有让警察知道,我也不会向董事长先生报告,你可以放心。董事长先生要我检查一下你的工作和威斯特先生的工作。既然见面了,就请你先谈谈吧!"艾登说。

到了这个时候,塔特才稍稍缓过神儿来,先说了声谢谢,然后把4000欧元收起来,脑子也开始转动:孟二、焦三怎么就被艾登制服了?没动手就投降了?不可能。忽然脑子里嗡的一声,顿觉眼前一黑,头几乎栽到了茶几上。他明白了:他们碰上了赵欣然。

第十九章

女侠神技慑宵小 拳客穷途变丑星

九十一

原来,孟二、焦三一见赵欣然堵住房门,就知道遇上了硬手,事情不妙。从刚才对手一招凌空分腿,接着一招神枭扑击抢走艾登,他们就清楚了,自己哥儿俩绑在一起也接不下人家三招。这还在其次,最可怕的是不能尽快脱身,拖长了时间,就将惊动了警察。他们知道硬往外冲,是自讨苦吃,后果最糟。好汉不吃眼前亏,两个人对看了一眼,双双跪在了赵欣然眼前,低声哀求:"姑奶奶,放我们一马吧!我们和这位先生无仇无怨,也是受人之托,想废了他两条腿。"

这时候艾登走出了卫生间,开口问道:"请两位先生先除去面罩!"

孟二、焦三心说:"别看说话客气,这主儿也不好惹,他的中国话说得太地道了。"两人不敢不遵,摘下面罩,把头低得几乎埋在了怀里。

艾登接着问道:"请问,是谁委托二位来暗杀我的?"

孟二说道:"不是暗杀,只要求让您住上几个月医院。"

艾登又说:"请回答我的问题!"

孟二迟疑了一下，焦三说道："我们不能出卖朋友。这是江湖规矩。"

赵欣然插口说："这里只讲法律，没什么江湖规矩。你们这种让人收买害人的流氓败类，算什么江湖？愿意现在说，就老老实实，看在没有造成后果的份上，可以放过你们。如果想到公安局去说，我马上招呼警察！"

"我们说，我们说。"

"那就请你们站起来，坐在沙发上慢慢说吧！"艾登让他们坐在沙发上，每人给他们倒了一杯白水。

孟二、焦三还算老实，一五一十，从遇上"杨塔特"谈起，一直谈到混进饭店闯进艾登的房门，一点没漏。最后把4000欧元也交了出来。

赵欣然盯问："都是实话？"

孟二急忙辩白："有一句瞎话，天打雷劈！"

赵欣然指着艾登说："这位先生会把那4000欧元退交原主，也会向他核对你们说没说假话。如果发现你们说了假话，把你们和杨大野一块送进公安局！你们可以走了。"

孟二、焦三像挣脱夹子的老鼠，一阵风似地窜了出去。

赵欣然问艾登："艾登先生，知道杨塔特是谁吗？"

"难道赵小姐认识杨塔特？"

"杨塔特就是贵公司的塔特先生。"

艾登摇了摇头："不对吧！杨塔特是新加坡人，他的父亲是华裔；塔特是英国人。还有，塔特怎么可能收买流氓暗害我呢？"随后，又忽然想到威斯特的行踪是保密的，她怎么知道塔特的？难道曹氏侦探社已经知道威斯特留在了北京？不会吧！

赵欣然说："是不是，一看就知道了。走，现在我们一起去孟二、焦三说的那个小酒馆，你的杨塔特正在那里等候好消息。"

艾登交代一下服务员把房子收拾好，然后随着赵欣然下楼，两个人上了赵欣然的轿车。赵欣然在路上建议艾登：见到塔特，首先说明这件事不打算报告你们的董事长，不然他不会对你说实话。实际上，主谋很可能是威斯特。艾登仍然不大相信杨塔特就是塔特。到了小酒馆门前，赵欣然在车上隔着门窗玻璃已经看到了坐在卡座里苦等的塔特。他指给艾登看，告诉他：这个人就是塔特，或者说杨塔特。

艾登问："赵小姐认识塔特先生？"

赵欣然笑着回答："认识，不过塔特先生不高兴见到我，所以我先告辞了。今天让孟二、焦三给搅了，明天上午 10 时，不知道艾登先生是不是方便？"

"你们中国有句俗话，大恩不言谢。过去知道赵小姐擅长表演，没想到还有这么好的武功。今天这件事，多亏赵小姐，否则这时候我也许正躺在医院的手术台上。一言为定，明天上午 10 时，恭候光临。"说完，艾登下车走进了小酒馆，赵欣然开车返回了小别墅。

塔特像一个输得精光的赌徒，既然已经一无所有，什么个人体面、对威斯特的忌讳等等统统都不再顾虑，把自己来到北京后所做的工作，包括跟踪赵欣然的情况，以及这次收买流氓的情况，基本如实地向艾登作了汇报。说基本如实，是因为塔特在叙述过程中习惯地对自己的成绩和努力作了夸张；也习惯地把谎报情况、暗害艾登等等的责任，尽可能地推到了威斯特身上。

听完塔特的汇报，艾登皱了皱眉，没作任何表示，只对塔特说："塔特先生可以回去了。你我之间今天什么事情也没有发生。请转告威斯特先生，说我电话告诉您，我病了，拜访时间推后。"

塔特通过电话告诉威斯特，孟二、焦三临阵退缩，事情没有办成。

艾登心情烦乱，想找个安静地方坐一坐。他信步东行，走了有六七十分钟，溜进了北海公园后门，沿着北海西岸向南走了一段。现在是冬天，就是在春天、夏天，涉足这一带的游人也不很多，他找了一张长椅坐了下来。湖水结冰已经很厚，学校可能正在期末考试，只见到三五个孩子在远处滑冰。冰上光秃秃的，野鸭、鸳鸯、白鹭等等看不到了，绿绿的水草也隐身冰下，不远的岸边有几棵干枯的芦苇在迎风摇曳。眼前的荒凉景象使他联想到了藏北高原的一片一片寸草不生的荒漠，忽然想起了那只大马熊和它的两只小崽，想起了那天黄昏自己对威斯特先生的痛骂。他嘴角上露出微笑，感到心里一阵痛快，暂时忘掉了刚才的烦恼，忘掉了那些纠缠不清的烦心事。琼岛上黄顶闪闪的古建筑群和耸立其中的白塔映入了他的眼帘，忽然在大脑中泛起了几个中国小说中的侠义身影，似乎他们正穿着黑色夜行衣在远远的那片古建筑群中出没。那些侠义人物真的能够蹿房越脊如履平地？啊！赵欣然小姐，不就是一位现实中的女侠？赵欣然的拳术诚然厉害，无论是中国的孟二、焦三，还是英国的塔特，都被她打得狼狈不堪，可是她的轻功如何？塔特，这个讨厌的塔特！那些让他摆脱不开又理

脱不开又理不出个头绪的烦恼、矛盾又跑了回来。他紧锁眉头，从椅子上站了起来，无心再欣赏北海的冬天景致，步履匆匆，向南走出了北海公园的旁门。

艾登回到饭店，午饭时间已过，随便吃了些点心，便躺在了床上。怎么办？怎么办？在一连串的问号中，他昏昏沉沉睡了过去。

九十二

下班后，赵欣然到马教授家吃的晚饭。她把当天艾登那里发生的事情，详详细细地报告了马教授。

听完赵欣然的叙述，马教授自言自语地说："这是为什么？塔特为什么要害艾登？是他自己的主意还是威斯特的主意或者两个人的主意？要不然是威尔逊的主意？不。"他摇了摇头，"威尔逊要害艾登，何必把他送到北京来交给塔特？"他又问赵欣然，"欣然，明天你还去见艾登吗？"

"明天上午10点，已经约好了。"

"你要详细问问艾登，塔特都对他说了些什么。我想艾登会告诉你。我总觉得这件事情，和你们的侦探社有关系。"

"我想也是。威尔逊把威斯特和塔特安置在北京，就是对付我们侦探社的，他们的一举一动恐怕都和我们有关系。"

"好，你能这样想就好。"马教授赞许地点了点头，"威尔逊已经和你们签约合作了，还要对付你们什么呢？这里也许隐藏着什么阴谋。看看艾登的态度吧！这个青年人很不错，希望他能帮助我们破解这个谜团。"接着又说："欣然，你这半年很有进步。过去出了家门就进了学校门，把什么事情都想得挺简单。现在不同了，好。"

让马教授这么一夸奖，赵欣然心里十分高兴。

元月11日上午10点，赵欣然敲开艾登的房门，艾登把她让进客厅。两人落座，服务员送来两杯绿茶。

"赵小姐的拳术那么好，是不是轻功也很好？"

赵欣然没想到艾登一开口先问了这么一句，回答道："还行吧！克服地心引力要靠极强的爆发力，消耗很大。人的体力有限，所以你不要相信武侠小说上那些'飞檐走壁'等等的描写，按照那种描写，那些武侠身上都得有个核反应堆！"

艾登笑了："身上装个核反应堆，真是妙论！"

"倒也不是不可想象，也许有一天核反应堆小型化到一个手袋那样大小。"

"哈哈！和赵小姐谈话，真是又让人开心，又让人长见识。"艾登高兴了。

赵欣然开始转换话题："昨天塔特先生没有让艾登先生失望吧？"马教授说得果然不错，赵欣然本是一位粗线条人物，半年时间的社会历练，连说话都变得委婉多了。

艾登沉默了几秒钟，无奈地摇了摇头。谈到塔特，他的高兴心情一下子消失了，一连串的烦恼又涌上了心头："我真羡慕你们的曹氏侦探社，同事们在一起，总能让人高高兴兴。为什么我们这些人，总是钩心斗角。塔特先生昨天什么都对我说了，我相信他没有保留。"

"塔特先生和艾登先生过去并不认识，当然不会有什么恩怨，恐怕也不会有什么利害冲突，使用这种暗害手段，也许有什么不得已的原因。"

"此事说起来，还是由赵小姐引起的。"

"这倒怪了，南亚集团内部的纠纷，怎么会牵连到我身上啦？"

"赵小姐打过塔特吧？"

"是。那是因为他耍流氓，死盯着我不放，我才有意教训教训他。"

"赵小姐错了。塔特先生跟踪赵小姐，绝不是耍流氓，他是在奉命行事。塔特先生一向遵章守法，不是那种行为不检点的人。"

"奉命行事？奉谁的命？威斯特？"

艾登迟疑了一下，威斯特的行踪要保密，这是威尔逊的指示，看来赵欣然不仅知道了塔特，也知道了他和威斯特在一起。自己再吞吞吐吐就显得太不诚实了。他只好承认这个事实："威斯特先生没有理由指使人跟踪赵小姐，他本人也要听命别人。"

"不是威斯特先生，又有谁能够命令塔特先生呢？"赵欣然决意要迫使艾登开口说出威尔逊来。

艾登足足沉默了有5分钟，他的内心十分痛苦。他认为他的公司做了对不起朋友的事情，自己摆脱不了干系。南亚集团和曹氏侦探社合作，他从内心里高兴，可是董事长指示自己的职员跟踪合作伙伴的职员，又是为什么？他开始怀疑威尔逊和曹氏侦探社合作的诚意。"是蔽公司董事长威尔逊先生。"艾登的声音很低，满脸愧色，"请赵小姐放心，我自己绝对不做对不起中国朋友的事情。我对塔特先生跟踪赵小姐这件事情，深感遗憾。"

赵欣然低头稍稍沉默了几十秒钟，脑子转了几转，然后抬起头来对艾登说道："蔽社的曹秉毅法人代表、谭成首席侦探，还有马仁先生和我，都认为艾登先生是位正直的学者。从来没有把威斯特先生干的那些事情、塔特先生干的那些事情和艾登先生扯在一起。我们欺骗过艾登先生，但是没有任何恶意，特别是对您本人，绝对没有恶意。"

艾登边听边诚恳地点着头，他完全相信赵欣然说的这些话。

"塔特先生跟踪我，原来是威尔逊先生的命令。真让人不敢相信！"赵欣然说到这里，故意停顿了一下，轻轻地摆了摆头，"我们本来十分尊重、十分信任威尔逊先生，现在出现这件事情，我们不能不多做些设想。艾登先生是我们真诚的朋友，实不相瞒，我现在心里很乱，很担心。我们曹氏侦探社在南极有6位职业侦探和业余侦探，如果威尔逊先生想对他们下毒手，他们可是毫无抵抗能力的。"

"不会吧？"艾登虽然对威尔逊有了怀疑，但说到威尔逊会操刀杀人，他怎么也不敢相信。

"如果不是由塔特先生亲口说出，而是由我们说出，艾登先生会相信威尔逊先生下令跟踪赵欣然吗？"

艾登沉默了一下，点了点头。

"我恳切请求艾登先生，设法保护曹氏侦探社人员的人身安全。当然，威尔逊先生如果有谋害我们的意图、行动，不会告诉艾登先生，但是艾登先生如果留心注意观察，总能看到一些蛛丝马迹。对塔特先生的人品，我不了解，不过这次你总算有恩于他，不仅不计较他的暗害，而且还会在威尔逊先生面前为他遮掩错误，他应该也能给你一些帮助。"

不知道是塔特的花言巧语产生的误导，还是艾登本人受自己感情的驱动，他把这次暗害阴谋的所有罪责，全部算在了威斯特的头上。而且，认为塔特是被人利用了，也可以算是个受害人，反而对塔特产生了同情。他已经答应塔特不把这次暗害事件报告威尔逊，可是并没有承诺不报告跟踪赵欣然的失败。他庆幸塔特跟踪赵欣然的失败，认为这是不义之举。可是又想如实向威尔逊报告这件事情，希望威斯特因策划隐瞒受到惩罚。可那样一来，塔特也要受到牵连，这又不是他愿意看到的。

九十三

他认为不向威尔逊报告暗害事件，是个人的事，是自己对塔特的宽宏大量；不报告塔特跟踪赵欣然的失败，那可是渎职行为。他反对任何不义之举，自然也反对威尔逊策划的不义之举，可是又不能不担心打碎自己的饭碗。

他完全没有想到坐在自己对面的这位赵小姐，会向自己提出这样一个请求，这个请求让他感到吃惊。他觉得自己的脑子里像一团乱麻，怎么也理不出个头绪。他抬起头来，准备对赵欣然说："对不起，请让我考虑一下再回答您。"可是一看到赵欣然那恳切抱有期待的眼神，心头一震，觉得眼前这位女侠突然变得无可比拟的美丽，比欧洲所有画家笔下的少女，都要美过多少倍。她的美丽吸引着自己的眼睛，把自己混乱的思绪一扫而空。她到底哪里美丽？乌黑厚密的长发？特别明亮的双眸？斜斜上扬显示出一股英气的双眉？总让人觉得带点娃娃般笑意的脸颊和嘴唇？匀称健壮又不失女人曲线的体态？不，他想不出来，似乎不是面庞、身体的美丽，而是一股吸引人的神奇力量。他认识许多青年女子，包括英国的和中国的，大多数是他的同学，可是从来还没有一位像眼前这位赵小姐那样，让他如醉如痴。他不敢再看，低下了头。他努力控制着自己，没有再抬头看她。

赵欣然以为艾登感到为难，犯了踌躇，于是说道："如果我的请求让艾登先生觉得为难，我可以收回。"

此时，艾登觉得眼前这位少女的任何请求、要求、建议、甚至命令，都是不可拒绝的。他连忙说道："不，不，这是我应该做的。"

"我可不可以认为，艾登先生已经接受了我的请求？"

艾登机械地点了点头。

"我代表曹秉毅先生、谭成先生和其他几位侦探，谢谢艾登先生。"赵欣然对艾登能够接受这个请求，感到由衷的高兴，脸上露出了快乐的笑容。

在赵欣然的感染下，艾登也愉快地笑了。

赵欣然走后,艾登依旧留恋在对刚才的回忆中。忽然他想到了正在南极点的马仁,顿时像冷水浇头一样,全身变得冰冷。难道完全没有希望啦?……他在痛苦中思索着。

元月12日上午9时,艾登来到了威斯特心理咨询中心。刚刚上班,只有斯潘塞医生和闵楫三在。艾登想私访一下威斯特这个心理诊所,他请塔特安排了一个威斯特医生和他本人不在咨询中心的时间。正好有一位过去经常请威斯特先生咨询的英国上议院议员,由伦敦来北京,想和他会会面,塔特就把时间安排在这个上午,并由自己开车陪同前往。

斯潘塞医生迎过来,很客气地询问艾登:"请问先生是来做心理咨询的吗?"

艾登说:"是的。我是从伦敦来的,请问这里是不是有位从伦敦来的斯潘塞医生?"

斯潘塞微感惊奇,回答道:"本人就是。请里边坐。"他把艾登让进自己的咨询室,请他坐在供心理病人坐的椅子上,自己坐在对面,微笑着观察了一下艾登。

"您是伦敦有名的心理医生,我这次到北京参加一个学术会议,行前一位朋友说先生在这里,建议我拜访一下。"

"您是?"

"对不起,我姓艾登,汉学家,来北京是准备参加北方大学主办的本年度世界汉学家协会年会的。"艾登太不擅长撒谎了,这句假话说得十分不自然。好在眼前这位先生突然心不在焉,并没有注意到。

斯潘塞听到艾登这个姓,心里一动:那天威斯特和塔特吵嚷时就提到过一个艾登,好像是由伦敦派来的大员。莫不成眼前这位艾登就是?可能,完全可能,他是有意趁威斯特和塔特两个人都不在的时候,来这里暗访。本来面对来咨询的心理病人,作为心理医生首先应该委婉地询问病情,然后根据患者自述、自己的观察,找出心理障碍所在,再进行"精神按摩",也就是心理治疗。现在斯潘塞却一改常规,开口先问:"艾登先生一定认识威斯特先生吧?"

"是,认识威斯特先生。"回答完以后,艾登还在想:他怎么知道我认识威斯特先生?

艾登这么痛快承认认识威斯特,完全出乎斯潘塞的意料。他认为,如果眼前这个人确实是南亚集团派来的艾登,他一定会否认,还需要进一步旁敲侧击。

现在，他不能给艾登留下思考的时间，紧接着又问："那，艾登先生也一定认识塔特先生喽？"

"是，"是字出口，艾登才觉出不大对劲儿。其实，即使他早一点发觉斯潘塞在对他运用诈术，这个是字也照样会进出来的。在没有充分酝酿准备的情况下，他说不成假话。

斯潘塞真不知道，到底是自己的诈术突袭成功，还是艾登顺水推舟，想直截了当向自己了解情况。自从知道了威斯特心理咨询中心的背后老板是南亚集团之后，他就萌生了把它变成斯潘塞心理咨询中心的念头。他看不起威斯特，认为凭自己的本事，会比威斯特干得更好，如果威尔逊先生发现了自己这个人才，一定会把威斯特踢开。何况威斯特存在闹出国际大丑闻的危险，这肯定不是威尔逊先生乐于看到的。艾登的来访，他认为是天赐良机，机不可失。"您是威尔逊董事长亲自派来处理塔特先生案件的吧！其实塔特先生不过让人打了一顿，如果他自己不再找赵小姐，事情就算过去了。其实定时炸弹，一颗威力奇大的定时炸弹，一颗随时可能爆炸的定时炸弹，正绑在威斯特先生身上，他自己还认为是奇珍异宝。"

开始，艾登对斯潘塞识出自己身份有些惊愕，接着对他了解塔特挨打的事情，还知道有位赵小姐，又有些惊愕，不过对他把这件事情说成"案件"感到迷惑不解。他怔怔地看着斯潘塞，怔怔地听着，没有表示什么，也忘记了要表示什么。最后听他说到威斯特身上绑着一颗威力奇大随时可能爆炸的定时炸弹，不禁大惊失色："您说什么？定时炸弹？"

九十四

斯潘塞诡秘地一笑："不折不扣的定时炸弹，而且不是一颗，是两颗！"说着，他把上身向前探了探，又压低了一些声音。"他勾搭上了两位驻华大使夫人，一位是哈哈尼尔的，一位是希里西多的，轮番到饭店幽会。这要是被那些记者们发现，你就想想后果吧！"有的读者先生可能会问，没听说在英联邦中有这么两个国家？笔者以为，不会有任何一位读者有兴趣去考察两位大使夫人是否真的美丽迷人，找不到这两个国家自然也不会感到什么不便。

"不会吧！"艾登虽然知道威斯特在伦敦制造过不少桃色新闻，但是北京不同伦敦。"威斯特先生哪里有机会和这些外交官夫人交往？"

"她们都是他的'病人'！他和她们的亲密接触，都是在心理咨询室开始的！如果艾登先生觉得我说的不可信，可以问问塔特，他也应该知道。这本来是威斯特先生的个人隐私，可是对南亚集团来说……"

这次暗访到底是成功的还是失败的？如果说是成功的，刚一出马，就被人识破了身份；如果说是失败的，确实又从斯潘塞医生那里访问出了一个大问题。艾登想来想去，总觉得斯潘塞所谈，不大可信。当天下午，他找来了塔特，想核实一下斯潘塞所谈"定时炸弹"是否存在。他问塔特："据说威斯特先生在这里又有情妇了，是有夫之妇，而且不止一个？"

塔特看了看艾登，心里揣摩：他是听什么人说的？是从伦敦来时知道的，还是刚刚知道的？不好，一定是斯潘塞这个是非精搬弄出来的，这小子不会单单编排威斯特，对本人也不会嘴下留情。塔特本来希望，事情最好到此为止，不再旁生枝节，尽管枝节出在威斯特身上，也完全有可能牵连到自己。如果因为受威斯特牵连，再把收买杨家将的事情捅到董事长那里，那可就全完了。他小心翼翼地回答道："这种事情，别人很难发现，何况纯属个人隐私。"

如果换另外一个人，一定会认为，塔特这个回答，可算滑头到家了。艾登却觉得，他的说法不无道理。不过，这个书呆子并没有让塔特躲闪过去，他说："事情确实像塔特先生说的那样，做这种事情，自然要偷偷摸摸，一旦被人公开，就是丑闻。据说，这次威斯特先生勾搭到手的可是两位英联邦国家驻华大使的夫人，而且轮番到饭店幽会。这要是被人公开出来，事情可就闹大了。如果再把南亚集团牵扯进去，董事长先生一追究，你、我都有担不起的责任。特别是塔特先生，一直在威斯特先生左右，没有发现就是失职，更不必说隐瞒不报了。当然，如果根本没有这种事情，只是别人望风捕影，那可就谢天谢地了。"

艾登这番话说到后来，听得塔特心里连呼了两声"我的上帝！"威斯特和哈哈尼尔驻华大使夫人、希里希多驻华大使夫人来往异常，塔特早就察觉到了，现在说出来还是不说出来，他犯了掂量。如实告诉艾登，很可能要捅到董事长那里，威斯特首先会想到是自己告发的，他不会不报复，一定会把隐瞒跟踪赵小姐失败真相和收买流氓暗害艾登等等事情报告董事长，而且会把责任完全推到自己身上；不如实告诉艾登威斯特勾搭女人的事，时间长了，难免不曝光，事情一旦闹大，正如艾登所说，首先要追究自己的责任。经过反复权衡，塔特还是觉得如实告诉艾登，后果可能更好一些。主意一定，他说："艾登先生，这件事情我所以迟迟没有向董事长先生报告，是因为不能十分肯定是否属实……"

听到这里，艾登急切地插嘴问道："塔特先生的意思是确有其事？"

"我已经说了，不能十分肯定。一位是哈哈尼尔驻华大使夫人；一位是希里希多驻华大使夫人。两位夫人年轻美貌，是北京外交界有名的美人，不久前都曾找过威斯特先生咨询。与其他来访者不同，她们占用的时间特别长，引起了我、斯潘塞先生、汉语翻译闵楫三先生的注意。我和斯潘塞先生听说过威斯特先生在伦敦的那些桃色丑闻，自然都会想到他可能旧病复发。以后的几个星期，每隔两天或者三天就委托我为他租一次饭店房间，说是为特殊病人咨询。这种情形，过去偶尔也有过，但是从没有连续出现的情形。一次，给他租好房间，恰巧有别的事情，我也去那间饭店，也到了同一楼层，居然碰到哈哈尼尔大使夫人前顾后盼地溜进了他的房子。再租房间的时候，我有意去了一次，这次是看到希里希多大使夫人偷偷地从他的房间闪出来。这种事情，除非堵在床上，当事人不会承认。可是，如果被那些专事追骚的记者发现，在报刊上一宣扬，全社会都会认定就是那么回事。"

听塔特这么一说，艾登对斯潘塞的说法完全信服了。这的确是一颗定时炸弹，而且随时可能爆炸。爆炸时，如果把南亚集团也牵连出来，威尔逊先生恐怕也不得不引咎辞职。艾登虽然憎恶威斯特，可是并不希望他出事，不希望他给公司找麻烦。这次威尔逊派他来检查工作，他也不希望发现什么问题。可是现在，面对摆在眼前的这颗炸弹，怎么办？恐怕只有尽快报告董事长先生了。他并没有通知威斯特和塔特，次日，也就是13日，就离开北京飞回了伦敦，下了飞机就向威尔逊作了汇报。

真是百密一疏，当初要威斯特在北京设立心理咨询中心的时候，应该考虑到威斯特的这个弱点，可是威尔逊忽略了。现在他比任何人都清楚斯潘塞所说这颗定时炸弹对自己的威胁，没有犹疑，他立刻电示威斯特，马上同秘书闵楫三去天津，驻留天津待命。心理咨询中心，由威斯特委托斯潘塞临时负责。塔特和斯潘塞心中各有自己的算盘，他们自然知道内中原因，也都暗暗高兴。斯潘塞高兴的是，咨询中心虽未改名，但改名有望。塔特高兴的是，威尔逊董事长并没有调威斯特回伦敦，对自己的威胁已几近消失。威斯特不知就里，只认为是另有事情交他办理。这突如其来的指令，也没有让他不高兴，至少可以躲开艾登，避免了和艾登见面的尴尬。

九十五

威尔逊非常满意艾登的这次北京之行，艾登帮他消除了一处致命隐患。满意之余，威尔逊又犯了一个大的用人错误。当然，这个错误并没有造成特别严重的后果，但是它确实不应该发生在威尔逊先生这样精明的企业家身上。他认为艾登不仅有能力，特别是能操一口流利的汉语，在中国办事情，是个难得的人才。而且考察证明，诚实可信。和自己现有的亲信比较，应该说更可信赖。他把艾登列入了自己内圈亲信的行列，准备要艾登参与他的那些绝密事业。他立刻给艾登办理加薪手续，同时赋予他不经批准可在中国境内动用50万英镑的签字权。他要艾登在15日赶回北京，在北京待命，随时准备转赴拉萨，做一次穿越藏北无人区的探险旅行。路径是，经双湖往北偏西方向，穿越羌塘自然保护区进入新疆，从新疆返回北京。任务是考察这一带地形地貌、水源、气象等等情况，寻找设立一个秘密实验室的理想地点。威尔逊对艾登说明，有可能就在这个季节，也有可能等到夏季，如果这个季节去藏北，生存难度很大，准备工作越充分越好，可以在拉萨雇用一两个当地人做助手。此行知道的人越少越好，任务要保密。

"在中国领土上设立秘密实验室，中国政府会批准吗？中国人会为我们保守秘密吗？"艾登问。

"这不是难题，可以在中国找到合作伙伴，由他们解决。我们秘密投资，保留控制权、管理权，中国合作伙伴只有权获取利润，我们可以提前支付。"

"收买？"艾登心里说，没有出口。

3日、4日两天过去了，马仁和王氏兄弟按照谭成的安排，已经把重下2号楼竖井的所有准备工作做好。因为三个人都没有下到过湖边，如何运出阳傀先生遗体，他们很难设想，所以提不出完整的方案。他们提出的人员分工的建议，倒是和谭成的想法不谋而合。天佐倒曾暗想，这次不妨试试，运用自己的特异功能，把阳傀先生遗体从地下湖边的冰层中直接移动到竖井井口。他觉得只要能够亲眼看一下，弄清方位，应该能够做到，虽然过去只移动过体积较小质量较小的物体。天佑也认为天佐可以做到，不过，如何避过李先生，不让他发现，不引起他的怀疑，倒是个问题。曹秉毅把艾登送到简易机场，如果再送他上飞机，等的时间就太长了，他道了道歉，马上往回赶，4日下午就回到了南极点。没容他休息，谭成和他商量了一下重下2号井的设想和大体日程安排。随后就宣布：5日、6日放假，7日开联欢会，8日恢复工作。

王氏兄弟十分高兴，天佐询问老曹："曹大叔，可以带我们到1号楼井下去玩玩吗？让马哥在井口看着绞盘。"

"哟嗬！真是做梦娶媳妇，净想好事。不行！去！外边地方大得很，冰天雪地里可以随便滚！"老曹笑着说。

"我说曹大叔，你和谭先生可没有规定不许到井下去玩。"天佐说。天佐想到井下看看的心情最迫切。

"小伙子！还没下过井，想下去看看，是吗？没问题，3天后就有机会，大叔帮助你争取。我也没下过井，我的机会都让给你。不过大叔不玩虚的，有个条件……"

"什么条件，您说吧！能答应的，我都答应。"

"你们哥儿俩不是有一大包零嘴吗？大叔我哪时候喝酒，你哪时候往外拿。"

"行！一言为定。"

这两天，李察德又试验了几次，没有成功，终于放弃了摆脱现在这个躯壳的希望。他心里着急，找到了谭成："谭成，我不同意你和老曹的决定。现在应该尽快把2号楼竖井下的事情办完，有两天时间就够了。两天以后，没有事情了，想休息几天都行，何必现在放假呢？"

"李先生，我知道您心里着急。我们来到南极点这么长时间了，大家一天没有休息过，李先生年岁最大，又一再下井，应该比大家都累。2号井下的事情，干起来可难啊！所以我和老曹商量，不让大家彻底休整一下，恐怕不行。您说呢？"

李察德无可奈何地点了点头，不再说什么。

两天的休息也是准备，7日上午9点整，谭成宣布："曹氏侦探社南极点侦探组新年联欢会开始！"按照谭成的要求，人人都出节目，最少一个，多了不限。马仁对自己没有信心，就报了一个节目，还怕别人的表演精彩，自己的拿不出手，于是抢先第一个表演。他清唱了一段京剧《女起解》，没想到字正腔圆，板眼分明，虽不着行头不走台步，那身段、眼神、水袖、兰花指，表演得样样到位，就是科班出身的青衣也不过如此。他赢得了一个满堂彩。众人自不必说，李察德居然也露出笑容跟着大家喊了一声："好！再来一个！"

  第二个抢着上场的是曹秉毅，他说："吹、拉、弹、唱俺都不会，给大家说个故事，真人真事。那是老年间的事了，我还是听奶奶说的。奶奶也许是听她的婆婆的婆婆说的，我奶奶的婆婆的婆婆是听他婆婆的婆婆还是婆婆的公公说的？我就不知道了。"老曹一下子往上追出了六代，大家笑了，心里承认这确实算得上是老年间了。"在老年间，俺东北，说起那深山老林，你要是钻进去，不迷路不要紧，迷了路就在里边转悠吧！运气好，也许几个月还能出来，碰上头大犴子还没什么，要是撞上个黑瞎子，那你可算倒了霉了。说起那大草甸子，除了那些犯了事的人，平常没人敢进去。那些犯事的，趁春天冰没化背口锅猫进去，忍着小咬叮，天天煮鱼吃，不到入冬上了大冻，别想出来。硬要出来，不知道哪一脚陷进烂泥潭里，人一挣扎转眼就没影儿了。说起那大平原，一眼望不到边，和眼下不一样，走个百八十里路，别说屯子，连个人毛都瞧不见，真说得上是地广人稀！那年间没有公路，也没有汽车，就是一匹辕马、三匹长套拉的大马车。把式在左边车辕子上偏身一坐或者两腿一叉脚踩两边车辕子往当中一站，双手握住大长杆皮鞭子一甩，嘎嘎响，那响声能传出 30 里地去！那时候，要想填饱肚子，不难，'棒打狍子瓢舀鱼，野鸡飞到柴锅里'！要是运气好挖到一棵上千年的老参王，那可阔了，够吃几辈子的。别说上千年的，就是几百年的，那也比棒槌小不了多少！"还没沾故事边儿，就这么一通白话，不要说马仁和王氏兄弟，就连李察德、谭成，眼睛都听得直了。

第二十章

老板钦差疑老板 关东大汉说关东

九十六

下边，老曹开始正题，故事的梗概是在一片离深山老林不远的大平原边沿上，有个小村，村头住着一户人家，当家的是一位五十多岁的老头儿，下有儿子、儿媳妇和两个小孙子。5口人，靠着种几十垧地生活。这一年芒种节，老头心善，在山边拾到了一只骨瘦如柴被老母狼遗弃的小狼崽，抱回家喂养。几个月后，小狼崽长得又肥又壮。老头觉得，在家里养着一只狼，心里不踏实。于是又把它送回拾到的地方。过了大半年，老头经常半夜被狗叫吵醒，起身查看，大栅栏门外不是放着一只刚被咬死的大野兔，就是放着一只脖子断了的大野鸡，还有一次愣是一只足有三四十斤重的狍子。开始认为是土地爷的犒劳，后来慢慢明白八成是小狼崽知恩报恩来了。这一年立冬，大平原上冰天雪地。一天早起五更，老头套上大车，准备到县城赶集。看家的大黄狗忽然跑到栅栏门后边汪汪大叫。老头开门一看，原来是狼崽回家啦，心里高兴，人狼好一番亲热。随后狼崽用嘴牵着老头衣服就往村外领，老头知道一定有事，也不知道要走多远，于是干脆把大车赶出来跟着狼崽。

走到一个十字路口，太阳已经老高老高。狼崽不见了，几百步外有两挂大车，车上满装着麻袋。大车辕子着地，看不见牲口。

老头来到近前，摸了摸麻袋，认定是粮食，每车20包，两辆车差不多有8000斤；此外还有半麻袋银洋、一个装满珠宝金银的首饰盒。大车四周，是大片已经凝成冰的鲜血、扯得破破烂烂带着血渍的棉衣、老羊皮袍、带着血肉的人骨；车上车下有11条大枪、3把短枪、几百个空弹壳。8匹大马，只剩下血肉模糊的骨头和皮；远一点的地方，七零八落地躺着足有百八十只死狼。老头看得心惊肉跳直打哆嗦，盘算着，赶车的这些人看起来是胡子，刚在远处大地方作案抢了大户往窝里拉。没想到半路遇上了狼群，狼崽大概也在里边。胡子仗着有快枪，连火堆都没点，最后子弹打光，连人带马都喂了狼。

老头这一家发了一笔大财。

大家都听得入了神，安安静静，没有一个人说话，老曹的故事一结束，才如梦初醒。似乎忘记了在开联欢会，天佐问老曹："以后狼崽又来过老头家没有？"

老曹说："奶奶没告诉我。"这个回答引得众人哄笑了起来。

谭成说："下一个节目哪位上场？"没想到没人理这碴。

天佐又替天佑问道："那个狼崽是公的还是母的？"

老曹问："什么意思？"

天佐回答："天佑是说，如果是母的，它下了小崽儿是不是还带到老头家里来？"

老曹说："狼崽好像是母的，可它什么时候下的小崽，是不是带到老头家来过，我就不知道了。"这句话又引得大家嘻嘻笑了起来。

谭成一看这个局面，心说：也好，干脆让大家说下去。他不再催促下一个节目。

"曹老师，您小时候在老家见过狼群吗？"马仁问。

"我？在动物园里见过几只狼。我奶奶的爷爷的爷爷的爷爷也许见过狼群。"

天佐问："曹老师，您一定听您奶奶讲了不少故事。"

"对！亲眼看到的也有。有黑瞎子的故事，有棒槌的故事，还有别的故事。棒槌是什么？不知道了吧？是人参。"

"曹大叔，再讲个棒槌的故事吧！不然您先喝口酒，我贡献一包腰果、一包大榛子。"

"行啊！白干就腰果、榛子，行！但我不能一个人把联欢会的节目都包了，对吧？差一点忘了，最后要告诉各位，收养狼崽的那位老爷子，也姓曹，是我的上八代祖宗。"

"哇！"大家齐齐地一声惊叹。

7日早晨，吃过早饭，谭成收到艾登发自伦敦的电子信函。他笑了，告诉大家，艾登不回来了，可以从容地干到16日，然后打道回府。笑过之后，又皱起了眉头，先递给曹秉毅，又让大家都看了看艾登的信函。

李察德沉思了一下，忽然说道："2号井下的事情可以先放放，我建议坐下来认真讨论一下艾登的来信。"

这句话说到谭成的心里去了。他也是刚刚想到这一点，正在盘算如何说服李察德，没想到李察德反而先提出了建议。他立刻回应："完全赞成。曹兄，你的意见呢？"

"赞成！"老曹未加思索，破口而出，"是要好好讨论讨论，艾登不来了，说明威尔逊这小子已经不把咱这里当回事了。"

谭成和马仁小声商量了一下，是不是让王氏兄弟，在两座楼里再仔细察看一下有没有什么疑点。谭成开始感觉心里不大踏实了，马仁似乎也有了同样的感觉。马仁同意谭成这样安排。老曹没有听到他们说什么，但是明白了谭成的意思，他插嘴说道："你们三位秀才在这讨论，我带着天佐天佑玩玩去。"

马仁说："曹老师，您是法人代表，怎么能不参加讨论？"

"我就那么一点看法，刚说过了，用不着再参加。"

谭成和曹秉毅已经到了心意相通的地步，跟着说道："曹兄愿意玩就玩去吧！"

一听说老曹带着玩去，王氏兄弟高兴极了，没等老曹说话就蹦蹦跳跳地走开了。

谭成、李察德和马仁来到二楼艾登用过的那个房间，现在由谭成非正式命名为"艾登公馆"。这间房子把角，两面有窗子，光线特别好。讨论是李察德提议的，所以他第一个发表意见。他说："我们是去年12月20日来到南极点的，到现在已经18天。把南极点附近都搜查过了，把1号楼、2号楼的几乎每平方厘米的地方都察看了一遍，是不是可以得出这样一个结论：至少在我们来了以后,'异型生命工程'实验室那些人不在这里。"

谭成和马仁点了点头,表示同意这个结论。马仁补充一点:"除了1号楼、2号楼和两座楼下面的竖井以外,南极点附近再没有其他可以隐藏那个实验室的地方。2号楼和楼下的竖井可以完全排除在外;1号楼和楼下的竖井,也完全可以肯定没有那个实验室和那几位学者,但是有一些似乎可以算他们在那里活动过的证明。"

九十七

谭成和李察德点了点头。李察德接着说道:"我有一个问题:在我们来到南极点之前,'异型生命工程'实验室和那些学者是不是真的隐藏在这里?退一步说,最近几个月,那些学者是不是真的在这里活动过,出现过?"

马仁看了看谭成,谭成忽然站了起来,他说:"请两位等几分钟。"随着推门出去,到自己的房间去了一趟,回来的时候,手里拿着一份打印的文件。他举着那份文件,说:"这是去年9月24日威尔逊亲笔签署的函件,是一份通报。告诉我们:根据可靠情报,'异型生命工程'实验室的那些学者,最近曾在南极点附近100平方公里范围内出没,但潜藏地点极为隐蔽。俄罗斯一个南极点考察站曾派人搜索,没有结果。我们就是根据这份通报,来到南极点的。当然,我们来这里也有我们的目的。"

马仁说:"李先生提出了一个重要问题。看了今天艾登先生那封来信以后,联系到塔特跟踪赵欣然那件事,我总觉得威尔逊先生在搞阴谋对付我们。"

"'塔特跟踪赵欣然'?塔特是什么人?"李察德问。

谭成又到自己的房间拿来赵欣然那份报告,交给了李察德。李察德匆匆看了一遍,点了点头,又还给了谭成。

谭成沉思了一下说道:"李先生确实提出了一个重要问题,马仁又把这个问题引申了一下。弄清那些学者有没有进入过1号楼竖井,有没有在井下设立过实验室,李先生那个问题就有了确切答案。如果答案是肯定的,至少在南极点什么疑问都没有了。如果是否定的,就会又引出一系列疑问。比如井下那些化学药品说明什么?威尔逊先生编造假情报欺骗我们?威尔逊先生为什么要欺骗我们？等等。"

"我建议立刻通过泰山站查询一下：俄罗斯有没有设立南极点考察站？所有俄罗斯在南极大陆设立的考察站，有没有在南极点发现过可疑人物并进行过搜索？"马仁说。

"其实这一点查询起来很容易，一到窝头山就应该做，我们过于相信威尔逊先生了。现在查询，也不要使用电子信函，要有人去一趟窝头山。"谭成说。

李察德想了想忽然说道："一年前，北京《大众科学晚报》的一则新闻上提到过，在距离南极点60公里的地方有一个俄国考察站。不过不知道坐落在哪个方向上。"

谭成心里一动，暗想："一年前？一年前？他好像是去年四五月间才到北京的！《大众科学晚报》只在国内发行，他在新西兰看到的？不大可能。"不过他没有说破。

马仁说："请谭先生派我去一趟泰山站，现在就走。可以吗？"

谭成说："可以倒是可以，不过只剩下我和李先生，讨论会是开不成了。你驾雪地车，先到窝头山，找站长，问清后马上赶到俄罗斯的考察站查问，争取赶回来吃晚饭！"

"好！"马仁走了。

谭成又对李察德说："李先生，咱们按照威尔逊先生的要求，像开始时那样，驾上拖拉机，围绕南极点再转上几圈！"

李察德不太情愿，又不想让谭成扫兴，只好跟着他走下楼去。打开楼门，他们看到竖井井口打开了，绞盘也在一边摆着，老曹头戴对讲机站在那里，见他们出来，笑着说道："委屈二位，请从旁边挤出来吧！马仁刚过去，我估摸着你们也快出来了。小哥俩非要到井下玩玩，看在他们进贡零食的份上，我放行了！刚才想让马仁在上边看着，我也下去看看，没想到他还另有公干。"

谭成说道："曹兄，这回你可吃了大亏了。竖井下边，除了没有黑瞎子、没有犴子、没有棒槌以外，那比东北的深山老林可有意思多喽！"

"谭成，别逗了，天下有哪儿能比得过俺们东北的深山老林？"

谭成、老曹这一唱一和，闹得李察德又气又纳闷。他心想："老曹正事不办，带着两个学生去玩，还玩到井下去了。谭成不批评也罢，还鼓励他！"没容李察德再说什么，谭成拉着他去发动拖拉机了。

年轻人精力充沛，行动迅速，谭成、李察德回来吃午饭的时候，王氏兄弟也从井下上来了。老曹带着他们，很快准备好午饭。在餐桌上，天佐特别兴奋，一边吃饭一边谈论井下的见闻；天佑圆睁着两只精亮的眼睛，在几个人的脸上乱转。天佐忽然停住话头，问了一声老曹："棒槌大叔，马哥呢？"

"我说天佐，你叫大叔什么？棒槌？你以为我不知道，老北京骂人，没胳膊没腿什么都不会干的人才叫棒槌。"

"大叔，您不是北京的棒槌，是东北的棒槌，东北的棒槌多值钱哪！"

谭成哈哈大笑起来："曹兄，天佐说得对，你不是北京的棒槌，是东北的棒槌。哈哈，哈哈！"

"天佑说，您要是不愿意，我们就叫您黑瞎子大叔。其实，黑瞎子大叔、棒槌大叔都差不多。"

谭成又笑了起来："对，对。黑瞎子、棒槌差不多，都是东北的。"

"天佑，看你不言不语的，敢情是一肚子坏水。"

李察德见老曹让王氏兄弟到井下去玩，本来就不大高兴，现在他们又叫老曹棒槌大叔、黑瞎子大叔，真是莫名其妙。他忍不住了，大声说道："老曹是曹秉毅，昨天他讲的故事里说到东北有棒槌、有黑瞎子，不是说他就是棒槌、黑瞎子！"

谭成马上郑重其事地接口说道："李先生说得对，曹兄虽然产自东北，不过绝对不是棒槌，也不是黑瞎子！"

李察德认真的态度和谭成的一描，让王氏兄弟一下子笑得弯下了腰。

下午老曹、谭成把王氏兄弟找到艾登公馆，询问了一下他们在井下玩得怎么样。

早晨，曹秉毅顺着他们的好奇、好玩，把他们装备好送到井下，对他们什么也没有说。老曹是想让他们观察观察，特别是天佑有特异感知功能，也许能发现一些威尔逊的阴谋。谭成知道老曹带王氏兄弟出去，一定是想运用他们的特长，去发现或者寻找什么，也想到了可能会让他们下井。

九十八

"怎么样？大叔我说话算数，说找机会让你们下井，就一定办到。在井下玩得怎么样？"

"棒槌大叔，您不必揣着明白说糊涂的，您那点心思瞒得过我瞒得过天佑吗？"

老曹没想到天佐会来这么一招。一想也对，天佑有这方面的特异功能，自己距离他们这么近，这点想法自然瞒不过去。忙说："好，算天佐你行，大叔我有眼不识棒槌。那就请你们哥俩说说吧！"

天佐看了看天佑，说道："我们把井下所有的地方都看了一遍。那几条废弃了的巷道，除了李先生、谭先生留下的痕迹外，至少有几十年没有人再进去过。最下边那条环形巷道，是需要检查的关键地方，我们仔细瞄了瞄。那些房洞，和废弃了的那些巷道一样，也只有李先生、谭先生留下的痕迹。由入口直达机房的主巷道、环形巷道、机房门前的横穿巷道、横穿巷道两端的两条通风口小巷，除了李先生、谭先生的痕迹外，还留有另外4个人的痕迹，这些痕迹大约是30天前留下的。这4个人还跨出了左边通风口，在两个通风口之间的隔离墙上，修建了壁橱，放置了化学药品。我们打开了机房的大门，机房内所有的设备都在几十年前就停止使用，以后再没有人动过。由井下上来的时候，我们又仔细检查了一下壁梯磴，也找到了一点点那4个人留下的痕迹。其实，早在第一次马哥领着我们进入1号楼的时候，就发现过最近有几个人曾经进来活动过。"

"4个人，30天前？"谭成听后自言自语。

"我们找到了一些能说明问题的东西。"天佐接着说，"在通风口外的深沟里有一堆包装纸和几个包装木箱，除了天佑别人看不到。由天佑拉着保险索保护，我下去有八九米，取回一些来。"

谭成和老曹都意识到，这些东西可能很重要。谭成没有说什么，只是眼睛看着王氏兄弟，表示嘉许。老曹沉不住气，急切问道："为什么不早说？放在哪儿啦？"

"放在竖井井口下边一点，拴在壁梯磴上了。"王氏兄弟对李察德还不大放心，不愿意让他看见。

4个人急匆匆跑到楼下，打开竖井井口，天佑下去取上来一只木质包装箱。四个人复原好竖井井盖，又提着那只包装箱匆匆回到楼上。李察德听到动静，也走了过来。大家围着包装箱细看，只见包装箱很新，长方形，高约40厘米，长约55厘米，宽不足30厘米。箱上用英文和图形注明：小心轻放；不可倒置；有毒、易燃。曹秉毅虽然不懂英文，看了图形也能明白，他说："这准是装那些化学药品的。"他说得不错，别人在继续往下看，对他的话不置可否。箱上贴有一张发自伦敦的航空托运标志，日期是去年的11月12日。

谭成说："距离现在56天，在威尔逊通报之后的49天。"

李察德插口问道："从什么地方找到这么个包装箱的？"

谭成告诉他，王氏兄弟到1号楼竖井下去玩，在环形巷道发现化学药品的那个通风口外边，在冰层和山坡间的深沟里发现的。在那里还发现了四个人的足迹。谭成说："还是这小哥俩心细、眼尖，您只看到了那些化学药品。"谭成认为，王氏兄弟的特异功能是他们的隐私，未经允许，自己无权告诉李察德。

李察德点了点头，说道："我们那天时间也太仓促了，没有来得及再仔细看看。"说着弯下腰去，扶起包装箱，把六个面都看了看。接着他又打开浮掩着的盖子，里边放有一捆瓦楞纸和一卷子牛皮纸，从纸上印的图案能够辨认出来，是包装室内装修材料的。又翻腾了一下，在一张牛皮纸上找到了和包装箱上相同的航空托运标志。

谭成说："修建壁橱，摆放化学药品是一次完成的。那四个人和这些化学药品、装修材料一样，好像也是从伦敦来的。他们领先我们一步来到南极点，而且早就知道1号楼的竖井。"说到这里，像是忽然想起了什么，他把天佑拉到自己的房间，问道："天佑，你在2号楼竖井下有没有发现最近有人下去过？"天佑摇了摇头。他又盯问："肯定？"天佑点了点头。只用了两三分钟时间，他和天佑重新回到艾登公馆，正赶上李察德发表看法。

李察德对曹秉毅说："那些化学药品放在那里，好像专为给我们看的。"

老曹一高兴，颠起脚跟伸手拍了拍李察德的肩膀，大声说道："老李，老李，你这个大好人进步啦！我早就说过，威尔逊没安好心。"

谭成说："曹兄，是不是大家先回去休息，等马仁调查回来，也许事情就清楚了。"

"同意！"

晚饭后，马仁行色匆匆地赶了回来，先狼吞虎咽地吃了一碗老曹给他准备的榨菜肉丝汤面，然后向大家汇报了出去一天的调查结果。

根据马仁在窝头山的查询，俄罗斯在南极点附近确有一个也只有这一个考察站，位于窝头山的西南方约100公里，距离极点不足60公里。此外，在南纬89度以南再无其他国家正在活动的考察站。马仁抓紧时间访问了俄罗斯的考察站。据这个考察站的科学家介绍，他们负有监测南极点地区夏季环境变化的任务，每年10月上旬进驻，次年3月下旬撤出，整个南极冬季无人留守。就是说，在去年9月的时候，根本不存在俄罗斯考察站发现"异型生命工程"实验室的学者们在南极点出没的事实。据他们介绍，今年夏季有两批共11人到极点附近活动。其中一批7人，是中国泰山站派出的南极点考察组，主要任务是查找去年失踪的阳傀先生，这指的就是我们。另一批，在我们之前，去年的12月4日、5日、6日在南极点活动了大约50个小时，是4名来这里探险的英国人。最后，马仁说："这次调查结果，证明去年9月威尔逊的通报，满篇都是谎言。"

九十九

天佐嘴快，马上接碴："马哥，你的这次调查结果还证明，1号楼竖井下的化学药品，就是俄罗斯考察站所说的4个英国探险家放在那里的。"

对天佐的话，马仁有点摸不着头脑，曹秉毅不无夸张地向他介绍了王氏兄弟下井游逛的发现。

谭成说道："今天马仁的调查和天佐、天佑的发现，可以说明：1.去年9月24日威尔逊给我们的通报，纯属谎言，是蓄意欺骗；2.1号楼竖井，威尔逊早就知道；3.四个英国探险家，是威尔逊派来的；4.1号楼竖井下的化学药品，是威尔逊做的手脚，是为了给我们看的。以上第一点证据确凿，可以肯定。第二、三、四点，大体可以肯定，但是和威尔逊连在一起还没有确凿的证据。这四点是一个完整的圈套，只可惜威尔逊所用非人，1号楼竖井下的布置，漏洞太多了。我们需要认真研究，威尔逊精心设计这个圈套的目的是什么。"

曹秉毅说："他知道我们要寻找阳先生，最希望能到南极点。他利用了这一点。"

马仁说："按照曹老师的说法，从威尔逊那方面看，这个圈套设在别处也可以，不一定就在南极点。如果说威尔逊有什么阴谋，这个阴谋施展不受地域限制。"

曹秉毅说："肯定有阴谋，想害我们，不然弄这么个圈套干什么？"

谭成点头说道："曹兄说得有理，肯定有阴谋。这个阴谋施展不受地域限制，是一个可能。也许必须在南极点这个特定地域施展，和我们来南极点的愿望只是巧合。"

李察德觉得，这件事情和自然科学上的问题不同，太复杂，太费脑子了，他对谭成说："我建议，今天时间太晚了，大家回去休息，明天办2号楼竖井的事。威尔逊的事情以后再讨论。"

谭成点头表示同意，几个人相继散去各回自己房间。

阳傀3年元月8日，早饭后，老曹安排大白、阿花看守1号楼和巡视两座楼之间的地方，然后开车带领全组一起来到2号楼。

谭成和马仁商量了一下，又一次询问天佑、天佐：在他们第一次进入2号楼和第一次下到2号楼井下的时候，有没有发现最近也有人到过这里？天佑肯定地回答没有。他说，如果是几年内，特别是最近有人到过这里，他应该能够发现；如果下过井，井下环境单纯，又几乎和外界隔绝，他一定可以发现。谭成点了点头，又说："最近没有人进来过，还不能说明威尔逊不知道这里也有口竖井，我们还要多加小心。"

马仁想了想说道："威尔逊知道1号楼有口竖井，而且详细知道井下情况，不然不会那么胸有成竹地派人来搞这个圈套。从那4个探险家的活动看，他们并没有理会那三个废巷道，是径直下到竖井井底的。"说到这里他看了看天佑，天佑点了点头。他又接着说："这样可以判断：最大可能，是威尔逊手中有张建造这口竖井时留下的图纸；否则，即使他来过南极点，也极少可能像我们这样多少遍地查找；即使像我们这样查找，也不一定能够发现；即使发现了，也不一定能守住这个秘密。如果这个推断成立，威尔逊知道2号楼也有口竖井的可能性就极小了。因为两座楼不是一个主人建的，也不是同一时间建的。最后虽然归了一个主人，而且很可能是这个人开凿的竖井，但谁也不会想到会同时开凿两个，何况2号楼竖井又是口废井，不大会留下图纸。"

谭成同意马仁的分析，放下了心里的一块大石头。

李察德果然不同意谭成的分工方案，他坚持要和谭成下到湖边，亲手去运阳傀的遗体。没有办法，只好变更一下：由老曹在井口指挥并操纵绞盘，天佑留在竖井井底拐角处接应，马仁在冰裂缝上方接应，天佐随谭成和李察德下到湖边。至于如何取运阳傀先生遗体，谭成虽答应过李察德要尽最大努力，但是几天来反复考虑，总也想不出个可行办法。最困难的，首先是如何从冰里把阳傀的遗体凿出来？其次是经过冰裂缝下边那一大段斜坡，抬不能抬，吊不能吊，怎么办？只好多带些工具，走一步，看一步。李察德知道困难很大，但心情激动，不遑多想。另外，他觉得谭成这个人潜力无穷，无论遇到多大的难题，也能想出解决的办法来。

空气显得很沉闷，大家都没有说话。老曹把井盖打开，准备好5条保险索，6个对讲机。天佑、天佐对看了一眼，好像要对马仁说什么，嘴动了动，可是一看李察德，又吞回去了。马仁、天佑、谭成、天佐、李察德系好安全索，戴好对讲机，然后依次陆续下井。

天佑、马仁分别进入各自的位置，做好准备。谭成第一个下去，天佐第二个下去，两个人在下边接应，李察德也下到了斜坡。谭成和天佐护持着李察德，顺着斜坡慢慢下行到谭成第一次到过的湖边悬崖顶部，三支手电筒同时向悬崖下边的湖面照去。谭成忽然摇了摇头说道："不对！湖面好像升高了。"

李察德上次和谭成一起下到这里时，测过湖水水温和水深，对水面有印象，也明显觉出是升高了。他没有说什么，可是心里在琢磨：是什么原因让湖面升高了呢？接着他就想到，不好，自己遗失的躯体可能没在水里了，再也找不到了。他招呼谭成，赶快沿湖岸往南极点方向前进，好像早一点也许还有找到的希望。谭成自然也想到了，于是领路前进。李察德跟在他的后面，天佐保护着李察德走在最后。他们脚踏嶙峋的怪石，艰难地行进。谭成越走越觉得不对劲，好像头上的冰顶比原来低了。原来从悬崖那里出发，走出去200米左右，湖边有两三米到四五米宽的冻土缓坡，现在刚刚走出一百多米，冰顶开始碰头，冻土缓坡越来越窄。回头看看李察德，他已经弯着腰往前挪了。又前进了二三十米，已经无法前进。用手电往前照去，只见几米以外，湖水和冰顶连在了一起。他们后退了几十米，李察德勉强伸直了腰，突然大喊了一声："天亡我也！"引得周围回声阵阵。

一百

谭成和天佐吓了一跳，老曹、天佑和马仁从对讲机中听到，也吓了一跳。老曹沉不住气了，急忙问道："老李，怎么回事？"

"湖水上涨，已经无法接近阳先生遗体。"谭成代替李察德回答。

老曹说："那就先上来吧！"

谭成问李察德："李先生，您看呢？"

李察德怔怔地站在那里，没有说话。

"也许是季节性的，现在是南极夏季，丰水期，引起湖水上涨；也许湖底某个地方有火山活动，引起大范围冰层融化，使得湖水上涨；也许是海水大潮，就像钱塘江大潮那样，造成以湖为源头的河流海水倒灌，引起湖水上涨；也许是海底火山爆发或海底地震，造成大海翻腾，引起海水倒灌……"谭成想继续说下去，说明湖水会回落，以后还有希望。

"这是什么地方？"忽然李察德冒出了这么一句。

谭成一愣，闸住了话头，想起了那天在李察德房间内看到的情形，心说："不好！他又犯病了。"连忙招呼天佐，共同扶持李察德，磕磕绊绊地沿原路往回走。他们费尽力气把他弄上了冰巷道，又跌跌撞撞地送到井上。这中间，李察德再也没有说过一句话。谭成向曹秉毅使了个眼色，老曹明白，大概是李察德又犯了病了。他什么也没问，待天佐、天佑恢复好井口，由马仁开车，他和谭成护持着李察德，大家一起回到了1号楼。

原来在湖边，李察德绝望中一声大叫，强震之下，精神又出了壳。现在放下李察德这个躯壳暂时不表，且说阳傀先生摆脱了躯壳之后，独自沿湖边在水和冰的空隙中间往南极点方向飘去。行进路程不长，因为没有光线，上下四周一片漆黑，先生无能为力了。他退了回来，随在谭成他们后面，保持着一定距离，到了井上，先行一步回到了1号楼。他习惯地来到李察德的房间，习惯地坐在写字台前的椅子上。也就是三五分钟的时间，突然房门开了，谭成、曹秉毅扶着李察德走了进来。先生想躲开，但是来不及了，他又被李察德的躯壳吸了回去。"唉！"他叹了口气。

谭成和曹秉毅相互对看了一眼，齐声说："好啦！"他们扶着他躺在了床上。

李察德勉强说了一声："谢谢！"接着又说："请让我一个人休息一会儿。"

谭成、曹秉毅退了出去，顺手替他把房门关好。

午饭后，大家休息了一下，然后不约而同地来到了艾登公馆，李察德也到了。王氏兄弟想听故事，是奔着老曹来的，一进来觉得气氛不对，又退了出去。剩下四个人沉默了几分钟，谭成先开了口："我想了一个问题，我们为什么要到南极点来？第一个目的应该是寻找阳傀先生，他是在这里失踪的；第二个目的是根据和南亚集团的协议，按照威尔逊先生的通报，寻找'异型生命工程'实验室，而这一点又和寻找阳傀先生有直接关系；另外，还有一个根据，一年多以前阳傀先生也是到这里寻找那个实验室的。我又想了想，南极大陆一千多万平方公里，难道'异型生命工程'实验室只有可能选择藏在南极点吗？有没有可能威尔逊先生故意把我们引到这里来，造成一个这个实验室曾设在南极点，现在已经迁离南极大陆的假象？然后再把我们引到比如说青藏高原的无人区或者格陵兰去，而实际上他早已在南极大陆的一个什么地方找到了这个实验室，干起他想干的事情？"

"阳傀原计划到南极大陆几个地方去找，先到南极点，为的是赶在南半球夏至竖立那个极点标志杆。不过……这是我推测的。"李察德说。

"老李，你可真行！越来越聪明。我还没问你怎么知道的，你先把我的嘴堵上了。"老曹眼盯着李察德，边笑边摇着头表示欣赏。马仁也跟着笑了笑。

李察德看了老曹一眼，面无表情，什么也没说。

马仁说："谭先生说的这个可能，不能排除。我建议，还有几天时间，其实再晚离开几天也说得过去，用泰山站名义从智利租一架可随时在冰原上起降的轻型飞机，把南极大陆所有废弃多年的建筑物和一些可疑山头都查看一遍。说起来工程量好像很大，其实到窝头山一查就会知道，全大陆废弃建筑没有几座，可疑山头也不会太多。"

谭成、曹秉毅同意这个建议，并指定由马仁带同王氏兄弟执行，要求他们注意，无论如何不要被南亚集团发觉。李察德要求参加，这次谭成和老曹坚决不同意，他们担心万一中途李察德犯了病，没办法照顾。他们心里有底，这次他没有办法单独行动。李察德最后让了步，他说："我知道阳傀想过去哪些地方……这也是推测出来的。"随后他把阳傀先生一年前计划去没有去成的几个地方告诉了马仁,供他参考。

老曹听了李察德后边这半句话,不禁哈哈大笑,马仁、谭成也跟着笑了。

马仁和王氏兄弟走后,老曹轻松下来,每天带着大白和阿花围着南极点和1号楼、2号楼遛来遛去。

谭成借机会每天找李察德到艾登公馆聊天。只要有对象,谭成聊起天来从不感到厌倦。李察德对聊天没什么兴趣,不过这几天没事,谭成邀请,也愿意奉陪。

元月13日午后两点钟刚过,谭成突然收到威尔逊发来的一封电子信函:

"谭成先生:顷获确切消息,'异型生命工程'实验室的学者们,不久前自驾一艘高速快艇,在西经45度32分、南纬54度19分孤悬于南大西洋中一个很小的岛礁上登陆,随即失去踪影。估计在这个岛礁上建有地下密室,可能是'异型生命工程'实验室的一个备用地点。建议曹氏侦探社南极点侦探组尽快移师此无名岛礁进行探查。无名岛礁以西不算太远,有一个岛屿,可作为基地。本公司将提供一架可续航10000公里的水陆两用飞机及在岛礁活动的一应用具。唯此行风险颇大,请贵社斟酌,如有困难,本公司可另行设法。敬候回音。   威尔逊"。

第二十一章

固执背后难当易　意念源头有似无

一百零一

　　谭成把威尔逊的电子信函给李察德看了，又翻译给曹秉毅听了听，笑着说："威尔逊又在耍花招了。"

　　"完全是鬼话！不过他把我们骗到那么一个小岛上去干什么？那种地方可是上不着天，下不着地，出了事连个土地爷都找不着。"老曹说。

　　"威尔逊的最后一句话是在将我们，看我们曹氏侦探社是不是孬种。如果我们说不去，那就等于撕毁协议。他就可以名正言顺地断绝经费，甚至连离开南极返回北京的路费都不再拨给我们。不过他不一定有这一层意思，毕竟是堂堂的南亚集团的董事长，处理事情不会一点余地不留，而且他也知道有泰安市太极集团的支撑，在经费上难不倒我们。也可能他就是担心我们不去，故意激将。可是他把我们骗到那里去，是什么目的呢？"谭成说。

　　"等等马仁，他有心思，也许能摸清威尔逊的鬼算盘。"老曹对马仁的信服程度，现在已经接近谭成。

　　"不要把事情弄得那么复杂。威尔逊先生既然发现了那几位学者的踪迹，我们应该马上就去。大家都不去我也要去，一定要见到他们，否则死不瞑目。"李察德恨不得马上找到那几位学者，绝不肯放弃任何一点线索。谭成、曹秉毅就不同了。自从在2号楼竖井下大湖边上找到阳傀先生的遗体以后，在谭成和曹秉毅的思想深处，认为阳傀遇难是自然原因已属定局。如果可能，以后也只是设法寻找证据，进行解释的问题了。唯一缺憾，是没有能够把他的遗体移上地面，就地安葬或运回北京。不过，可以说任务基本完成了，这样，自然对寻找那几位学者失掉了原先的兴趣。对李察德来说，找到了阳傀的躯体，且不管以后能不能运出来，还有没有重生的希望，也只是办完了一桩，当然是最重要的一桩。但是找到那些学者，弄清自己发现的生命体是否是他们的创作，是自己的夙愿，过去几年一直为此事奔波，甚至丢失了躯体。威尔逊先生提供的线索无论是真是假，已经摆在眼前，怎么也得弄个水落石出。

　　谭成看了一眼曹秉毅，摇了摇头，心里说："麻烦来了。没想到这位李先生变成了威尔逊的盟友，就算威尔逊给摆了个火坑，也得往里跳了。"

　　曹秉毅笑了，对李察德说："我说老李，威尔逊可给咱们摆了个迷魂阵，里边是刀山，是火海，还是滚烫的油锅，谁都不知道。你是姜子牙还是穆桂英，有多大的能耐敢去破阵？"

　　李察德眨了眨眼，晃了几晃小脑壳："你说什么？姜子牙、穆桂英？他们那个时代有飞机吗？有快艇吗？他们能去那个小岛吗？"

　　这算什么问题？驴唇不对马嘴！曹秉毅有点发急，直用手胡噜头发。停了停，他说："马仁和王氏兄弟也快回来了，等等他们，大家一块讨论讨论。"说完，一扭头出去了。

　　谭成耸了耸肩，做了个鬼脸。

　　李察德看了看房门，又看了看谭成，有点懵了。

　　出发后的当天，在考察一个可疑山头的时候，马仁不知不觉间忽然想起了2号楼竖井下大湖边上发生的事情，他询问天佑："7、8、9号这几天早晨，你们两个有没有再到标志杆那里去？"

　　天佑看了看天佐，天佐说："下井的前一天早晨天佑已经发现那个大湖涨水了，再下去也是白下去。可是看李先生两眼直勾勾的样子，没敢说，也不好说，就是说了拿不出证据，他也不信。"

　　"那么天佑有没有'看'到阳先生的遗体？"马仁问。

天佐说："因为谭先生和李先生在下面发现了，知道了位置，所以天佑往标志杆那里一站就'看'到了。"说完，停顿了一下，眨了眨眼，看了看天佑，接着又说："我们俩想把阳先生的遗体弄上来！"

"你……你说什么？"马仁大吃一惊，眼睛都瞪圆了。马仁了解他们的本事，这些年他设计过许多试验，测试过多少次，虽然几乎没有失败过，可是天佐移动的都是些小东西，过程也很简单。最复杂的一次要算"盗窃"威尔逊先生的领带，随后又把它嵌入太极石球了。隔墙行动，特别还要卡准时间，两个人合作，天佑边看边指挥，天佐行动。虽说事先两人表示有把握，可是在完成之前，马仁一直捏着一把汗。这次他们居然提出要把一具六七十公斤重的活人躯体从一百多米厚的冰层下面移上来，又说得那么轻松，确实大大出乎马仁的意外。

"把阳先生遗体弄上来。"天佐依旧说得那么轻松。

"你们能行吗？那可不是一个手机、一块巧克力！"马仁的语气里充满了疑问。

"别看过去移动的都是小东西。大东西小东西都一样，没什么差别，就是一辆卡车、一架飞机、一座有几百吨煤的煤堆也可以移动。"天佑发言了，说得那么干脆。

马仁非常了解王氏兄弟的性格、习惯和心理，他们对自己的能力从不言过其词。他迷惑了，为什么自己过去就没有想到试验移动一些大东西？可能是受别人试验经验的限制，过去大家做过的所有试验，都是手表、手机、钥匙、药片之类的小东西，于是认为试验小东西，理所当然；再可能就是常识的限制，觉得用体力移动不过一二百斤，意念理所当然只能移动一些小东西。看来过去自己的研究，并没有摆脱固有观念束缚，自然不能取得突破。

"天佑，你说移动大东西和移动小东西一样，没什么差别，是什么意思？"

天佑看看天佐，天佐回答说："我们的意思是，移动阳先生遗体和移动一块巧克力一样，多费不了多少力气。"

"你们自己试验过？"

"以前没有，可是想过。今天早晨试验了一下。"天佐说。

"今天早晨？你们移动过什么？"

"就是阳先生的身体。我们已经把他移上了冰面，觉得没有地方存放，让李先生看见不知道怎么说好，又放回去了。"

这更是大大出乎了马仁的意料。他知道天佐说的都是实情，可以百分之一百地相信。过去马仁的研究思路，认为意念可以变为物质力量，或者说产生能量。研究的第一方向，是弄清这个转换过程或产生过程。现在看，这个思路也许错了。可是新的思路在哪里呢？

一百零二

马仁和王氏兄弟回到了南极点。

14日早晨，侦探组全体坐在了一起。先由马仁汇报了乘飞机查找的情况：预定地点，包括李察德提示的几个地方、泰山站站长提示的几个地方，除去相互重复的，共13个，6座废弃建筑物，7座山头，都仔细查了一遍，没有发现任何"异型生命工程"实验室存在过的痕迹。

听完马仁的汇报，谭成点了点头，说道："到现在为止，基本上可以得出结论：'异型生命工程'实验室不在南极大陆，也从来没有在南极大陆出现过。"

李察德有些兴奋，小脑袋瓜一晃站了起来。面带笑容高声说道："感谢马先生和天佐、天佑两位同学，你们做出了三项贡献：第一，找到2号楼竖井，使我们发现了那个大湖，发现那个大湖中可能存在一个独立的生态系统，这是个有重大意义的发现；第二，这次调查，加上大家前段的查找，证明阳傀要找的那些学者们从来没有到过南极，替他的查找否定了一个可能；第三，使我们找到了阳傀。"说到最后一点，他的声音低了下来，变得神情黯然，颓丧地坐了下去，垂着头，看样子不想往下再说了。

马仁借着这一停顿赶快说明："谢谢李先生对我们的鼓励。不过您摆的这三点，说来说去都是大家做的，也包括您做的，怎么能把功劳都算在我们头上？"

"对！对！大家都有贡献。依我看，还是老李贡献最大。不过这些话还是等回去评功时再说。眼前，先讨论讨论威尔逊这老小子给我们出的新难题吧！"说着老曹拿出威尔逊的电函交给马仁和王氏兄弟传看了一下。"马仁，现在就等你发表意见啦！我说这是威尔逊摆的迷魂阵，是个骗局，我们不能上当。老李说，就是火坑，他也要跳，大家都不跳，他就一个人跳！"

李察德抬起头，一脸的疑惑："老曹，谁说我要跳火坑？这里一眼看不到边际的冰天雪地，哪来的火坑？"

哈哈！哈哈！众人同声大笑，尤其老曹，笑得前仰后合。

笑罢，谭成对马仁说："马仁，先听听你的看法。"

马仁想了想，不慌不忙不疾不徐地吐字出声："威尔逊能够跟我们这样一个小小的侦探社平等合作，能够这样高看我们，显然是看上了曹氏侦探社的人才，其实就是看上了谭先生。很可能他想网罗谭先生，这样，第一步就要吞掉曹氏侦探社。他不会在我们人身安全上下毒手。下那种毒手，要冒承担刑事犯罪的风险。自然，如果他认为我们对他将造成致命的危害，那又当别论。这次南极点之行，他确实欺骗了我们，现在最需要研究的是，他为什么要搞这个骗局，然后才能决定下一步怎么办。"

"有点意思，接着往下说。"老曹插嘴说。

"他似乎找到了那个'异型生命工程'实验室，推测是故意误导我们，拖着我们。他害怕我们也能够发现那个实验室的隐藏地点，所以同我们合作，变相把我们控制起来。当然，除了我们之外，也会有别的人在找，威尔逊认为他们没有我们这么认真而且不具有找到的能力，所以并不在意。由此是不是也可以判断，这个实验室的隐藏地点相当隐蔽。威尔逊放心让我们来南极，也正好说明这个实验室不在南极。自然也不在他准备让我们去的那个小岛上。"

"所以我说，不能再上当，谭成你看咱们是不是不去啦？"

马仁的话本来没有说完，听曹秉毅这么一说，他也看着谭成，自己不再说下去。

谭成一直在低头沉思，老曹的话他似乎没听见。李察德沉不住气了，抢着说道："马先生提不出任何证据证明他的推测符合事实。我一定要去，一个人也去！"

这时谭成抬起头来，从脸上的表情看，似乎已经成竹在胸，他说："威尔逊好像有点不希望我们回北京的意思，是不是为了掩盖这个意愿，前边故意放了一下？他是不是判断我们已经侦破了阳傀失踪案，有可能单方废除双方的协议？如果是后者，拉着我们的绳索就要断了，他要采取挽救措施。马仁说的有道理，不过也只是可能。李先生也有道理，他坚持认为另外一种可能。我看这么办，咱们兵分两路，一路是我和李先生去那个小岛；一路是曹兄和他们三位回北京。"

老曹一听，首先表示反对，他说："要去，就大家一起去；要回北京，就一起回北京，不能分开！"

谭成说："回北京不是回去睡大觉，如果威尔逊确实不希望我们回北京，说明他在北京可能要采取什么行动，你们必须回去进行监视。只要盯住威斯特，就全有了。威尔逊一心一意要把我抓在手里，其实没有我马仁小组也许干得更好。我不在北京，他会毫无顾忌地放手去干。真要想弄清威尔逊的底数，小岛也必须要去。"

老曹说："我担心你们俩去那种地方有危险！"

"我觉得马仁分析得对，这一去，威尔逊必然把我们待成上宾。说不定他盘算着谭成能够在他的笼络和必要时的胁迫下，为他所用。"谭成说。

"要防备他切断你们和外界的一切联系。"马仁说。

"只要在你们周围制造一个屏蔽场，就可以完全遮住你们的计算机发射的无线电信号和外来的无线电信号。"天佐插了一句。

"这倒真是个问题。天佐，你能想想办法吗？"谭成问。

天佐摇了摇头。

"既然如此，我和李先生干脆不带计算机，要求威尔逊先生给配备通讯工具。另外，曹兄和马仁也要做我们完全失掉音讯的准备，这时候千万不要着急，要相信我能应对任何情况。"

老曹和马仁没有再提出异议，事情就这样决定了。谭成问王氏兄弟："你们兄弟的记忆力怎么样？"

天佑忽然搭腔："全组六台计算机中，自北京出发到今天记录的东西，只要看一遍，我全部能够记下来，保证到北京一字不差地复原。"

"不过需要两天时间。"天佐看了看马仁，和他交换了一下眼色，然后说道。

一百零三

谭成笑着说："天佑，你可太灵了，我刚有个想法，你就猜出来了。就这样，请各位把自己的计算机、外接磁盘和密码都交给天佑、天佐，由他们记忆内容，然后彻底删除所有内容和所有相关数据。天佑、天佐要保证大家的密码和内容中的隐私决不外泄。回到北京，要把六台计算机中有关这次南极之行的记载，复原到曹法人代表一台计算机中，由他特别保存。特殊情况下的特殊措施，实在委屈各位了，务请多多原谅。天佐说需要两天，今天也要算一天，明天午夜12点以前必须完成。如果没有异议，曹兄，是不是就这么办了？"

老曹没有什么，表示完全同意。马仁有些想法，其实谭成自己也有些想法，都不愿意把自己和情人的往来信件让别人看到，不过，也只能顾全大局了。

李察德想法最多，他的日记都是阳傀的日记，无论如何不能让别人看到。他说："我明白谭成的意思，不能使我们这次行动中的一些秘密泄露出去，特别是2号楼的秘密。我完全赞成，不过，我的计算机由我自己处理、自己记忆。"

马仁一听，心里高兴，这样一来，李察德至少要把自己锁在房子里一整天。有一整天时间，自己和天佐、天佑策划的那项行动，时间完全够用了，不必再考虑怎么躲避他了。

谭成说："可以，李先生自己处理后交给天佑、天佐，由他们最后检查一下。"

后来的事实证明，这次对计算机的处理，是完全必要的。几天以后，老曹带队回到北京的时候，发现六台计算机在托运的过程中遭人动过手脚。他们判断，有百分之九十的可能是威尔逊派人所为。他们也许没有冤枉威尔逊，如果确实是他做的手脚，当他发现自己在六台计算机中一无所获的时候，会发觉自己对谭成的估计还是太低了。

14日的晚饭后，马仁悄悄拉着谭成和曹秉毅，步行走到了阳傀元年12月21日阳傀先生竖立的极点标志杆有太极图的一侧。这里有个南北向正对着标志杆，南端距标志杆2米，长2米、宽1米、深约1.5米的冰雪坑，王氏兄弟正在坑边等候。谭成和曹秉毅有点摸不着头脑，只听马仁说有件十分十分重要的东西要他们去看看。他们走近坑边往下一看，先是吓了一跳，接着大吃一惊。只见是一个人的躯体，双脚对着标志杆仰身躺在坑底。曹秉毅低声喊道："这不是阳先生吗！"

谭成明白了，这是王氏兄弟从井下运上来的，他跳下坑去仔细检查了一下，确认是阳傀先生。只见他头上的防寒帽、身上的防寒服、脚下的防寒靴，齐齐整整，没有任何撕扯过的痕迹。从外露的面部看，在防护眼镜下边可以看到双眼是闭着的，口部微微有些张开，神态安详，栩栩如生，就像正在沉睡。

"我和天佐、天佑已经仔细检查过了，身上没有伤痕。衣袋中的几样遗物，我们已经取出。"马仁说完，天佐把一个小型布袋交给了谭成。马仁接着说："检查的全过程我们已经录了像，也给先生拍了几张照片，如果在这里安葬，整个过程也准备录像。"

曹秉毅面带满意的微笑看了看天佐，又看了看天佑，再看了看马仁，嘴唇动了动似乎想说什么又吞了回去，最后伸出右手向他们挑了挑大拇指。

马仁和王氏兄弟会办成这件事情，确实让谭成大感意外，对马仁处理这件事情的圆满、细致，他也十分满意。"下一步怎么办？"谭成没有用语言，而是用眼神询问马仁和老曹，征求他们的意见。

"我的意见是就地安葬，他竖立的这个极点标志杆就是他的墓碑。"马仁说。

"不让李察德知道？对这件事他可是太上心了，他……"曹秉毅想说他好像还是阳傀的"撞客"，又觉得不合适，半途咽回去了。

"他不是阳先生的亲属，也不是朋友，只是参与了寻找阳先生的工作。从工作上说，应该让他知道，可是如果让他知道，可以想象会带来多么大的麻烦，会对全盘工作产生什么样的影响。"马仁说。

老曹点了点头，接着又摇了摇头。

最后，谭成说："暂时不告诉李先生，以后看情况再说。同意先把阳先生葬在这里，如果以后家属要求运回国内，可以委托窝头山代办，其实这也是窝头山分内的事。"

老曹表示同意，不过又摇了摇头。他说："那我们现在就哀悼一下，大家默哀两分钟。"默哀归默哀，老曹心里其实另有想法："阳先生的魂灵这时候是附在李察德身上，可说不定哪一天又想离开李察德，到南极点寻找自己的身体，重新会回到自己身上。那他就又活了。不能让家属移灵，要是找不到自己身体，他还能活过来吗？也许永远就是李察德了，不过这个老李也不错。"

默哀完毕，谭成、曹秉毅又交代了几句然后离开了。马仁和王氏兄弟办理了余下的事情。

一切准备工作就绪，已经是15日的晚间。谭成电复威尔逊：经过全体侦探讨论，曹氏侦探社决定接受董事长先生的建议。只是有三位兼职侦探，因为学业的关系不能不离开南极点侦探组返回北京，曹秉毅先生也不得不陪同他们回去。这样，只有谭成和李察德先生可以前往了。如果董事长先生没有异议，就请17日派飞机来接。

15日夜间，南极点侦探组全体，由泰山站协助，撤到简易机场。恰巧赶上一次定期航班，曹秉毅等四人16日上午就离开了南极大陆。

　　威尔逊如约在17日派飞机把谭成和李察德先接到了南大西洋南美大陆东南方向的一个南美国家所属的岛屿上。这个岛屿不大，只有二十多平方公里，几十户居民，靠一个简易机场和一个不大的码头和外界保持联系。这里大片的原始森林，受到了很好的保护，夏季十分凉爽，是个避暑的好地方。不知道什么原因，没有旅游业，和外界处于半隔绝状态。未设海关，也没有驻军，只有两名警察，一名行政长官，都是岛上土著。距离那个小岛礁不足一千海里，作为探查小岛礁的前进基地，还算方便。

一百零四

　　和谭成、李察德到达的同时，威尔逊也到达了。行政长官、警察、居民从来没有见过这样大而豪华的飞机，而且一来就是两架，也没有见过像威尔逊这样体面的大人物。他们都是诚惶诚恐，恭敬有加，把岛上最好的房子腾出来准备供尊贵的客人使用。威尔逊只走下飞机对两位客人表示一下欢迎，对行政长官、警察、居民们表示一下感谢，活动活动身子，然后就请两位客人和他一起走进了自己的飞机。

　　威尔逊先生和两位客人共进了午餐。餐后，绝口不提准备请谭成、李察德去探查的那个无名岛礁，而是向谭成表示，这一段双方合作愉快，在合作中也看到了曹氏侦探社各位侦探以及兼职侦探，尤其是谭先生的高超本领和可贵的人品。最后他说："如果谭先生和曹先生同意，敝公司有意出两千万英镑收购曹氏侦探社，收购后将给各位侦探以最优厚的待遇，各位兼职侦探，"说到这里，他用诚挚的神情看了一眼李察德，接着说道，"各位兼职侦探可以正式聘为专职侦探，同时允许继续学业，直到完成。至于谭成先生，除了继续担任曹氏侦探社的首席侦探，还准备请阁下主持南亚集团一个十分重要的研究机构。当然，阳傀失踪案件还要继续侦查，直到完结。"

　　谭成双眼注视着威尔逊，静静地听着，心里暗道："图穷匕见，董事长先生已经等得不耐烦了。不过，两千万英镑对曹氏侦探社来说，倒算得上是个天文数字。"

"威尔逊先生，我不想做专职侦探，也不贪图南亚集团优厚的待遇，我参加南极点侦探组，只想……"李察德本想先说寻找阳傀，可是一想到2号楼的秘密，又硬生生吞回去了，"我是不说假话的，只想找到'异型生命工程'实验室那些学者们，问他们一件事情，问清楚了就达到了目的。请威尔逊先生把我和谭先生送到位于西经45度32分、南伟54度19分那个岛礁去搜寻他们。办完这件事情，您再和谭先生谈别的，我就不参加了。"

谭成心想，李察德说就为了问清一件事情，什么事情？就是阳傀那件事情？难道李察德真是让阳傀的鬼魂附体了？

威尔逊是第一次见到李察德，艾登的报告里谈及过这个人，但是情况不多。现在一听李察德这番谈话，开始有些惊奇，随后反而产生了兴趣。他礼貌地对李察德说："请李先生稍候，我想先听听谭先生的意见。"

谭成本来想继续听威尔逊先生说下去，却让李察德打断了。其实前边一席话已经暗示，所谓'异型生命工程'实验室的学者们，在位于西经45度32分、南纬54度19分的那个无名岛礁上出现，是子虚乌有。可惜李察德的脑子不转弯，谭成也只好陪着装糊涂了。他说："李先生说的也是，可以先在那个岛礁上搜寻一下，您说的事情下一步再商量。"

威尔逊面对谭成微笑着点了点头，又转向李察德问道："李先生说找到那几位学者想问清一件事情，不知道能不能见告是一件什么事情？"

谭成本来以为威尔逊已经被逼到墙角，不得不直接摊牌了，没想到他轻轻一闪转到了李察德的问题上。

"学术方面的事情。"李察德不想让威尔逊知道，也不能让谭成因为这个问题把李察德和阳傀连在一起，于是蹩了有一分钟时间，才想好这么几个字。

威尔逊进一步追问："特别重要吗？"

"当然，如果不是十分、十分重要，我也就不参加南极点侦探组了。"李察德回答。

"关系到李先生个人的……"

"不！关系到人类。不！关系到整个地球生物界。"李察德有些激动了。

谭成心说，这不就是阳傀那个问题吗？阳傀先生，不，李察德先生太实在了，要让威尔逊给套出来了。不过，自己一时又想不出恰当办法阻止威尔逊继续追问下去。

谁知道艾登向威尔逊报告时,说过李察德先生有点奇怪。威尔逊问他"奇怪"是什么意思,他说了一句:"也不能说是精神不正常。"这句话给威尔逊留下了一个印象:李察德可能精神上不大正常。李察德上边这个回答,威尔逊认为"确实精神上不大正常。"于是抛开了这个问题,转而询问:"李先生是新西兰人,据我所知才到中国不久。那些学者是英国人和中国人,而且已经销声匿迹多年,先生所读专业和'异型生命工程'也毫无关系,怎么会和他们产生了瓜葛?"

这一问,问到了要害处。李察德涨红了脸,变得无所顾忌,几乎是声嘶力竭地嚷道:"我,我,我不是新西兰人!我是中国人!我的专业和'异型生命工程'大有关系!"说罢,似乎打了个冷战,眨了眨眼,忽然像变了一个人,满脸茫然,左右巡视了一下,慢吞吞地问道:"这是什么地方?"

威尔逊十分惊诧,看了看谭成,用眼神询问:这是怎么回事?

谭成觉得自己好像明白了什么,刚才那几句大喊,已经明白告诉别人,他是阳傀。眼前这个李察德,大概是不折不扣的新西兰人李察德。于是试探着问了一句:"你是李察德先生吗?"

"我?李察德?"他皱了皱眉,似乎在努力思索。

谭成也奇怪了,又问了一句:"先生贵姓?"

"我?姓什么?"他又皱了皱眉,似乎努力思索起来。

威尔逊忽然说道:"李先生得了失忆症!他把过去的事都忘记了。谭先生,是不是赶快送医院?"

"同意送医院。麻烦董事长先生安排吧!"

威尔逊立即从那架飞机上休息的随行人员中招呼进两个人来,吩咐他们用那架飞机送李察德先生去阿根廷圣克鲁斯省,找一间最好的医院住院治疗。其余人员去村行政长官事先准备的房间休息。

一百零五

阳傀先生一时急火攻心崩离了李察德的躯体,他觉得威尔逊欺人太甚,不愿再和他坐在一起，出了飞机，一下子向东飘出去有几百海里。脚下大西洋波涛滚滚，四周一望无际，簇拥着白色浪花的蓝黑色海水涤荡着胸怀，先生渐渐平静下来，忘掉了刚才的气恼，心情异常舒畅，不禁长长地啊了几声。先生作为超等残疾人，长时间和李察德的躯体合二而一，已经习以为常。在南极点准备再下2号竖井的时候，曾想挣脱李察德的躯体，那也是权宜之计。现在无意中脱离开这个躯壳，忽然觉得浑身不得劲，像是失去了着落。他随着心意，悠然地慢慢飘回了那个小岛，重新进入了威尔逊的飞机。他发现只剩下威尔逊和谭成坐在那里谈话，自己的李察德躯壳不见了。只听两个人又谈论起"异型生命工程"实验室和那些学者，先生被吸引住了，把寻找躯壳的事放在了一边。

"如果我理解得不错，董事长先生已经无意再继续查找'异型生命工程'实验室和那些学者了。"谭成说。

阳傀先生一惊，他们不再去那个小岛礁啦？不会吧！

"谭先生可以这样理解。"威尔逊说。

先生真想告诉谭成：我们可以自己去找，那个小岛礁一定要去。

"可不可以认为，南亚集团已经找到了'异型生命工程'实验室和那些学者？"谭成叮问威尔逊。

先生又是一惊。难道他们真的找到了那几个人？可能，一个小岛礁，那几个人能够藏到哪里去？根本用不到我和谭成，威尔逊先生早就应该把他们找了。

威尔逊没有直接回答谭成的问题，他说："谭先生，南亚集团正在进行一项重大的开发。这项开发的成功，会震动全世界，会使南亚集团一夜间资产翻番，顿时名列全球大企业百强之首。不止如此，它对人类生存的贡献、长远影响，目前还无法估计。这项工程在南亚集团内部，只有我一个人知道，接受我的指示、参与但并不了解全部内情的也只有极少数几个人。负责这项开发的机构，社会上没有人知道它的存在，它的人员不在社会上活动。这些措置倒不仅是要保守技术机密，虽然将来可能涉及几百项甚至几千项专利。而是这项开发会和人们的传统观念会产生剧烈碰撞，消息一旦传出，会遭到许多人的反对，特别是南亚集团董事会成员们的反对。"威尔逊讲这段话的态度十分诚恳，讲到这里他停了停，想观察一下自己在多大程度上得到了谭成的信任。他知道，自己在南极点的安排，百分之八十已被谭成识破，他不会再信任自己，甚至已经引起了他的敌视。

谭成不动声色地听着，心里在想：威尔逊把南亚集团这样一个照他的说法是天大的秘密说给我听，是什么目的呢？他的话有几分真实？难道又是个圈套？

阳傀先生听得有些入神，他想：威尔逊说的这项工程是什么呢？可以肯定的是，不是制造另一种生命。他盼着威尔逊继续说下去，急于想知道威尔逊是否找到了那几位学者的心情反而被挤到了一边。

"这个机构的现任经理不称职，想邀聘谭先生担任这个职务，主持这个机构。"说罢，威尔逊看着谭成。

威尔逊的话，无论是真是假，都不能不让谭成感到意外。事情已经说到这个份上，谭成觉得再往下深问不会有什么结果，而且从礼貌上，自己也不能不有所反应了。他说："承蒙董事长先生厚爱，不过想请教一下，曹氏侦探社在董事长先生眼中应该是小得不能再小的一间公司；谭成也只是一介侦探，我们有自知之明，您怎么会看上我们这些人呢？"

阳傀先生从心底里佩服谭成，认为这个年轻人确实能干。但是让他去做肯定和他所学专业不沾边的工程的经理，他行吗？先生想到，真要威尔逊聘他，也许自己能帮帮忙。不过威尔逊为什么会看上他呢？他也想听听威尔逊怎么回答这个问题。

"贵侦探社的财富就是人才，尤其是首席侦探先生。谭先生有一项有益于担负本人前边所说那副重担的独特天然条件，不过，主要是谭先生身上有一种特殊的品质，这是别人不具备的。当然谭先生的管理能力、品德也是可以信赖的。"威尔逊说。

阳傀先生不懂了，什么独特天然条件？什么特殊的品质？还是别人不具备的？这些问号引起他一阵苦苦的思索。

谭成明白，所谓特殊的品质很有可能指的是自己身上有特异功能，他把王氏兄弟的本事都误集在自己身上了；至于那项天然条件指的是什么，把谭成也难住了。对特殊的品质，谭成判断得不错，只是他没有想到威尔逊还把他看成了是一个通灵家族的成员。谭成询问威尔逊："我想董事长先生在谈出这项重大秘密之前不会不考虑，如果我不接受这个要约，您将怎么办？如果我接受了这个要约，也接受了您的邀聘，但是中途又提出辞职，您又将怎么办？"

威尔逊笑道:"当然都考虑到了,我愿意承担风险。但是我判断,谭先生会接受,而且承担这项重任之后,更不会中途辞职。"

谭成也笑着说:"那就请董事长先生允许我考虑考虑,我也需要报告曹法人代表,征得他的同意。和北京联系的问题,不知道董事长先生能否帮助解决一下。"

"请谭先生原谅,因为事出仓促,我们没有给两位先生办理这个国家的入境手续。如果和外界通讯,万一被发现,非法入境的罪名,会招来很大的麻烦。何况曹先生几天后才能回到北京。其实,只要谭先生做出决断,曹先生那里是好说的。"谭、曹二人之间的关系,威尔逊早已知道大概。"我可以在这里再陪谭先生24小时。"

谭成知道,再说什么都没有用了,只好表示一下感谢。

第二十二章

礼聘能人图异秉　恶辞狂主觅开心

一百零六

威尔逊透露的秘密，激发了谭成身上固有的好奇品质、冒险精神和面对任何挑战不服输的个性。

没有等24小时，就在晚餐的时候，谭成告诉威尔逊，他接受了他的要约和邀聘，不过最后决定，还有待于曹法人代表的同意。其实，说服曹秉毅并不困难，得到马教授的批准也不是很难，谭成考虑最多的是爱群同意还是不同意，万一她不同意，那可是个大麻烦。

阳傀先生不大喜欢威尔逊，但是对谭成接受威尔逊的邀聘并不反对。他有自己的盘算：谭成接受威尔逊的邀聘也好，这样一来，只要自己不离开谭成，十之六七可以在威尔逊那里找到那些学者。自己的目的达到了，如果威尔逊说的那项开发，和自己所学接近，也许还可以帮助帮助谭成管理那个机构。

阳傀3年1月18日上午，谭成和威尔逊草签了两份合同，一份是南亚集团收购曹氏侦探社的合同，一份是谭成应聘在南亚集团某研究机构任职两年的合同。但是谭成要求，由于种种原因，做出是否正式签订的决定，需要给他一年的时间。威尔逊不同意这样长久的等待，最后经双方反复折冲，正式签订两项合同的最后期限定在阳傀3年的8月17日。

威尔逊准备要谭成去任经理的这个研究机构，是威尔逊在南亚集团倾注心血最多的一项事业，也是他抱负最大的一项事业，自然也是冒有最大风险的一项事业。它到底是研究什么的呢？

本书第六章，在叙述马恕人教授去天津拜访天祥公司邓晓阳经理的时候，邓晓阳曾提到听说近年威尔逊好像迷信上了巫术，喜欢和巫师、通灵人交往。最后还说了一句：难道在巫师、通灵人身上也有什么生意经？当时如果谈话一方不是马教授，而是马仁或者谭成，只要稍稍一提示一启发，打开邓晓阳的思路，邓晓阳会理出一些十分重要的有可能接近威尔逊这项事业的头绪来。下面我们假设他们的谈话是沿着另一个方向进行：

邓晓阳说：合情合理地推测，是不是威尔逊先生意图找到某些特异功能人身上特殊潜能的遗传基因，人工培养或合成这种基因，移植这种合成基因，让它也可以在其他的人身上表达。说白了，就是可以使人在后天成为特异功能人。实际上就是生产一种特殊的基因产品，在市场上以天价出售。

在场旁听的阳傀先生，误认为威尔逊先生真的像邓晓阳所推测的那样考虑的。他想，威尔逊先生和他的同事们为什么没有想到蛋白质呢？不论是正常功能还是特异功能表现，都是人体内某种化学反应的结果，人体内任何一种化学反应没有蛋白质参与，都难以进行。不应该认为人体的一切都是由基因决定的，未知因素或许还有很多。人体任何一种功能，特别是高级功能，都是人这个生命体的整体现象。在一个蜂群中抓出几只蜜蜂来，让它们筑巢、酿蜜，谁都知道那是白日做梦。找出一两个、三五个基因来，就想让它们如何如何，也是同一个道理。阳傀先生的头脑别看平时像竹筒子一样，不会拐弯儿，可是一旦他专注在某个学术问题上，却又灵动无比，辩论用语，也会犀利非常。他想，人体功能，可分为初级的、高层次的和特殊的三类。初级的功能，可自然发挥出来，比如呼吸、发声、听、视、嗅、味、触感、活动关节以及吃喝拉撒睡之类的本能；高层次的功能，要经过学习和锻炼才可发挥出来，比如掌握知识、掌握技能、发明创造、形成思想感情等等；特殊的功能，除少数可自然发挥出来，多数要经过诱导才能发挥出来，比如特异功能等等。高层次的和特殊的功能的发挥，都是作为一种可能性潜存着，在同样的学习或锻炼、同样的诱导的情况下，发挥的程度也因人而异。通过基因移植解决不了特殊功能的发挥问题，也根本找不出这样的基因。他想，按照李文庠先生的说法，特异功能人身上表露出来的人体潜能，是普遍存在的，也不需要基因移植。这种想法是有实验作根据的，难道威尔逊先生找到了新的相反的根据？阳傀先生自从听了李文庠大夫在北方大学的演讲以后，在人体科学方面已经入了门。

笔者以为，阳傀先生所认为的高层次功能、特殊的功能，其实都是精神领域的东西。发明创造、艺术创作，都和"灵感"有关；特异致动、特异感知、外气治病，都和"意念"有关。精神源于人脑，但是人脑如何产生精神，至今仍然是个谜团。企图找到"灵感"和"意念"的基因，自然是竹篮汲水一场空了。

邓晓阳继续往下说："再看看那些学者，其中不少是人类基因研究和转基因生物研究方面的很有成就的年轻专家。若干年前曾有传说，他们在秘密进行一种特殊的重组人类 DNA 的研究，他们声明否认。不久就传出他们要进行创造一种新的生命的研究，然后就不知去向。所谓重组人类 DNA，就是想制造'超人'。他们的设想是，在全世界比较大的民族中各选择一个健康的个体，比较这些个体身上各层次的结构及其功能，选择那些最优结构，并在 DNA 中找出对应的基因，然后截取这些基因拼凑成新的 DNA 形成新的细胞核，最后通过普通的克隆工程方法，造就出若干集中各个民族身体结构优点的'超人'个体。传说作为先期试验，他们已经在重建某种灵长目动物的 DNA 方面，取得了一些成果，培育出了几个"怪异"猿猴。这是一个不可思议的干预天地造化的设想，会造成什么样的灾难性后果，实在难以预料。我猜测他们是在坚持这种研究，正是他们的这种研究，引起了威尔逊先生的注意。"

不过假设终归是假设。

根据威尔逊的建议，谭成同意在岛上休息 3 天，再去阿根廷圣克鲁斯省探望一下李察德，然后经由伦敦回北京。19 日威尔逊先生先走一步回伦敦去了。阳傀先生此时已经知道李察德住进了医院，22 日随同谭成去探望时，又与躯壳合二为一。

一百零七

威斯特住进了天津悦来大饭店12楼，自己用一个套间，闵楫三用一个单间。安顿好之后，他要闵楫三买了一份天津市旅游图，按图索骥，自己驾着由北京带过来的专用轿车，用了几个小时看了看市容。他对闵楫三说："天津比英国的利物浦面积要大一些，人口也多一些，只可惜这个中国的利物浦只在海河边上有几个小小的游船码头。没有海港怎么能称利物浦？太可笑了。"

闵楫三离开北京时，斯潘塞对他说过：威斯特心理咨询中心，很快就要改称斯潘塞心理咨询中心。去天津不如留在北京继续当秘书。威斯特去天津是被'贬'，不会呆太长时间。闵楫三确实也有点讨厌威斯特臭架子太大，觉得跟斯潘塞要好处得多。可是一盘算，自己当初是受雇于威斯特个人，合同期未满，如果自己炒他，经济上不合算。他没有辞职，可在态度上对威斯特已经不那么毕恭毕敬。听了威斯特的议论，他说："中国有个寓言，叫《井底之蛙》，说的是有一只青蛙，住在一口井里，从来没有出去过。一次它对朋友说：'都说天大，照我看来，天比我的家还小。'说完，沿井壁转了一圈。这叫坐井观天说天小，不是天小，是它的眼界小。照我看，利物浦应该叫'英国的天津'，其实这也不太恰当，恰当一点应该叫'英国的塘沽'。"

威斯特觉出闵楫三的话不太对味儿，可是意思还没完全弄明白，他问了一句："英国的塘沽？什么意思？"

"塘沽是天津市临海的一个卫星城市，那里有个新港，是中国北方最大的港口，也是世界最大港口之一。把利物浦称作'英国的塘沽'，不委屈它吧！先生如果有兴趣去游览一下，我可以当导游。其实在先生手中的旅游图上，塘沽区和新港都十分醒目，可惜先生只睁开一只眼扫了一下，就匆忙下结论了。"

威斯特的脸色变得难看了，声音也有些发颤，只是在努力隐忍，没有发作。他说："你是说，我就是你们中国的那个'井底之蛙'？"

"'井底之蛙'，世界处处都有，英国不是也有吗？为什么说它是中国专有的呢？"

威斯特继续隐忍着，他盼咐闵楫三为他在当地雇用一位秘书兼翻译。闵楫三知道威斯特要辞退自己了，十分高兴，很快为他物色到一位正在中国留学的英国学生。这位英国学子姓赫德，正在修中国文学博士学位，在中国读书已经6年，熟悉中国社会，讲一口流利的汉语，为人诚实，内向，只想赚取学费，不大过问别的事情。威斯特当面考察后，比较满意。赫德上班后的第二天，也就是阳傀3年元月17日。威斯特按合同规定给了闵楫三应得的补偿，把他辞退了。闵楫三重新回到北京，当了斯潘塞医生的秘书。

威尔逊把威斯特调到天津，直接理由是拆除那两颗定时炸弹，其实还有另外的打算。威斯特解雇闵楫三，也不单纯是因为讨厌他。早在他和闵楫三到达天津的第二天就接到了威尔逊的机密指示，要他经过充分准备后，去接触邓晓阳。这项工作绝对保守秘密；行动要有突然性，事前不让邓晓阳有任何思想准备；万一行动失败，不留任何违法证据；在最坏的情况下，也不使事情牵连到南亚集团。

北京时间元月19日上午9时，赫德陪着威斯特来到了天祥海洋生物基因工程公司的写字楼。赫德按照威斯特的吩咐，告诉负责接待的职员：英国南亚集团董事长威尔逊先生派他的代表塔特先生来见邓晓阳经理，有重要业务协商。

完全出乎威斯特的预料，几分钟后，一位三十几岁风度翩翩的东方美男子出现在他的面前，开口就说："欢迎伦敦著名催眠术大师威斯特医生光临敝公司。"事有凑巧，邓晓阳是在威斯特刚到天津入住饭店时，恰巧在那个饭店大厅等人，亲耳听到闵楫三称呼"威斯特先生"，不禁多看了一眼，心里揣摩了一下：也许就是那位大名鼎鼎的心理医师，他到天津来干什么？当接待职员通知他的时候，他打开闭路电视看了一眼，正是那位威斯特先生，他根本没有思考职员告诉他来人是塔特先生，就起身迎了出去。邓晓阳是一时疏忽吗？他怎么忘记了威斯特是位可以打开他的"思维保险柜"的催眠大师？

威斯特先是一惊，他以为邓晓阳认出了他，也一定了解了他的来意，不过只一瞬间便镇定了下来，想到此行关系重大，不能给对方任何喘息机会，随即一边寒暄一边叮住了邓晓阳的眼神。职员把他们引进会客室，然后出去把门带上。

北京时间1月19日晚上8时，艾登接到威尔逊指示：邓晓阳已和南亚集团秘密签约，把他的公司将在西藏羌塘地区秘密设立的一间实验室的产权转让给南亚集团，由南亚集团委托邓晓阳继续管理。艾登要做好准备，随时有可能被任命为董事长个人的特别代表进驻这个实验室。一小时以后，艾登又接到威尔逊的另一项指示：曹秉毅、谭成等人即将先后回到北京，请保持和他们的联系，观察他们的活动，如果他们提出什么要求，可以满足、协助他们。

艾登判断，一定是威斯特在天津对邓晓阳催眠得手，否则不可能这么快就签了这么一份秘密合同。他对自己就要被卷进这一场可能违反中国法律的活动中，内心疑虑重重。如果拒绝接受担任他个人特别代表的任命，就只有辞职一途；如果接受，不仅违背自己的良心，对不起那些中国朋友，而且风险很大。如果违法，一旦被中国警方发现，不仅要受到法律惩处，在中国朋友面前，啊！特别是在赵欣然面前，就要声名扫地。想到这一后果，他不寒而栗。这一夜他在床上翻来覆去，没有成眠。20日他早早起床，漱洗完毕，没有去餐厅，一直在烦躁不安地等待9点钟上班时间的到来。

其实邓晓阳根本没有签订什么秘密协议，只是产生了那么一种意愿。

一百零八

阳傀3年元月21日，曹秉毅和马仁、王氏兄弟回到了北京。在机场迎候的人可真不少，有杨立群、杨爱群姐妹俩、太极企业集团的两位代表，他们是来接老曹的，老曹负有寻找阳傀先生下落的任务；有赵欣然，她自己同时也受马恕人老两口的委托，当然是来接马仁的；有天佐、天佑的父母，还有他们的十几位同学。此外，还有北方人体科学研究所的几位研究人员，他们是来接马仁和王氏兄弟的，双方是研究方面的合作伙伴；还有⋯⋯

老曹首先走向杨氏姐妹，走到她们面前，左看看右看看，有些迟疑。站在右边的杨爱群嬉笑着开了口："老曹，你可真健忘！"说着转头向左扬了扬下颏，"这是我姐姐，我是她妹妹。"

"哎，你还别说，不是您提醒，我还真分不清哪位是杨老师，哪位是小杨老师。"其实杨爱群刚咧嘴一笑，话没出口，老曹就认出了她是爱群。毕竟这姐俩虽然容貌难分，神态、风度并不一样。接着他对杨立群说："寻找阳老师的情况，明天到您家里向您详细汇报。"又对杨爱群说："谭成这小子真不够朋友！威尔逊请他去一个好地方休养，他硬是不带我去！谁知道他现在享受着什么山珍海味。你得多催着点，要不然他可就乐不⋯⋯"老曹正说得高兴，一下子卡了壳。

"乐—不—思—蜀！"杨爱群笑着替他说了出来。

"对！对！就是那意思。还是小杨老师最了解谭成。来来！我介绍一下。"老曹把太极集团的两位代表请了过来，指着杨立群介绍说："这位是阳傀阳老师的……老伴儿，杨立群老师；这位是谭成谭大侦探的……媳妇，不过还没过门，她的大名是杨爱群，小杨老师，他们两位是亲姐妹。"

太极集团的两位来得早，杨氏姐妹刚一到达就引起了他们的注意。其实不仅他们，当时在机场前大厅里进进出出总有上百号人，在几秒钟的时间里，几乎陆陆续续都停下了脚步，把头和眼神转向了她们。这也不奇怪，两姐妹长得太相像了，而且面容、身段又都那么漂亮，举止优雅，神态淡定。杨立群觉得有些不自在，缓缓低下了头；爱群好像毫不在乎，旁若无人，言行自若。

这两位代表，一女一男，都是二十五六岁的年轻人。女青年在前，男青年在后，两人走至杨立群、杨爱群面前，一一和她们握手。女青年笑着说："两位大姐真美，太让我们这些年轻女孩子羡慕啦！"

男青年说："阳傀先生的夫人杨老师早就听说过，没想到这次还能认识谭成先生的夫人，两位还是亲姐妹！"

立群含笑向两个人微微鞠了一躬；爱群先是对女青年说："小妹妹，过谦了。看你，全身焕发着青春的光彩，气质高雅，装扮入时，可惜呀！我也是个女儿身，不然对你铁定会一见倾心。"接着却板起脸来对男青年说："小伙子，你说的不对！我姐是阳傀的老伴儿，我是谭成没过门的媳妇。"

大家先是一怔，接下来就是一阵哄笑。

老曹转身又走向马仁和王氏兄弟这边，只见这边似乎正在争论什么。

天佐、天佑的母亲急切地对马仁说："他马大哥，这可不行，今天无论如何也要让两个孩子先回家。我们准备了一大桌饭菜，这不，他们的十几位同学都说好了，都到我家去聚会。我就不请你了，你的女朋友来了，我不能和她争，也争不过她。研究所这几位先生，我就不跟你们客气了。"

"大叔大婶不用客气，您不请我们，这位赵小姐也不会请我们，就是请，也不便打扰，所以我们只好自己请自己了。不过得说定，明天上午8点，一定要让我们把小哥俩接走！"

老曹听出了门道，他急了，对马仁说："不行，不行！天佐天佑现在就得跟我走,在南极吞下去的东西,好几天了,再不吐出来,让他们消化了怎么办?"

马仁和天佐、天佑自然知道老曹说的是什么,接机的这些人一下子都懵了。

天佐过来说道:"曹大叔您放心,再过一年,也不会差一个字。给您介绍一下,这是我的爸爸妈妈。"接着天佐又对父亲母亲说:"这位曹大叔是曹氏侦探社的法人代表。"

老曹放心了:"我说老哥哥老嫂子,你们都听见了,是天佐天佑自愿叫我大叔的,不是我充大辈。你们这俩儿子,那可是太机灵了,天佐嘴儿甜,用得着我的时候,左一个大叔右一个大叔;用不着的时候,就拿我寻开心。你别看天佑不言不语,眼珠儿一转,能看到人的骨头缝里去,还有一肚子……"老曹差一点儿没把"坏水"两个字说出来。

"一肚子坏水!"天佐天佑的母亲笑着接过了话头儿。

"天佑,这可是你老娘说的,我可没说!"

"他曹大叔,我们该走了,我就不让你了。"天佐天佑的母亲拉着自己的孩子,招呼着孩子的十几个同学退出了大厅。

"不客气,不客气。"老曹转身又对赵欣然说,"吕四娘,我可把马仁全须全尾地给你带回来了,你不能也不让让我了吧?"

"曹老师,快给我们介绍介绍吧!"马仁看着已经走到近前的杨氏姐妹对老曹说。

"对!对!"老曹把杨氏姐妹、太极开发企业集团的两位代表一一介绍给大家。马仁也把老曹介绍给研究所的几位研究人员。

赵欣然对老曹说:"今天是我的老师、师娘摆家宴,听说您一看到茅台就头疼,所以我和马仁也不让您了。"众人嘻嘻哈哈笑了起来。

"我说吕四娘,你的拳脚厉害点,能让马仁怕你就行了,要是嘴太厉害了,那可就让马仁全身都不好受了。"老曹的反击,又引起大家嘻嘻哈哈一阵大笑。

爱群接过赵欣然的话头:"老曹,你看大家都不让你了。我和姐姐再不让你,你该饿肚子了。走吧!两位年轻人一块啦!"

"小杨老师,可别忘了,一瓶'双蒸'!"

在车上杨立群笑着对老曹说:"曹先生,还记得大约一年前您和谭先生第一次到我家的情景吗?现在您可大变了。"

"那时候是乡下人刚到北京,处处受谭成欺负。这一年还多亏谭成,是他把我逼出来的。"开头老曹还真觉得有点不好意思了，可两句话出口，又有点兴奋，"小杨老师，这可不是背后说谭成坏话。不过以后，你对谭成还真得多管着点。"

"好！老曹，就听你的。回头我就告诉谭成，不准再让老曹喝酒！"

一百零九

北方人体科学研究所对马仁和王氏兄弟的研究一直十分重视，抓得也很紧，每两个月有一次定期联系，临时有需要可约定增加。像马仁他们这样的自由研究小组，在全国可以说数不胜数，大部分是研究特异功能的，小部分是研究气功的。研究对象各种各样，无论是特异功能方面的，还是气功方面的，都有些出类拔萃。北方人体科学研究所不是全国唯一的人体科学专业研究机构，但确实是最权威的。它的工作方式是自己只作有限的针对具体对象的研究，这种具体研究主要依靠有选择地联系、资助、指导一些自由研究小组来做；自己则把重点放在对众多具体研究成果的概括，进一步做深层次研究以及对个别成果的实用研究上。

元月22日上午9点，马仁和天佐、天佑来到位于卧佛寺的北方人体科学研究所。他们过去已经多次来过，对这里并不陌生。不过这次和以往不同，以往等待他们的，都是些这个所的和来自各个学术机构的人体科学、气功学、物理学、化学、分子生物学、心理学、生理学、哲学等等方面的专家学者，不是座谈探讨，就是表演测试、生理检查、心理测验等等，这次迎候他们的却是一位著名中医师，名叫李文库。马仁认识这位老先生，他也应该认识马仁。马仁就是那次被谭成一激去燕云饭店门前和威斯特、艾登照面的司机及见证人。不过为了避免让艾登认出来，马仁当时戴了一副大墨镜，服装也变了变。经工作人员介绍后，马仁恭恭敬敬地称呼了一声李老师，然后笑着问道："您还认识我吗？"

李文库一怔，歪了歪头想了想："好像在哪里见过。"

"我给您当过司机，见证过您和威斯特的'角力'啊！"

"啊！年轻人，原来你和谭成那个小骗子是同伙！"李文库说罢一阵哈哈大笑。这一来，不仅把气氛弄得十分轻松，而且双方关系一下子拉近了好多。

接着李文庠询问了一下，马仁和天佐、天佑是否也去了南极，几时回来的，谭成怎么样，为什么没有回来，几时回来等等。马仁一一作了简单地回答。

王氏兄弟在和老曹、谭成、马仁这几个人的相处中，听说过李大夫和威斯特进行'学术交流'的故事，此时敬意油然而生，顿时增加了对这位老先生的信任感。

沉静了一下，李大夫对天佐、天佑说："今天我要给你们哥儿俩把一把脉，还要检查一下你们的经络，不痛不痒，不要紧张。请你们从现在开始，端坐在自己的座位上，全身放松，努力入静。这是做准备，要用20分钟。有问题吗？"

"没有。"

"好。那就开始吧！"说罢，老先生也端坐在自己的座位上，微闭双目，瞬时进入了无我无象的状态。

马仁成了旁观者，只觉得这间工作室的宽敞空间、时间似乎和外界隔绝了，有一种自己即使在南极点也没有感到过的安静。"啊！明白了。这是老先生形成的'气场'，运用'气场'帮助天佐、天佑放松，入静，做好接受检查的准备。"接着马仁也不自主地进入了放松、入静的状态。

赵欣然像往常一样，上午9点来到小别墅上班，老曹已经吃过早点，正在客厅里等她。赵欣然首先简单扼要地向老曹报告了一下他和谭成离开北京后这一段的情况，然后重点报告了老曹眼前最想了解的威斯特和艾登的现状。她说，她刚刚在20日上午，也就是老曹和马仁、王氏兄弟回到北京的前一天上午，见过艾登。据艾登说，威斯特几天前到了天津，正在打邓晓阳先生的主意，说不定已经下手了。接着她叙述了和艾登见面的详细情况。

根据艾登的电话邀请，赵欣然在元月20日上午10点整来到燕云饭店16楼艾登的写字间。

"曹先生、谭先生还没有回到北京吗？"

"曹先生明天就到，谭先生要迟一点。"

"他们二位回来后，请赵小姐转告，有什么事情需要我做，可以随时联系。"

"好，一定转告。"赵欣然观察艾登的态度，知道这不是他约自己来见面的主要话题。

果然，艾登双眉微蹙，眼神锁在面前的茶杯上，沉默了下来。赵欣然明白，这时候最好不要打扰他，要静静地等待。

几分钟后，艾登抬头面对赵欣然强露些许笑容，说道："威斯特先生几天前到天津去了。"

　　赵欣然反应很快，知道艾登讨厌威斯特，没有特别原因决不会提他。于是故意说道："许多外国游客到了北京一定要到天津看看，大概威斯特先生也对天津的景致产生了兴趣。建议艾登先生也去看看，天津是个很美丽的地方。"

　　艾登一听赵欣然这么说话，未免有些发急。他觉得她太天真了，太实诚了。本来想假作不经意地向她透露一下威斯特的消息，没想到她这么……艾登还自觉聪明，其实他的"假作"还真像是"假作"。他只好说："威斯特先生对天津的景致好像没有什么兴趣，不过那里有位叫邓晓阳的商人，很让他倾心。"这位书呆子，居然把自己的话说得有了些英国绅士的幽默感。

　　赵欣然当然知道邓晓阳是何许人："哦！邓晓阳，天祥海洋生物基因工程公司的经理。威斯特要害他？他可是威尔逊先生的朋友！贵公司给我们侦探社的拨款，不就是由他经手的吗？"

　　艾登觉得赵欣然这话说得很天真，很率直，自然他也觉得很可爱。不过一想到她的可爱，就有一缕酸苦涌上心头。他静了静，觉得自己已经说得太露骨了，只能到此为止。于是装作很自然地说道："有机会我真想去天津看看，看看海河风光、渤海风光。"

　　老曹不等赵欣然说完就急急火火地问道："这事你有没有告诉马仁？"

　　"告诉过他，也报告了我的老师。马仁说今天上午10点30分他会赶来小别墅和你商量对策。"

　　"这个马仁真是慢性子，昨天下午就应该找我。"

　　"我也这样想，昨天在回家的车上我就对他说了，叫他吃完午饭就和你联系。他想了想，说不用那么急，有的是时间。"

　　"马仁是这么说的？"

　　"对！"

　　听赵欣然这样一说，老曹把心放下来了。谭成不在眼前，马仁就成了老曹的主心骨。

一百一十

阳傀3年元月23日上午9时30分,马恕人教授带着儿子马仁来到了天津天祥海洋生物基因工程公司。这是曹秉毅和马仁商定的,觉得必须找邓晓阳当面了解威斯特和他的接触情况,而且只能请马恕人亲自出马。其实,20日上午赵欣然告别艾登,离开燕云饭店直奔老师家,向老师作了报告,马恕人就知道,自己又该跑一趟天津见见邓晓阳了。老曹力主马仁陪同一起去,教授答应了,但是说了一句:"我明白,你们觉得我老啦!"

邓晓阳微笑着迎接了他们,把他们让进了会客室,职员送来三杯绿茶。几年前他在马教授家见过马仁,认识,用不着介绍。他说:"马老师,您的消息真灵通,威斯特才找过我,这么快您就知道了。"

"他见过你我还不知道,只知道他来天津了。我想他来天津,目标除了你还能有谁?一定是想继续去年那个题目。"

"您说得不错,不过目的变了,作法也变了。"

"哦?"

"给您放一段录像,一看就明白了。"邓晓阳打开停放在里边屋角上的电视机,从上衣口袋里掏出一个"优盘",放进电视机的一个插口。录像开始放映。

原来19日上午,听到负责接待的职员报告威尔逊的代表塔特求见,邓晓阳在闭路电视上一看来的两个人,那个中年人无疑是主角,他明明是威斯特,为什么自称姓塔特?邓晓阳早已听说过威斯特的手段,知道厉害,不免心中戒备,顺手打开了会客室的闭路电视。他盘算,如果威斯特对自己催眠,事后一看录像,知道了是怎么回事,也不会上圈套。为了保险,再让负责接待的职员和自己一起接待,他总不能把两个人一起催眠。录像办法,对付威斯特那一套是有效的。不过后一点邓晓阳想错了,据笔者所知,催眠术可以把一群人引入催眠状态,而且可以分别对他们做不同的手脚;威斯特那一套,按李文庳的说法如果是特异功能,也能够对一群人下手。

邓晓阳想,和威斯特见面一打招呼,就是当面揭穿,如果他来找自己确实抱着强行催眠目的的话,也许就会知难而退了。但万没想到,还没容他招呼那位职员,就被威斯特的眼神勾住,随他双双进入了会客室。威斯特没有浪费时间，用自己的双眼紧紧叮住邓晓阳的双眼，一落座，立刻开始动作。他问邓晓阳："你的公司在西藏北部无人区有没有设立研究所或者实验室？"

"没有。"邓晓阳回答。

"现在你要立刻着手申请，办理相关手续，准备施工，建立一个实验室。"威斯特说。

"我会立刻动手拟订计划，争取尽快建成。"邓晓阳回答。

"你要接受威尔逊先生的要约，一开始动工兴建，即把这个实验室的产权秘密转让给南亚集团，并承担由此可能遇到的任何法律风险。你要接受南亚集团秘密聘请，作为代理人，像管理天祥公司财产那样管理这个实验室。"威斯特说。

"我会接受威尔逊先生的要约。我会接受南亚集团的聘请。"邓晓阳回答。

"威尔逊先生要亲自去藏北为这个实验室选址，由你邀请，时间由他决定。他的身份不能暴露，目的不能暴露，去藏北由你陪同。"威斯特最后说。

"我会安排好。"邓晓阳答应。

看过这段录像之后，马教授问："晓阳，你怎么就进入录像中出现的那种状态了？"

邓晓阳说："开始，我和他照面后一两句话过去，就觉得他眼神一闪，以后发生的事情就全记不得了。"

马教授点了点头："威斯特的手法和催眠术有些相像，但确实不是催眠术，他不需要受术人的自愿、合作。难道……"他没有继续说下去。

听到这里，马仁露出一丝笑容。他知道父亲想说"难道真有什么特异功能？"或者"难道真是什么特异功能？"

邓晓阳看到马仁表情，微笑着朝他看了看，意思是"有话请说"。

马仁问："晓阳兄，从威斯特的举动里，您看威尔逊先生有什么打算？"

邓晓阳收敛笑容沉思了一下。没容他回答马仁的问题，马教授插进来说："晓阳，你还是先回答我的问题吧！和威斯特的见面结束之后，对和他的这段对话有什么印象？看这段录像之前，你的脑子里产生了什么想法？"

没有办法，邓晓阳只好又把思路转了回来。不过，马教授父子的争相提问，一下子提高了他的兴致，也使他的大脑沿着威尔逊和威斯特两条线交叉活跃起来。他回答马教授的问话说："对这段对话，脑子里是一片空白，什么记忆也没留下。但是确实产生了威斯特要求的那些想法，而且在很短时间里变得十分强烈，出现了一种无法抑止的马上就要动手的冲动。在看过这段录像后，那种想法、那种冲动也不是一下子就打消了，还有个反复思索逐步让它们消失的过程。"

"有意思。催眠术不同，人接受催眠时被灌输到头脑中的东西，在转回常态后，一经点明，很快就会消失。"马教授说。

"威斯特这种特异功能既不能归类于特异感知，也不能归类于特异致动。叫它'特异催眠'？"马仁好像在自言自语。

马教授沉默不语，这是他听到马仁的这类说话，第一次没有斥责。

邓晓阳听马教授说过马仁"不务正业"，知道他不相信特异功能，现在观察，好像有了变化。见到父子俩眼前这种微妙关系，觉得很有意思。不过马仁的"失态"只是一两分钟事情，紧接着又重新回到他的问题上："晓阳兄，您还没有回答我的问题！"

邓晓阳不得不收敛思绪，再一次集中精神对威尔逊的意图进行分析。"威尔逊似乎不需要这样一个实验室。他不会把自己的秘密实验，放到中国来进行，风险太大，他清楚中国的行政治理严密，空隙极少。也许他就是以建个实验室为实验室选址为名，想去藏北无人区跑一趟。可是，去那么一个荒无人烟地方的目的是什么呢？"他说到这里停顿下来，思路像是山重水复。

"威斯特这次行动同前一段他和艾登的行动是不是有关联？和曹氏侦探社是不是有关联？"马仁在做带有启发性的询问。

"和他们前一段的活动应该有关联；对曹氏侦探社，因为天祥公司代威尔逊先生拨款，了解一些，但不多，应该也有关联。"邓晓阳仍然想不出威尔逊的意图。

"您下一步准备怎么办？"马仁问。

"我已经想好了，不露声色，按威斯特的要求办，继续观察。"

邓晓阳的回答，正合马仁的心意。

第二十三章

生还有望还无望　新壳难痊或可痊

一百一十一

22日下午,曹秉毅来到杨立群家向她汇报寻找阳傀先生的情况,爱群在座。曹秉毅一直记住南极点侦探组的约定,不能向任何人说出南极点2号楼地下的秘密,所以在汇报中只字未提2号楼。他说:"我们在南极点的冰层里边找到了阳先生的身体。"没有说"遗体"或"尸体",老曹有自己的想法。

接机时,杨立群听老曹说要向她汇报"寻找阳先生的情况",以为他们寻找阳傀没有结果,所谓汇报,只是向她介绍一下过程。她心里明白阳傀生还的可能性已经接近零,但总还抱有一丝希望,这一丝希望是她生活的支柱。她最害怕的是寻找有了结果,因为这个结果百分之九十九以上的可能是找到了尸体,那会使她最后的一丝希望破灭。"没有结果"是她最愿意接受的结果。现在老曹说找到了阳傀的身体,"身体"就是"尸体",她当然不会想到老曹心里另有想法。这个结果和她的预期相反,她无法接受,晕了过去。

老曹慌了手脚,爱群迅速把姐姐抱在怀里用手掐她的人中。立群醒了过来,爱群让她喝了半杯水。她虽然万分悲痛,但没有大哭。她认为自己刚才晕过去是失态，对老曹说了一句"对不起"。

"杨老师，我们把阳先生继续埋藏在冰里。如果您想把他请回北京，我们可以委托泰山南极考察站办理，在他们回国时带回来。不过我有个想法，还没有来得及和谭成商量，不知道当说不当说？"老曹见杨立群醒过来了，沉静了一下，继续往下说。因为没有和谭成商量，心里总觉得没有底。

"老曹，别吞吞吐吐的，有什么想法你就说吧！"爱群以为老曹在客气。

"那我就说了，可没和谭成商量！我建议让阳先生留在南极点。我总觉得阳先生没有过去，好像在睡觉，说不定哪天魂儿一回头，他又醒过来了。不信，你们看看这些照片。"老曹把马仁拍的照片已经印好，拿出来交给了她们。

杨立群姐妹对老曹的话很意外，爱群手快，一下子就把几张照片接了过来交给了姐姐。她一边凑在姐姐身边看照片，一边对老曹说："老曹你说什么？'魂儿回头'？人死了哪有什么魂儿，你怎么宣传起迷信来啦！"

老曹一听杨爱群说自己宣传迷信，心里不大舒服，他辩白道："我曹秉毅从来就不迷信，更没有宣传过迷信。我是亲眼所见！"慌不择词，"亲眼所见"一出口，老曹就知道自己说了错话。

杨立群、杨爱群姐妹俩双双放下照片，抬起头来，瞪圆了眼睛，看着老曹。没容老曹解释，爱群就开了口："你是说，你亲眼看见我姐夫的魂儿啦？"

"我是说……我是说……"老曹脖子都憋红了。他是想说他亲眼看见李察德让阳傀附了体，可马上又想，不能说，无论如何不能说，一说那麻烦就惹大了。

"曹先生别着急，慢慢说。"杨立群一边安稳老曹，一边也焦急地等待他的下文。

"老曹，有什么说什么，这有什么为难的！"爱群已经等不及了。

老曹急得抓耳挠腮，实在没了办法，最后迸出了一句："我在梦里看见了阳先生！"

杨立群相信了，未免有些失望。

杨爱群不相信，继续追问："梦见？那也叫'亲眼所见'？"

"你们就别问了，反正我没骗你们。"

听了老曹这些说辞，杨立群对阳傀生还的希望突然大增，加上刚才看到照片上阳傀的面容安详，如同睡觉，一缕阳光冲破了心头的阴霾，情绪一下子好了许多，脸上出现了笑容。她对老曹说："我想，就按曹先生的意见办，让阳傀先留在南极。"在这一段接触中,她了解到老曹是个非常诚实的人,说的话可信。现在有些话不说,一定有他的难处。她把手放在爱群的大腿上轻轻按了一下,示意她不要再追问。

老曹又从自己的皮包中取出一个布袋,里边装着马仁从阳傀先生衣袋中取出的一些他随身携带的东西,主要的是一个皮夹,里边装着他的身份证件和一张小花的照片、一张杨立群的照片。

接过这些东西,杨立群的手有些发颤,又变得泪流满面,神情黯然。

元月24日晚间谭成和李察德回到了北京。因为和李察德同行,谭成没有通知任何人,他担心爱群去接机,特别是万一立群也去,李察德见到她们会出现什么情况难以预测。谭成几乎变得和曹秉毅一样,完全相信阳傀的精神或者说灵魂附在了李察德身上。李察德按照谭成的意思,住进了燕云饭店,在16楼和艾登作了邻居。谭成回了小别墅。

"哎呀!谭成你总算回来了。你说,你要是回不来,我怎么向杨爱群交代?"曹秉毅见到谭成,非常高兴。谭成、李察德去那么一个按他的说法"连土地爷都没有"的小岛,谁知道威尔逊安着什么心,老曹确实有些放心不下。"李察德呢?"

"曹兄,兄弟对不起你,我把你给卖了。还别说,你还挺值钱。"

"把我卖给威尔逊啦?告诉他,1斤30万,154斤,人民币4620万,少1分不卖。"说到这里,老曹恍然大悟,大笑着说道,"我说谭成,你是不是把侦探社卖给威尔逊啦?"

谭成不能不佩服,老曹这脑子是越来越灵了:"要卖,也得你这法人代表同意,也得马教授最后点头。不过,这类大事明天再说。李察德到了那个小岛,当天就犯病了,威尔逊派人把他送进了阿根廷一间医院,已经没事,和我一块儿回来了。艾登喜欢这位英联邦国家公民,我让他去住燕云饭店了。"

"那你就先打个电话向杨爱群报个到吧!"

"她早就进了梦乡,明天早晨再说吧!"

谭成和曹秉毅虽然分别时间不长,但是见了面还是十分兴奋,有说不完的话。他们议论到和威尔逊的交易,谈起曹氏侦探社之所以值钱,是因为它有个谭成,谭成之所以值钱,大概是因为威尔逊认为他有特异功能,谭成之所以"有特异功能",靠的是马仁和王氏弟兄,如果和威尔逊的这笔买卖成交,曹氏侦探社卖的那笔款项可不可以设立个基金,支持马仁和王氏弟兄的研究,期望他们在人体科学方面能有个大突破。

一百一十二

次日早晨谭成给爱群去了电话,报告已经回来,上午有事,下午"回家"。

上午9点,谭成和曹秉毅来到马教授家,按电话约定,马仁、赵欣然也在。以谭成为主向马教授详细报告了在南极点的活动,主要是寻找阳傀先生的情况。马仁和老曹此前只告诉马教授阳傀先生的躯体找到了,两个人谁也不想细说,都推托等谭成回来详细汇报。为了避免争论,马仁一向不在父亲面前谈论王氏兄弟;老曹对阳傀先生在李察德身上附体之类的事情不知道该不该对马教授说,2号楼的秘密能不能告诉马教授,他要等谭成拿主意。

听到谭成汇报在南极点,天佐、天佑运用他们的特异功能,从深达150米的地下,穿透多少万年叠积下来的厚厚冰层,把阳傀先生的躯体搬移到地面,未留任何痕迹的情形时,马教授神情严肃、心思专注,两眼放光,没有说什么。显然,他被事实征服了。他对赵欣然、谭成、曹秉毅可以说是绝对信任,其实对儿子马仁也同样信任,知道他们不可能对自己说假话。

听到谭成汇报阳傀先生的精神或说灵魂很可能附在华裔新西兰人李察德的身上时,马教授满脸苦笑频频摇头。他从内心深处很不愿意相信,这和他的理念完全相悖,而且觉得这件事情实在有点玄乎其玄了;可是,他又认为他们说的不会不是事实,在事实的压力下,他又得强迫自己相信,这太让人不舒服了。中间,在谭成的影响下,曹秉毅插了几句,他大胆地在马教授面前说了说他在自己家乡看到过"撞客"的事情。同时发表了自己的看法:"我看,阳先生没死,只是魂儿出了壳,出了壳的魂儿是还会回来的。所以我已经向杨老师建议,把阳先生就留在南极点,要不魂儿回来找不到壳怎么办?"

"杨立群同意吗?"马教授笑着问。

"当然同意啦!她能不希望阳先生活着回来吗?"

"好!那就照你的意见办。"马教授苦笑着无可奈何地说。

看到这一幕,大家都偷偷地笑了。赵欣然看着马仁做了个鬼脸儿,意思是说，你再也用不着担心挨骂了。马仁仰头朝着天花板做了个笑脸。没想到让父亲看见了。

马教授故意绷起了脸："马仁，你笑什么？我过去批评你不务正业，错了吗？"

马仁也故意在椅子上挺了挺胸，一本正经地回答："没错！您当然一贯正确！"

马教授笑了，大家也都笑了。

谭成又汇报了他和李察德应威尔逊之邀去那个无名小岛，和威尔逊接触的情况。重点说了说和威尔逊草签两个合同的情况。

"你们这个注册资金不过几万元人民币的小小侦探社，几个还没有入门的侦探，开业以来只接过一个案子，怎么就会值两千万英镑？"马教授确实感到惊讶了。

"我曹秉毅是曹氏侦探社的法人代表，当然是冲着我来的咯！"老曹半开玩笑地说。

马教授笑了："那你说说你什么地方值钱。"

"昨天晚上，我和谭成算了算账，我老曹体重154斤，1斤值30万，共合人民币4620万！唏……"老曹吸了一口气，"可这个数比两千万英镑还是差得很远哪！看来还是谭成值钱。"

大家都嘻嘻笑了起来。

"我认为，威尔逊最看重的是谭先生，从他去年接受曹氏侦探社的邀请，多在北京滞留了几十个钟头开始，就已经考虑网罗谭先生了。估计那时候，就有了收购曹氏侦探社的计划。接受和曹氏侦探社合作，是迈出的第一步，先把猎物攥在手里。"马仁慢条斯理郑重地说道，"为什么要聘请谭先生担任他那个机构的经理？目的也许很简单，为了促使谭先生接受他的收购计划，又提高了出价。"

"那谭成的体重一定有1500斤咯！"

马教授这句话引起大家哄堂大笑。

包括马教授在内，大家心里都暗暗点头，佩服马仁的分析鞭辟入里。老曹特别对他伸了伸大拇指。

"曹法人代表都不够分量，我才125斤，更不够了。不过马仁老弟说得对，威尔逊确实是看上我了，他所以看上我，十之八九是认定我有特异功能。所以这个功劳应该是马仁和王氏兄弟的。"

马教授沉思了一下，然后说道："说起来话太长了，咱们先把前边一段作个结论吧！第一，你们的曹氏侦探社本来就是为寻找阳傀设立的，现在人已经找到，使命已经完成，我个人意见，可以卖给威尔逊。第二，寻找阳傀的事情，完成得漂亮，应该论功行赏，由曹法人代表办理。第三，在8月17日和威尔逊签订合同之前，请大家考虑，曹氏侦探社是不是还要接一个案子，叫它案子也许不大恰当，就算办一件事吧！侦查威尔逊在中国的活动。委托人是太极企业集团。如果经费不足，我负责筹措。建议曹秉毅和谭成，在这件事情有了结果之后，再考虑是否接受威尔逊的收购。第四，明天我请大家一块儿喝酒，马仁，你把王家的两位小朋友也请来。好啦！前边的事情告一段落，下面我们议一议威尔逊这件事情。"

"曹氏侦探社的经费没有问题,南亚集团的拨款还有不少结余。"赵欣然说。

曹秉毅、谭成和马仁都表示赞成马教授的结论。

谭成说道："从艾登、威斯特和我舅搞"学术交流"开始，直到塔特跟踪赵小姐，又把威斯特调到天津，网罗我，这一连串的活动，威尔逊到底为了什么？谜底至今没有完全揭开。似乎和阳傀先生寻找的那些年轻学者有关系，又似乎还有别的目的。从在无名小岛上威尔逊的谈话判断，好像他早已经把那些年轻学者抓在了手里，如果真是这样，那一定还有更深一层的打算。再有，阳老师做出这么大的牺牲，目的就是找到那些年轻学者，弄清他的那个重大发现。我们应该帮助他实现这个愿望。"

马教授让马仁说说日前去天津见邓晓阳的情况。马仁简要地说了一下。

"噢！这倒是个新情况，又增加了我们侦查威尔逊的理由。"谭成说。

马教授说："根据阳傀所说的那一群失踪的年轻人情况，他们这群人，好像搞生物工程的、搞基因工程的几位是核心。威尔逊如果是冲着谭成的特异功能来的，是不是看上了谭成的基因？"

谭成高兴地大声说道："哎呀！马老师，您这个推想可是一语中的，让人茅塞顿开！"

听到这里，马仁也两眼放光，兴奋起来，一下子来了灵感。他说："北方人体科学研究所在藏北有个实验站，这几年每年6、7、8三个月都要在那里做一次试验。威尔逊可能听到了什么风声，想去'参观参观'，顺手捞点什么。我和天佐、天佑两天前刚刚和他们商定，今年夏天由我们去做。"

"说不定想多物色几个谭成。"马教授说。

一百一十三

25日下午，谭成来到爱群家里。在客厅，他们没有坐下就紧紧抱在了一起，没完没了地亲吻。足足过去20分钟，才双双分开牵着手坐了下来。

"我真怕再也看不到你！"爱群说着，两眼噙着的泪珠几乎滚了出来。

谭成没有说话，而是把她搂在了怀里。

"老曹说他亲眼看见阳傀的魂儿了，是真的吗？"爱群对老曹说的"亲眼所见"一直心存疑惑，没想到成了询问谭成的头一个问题。

"差不多！"谭成想了想，轻声说。

"什么叫差不多？真的就是真的，不是真的就不是真的。"爱群从谭成怀中挣脱出来，两眼盯住谭成，认真起来。

"亲爱的，"谭成说着亲了她一下，"要是像化学分子式那样，就简单了。怎么才能对夫人说清楚呢？"他沉思了一忽儿，"这么说吧，我们小的时候初学化学，老师做试验，用高锰酸钾或者电解水，产生出氧气，装在大口瓶里，你看得见吗？"

爱群想了想："看不见。"

"氧气无色透明，单用眼看，和周围的空气区别不开，当然看不见。可是当老师把一根铁丝和一根火柴绑在一起，划着火柴扔到大口瓶里，铁丝立时燃起耀眼的火焰。氧气虽然看不见，但是现在可以肯定，这个大口瓶里就是氧气。空气的助燃是点不着铁丝的。"

"你是说，老曹间接'看到'了阳傀的灵魂！"

"不单是老曹，还有我。"

爱群吃惊了。她是学自然科学的，从小受的是无神论教育，鬼神在她的头脑里根本没有位置。她知道谭成受的教育和自己一样，他和老曹不同，绝对不会相信鬼神。她也明白，谭成不会对自己说假话。不过，她的疑惑并没有消失，只是疑惑的层次变了,她不知不觉地怀疑起自己的世界观了。

笔者以为,有一点杨爱群应该明白,人的科学的世界观不是封闭的,不是僵化的,而是开放的,是在不断丰富的,在不断从自然界的、人类社会的新发现的或者新出现的事实存在中,提炼出来的新成分融合进去。一旦封闭起来,人的思想、行为就会变得故步自封,他的世界观也就不再是科学的了。

"你?你难道相信会有鬼神?"

"我当然不会相信会有宗教制造出来的那些天上、地下的王公贵胄、牛鬼蛇神,可是我相信事实。"

谭成说得好,应该把我们尚不能认识的自然界的、人类社会的、某些人类个体的所谓"特异"现象,特别是精神方面的现象,和宗教制造出来的佛、神、仙、鬼区别开来,这一点非常重要。阳傀先生从自己的经历中切身感受到了这一点,所以他大声疾呼:凡是真实的存在,就应该得到承认。

"事实?到底是什么样的事实,你说说看。"这个事实对爱群太有吸引力了,她觉得它太重要了,迫切需要知道。她认为能让他相信的,也能让自己相信。

"娘子,"谭成拉着京剧道白的腔调说,"你可给为夫出了一道大大的难题啊!"

"这算什么难题?有什么不好说的?快点说吧!"爱群对谭成的油腔滑调没有买账。

谭成被挤到了墙角,只好老老实实地说道:"这件事暂时还不能告诉你和姐姐,因为关系到阳傀先生……"谭成在措词上卡了壳。

"关系到阳傀什么?有些事可以不对姐姐说,因为她是当事人,不告诉我是没有道理的。"爱群紧逼不舍。

谭成屈服了:"老曹对阳傀先生生还抱有很大希望,所以他建议姐姐不要把先生的躯体运回北京。我很理解他的心情。可是他不知道,据我现场观察,先生的躯体不像处在'冬眠'状态,更像是已经处于医学界所说的临床死亡状态。"

爱群觉得谭成说的不大切题,不过事情很重要,绕这个弯子也许有必要,她耐心地往下听。

谭成接着说:"既然老曹抱有一线希望,经他一说姐姐又抱了很大希望,我们现在只能保护不能破坏这个出现可能极小的过程。这就是不想告诉你和姐姐的原因。"

"照你这么说阳傀已经死了？"

"我认为可以这么说。"

"那你和老曹怎么又说看到他的灵魂了呢？我最想知道的就是你说的那个事实。"爱群说。

谭成接着说道："他的精神，说是灵魂也可以，现在附在一个人的身上。我和老曹经过反复观察，认定这是事实。"

爱群又是一惊，比刚才惊得厉害了几倍，也更加想深一步知道："附在了谁的身上？"

谭成明白，话已经说到这个份上，想不说清楚也不行了："这个人你没有见过，是我们南极点侦探组的一个成员，新西兰人，华裔，四十多岁，叫李察德。是一个好像完全忘掉了过去，又丧失了现实记忆能力的病人。"

"病人？病得很厉害吗？"爱群忽然突发奇想，阳傀死了，姐姐是不是可以接受这个灵魂是阳傀的李察德呢？可他又是个病人，这让她有些失望。

"也可以说他身体健康，只是……精神没了。也不是……他的精神换成阳傀的了。"能言善辩的谭成，总算把这个李察德的健康状况说清楚了。这时他忽然明白，爱群是不是想……

"那应该算是个健康人，他的长相怎么样？是不是和阳傀差不多？"爱群的思索完全转向了她那个奇想。

"差多了。"

"怎么差多了？"爱群又有些失望。

"这怎么说呢，反正大不一样。"

"那你带我去看看！"

"那可不行！"爱群这个要求让谭成吃了一惊。

"有什么不行的？"爱群的执拗劲上来了，非要看看这个李察德不可。

"你想想，如果让李察德看见你，他会有什么反应？"

"他又不认识我，怕什么？"

"别忘了，他可也是阳傀先生！"

"是啊！他的身上附着阳傀的魂儿啊！"爱群并没有踌躇，她在想：怎么办呢？"有啦！不让他看见我。"

"让我想想，过几天再说，你看……"谭成想拖一拖。爱群见他才从国外回来，一定很累，自己心疼还来不及，哪能再逼他，过几天就过几天，她点头表示同意。

谭成心里还有一道大难题：说服爱群同意自己接受威尔逊的邀聘。谈这个问题，一定要抓住一个恰当的时机，营造一种恰当的气氛，选择一些恰当的语言，减小她的心理阻力，使她接受起来最容易。难啊！现在好像不行，自己的心还没有完全静下来。好在还有时间，拖一拖再说。

一百一十四

艾登这几天正忙于跑各个博物院、博物馆、展览馆、图书馆和报刊阅览室，他想趁这几天的闲暇为自己的一篇暂定名为《中国的侠文化与欧洲侠文化的比较研究》的论文搜集资料。赵欣然在他的头脑中留下了深刻的印痕。他想追求她，但又清醒地知道，这是自找没趣；他想忘掉她，可是又做不到。他本意是想借这篇论文让自己忙起来，把她从自己的头脑中驱除出去。可惜这篇论文题目就是在这位现代女侠影子的笼罩下拟定的，在书写时又如何能够摆脱？他没有办法甩掉自己的苦恼。李察德回到了北京，也住进了燕云饭店16层，和他作了邻居。24日晚间，他们没有碰到，25日上午8点过一点，他们终于在餐厅会面了。

"李先生什么时候回到北京的？"艾登高兴地热情询问。

"昨天晚上。"李察德只回答了四个字，也没有询问对方什么，态度十分冷淡。如果有人在旁边看到，一定以为这个人和对方有什么过节，不然不会这么不礼貌。艾登并不在意，他知道李察德没别的意思，只是脾气有些古怪。

李察德回到北京以后，心情突然沉重起来。在南极点侦探组，他的思想只集中在眼前关注的事情上，原有的许多苦痛、烦恼仅只偶尔闪现一下，多数时候都悄悄退到了一旁。现在，妻子、女儿近在咫尺，却如阴阳两隔。自己明明是阳傀，却变成了李察德。家、自己的房子，就在眼前，可回不去，偏要住在饭店里。看上去，他像是心事重重，实际在这背后，巨大的痛苦正吞噬着他的心脏。这些，艾登自然不了解。

"李先生如果没有别的事情，我们能不能一起去中国生命科学研究院的图书馆看看？"艾登依旧那么热情。

"生命科学研究院！这地方太熟悉了。过去每天都要出入它的大门，有多少年了？啊！自己发现的那个小东西还存放在那里，会很安全吧？一定很安全……"李察德的脑子在快速转动，忘记了艾登还在身旁等候他的回答。

"李先生！"

"啊！"李察德醒过来了，不过忘记了刚才艾登的问话，只怔怔地看着他。

艾登微笑，摇了摇头，又把刚才的问话重复了一遍。

李察德记起来了，有些不好意思，终于露出了一丝笑容。"对不起，对不起，我去。"这个"我去"是顺口说出来的，还是心有歉意只好这样说的，怕连他自己也搞不清楚。从内心来说，他不想去，担心遇到熟人或触景生情，自己失态。

中国生命科学研究院坐落在北京市的西北部，是个占地面积很大的一处建筑群。图书馆位于靠近中心的位置，阳傀的研究室所在楼房，就在它的东边，距离很近。

艾登进了图书馆便开始专心致志去寻找自己需要的资料。李察德个子高高的、小脑袋瓜、弓形背，走起路来上身向前一探一探的像只灰鹤，一进入图书馆的阅览室就引来不少目光。他找个座位坐下来，并不借书看书，而是呆呆地发愣，于是又引来更多的目光。

"先生，想看什么书？需要我帮助吗？"一位图书管理员走近李察德，微笑着询问。

李察德惊了一下，好像刚从'走神'中醒过来，慌忙回答："噢，谢谢，不需要，不需要。"一边说一边抬头一看，啊！这不是……他低下了头唯恐对方认出自己。其实对方认识的是阳傀，不可能认识李察德。

那位图书管理员含笑着走开了。

李察德坐在那里继续"走神"，一直到艾登办完自己的事情招呼他回饭店，他才离开那把椅子。

马仁、谭成和曹秉毅坐在小别墅客厅的沙发上，这次见面是应马仁之邀，他说有重要事情和他们商量。马仁来了，谈事情之前先请他们看一段录像。一开始，画面上出现一片人工林，直径十厘米左右，高约十几米的大叶杨树，横竖成行，整整齐齐地立在一面约有十几亩地的山坡上，枝叶茂盛，迎风摇曳。随后画面一变，还是那面山坡，杨树林却变成了一片火海，几十位灭火队员正在奋力扑救。火被扑灭了，但是，那几百棵杨树不仅青枝绿叶不见了，连树干都让大火烧焦了。随后画面又一变，文字注明：失火的一星期后，依然是那面山坡和那片杨树林，地面上散落着大火过后的杂草灰烬，但是那几百棵杨树却重新鲜活起来，枯焦的树干和枝杈恢复了充满生机的青褐色和绿色，重新绽出了幼芽。录像只放了一半，马仁按下开关，让它停住了。

"我说马仁，让我们看了半天，除了杨树还是杨树，你是什么意思？"

慢性子马仁没有回答曹秉毅的问话，眼睛却盯住谭成。

谭成也盯住马仁，沉思了几十秒钟，神态严肃地问道："这是真实的吗？"

马仁点了点头。

"奇迹！你是想……"

没等谭成说完，马仁又点了点头。

"有把握吗？"谭成问。

"应该有五成把握。已经作过一些试验，都是成功的。"马仁慢吞吞地说。

"试一试！这个尝试如果成功，那可不仅仅是一件大好事，在自然科学学者当中会激起什么样的波澜，真难估计。"谭成神态严肃地说。

看着马仁和谭成没头没脑儿地对话，老曹忍了又忍，现在实在忍不住了，喊道："你们俩是怎么回事？诚心想憋死我呀！"

谭成笑道："哪敢呐，您是法人代表，现在又握有'评功评奖'大权，谁敢拿脑袋往石头上撞？"

"曹老师别着急！请往下看。"说着，马仁又慢条斯理地按下开关。

……

谭成和曹秉毅来到燕云饭店，恰巧艾登又出去搜集他的论文资料，不在，他们径直来到李察德的房间。虽然来前已经在电话里告诉他，两个人就是来看看他，可是李察德总觉得他们是有什么重要事情要谈。他的直觉是准确的。

一百一十五

"阳先生，李察德患的是失忆症，老百姓叫它失心疯。我问了问我的舅舅李文库大夫，他说可以用针灸试试，或许能治好。过去医治这类病人不多，经验少，不敢说一定。"谭成两眼紧盯住李察德，观察他的表情有什么变化。

李察德愣住了。万万没有想到谭成会称呼他'阳先生',会开门见山地说出这么一席话,他的头脑一刹那间停止了转动,接着又变成了一堆乱麻,忘记了眼前自己总应该说些什么,只是瞪着两眼直勾勾地看着谭成。

　　"喂!我说老李,不对不对。我说阳先生,你附在李察德身上时间也不短了……"再往下老曹不知道怎么说好了,急得直用手挠头。

　　李察德转了转头,面对着老曹又愣了愣,终于说出了一句话:"你说什么?我附在李察德身上?"

　　"对对对!"见自己一句话,就让李察德开了口,老曹心里高兴。

　　李察德低下了头,开始自言自语:"附在李察德身上?是附在李察德身上,我是阳傀,他是李察德,这身躯是他的,不是我的。大家都叫我李察德,其实我不是李察德,我是阳傀。对,我是阳傀,他是李察德……"

　　"对!老李你真实在。不不不,阳先生您……"

　　和预想的结果差不多,谭成悬着的心放了下来。可以正常地交谈了,他问:"阳老师,您知道李察德先生是什么样的人吗?"

　　"从一开始附在他的身上,我就从医生的谈话里知道了。他是新西兰人,华裔,来北京在北方大学留学,修博士学位。这些在参加南极点侦探组的时候都对你们说过了。他在新西兰已经没有亲人。发病前住在紫竹园饭店。"

　　谭成点了点头。

　　"阳先生,我和谭成商量,您总占着人家李察德的身子也不是办法。我们想,如果能给他治好失心疯最好,也算对他帮您的补偿,您就是租间房子不也得交房租吗?何况占着人家身子。要是人家老婆来探亲,要求同房,您怎么办?"

　　"他没有结婚,没有老婆。"

　　"要是有女朋友呢?女朋友来找他,人家外国人女朋友一样可以要求一块儿上床。是吧?谭成。"

　　听老曹这一通神说,谭成差一点儿忍不住笑了出来。不过,在这个节骨眼儿上,总得帮帮腔,于是点了点头。

　　"他的女朋友来了吗?真要要求跟我上床怎么办?"阳傀先生认真起来,有点紧张。

　　"那还不好办!让人家老李跟她上呗!"

　　"那我……"

"您躲开就行了。"

"我有几次想甩开李察德，就是甩不开！"

谭成把话接了过来："阳老师，老曹说的是，如果李先生有女朋友，当然也许有，也许没有，就是真有，现在也没有到北京来找李先生。所以您不必紧张。我和老曹商量，我们一定想办法让您回到自己的身体上去，像您失踪以前那样，恢复正常生活。把李先生的失忆症治好了，也许您就能甩开他了。"

谭成这几句话，说得李察德，不，说得阳傀先生两眼放光。他知道他这两个朋友只要说到就能做到。可是……

"我们知道您担心自己的身体还留在南极点冰下，我们已经有办法解决这个难题了，您可以放心。"

"您的身体已经没了气儿了，心也不跳了，我们也得想办法治好。如果治好了，您不回去的话，那您，我说的是您的身体可也要像老李那样得失心疯啦！"老曹说。

"谁说我不回去？我每天都盼着能重新过上正常人生活！"先生说话声音高了起来，显然有些激动。

"那就好，重新作正常人就能回家啦，就不用住在这里了。下边我们就带老李去治病，您要很好配合。"老曹说。

先生一听到"能回家了"这几个字，不禁激动得流出了眼泪。他低声说："我一定很好配合。你们说怎么配合。"

"最重要一条，就是不管医生问什么，您都装作没听见，不给他回答。因为医生问的是老李，您要一回答，那不乱了套了！能做到吗？"老曹问。

"能做到。"阳傀先生回答。

"谭大侦探，你看这样行了吗？"

"好！就这样。咱们马上去看医生。"

谭成和曹秉毅扶着李察德走进李文庠的诊室，李大夫已经等在那里，他站起身微笑着把李察德安排在自己对面病人坐的椅子上，然后柔声问道："您是李察德先生？"

阳傀先生一看是李大夫，不禁想起了威斯特，心想这次回到北京为什么只见到艾登一个人，威斯特哪儿去了？

见病人没有回答，李大夫又把那句问话重复了一遍。只见病人眨了眨眼，没有说话,也没有摇头或者点头。阳傀先生心里在想:"我不是李察德,我是阳傀,是临时附在他身上的。可是这话不能说,老曹、谭成要求医生问什么都装作没听见。"

"您是来自新西兰的留学生?"李大夫继续往下问。

病人还是眨了眨眼,没有说话。

"您今年不到50岁吧?"李大夫继续往下问。

"我刚刚40岁。"说完的瞬间,病人立刻懊恼起来,"错了,错了,医生问的是李察德,不是我。"面部表情也变得复杂起来。他后悔了,他在埋怨自己。

李大夫听病人说出了一句话,很高兴,他没有琢磨话的内容,也没有过多留意病人的表情变化,接着又问:"您好像是研究极地学的?"

病人眨了眨眼,好像还咬了咬牙,表示下定决心,绝不回答。

谭成刚才听病人说他刚刚40岁,心里一惊:"要糟!"谭成本想导演一下,让阳傀装装李察德,只是先生绝对不是作演员的材料,越导越砸锅。现在可好,没导就砸锅了。

李大夫仔细观察了一下病人,又给病人诊了诊脉,最后判定病人没有失忆症,心里清楚,只是不肯说话,可能有什么不好对人说的原因。他微笑着声调温和地对病人说:"李先生,您没有病,回去好好睡睡觉,有什么为难的事,多往开里想,天下没有过不去的独木桥。今天没过去,明天再试试,还过不去,后天再试试,总有一天会过去。"说完看了看谭成和老曹,意思是说你们可以带病人走了。

"李大夫,他真的得了失忆症,我亲眼所见。"病人突然说了话,而且话的内容又那么奇怪,李大夫产生了浓厚的兴趣。

第二十四章

针愈客身失忆症 寻回主体昏迷人

一百一十六

"您亲眼见到谁得了失忆症？"李大夫问。

老曹赶忙向前迈了一步，抢着回答："这个病人我最了解，他现在是神经错乱，胡说八道。"

病人似乎激动起来，高声说："李大夫！是老曹在胡说八道，我没有神经错乱，是我在景山公园亲眼所见他得了失忆症，当时还有别人也看见了。"

谭成拉了拉老曹，他知道不能再说什么，越说越糟，只能静观其变了。

"请问您亲眼见到谁得了失忆症？"李大夫又重新问了一遍。

"是李察德，李先生啊！"病人回答。

"那您是谁啊？"

"我？我是阳傀啊！"说完"我是阳傀"，病人忽然明白了，心想：糟了，全糟了。他回头看了看谭成和老曹，眼神中充满了痛苦和歉疚。

饶是李大夫经多见广，一听病人自称是阳傀，也不禁大为惊诧。他知道情况复杂，于是对老曹说："请曹先生先扶病人到会客室休息一下。"

老曹扶着病人出去以后，李文庠两眼一瞪，质问谭成："怎么回事？"

谭成无奈，只好从头到尾一五一十地说了个清清楚楚。

李大夫请老曹扶着病人回到诊室。他依然和蔼地对病人说："您的病情，谭成都对我说清楚了……"

"我没有病，是李察德先生有病。"病人抢着争辩。

"我明白，不过，现在阳先生和李先生还分不开。我现在给李先生用针，请阳先生配合。"

病人点了点头。

李大夫请病人躺在诊室的病床上，示意老曹为他脱去外衣，然后开始消毒、施针。一边施针，一边向病人介绍我国用针法、灸法治病的历史；介绍针灸疗法的功效和针灸疗法的原理。李大夫在自己话语的语速、节奏、声调中注入了镇静因素。阳傀先生又是位心思极为专注的人，在认真听取李大夫介绍的时候，忘记了周围的一切，也忘记了自己正在接受施针。60分钟之后，忽听李大夫说："您可以起来了。"

就在阳傀如梦初醒的时候，就听身边有一个人在说："这是什么地方？"

这句问话的内容和语声中的口音、声调，谭成和阳傀先生都几次听到过，十分熟悉。"难道……"阳傀先生刚想到这里，只听身边那个人又问了一句："这是什么地方？"

李大夫把谭成唤进诊室。

"这是什么地方？"病人又问了一句。

谭成走到病床前问了一句："请问您是李察德李先生吗？"

"是啊！您是？"

"我们是在……是在景山公园看见您突然得病，把您送到李大夫诊所来的。"谭成知道李察德的失忆症可能已经有了转机，应该赶快把他送回饭店，别的话以后慢慢再说。

"李先生，您的病还需要治疗几次巩固疗效，这一段时间，要注意静养，不要外出活动。这位先生会为您安排。"李大夫说。

病人看了看李大夫，又看了看谭成，眼神中充满了疑惑。

老曹和谭成陪着李察德回到了饭店，他们对李察德说，他的病还要治疗几次，这里是繁华地区，不适宜静养，要换一间饭店。他们帮他收拾一下行李，搬到离市中心比较远，离小别墅比较近的点将台宾馆。嘱咐他在这里安心住下来，一切都由他俩负责安排。同时告诉他，他患失忆症后发生了许多事情，等他的病完全好了以后，会慢慢讲给他听。他俩留下了各自的名片，然后离开了他的房间。

"阳先生呢？"老曹问谭成。

"你放心，阳先生就在身后。"谭成说。

老曹本能地回头向后看了看。

阳傀先生确实就在他们身后，从李大夫诊所到燕云饭店，再到点将台宾馆，一直没有离开。被李察德自己的精神挤出他的身躯，让先生产生了一种失落感。他留恋那个自己占据了几个月的两只长长的仙鹤腿，弯成弓形的脊背，托着一个小脑壳的身躯。他发觉自己在嫉妒李察德那个精神，而且出现了一种无由的忧伤。他看到老曹回头，知道他在寻找自己，他没有搭理他们。他心情不好，不想说话。这个环境也不适宜，不容许他说话。

走出了饭店，上了汽车，谭成坐在驾驶座上没有启动，却回过头来对着后座说："阳老师，离开李先生那个身躯，您是不是还有点不习惯？"

老曹刚要说谭成是不是得了神经病，只听后座有人"嗯"了一声，是阳傀先生的语声，他在回答谭成问话。

"我们要回香山那个小别墅了，我想您一定去过那里。"谭成说。

"去过。"后座回答。

"我和老曹的活动空间十分有限，小别墅连房子带院子不过几百平方米。您的活动空间可大多了，如果您想飞出太阳系，那也只是脑子一动的事。"

"没想过。"后座插话，只3个字。

"我是说，小别墅就不给您留地方了，您愿意到哪儿活动就到哪儿活动吧！土星上、木星上都可以，愿意到银河系中心找个黑洞钻进去看看，也挺有意思。只要每天上午8点、下午两点准时到小别墅客厅停留5分钟就行了。"

"好吧！"后座回答。从声调中可以听出，他的情绪不高，不太高兴。他想，谭成这是赶我走，本来有很多话想和两位朋友说，看来是说不成了。又一想，自己现在还是个超等残疾人，和他们在一起，他们确实会感到不方便。

老曹觉得有点过意不去，忙招呼："阳先生，您要是愿意住在小别墅，可以给您腾间房子。"

老曹的话没有得到回音，阳傀先生已经走了。

"谭成，你这么做，是不是太让阳先生伤心了？"

"曹兄，怎么治阳先生的病，咱们还有好多事要商量，有些事现在还不能让他知道。他要是老在咱身后边，来无踪去无影的，你有话还说不说？"

"倒也是。"说是这么说，老曹心里总觉得有点对不起先生。

"现在南极的夏天还没有过去，时间来得及，我打算请马仁和王氏兄弟再跑一趟南极点，希望他们能带回一个得了失忆症的阳先生。不过，这事不能让阳先生知道，所以我们两个谁也不能去。"谭成说。

"我看行，这事能早就尽早，不能拖。"老曹说。

"好！那就这么办！"

一百一十七

慢性子马仁，干什么事情从来不慌不忙，可是这次重返南极点，虽然各项准备仍旧做得有条不紊，行进速度却明显加快了。在动身前一天，他拉着赵欣然一块儿回家见他父亲。他知道，赵欣然现在成了他和父亲之间的"润滑剂"。有她在一边，父亲的心情就会好一些，会客气一些，也会更注意说话的态度、注意应该掌握的分寸。最要紧的是，她能直来直去反对父亲不合时宜的意见，而父亲不会对她发火。这次父子见面，出乎意料地平静，对马仁和王氏兄弟去南极点的任务，既没有反对，也没有出言讥诮，只在最后说了一句话："去吧！到南极点过这个春节也不错。有欣然常来看我们，寂寞不了，你可以放心。记住，快去快回，注意安全。"

谭成、曹秉毅终于等到了马仁和王氏兄弟的消息，"我们即将带着病人启程返回，不过当务之急是先要让病人在南美大陆住上几天医院，然后才能飞回北京。请预先找一所抢救条件一流的医院做好准备，病人情况十分不理想。"

"这个马仁，连句明白话都不会说，到底怎么不理想？"老曹刚才还能在椅子上坐着，现在在地上转起圈来了。

"不妙，马仁好像不愿意和我们对面交谈。可是对阳傀躯体的回生救护并没有失败啊！明明已经成功，只是结果不如预想。"谭成说。谭成的判断错了，现在马仁和王氏兄弟正在目不转睛地看护着阳傀先生，三个人一步不敢离开。

原来三个人旅途上一点没有耽搁，由北京出发102个小时，就赶到了窝头山。在窝头山稍事休息，就驾驶一辆雪地越野车带着抢救设备到达南极点，本来他们对1号楼、2号楼已经很有感情，可是连走到近前看看都没有，径直来到极点标志杆旁边。轻手轻脚地把覆盖阳傀躯体的冰刨开，把躯体从冰坑中抬出来，仰卧躺好。天佐两腿膝盖着地跨在躯体腿部两侧，左手执起先生右手，右手执起先生左手，以自己两手的劳宫穴对着先生两手的劳宫穴；天佑两腿膝盖着地跪在先生头前，右手在上双手相叠以左手手掌抵住先生的百会穴，然后一起共同一压一松有节奏地按摩。20分钟过去了，先生躯体似乎毫无反应。马仁叫停，想让他们休息一下，同时研究研究有没有必要再换别的穴位试试。天佑看了看天佐，天佐对马仁说："天佑的意思，再坚持一下，要我放开先生双手，转过身去，用两手手掌抵住先生两脚的涌泉穴。"

马仁点了点头，表示同意。

又过了20分钟，先生躯体依然如故，马仁再次叫停。王氏兄弟双双站起身来，活动活动双腿双臂。

马仁用温和询问的眼神看着天佐、天佑，没有说话。这是三个人研究问题时，马仁的习惯表情。

天佐首先说话："我们试验的时候，用的都是小动物，现在面对的是体重七八十公斤的人，恐怕几十分钟见不到成效。"说完他和天佑对了对眼神，接着又说："天佑觉得刚才……"正说到这里，忽然听到"哦！"的一声轻叫。

此时的南极点万籁俱寂，除了他们三个人说话声音之外，听不到任何别的声音，虽然太阳一直在头顶上移动，没有黑暗助威，这一声"哦！"也够瘆人的，马仁激灵灵打了个冷战，脊背一阵发麻。

"好！"天佑出了声。

三个人几乎一起蹲下身去，察看先生的躯体。天佐把一个手指伸到先生鼻孔前："有了呼吸，很微弱。"

"成功了。"马仁顿觉全身一下子松弛了下来。

不过几个小时过去后，先生并没有苏醒，除了呼吸，偶尔轻轻一声"哦"之外，没有别的任何自主动作。他们明白了，这次带回北京的不会是一位失忆症患者，可能是一位"植物人"。不知道李大夫的"神针"，能不能治好"植物人"。

马仁和王氏兄弟终于被盼回了北京。阳傀先生的"植物人"身躯被安排在距离双榆树比较近的一所三级甲等医院里。医院经过全面检查，认为中枢神经和周围神经没有受到损伤，不能认定是"植物人"。但是失去了原有功能，原因不明。身体其他部位，包括五脏六腑，都没有发现伤病。医院建议由病人最亲近的人守在病床前有规律地呼唤，说不定什么时候病人就会苏醒。

马仁和王氏兄弟去南极救治阳傀先生这件事情，除了曹氏侦探社的几个人、中国人体科学研究所的李文庠大夫、几位有关联的研究人员和马教授外，再没有别人知道。谭成也没有告诉爱群。不过，绝顶聪明的爱群，从谭成的言语行动中、从谭成和老曹频繁的电话联系里，发觉有什么事情瞒着她，而且事情可能和阳傀有关。她没有追问谭成，知道没有特殊原因他不会背着她，不过她已经在不露声色地留意观察。最后她甚至判断出，可能阳傀的躯体已经运回北京，放进医院。好像有什么事情不大妙。

谭成不顾爱群可能正在给学生上课，打电话找她，要她马上回家。爱群在电话里故意慢条斯理地说："什么急事用着我啦？还有两节课要上，等一等吧！"

"哎哟！我的好姐姐，真有重要事情。"谭成急了。

"好说，我的好弟弟！不就是阳傀那点事嘛，何必那么着急！"爱群故意调侃他。

谭成一愣，她知道啦？不，这是诈术。于是故意拉长声调说："好吧！既然你不能马上回来，我就直接去找姐姐了"。

"得得得！我马上回去！"爱群屈服了。她非常心疼姐姐，特别在阳傀失踪这件事情上，她总担心谭成、老曹哪句话说得不合适，惹起姐姐伤心。

谭成简单告诉爱群，阳傀已被送回北京住进医院，变成了"植物人"，医生要求姐姐去呼唤。爱群来不及细问，赶快陪着谭成和老曹来见杨立群。杨立群见到他们很高兴，可心里又有些嘀咕，他们一起来，肯定有重要事情，自然是阳傀的事情，不知道是福还是祸。

爱群反复考虑，如何让姐姐尽可能平静地接受这件事情，情绪上不要大起大落。她先开口，选择了这样一个说法："姐，告诉你一个也好也不好的消息。"

立群一听，心中疑惑，怎么叫也好也不好？

一百一十八

爱群声音不大不小，吐字不紧不慢地接着又说："姐夫病得很重，昏迷不醒，已经回到北京住进医院。"

爱群的话，效果明显。立群首先注意到阳傀先生还活着；其次才关心到病。首先是惊喜、高兴，其次才是担心。

爱群接着说："大夫要求由你每天有规律地呼唤他两次，每次二三十分钟，要坚持相当长一段时间，应该会苏醒过来。"

"他能活着回来就好，就算他醒不过来，我也会守他一辈子。我们现在就去医院吧！"立群心情很好，对阳傀先生能够活着回来，此前已经不抱多大希望了，所以现在感到特别欣慰。至于先生昏迷不醒，到现在为止还没有引起她怎么伤心，而且对先生能够苏醒过来，好像很有信心，十分乐观。

来到医院，立群见丈夫躺在病床上，神态安详，呼吸均匀，除了昏迷不醒，不像有大病的样子，虽然有些心疼，掉了几滴眼泪，不过心里反而更加踏实。她俯身亲了亲他的额头，开始在他耳边柔声呼唤他的名字。

以后几天，以立群为主，爱群、谭成参与轮流守护。

在立群、爱群都不在，由谭成值班守护的时候，曹秉毅把李文庠大夫请来，给病人把了把脉，检查了全身十二条经脉和奇经八脉，最后他说："奇迹！真是奇迹！全身气血畅通。可是……"李大夫想说为什么没有一点神智踪迹？不过没有出口。

"阳傀先生呢？我说的是原来附在李察德先生身上的那位阳傀。"李大夫询问谭成。

"我们还没有告诉他，想等您看过以后再说。"谭成回答。

"好，先不要让他知道，贸然冲击躯体，我担心也许会出大麻烦。他的躯体和李察德那时候很不一样，李察德只是得了失忆症，神智未失。治好了失忆症，就可以认为全好了。现在看，王氏兄弟能够做到让他全身气血畅通，已经是奇迹。只要保持现在这种状态，容时间慢慢想办法，恢复神智不应该有问题。"李大夫说。

"是不是还要他的夫人每天呼唤？"谭成问。

"照常。这样做对病人有益处，也可以使他的夫人总抱有希望。夫人强烈希望他复苏，他可能会有所感应，对恢复神智有利。"

"我们就照您说的办。"谭成说完，老曹也点了点头。

经过和老曹商量，谭成把这段经过、做的这些事情，前前后后原原本本都告诉了爱群，以后对立群的工作、对立群的照顾，都交给了爱群。

艾登发现李察德搬走了，事前事后都没有见他打招呼，他知道此人行事一向不顾常理，倒也没有怪他。他在电话里询问谭成，谭成告诉他，李察德病了，医生说是精神障碍，要求住在清静地方疗养，已经搬到点将台宾馆，暂时还不能去探望。

"是精神分裂症吗？"艾登问。

"好像是失忆症，现在连我和曹先生都不认识了，恐怕见到艾登先生他也不会认识了。"谭成回答。

"我早就发现他的精神不太正常，一直以为是脾气古怪。太可惜了，西医对这一类疾病不太有办法，不知道中医能不能治？"

"希望中医能治，不过也只能治好记忆能力，恢复对过去的记忆就不大容易了。"谭成说。

艾登寻找的是阳傀先生，不，应该说，艾登寻找的是被阳傀先生精神占据了躯体的那个李察德先生。十分遗憾，那位李察德先生再也找不到了，那位"精神不太正常"的李察德先生再也找不到了。这样一位和五六位队友在南极点共同工作、生活了几十天，存在了几个月的颇有个性的先生，忽然再也找不到了，人们理所当然会感到一种莫名的寂寞，生出一种"人生无常"的感触。

李察德先生又经过几次治疗，李文庠大夫诊断，病情不会再有反复，他离开了点将台宾馆。谭成、曹秉毅帮助他办理好复学手续，送他重新回到了北方大学。他和谭成、曹秉毅成了好朋友，不过也退出了他们继续在那里活动的舞台。到李察德复学为止，谭成、曹秉毅并没有把过去那几个月的事情告诉他，主要原因是阳傀先生的精神与躯体脱离的问题还没有解决，只有无限期拖下去了。

艾登曾经到点将台宾馆探望过一次李察德，现在的李察德并不认识他。天真的艾登反复提及在南极点的那些日子，李察德不是一脸茫然，就是说："没有去过南极，没有听说过这些事情。"艾登是寻找友谊来的，结果让他十分失望。

谭成、曹秉毅曾把李察德移住点将台宾馆和他的病情告诉过阳傀先生。阳傀先生也去点将台宾馆探望过李察德，李察德看不见他，即使能够看见，也不认识，他们没有交谈。阳傀本来情绪不高，看到李察德之后，百感交集，最后怀着满腹伤情悄然离开。

那位绝顶聪明又美丽无比的杨爱群女士，凭着她的天真和无拘无束的性格，加上零零星星听来的信息，也曾找到点将台宾馆。当她找到李察德住的房间的时候，恰巧赶上他开门出来，双方正好打个照面，随后他迈着两条仙鹤腿上身向前一探一探地走开了。看到曾经进入她的"奇想"的先生，原来是这样一位人物时，爱群几乎忍不住失声笑了出来。

刚刚由南极点回到北京的时候，马仁和赵欣然如胶似漆，真如旧小说中的形容的"一日不见，如隔三秋"。一天晚上，两个人在植物园一角，并排坐在一条长椅上，赵欣然在左，马仁在右。马仁左手揽着赵欣然的腰部，赵欣然的头倚在马仁的肩上。马仁把嘴附在她的耳边，轻声地说："我想结婚。"

她没有说话，扭动了一下身躯，和他紧紧靠了靠，亲了他一下。

"你不愿意吗？"他故意说。

赵欣然忽地推开马仁，横眉立眼地对他说："谁说我不愿意？我早就想了，比你早！"

她的反应，开始让马仁吓了一跳，马仁最怕把她惹翻了，不再理自己。等到听完她说的话，这位慢性子突然变成了急性子，刷地一下子伸出双手把她紧紧搂在怀里狂吻了一阵。接着右手毫不犹豫地撩开她的上衣，接触到她的肌肤，飞快地伸到她的前胸，忽左忽右地揉摸起来。他的反应，也出乎赵欣然的意料，开始她还下意识地躲闪了一下，接着就像被人点了软麻穴，娇柔无力地倚在他的怀里。初次接受男人的抚摸，那种心头酥酥痒痒的奇妙感受，让她的心脏咚咚地加速跳动起来，身躯也在不自主地抖动。女方出奇的柔顺鼓励了也许是刺激了这个已经变成脱缰野马的男人，他又进了一步……她想推开他，但是两臂无力。他的双唇抵住她的双唇，用很低的声音说："你不是早就想了吗？"

她在他后背上用手狠狠拧了一下，他没有感到疼痛，开始笨拙地行动起来。

"我的笨猫，这里太凉了，走！去我的宿舍。"她双手捧着他的头亲了一口，用柔媚的声调下了命令。

一百一十九

马仁很忙,他和赵欣然的婚期还是推迟了。平时是他和李文庠大夫,中国人体科学研究所,还有中国物理研究所的一些研究人员一起,到了周末,王氏兄弟也由学校直接跑到研究所参加进来,大家忙着准备即将到来的夏季试验,试验在羌塘自然保护区进行。

他们多年来一直在着力探索特异功能人意念的机制。意念到底是什么东西?是一种"精神流"?还是一种"物质流"或者"能量流"?"流",(性质不明,只好暂时起个名称叫它"流")它是怎样作用于对象的?这已经是困扰研究人员的老问题了。这次去羌塘自然保护区,要携带大量的各种各样的精密灵敏的探测仪器。这次试验选择王氏兄弟进行,因为确定的作用对象巨大,他们兄弟的"意念流"也不会很微小,应该比较容易捕捉到。研究人员对这次试验抱的希望很大,希望在"意念流"的探索方面能够有所突破。可惜,他们携带仪器的检测范围,总跳不出物质、能量的圈子,对付意念这种东西无能为力。笔者有些迷惑,为什么总让精神与物质截然分开相互对立的框框束缚着我们的头脑?为什么不能在物理学中,把物质、能量两个概念一统天下的局面改变一下,加上个"意念"的概念?

阳傀先生自从成为超等残疾人以来,第一次感到自己没有什么事情可做,十分无聊。现在回味,最有意思的生活,还是借用李察德躯体参加南极点侦探组的那一段。谭成,开始总别扭自己,他让马仁和天佐、天佑去检查大、小两座坟墓,现在应该叫1号楼、2号楼,就是不准自己去,当时真叫人生气。不过,如果那时候他就知道李察德其实是阳傀,一定会让阳傀去,不会让马仁去。1号楼、2号楼,对!何不现在去看看?刚想到这里,人(当然是超等残疾人,没有躯体的精神)已经到了南极点。"由北京到南极,就是按光速计算,用时也要超过百分之一秒,难道只用了零秒?不对。"为了验证,他从南极经北极再到南极,就这样绕了10圈,按光速计算要用3秒多钟时间,好像还是意到人到,用的时间是零秒。他频频摇头,十分不解。"难道真的存在'超距作用'?"笔者以为,阳傀先生过于迷恋地球,过于迷恋咱们这个太阳。不过,话说回来,真的要离开太阳,他不能不担心自己还能不能存在,当然短时间的离开不会有什么问题。此外，他还担心迷了路，再也回不到地球上来。这确实是个问题，比不得在北京，迷了路找位交通警察问问就行了，在宇宙空间，上下左右四面八方都是漆黑一团，漆黑中闪耀着数不尽的星星，最糟糕的是时空的变幻。假如这些让人担心的问题都得到解决，先生能找几个距离稍远一点的像银河系的太阳系这样的恒星系跑一趟，那会让他大开眼界，那时他向读者介绍的经历，比现在恐怕要神奇千百倍。比如狮子座，那里有无数个"太阳系"，哪一个距离我们这个太阳系都超过3亿光年。我们现在通过极高倍天文望远镜看到的它们的尊容，还是3亿多年前的，跑到它们近前再看，那更是闻所未闻了。如果有兴趣，先生随便到几个"太阳系"里溜达溜达，说不定能找到几个和我们地球十分相像的行星，它们的年龄、它们上边生物的演化程度，它们的太阳赠给它们的光热，都和地球几乎一样。也许其中的一个或两个，上边有和地球人类相似的智慧生物，凑巧，先生还可能碰到个得了失忆症的"李察德"，有机会混入它们的社会，体验体验它们的生活。

先生走进了1号楼，先到李察德也就是他住过的那个房间，除了行李、日常用品已经不在，其他都和自己刚离开时一模一样。他坐在了李察德那个高大身躯常坐的那张椅子上，心中一阵不是滋味，赶快又站了起来。他来到"艾登公馆"，这里同样还是老样子。他从地上拾起了一只铁钉，一定是王氏兄弟从井下拿上来的那只包装箱上掉下来的！他透过玻璃窗向南极点望去，远远地还能看清那个"中国太极柱"。意念一动，又来到了"中国太极柱"近旁，站在了自己曾经多少次站立过的地方。他发现冰层有些松软，没有在意。可是不知道什么原因，让他觉得很不对劲。过去站在那里，心马上会沉静下来，而且总觉得脚下有一股吸力，让自己不想离开，不愿意离开。今天不同了，往那里一站，觉得心里特别烦躁，脚下那股吸力没有了。灵机一动，他忽然想到，是不是自己的身躯移动了位置？他进入了2号楼，操纵机关打开井盖，刚想下去，又退了回来。下边没有光线，没有光线不能行动。他想找个手电筒，可惜没有找到。他不无遗憾地，把井盖复原，离开了2号楼。他想到了他和谭成应威尔逊之邀去过的那个小岛，意至身至，来到岛上。因为上次来时，一直在飞机上活动，看到的只是机场附近的情景：那个小村庄，村庄周围的农田，人数不多的居民，不远处海边上那个船码头，不太远处海面上的几只小渔船。他漫不经心地绕了全岛一周，又浏览了一下内陆。这个岛的地形很特别，像个长条形簸箕。长有七八公里，宽有三四公里，除了"簸箕"东头敞口处，也就是机场附近，地形平缓，有约两公里海岸海拔只有两三米以外，其余沿海全是海拔两、三百米峭拔的高山，内陆山峦起伏，看不到一块平地，一条小溪由西向东蜿蜒在沟壑间，山顶山麓到处是茂密的原始森林。先生在飘荡当中，忽然发现山溪在流经一处地形凹陷的地方水流变得平缓，形成了一个面积有几千平方米，水深可能有几十米的水潭，清澈见底，有些水草鱼虾。可奇怪的是，在靠近北面岸边的地方，水面上有一个急速旋转的漩涡。先生飘到近前一看，原来水下有一根约10厘米粗细的塑料管在吸水，它是从水面下1米左右的岸壁中穿出来的。"一定有一小群人生活在附近，莫不是那个实验室就在这里？"先生一兴奋，头脑突然灵敏起来。他向着水管来路方向飘了过去，终于在一个处于四面群峰环绕海拔不足百米十分陡峭的山头上找到一处建筑群，它隐蔽在许多棵疏疏落落分布着的高大乔木中。不仅从山下、从四面八方看不到它，就是在上空也很难发现它。毫无疑问它和外界的来往，只能靠直升机。"'异型生命工程'实验室！一定是。"自己付出重大牺牲，苦苦寻觅几年的"异型生命工程"实验室已经近在眼前，先生顿时进入了极度兴奋的状态，他飘了过去，急切间，完全忘记了自己的道德准则。他串遍了这里的大大小小几十个房间，抵近观看了在这里活动的每一个人的胸卡，他殚精竭虑寻找的那几位学者，都在这里。他发现，他们并没有制造什么"异型生命"。

一百二十

六月中旬，接近夏至季节，羌塘自然保护区和可可西里自然保护区进入了一年最不平静的时候。因为天气转暖，氧气增加，每年总要有些科学工作者抓住时机到这里来做各种各样的调查、研究、实验，也会有一些不速客来这里干一些不受欢迎的勾当。虽然在这样一个涉及几十万平方公里的广阔地域里，进来几个、几十个、几百个，甚至几千个人，算不上什么，何况来者有先有后，停留时间有长有短，活动区域也十分分散，不过总会对这里的静谧气氛带来一些扰动。

威尔逊先生来了。他是单独一个人未带下属，随着一个旅游团到拉萨的，在拉萨脱团自由活动,他先在网上订租了一辆双湖专门跑藏北的大型越野车。约定,路线由威尔逊自己自由选择,最后结账,费用加倍;野外生存用品、食品,由司机准备,充分从优,由他额外付钱。然后乘飞机到双湖,在双湖进入了羌塘自然保护区。司机实际是位向导,是一个年轻的精壮汉子,在藏北土生土长,藏语是母语,汉语精通,能流利使用英语。喜欢玩越野车,擅长在藏北各种复杂地面上驾驶,而且能够自己进行中修。曾经囊括西藏的拉萨至那曲、拉萨至日喀则、日喀则至狮泉河和拉萨至林芝四大越野车拉力赛的冠军。

威尔逊先生绝对不希望别人包括艾登、塔特和威斯特事先知道这次他来中国,特别是到藏北无人区。他让艾登通知邓晓阳,他因身体不适不便旅行,由艾登作为他的特别代表到藏北视察、选择建筑实验室的地点,时间可安排在7月中。他通知威斯特,可以再一次去藏北旅行,愿意单独行动或和艾登同行,由他自己决定。威尔逊很清楚威斯特会把他的意图领会为观察、监视邓晓阳;也很清楚他会选择单独行动。实际这些安排全部都是虚晃一枪,用来吸引谭成等人的注意力,掩护自己这次的藏北之行。这种安排,可以说是十分周密,应该可保万无一失。

威尔逊做好在藏北可能要停留一个月的准备。他是利用全年的休假时间,借口自己身心过度疲惫需要休息离开公司的,离开前做好了他不在时的安排。威尔逊有极强的事业心,满脑子都是公司事务、规划、计划、市场动态,影响市场动向的世界经济、政治、文化、军事大事等等,对青山绿水、古木名花、鱼虫鸟兽、黄瓦灰砖全无兴趣。当在双湖的简易机场一着陆,大自然好像让他变成了另外一个人。藏北一望无际近乎杳无人烟的空旷大地,使他心胸倏然开阔,头脑中的千头万绪忽地一扫而光,此行的目的一时也丢到了九霄云外。他觉得从头脑、躯干到四肢出现了从未有过的轻松,他怀疑人间还会有这样的享受。

他让向导一直驱车往北偏西,很快来到威斯特和艾登曾经到过的那道山梁。他走出了越野车,虽然穿着防寒服,可仍然觉得到寒气的侵袭。他用定位仪测了一下经纬度,准备万一有需要,也可以约艾登、威斯特到这里汇合。向导告诉他,如果继续往北走,可沿山梁往西,西边有个豁口,可以穿过去。山梁以北有大片草原,能够看到许多动物。威尔逊刚刚躲开大城市的喧嚣,现在最需要的是空旷,他要充分享受空旷中的宁静。沙漠、戈壁、荒原、丘陵地,看起来要比草原显得开阔。他想往东,向导告诉他,东边百余公里以内尽是丘陵、坑洼、乱石滩,再过去就是一条条大大小小的河流,一片片大大小小的湖泊。这些河流、湖泊水都不深,但是有的河道是深几米、一二十米的峡谷,越野车走起来难免要绕来绕去。一绕就是几十公里,甚至上百公里。时值中午,太阳在头上高悬,晒了一会儿,让人感到似乎有点暖洋洋的了。威尔逊心情平静悠闲,他颇有兴致地询问向导:这边很干燥,东边那么多河流湖泊,空气是不是很湿润?向导对威尔逊印象不错,觉得这个人很大方,没有架子,和蔼,有礼貌,不计较,尊重人,所以愿意和他交谈。他告诉威尔逊:东边比这边多少湿润一些,不过比起拉萨来还是干燥多了。这位向导长途送客人,刚刚跑过一趟拉萨,几天前才回到双湖。

第二十五章

特异能人引风雨　雄心雇主吐真情

一百二十一

　　威尔逊又问起这些河流的起源和流向。向导告诉他，这些河流都是四面八方高山上流下来的冰川、雪水汇聚成的。无论是北方流过来的，南方流过来的，东方流过来的，都流集到一个地方形成一条只有几十公里长，却有几公里宽，水深几米的大河。大河流向西边的尽头，是灌入一个深不见底的长长的大地坑，在十几公里以外就能听到河水冲下大地坑传出来的震耳欲聋的轰隆声。向导的叙述引起威尔逊极大的兴趣，他继续追问这个坑有多长、多宽、多深、坑里边什么样子，向导说不上来了。他只有一次到过那条大河尽头附近的经历，而且只停留了几十分钟，因为当时已经是下午四点多钟，他有些胆怯，未敢走近坑边。威尔逊还想询问一些细节，可惜，再也挤不出更多的东西。威尔逊没有失望，他十分满意自己找到了一位优秀的向导，给自己介绍了这么一条有趣的大河和一个有趣的"大地坑"。停了停，他接着这个题目又问向导这里距离那条大河和那个大地坑有多远，由这里出发，往返要用多长时间。向导明显感觉到，这位先生是想去看看那条大河和那个大地坑了。对他说，估算直线距离不超过 200 公里，不过由此往东绕来绕去，恐怕要走七八百公里，如果不在那里停留，往返也要用上十天八天的。威尔逊沉思了一下，然后对向导说："上车，走，去看看那个有意思的地方！"

第五天下午的黄昏时分，伴着血红的晚霞，在惊天动地的隆隆声中，他们从东南方向接近了那条大河同大地坑连接的地方，站在了几百米以外的一处高岗上，只见大河临近大地坑，汹涌激荡，扬起高高的水头，状如万马奔腾，咆哮着跃了进去，声势十分吓人。大地坑黑沉沉的，笼罩在浓浓的暮霭中，可见度只剩下五六百米，它很大很大，往北往西看去灰蒙蒙的似乎漫无边际。威尔逊走下高岗前行了大约一、二百米，停下了脚步。向导跟了过来，他下意识地站在威尔逊的身后，保护顾客是他的责任。他们没有再往前走，威尔逊觉得此时光线很暗，过分接近坑边没有意义，看不到什么，说不定还会有凶险。

"我们宿营吧！"说着，掉头向越野车走了过去。

威尔逊现在看到的"大地坑"，也就是阳傀纪元前 2 年夏天，阳傀先生发现的那个"大裂谷"。

威尔逊先生没有想到，就在到达这里之前几分钟，他被一个人看到了，看到他的是阳傀先生。

中国人体科学研究所在大裂谷有一间研究站，名曰"羌塘研究站"，主要用于规模比较大在人口密集地区难于进行的试验。除了在这里进行的试验临时有需要，主要研究工作不在这里进行。这个研究站的位置很有意思，大裂谷西端"朝阳湖"北面峭壁有一处凹进去状如旅顺口军港的小港湾，腹大口小。它的水面面积约有几万平方米，出口只有几十米宽，周围也是峭壁陡立，直达地面，研究站就坐落在它的北面峭壁距地面一千多米的地方，海拔大约 3000 米，空气中氧气含量比上边地面上要多许多，小气候远胜过拉萨。这里有一个面积不大凸出去的平台，小型直升机可以半边悬空勉强停靠。在峭壁上依势开凿了十几个窑洞。笔者以为，寻找适宜地点开凿窑洞，是十分聪明的选择，往羌塘无人区大量运送建筑材料盖房子，是不可想象的。面临平台的窑洞只有 5 个，宽 3 米，深 10 米，中间隔开分成里外间，装上木框真空玻璃门窗。在这 5 间窑洞的左右两端接近平台边缘的地方，也各开凿了一个门，门深进去两米便以 90 度角分别向外拐，沿崖壁走向凿成宽 1 米，长约 15 米的内廊，廊的内侧各开有几间窑洞，厚约五六十厘米的外侧则凿窗采光。这些窑洞有的住人，有的作实验室，有的作厨房、库房；实验用品、照明、取暖设备、各种家具，生活用品，一应俱全。在阳傀先生发现大裂谷之前的阳傀纪元前 7 年的夏季，这里开始动工开凿，历经两个夏季完工，第三个夏季即开始使用。先生来这里时，匆匆经过，没有发现人工开凿的痕迹。当年的一项试验，机缘不巧，是在他离开几天后进行的。不过到目前为止，还只有阳傀先生一人保持着下到谷底的记录，虽然无人驾驶直升机曾经下到"朝阳湖"水面采过水样。

在威尔逊先生即将到达尚未到达大裂谷东端的时候，也就是这一天的上午，谭成、马仁、王氏兄弟和李文㾿先生以及中国人体科学研究所 5 位研究人员进驻了羌塘研究站。除了上述 10 位以外，还有位不为人见的不速客，那就是阳傀先生。

在那个小岛上无意中找到"异型生命"实验室，发现那些学者制造"异型生命"的传闻，完全是子虚乌有，先生的心情非常复杂。惆怅、失望、哀伤、欣慰、满足、期待混合在一起，百味杂陈。至少在当前，脑子里一堆乱麻，他没有心思向谭成、老曹透露这次发现。他仍旧严格按照约定，每天到小别墅两次，一般由谭成或曹秉毅出面和他交谈几句，然后婉转告诉他没有什么事情。他也不询问什么，停留也只有几分钟。先生一直以为，解决他的躯体问题，一定要等到南极的下一个夏季，也就是北京的下一个冬季，现在着急也没有用。他不愿对谭成、老曹过多打扰，他发觉他的两位好朋友，特别是谭成，和他拉的距离越来越大，好像总在提防他什么。这让他很痛苦，不过也能理解，谁没有一点背人的事情？自己无踪无影的状态，怎能不让人提防？这时他更深刻地感觉到，一个超等残疾人和正常人沟通太难了，想融入社会太难了。一定要恢复正常人生活，一定要回归自己的躯体。他回味占据李察德身体时的生活，虽然缺陷不少，可也比现在强得多啊！

一百二十二

先生发觉谭成连续十几天没有出面，便问老曹，老曹顺口告诉他"去西藏啦！他不是首席侦探嘛，去等候威尔逊这老小子去啦！不知道这老小子要跑到藏北无人区干什么。"先生认为谭成和威尔逊打交道，自己一定要帮忙。于是开始了北京、藏北间的来回"奔跑"。每天除了上午、下午两次去小别墅，用上几分钟之外，其余时间都在藏北活动。藏北开阔的蓝天、荒漠、草原、丘陵、大山，让他感到心情舒畅一些。他没有费太多力气，便在马仁、谭成他们这支队伍到达大裂谷的前一天，找到了他们。

阳傀先生眼看着马仁、谭成一行人乘直升机下落到羌塘研究站，自己却没有在那里停留，而是下到了大裂谷的谷底。他首先飘到大瀑布背后，看了看自己凿成的那张《藏北大裂谷地理图》，凿痕已经变得陈旧，但线条、文字仍清晰可见。站在图前，先生不禁感慨万千，几年来的苦辣酸甜各种滋味一下子又全部涌上心头。他来到自己曾经下榻3夜的"水帘洞"停了下来，他要重新欣赏一下夕阳穿透水帘的迷迷蒙蒙诸般彩色千变万化的奇景。夕阳隐去，先生来到"通天溪"和"金雕河"交汇处的河面上，仰首上望，想起3000米以上的地面上那条小河，就是它引导自己到达大裂谷北岸的。先生忽然想到自己还没有看过瀑布的源头，于是飘上地面，由北岸到南岸，看到那条河水奔腾咆哮着跌下大裂谷的场面，顿觉心旷神怡。就在这个时候，忽见一辆越野车远远驶了过来，先生想："什么人会到这么荒凉的地方来？"几分钟后，车已经停在眼前不远的地方，车门一开，下来一位西洋人。这位先生的举止，看起来有些眼熟。"啊！威尔逊果然来了。"

阳傀先生判断，威尔逊先生来到这里，谭成一定还不知道。自从在南大西洋那个小岛上两个人谈崩了，先生对这位董事长总是心存戒备，眼前就觉得他来意不善。他忽然想到那个小岛上的实验室，是不是他的？对，一定是他的。遐思间，他又想到应该立刻通知谭成，先生习惯地去了自然通讯社阅览室发了电子信函。就常人来说，自然应该去羌塘研究站直接找谭成，绝不应该万里迢迢跑到北京去。可是，对这位超等残疾人来说，去那个近在眼前的羌塘研究站和去那个远在天边的自然通信讯社阅览室，在距离上没有什么不同。不过，选择去北京还有一个原因，不知道为什么，他越来越不愿和谭成直接接触。

此时的杨立群正守在医院植物人丈夫的病床前，在不断地呼叫着阳傀的名字，希望他能听到苏醒过来，她的信箱一直由爱群管理。

"阳傀先生：威尔逊先生此时突然出现在藏北大裂谷东端南岸，来意不明。即日"

见到这个信息，爱群心知重要，未加思索，立即转发给了谭成。

转发完了，爱群开始思索这封电子信函的来路。应该是阳傀发的，这一点不会有疑问。他已经很久没有发这种信函了，现在为什么突然又发了？他和谭成已经可以沟通了，为什么又用这个信箱？他现在什么地方？啊！他一定也在藏北，肯定是跟踪谭成他们去的，应该马上告诉谭成！咳！谭成一见到信函自然就知道了，用得着我告诉？那也要马上告诉老曹！她和老曹通了电话。老曹说："怪啦！我天天和他见两次面，他就在北京！什么时候又到藏北啦？见面我要问问他。"

爱群笑着说："老曹，你的本事见长啊！能跟鬼魂见面，变成跳大神啦！不过，看见也好，看不见也好，什么都别问！装不知道。"

"好！就听你的。"老曹早就佩服爱群，觉得她的心思不下于谭成，她这么说一定有她的道理。

看到爱群转发来的阳傀先生信函，谭成还真的有些诧异，他让马仁看了看，笑着说："我就猜，这位先生不会不来，可是没想到他来了个'明修栈道，暗度陈仓'！"

马仁揣摩了足有两三分钟，才不慌不忙地说："每年人体科学研究所，都要在这里做些试验，认为别人很难发觉。其实在太空对地面进行侦查的飞行器太多了，单是南亚集团以用于通讯试验、异常气象观测等名义租赁的，恐怕就不止一两个。任凭你怎么注意伪装，怎么注意隐蔽，也很难逃开他们的眼睛。威尔逊先生可能发现了某些蛛丝马迹，对这里产生了浓厚的兴趣，于是亲临现场，要抵近观察观察。"

谭成对马仁那种慢悠悠的态度，早已经习惯，他耐着性子听马仁把话说完，接着说道，"威尔逊先生最感兴趣的，目前推测，很可能就是你们的试验，而且他会非常乐意结识天佐、天佑、阁下和我舅舅这号人物。如果让他看上，一定出高薪聘请。恭喜各位要发财啦！"

"我看这财还是由谭先生一个人去发吧！我们几个人谁也不想让他看见。您和我们不同，职业侦探，有案在肩，无论如何也得直接和自己的对手过过招吧！"

"还有一个没想到，阳傀先生也跟着我们来了。"说到这里，谭成转着身子招呼道："阳老师！阳老师！"不见回应，又大喊了一声："老夫子！"仍然不见回应。他放心了，对马仁说："凡是跟阳傀先生有关系的事，从现在起咱们一律免谈。趁他不在，你赶快去和天佐、天佑说说；我去和我舅舅说说。"

谭成不想让威尔逊先生过分接近羌塘研究站，也不想在马仁他们准备的一场试验进行之前和威尔逊先生见面。谭成判断威尔逊先生不会有很明确地行进路线，既然发现了这个大峡谷，必然看出这一片地域是适宜人类活动的地方，无论他的目标是什么，都会沿南岸向西寻找。可以在大峡谷的中腰地带迎候，他的行进速度不会太快，时间来得及。

一百二十三

马仁、王氏兄弟、李大夫和其他几位研究人员乘直升机上升到羌塘研究站顶上的地面。附近有一块面积和篮球场差不多大小的平坦场地，在建立研究站时曾经用为临时居住点和物料堆积场。他们身着防寒服和防护眼镜，在场地上支起了几顶帐篷。李大夫为王氏兄弟把了把脉，面露微笑朝马仁点了点头，表示对他们的状况满意。马仁走出帐篷抬头看了看天，烈日当头。试验开始了……

马仁计算，最迟在明天中午前后可以看到结果。不过中间会不会发生什么预想不到的事情？他很担心，有些忐忑不安。

威尔逊在亘古以来从未间断过的隆隆声和大地的微微抖动中，翻来覆去地度过了一个漫漫长夜。次日早晨，阳光明媚。盥洗完毕，吃过早点，威尔逊朝大地坑方向看了看，思考了几分钟，然后要向导收拾一下，开车向西走。威尔逊清楚，在原来的地方，大河下泻形成的瀑布和它造成的雾气一定遮盖了一切，坑下什么都不可能看清楚。走出去大约20公里，越野车停在了距离大地坑边沿大约有百余米的地方。往北往西眺望了一下，威尔逊发现，所谓"大地坑"实际是大地裂开形成的峡谷，很宽很长，应该叫它大裂谷。这也许是巧合，他和阳傀先生给它起了同样一个名字。这里大瀑布跌入谷底发出的隆隆声不再让人觉得震耳欲聋，他谨慎地踩着乱石，向导随后，一步一步走向大裂谷边沿。在还有四五十米距离的时候，威尔逊开始觉得腿有些发软，他放慢了脚步。在还剩下一二十米距离的时候，他不得不矬下身去一点点往前挪，然后干脆趴在地上匍匐前进。

阳傀纪元前2年夏季，也就是差不多整整5年前，在威尔逊先生现在所处位置的大裂谷对岸，阳傀先生也曾趴在地上向大裂谷北岸边沿匍匐前进。阳傀先生是为了寻找那些不安分的青年学者来到这里；威尔逊先生又是为了什么呢？他是不是也在寻找什么？

威尔逊先生认为，中国人非常聪明，这么好这么隐蔽的一个地方，他们不会撂在那里不用。也许还没有发现？不大可能。可是，到现在为止，至少从大裂谷东端到西部可以清楚看到的地方，还没有发现有人活动过的迹象。他又开始用望远镜沿着大裂谷两岸由东向西由西向东来回扫描。忽然他把望远镜定在了西偏北方向一个点上，那里有个小黑影，在空中移动，距起伏不平的地面保持大约100米的高度，正向大裂谷北沿接近，几分钟后到达大裂谷上空，又过几分钟，缓缓向坑中落去。那是一架直升机？一架可以在海拔6000米以上高原地区自由飞行的高性能的很可能是无人驾驶的直升机？当然也可能是一个大型飞行机器人。威尔逊的大脑在迅速地运转着。他判断那个小黑点落下去的地方，距离自己站立的地方，大约是90公里到100公里的样子。他马上招呼向导收拾东西，开车沿大裂谷边沿向西行进。

威尔逊心想，那里可能距离大裂谷西边尽头不会太远了。他问向导："再有100公里就到西边尽头了吧？

"这可不好说。"向导摇了摇头。

震天动地的隆隆声听不到了，这一夜睡得很好，早晨醒来，太阳正从东边远远的一座山峰的顶端探出头来，缓缓升起。威尔逊面向朝阳，又开双腿，举起双臂，前后左右活动一下腰部，阔了阔胸，又深深吸了几口藏北高原的冷空气，觉得浑身上下十分舒服。

这里距离大裂谷的东端大约有130公里，昨天威尔逊已经反复观察过了，现在他又开始观察。两个小时过去了，眼睛有些发涩，举着望远镜的双臂也有些发酸，那架直升机再也没有出现。他变换了一下目标，在大裂谷边沿寻找到一片比较平坦的地段，铺上一块约有单人床大小的厚厚的软垫，俯身卧在上边，用望远镜观察大裂谷北面的峭壁，由上到下，由近及远，几乎是在一平方米一平方米地搜寻。威尔逊判断，中国人如果在大裂谷里建立实验室，自然会选择朝阳的地方，而在北面峭壁上开凿岩洞是个很理想的场所。

他用望远镜从东到西、从西到东、从上到下、从下到上，一遍一遍反复搜寻了多少遍。又让向导开车向西走出去几公里，重复搜寻了几十遍，也没有结果。再让车开出去几公里，又重复搜寻了几十遍，终于让他找到了一点蛛丝马迹。不过不是看到，而是听到了一阵轻微的直升机发动机的声音，似乎从大裂谷的谷底向上传来。

威尔逊忽然停住了观察活动，用鼻子前后左右嗅了嗅，他发觉这一瞬间，大气由干燥变得有些温暖湿润起来，而且有了一点自己驾驶游艇在英吉利海峡乘风破浪时嗅到的那种空气味道。他怀疑自己的呼吸系统在感觉上是不是出了毛病，扭头询问正在检查越野车的向导："喂！伙计，请作个深呼吸，闻闻这空气是不是变了味道。"

向导并没有做深呼吸，只是伸直腰板前后左右嗅了嗅，摇了摇头，接着又嗅了嗅，像是自言自语地说道："不对呀！我们羌塘地区从来没有这么潮湿过，空气里也从来没有过这种味道。"

随后威尔逊觉察到一股暖风从南边吹了过来，气温在不断升高，身上感觉进入藏北以来从未有过的舒服。他朝着太阳，拉开防寒服的拉锁，深深地呼吸着上帝额外赐给羌塘地区的美好空气。

忽然听到向导高声呼叫："先生请看！"他的手指向南方。

威尔逊转过身躯顺着向导手指方向看去，只见群山顶部天际一股股巨大的云团遮天蔽地，声势惊人，正向北方滚了过来。他注视了一两分钟，定了定神，询问向导："过去在你们这个地区见过这种景象吗？"

"没有，从来没有看见过，也没有听老人说起过。"向导神态严肃地低声说，明显表露出内心的不安。

"伙计，能够推想一下这是怎么回事吗？"

向导摇了摇头，没有出声。

威尔逊在策划这次旅行的时候，对中国的青藏高原及相邻的云、贵、川、渝、新五省区市和南亚地区都作了认真地了解、研究。他判断，现在由南方迎面扑来的，一定是孟加拉湾的暖湿气流。在正常情况下，这种暖湿气流只能通过横断山脉地区的南北峡谷进入藏南有限的地域，不可能到达藏北。

一百二十四

　　这是什么力量？居然能迫使这股2000公里之外的富水云团强行突破喜马拉雅山脉的各个山口，甚或全面越过海拔六千米以上的广阔山脉区域进入青藏高原？大自然绝不缺乏这种巨大的力量，比这再大上千百万倍的力量也绝不缺乏。但是，大自然中某种力量的出现，都是遵循自己规律的，而眼前这股力量的到来似乎违背了自然规律。难道是人为的？

　　人是可以制造出类似这样的巨大力量，比如核聚变产生的力量，虽然聚变核电站在世界上已经有了几十座，可是在这样绵延至少一二百公里的广阔空间中控制某种核聚变产生的能量，让它按人的意志发挥作用，仍然是不可想象的。难道……威尔逊想到了谭成和他所属的通灵家族，如果真是那样，未免太可怕了！通灵人的潜能，是不可按常情估计的！他想，确实不能排除他们在施展"特异功能"。"啊，他们在搞试验！对，是在进行试验！"威尔逊先生兴奋了，他推开车门，走了出来，仰望天空，想象着也许有什么踪迹可寻。

　　"直升机！"向导在车里惊奇地喊着。

　　威尔逊先生也看到了，他判断这架直升机的出现绝非偶然。

　　直升机停在了约200米以外靠近大裂谷边沿的一片平地上，机门一开下来一个人，他走开五六十米，回身用遥控器指挥飞机关好门，起飞，向北，超越大裂谷上空，向对岸飞去。这个人转身向越野车走了过来。

　　威尔逊先生静静地观察着。这个人戴着太阳镜和防寒帽，看不清面容，但是看他的走路姿势，有些眼熟。谭成！是，不会错。就是他，他一定是试验的主角！威尔逊迈步迎了上去，高声招呼道："谭先生，想不到我们在这里又见面了，而且是在贵国这么一个既神秘又美丽的地方。"

　　"欢迎董事长先生光临我们这个离上帝最近的一方净土！"谭成快走了几步，和威尔逊先生紧紧握手。

　　向导推开车门走了出来。刚才看到谭成走出直升机，用遥控器指挥直升机飞走，他觉得十分潇洒，比自己的越野车漂亮多了。他问了一句："这位先生贵姓？"

　　"你是洛桑向导？"谭成看了看越野车，笑着问道。

"你怎么知道我是洛桑？"向导流露出又高兴又惊奇的笑容反问道。

谭成笑道："到了西藏，能有几个人不知道双湖洛桑的0001号越野车？"

洛桑非常得意，呵呵笑了。

威尔逊介绍道："北京曹氏侦探社大名鼎鼎的首席侦探谭成先生。"

"噢！没听说过。不过，一眼就能认出我这辆越野车的人，一定是个福尔摩斯！"洛桑说。

"洛桑先生过奖了。"

就在三个人交谈的短短十几分钟时间里，南来的滚滚黑云已经遮蔽了他们头顶上的天空，狂风骤作，大雨倾盆。谭成是有备而来，由头上的防寒帽直到脚下的防寒靴都是不透水的。威尔逊和洛桑匆忙钻进了越野车，两人感觉到越野车开始在风雨中飘摇，像飘浮在惊涛骇浪中的一叶扁舟。他们下意识地使自己的臀部用力往下压，以为这样做可以帮助越野车稳定下来。

虽然谭成已经通过手势告诉他们，自己的衣服是不透水的，拒绝进入越野车，但是风那么大，会不会有危险？他们不放心，车窗玻璃被刷刷的流水遮住，根本看不到外边，洛桑几次想冲出车去，不过车门打不开，好像被狂风封住了。

雨越下越大，风势也越来越猛，洛桑早已把车头朝西停放的越野车改为车头朝南，打火发动，加大油门。开始，车像东北虎般威武地吼叫着，只过了几分钟，就变得像挨了豹子咬的野狗，边逃边嚎，声音越来越小。车身大幅度颠簸着，紧接着发动机突然熄了火，刹车失效，车被狂风推着向大裂谷边沿滑去。洛桑看不到车窗外情形，不过凭感觉知道，车的后轮距大裂谷边沿只有三五米了。他尽了最大的努力，双手紧紧抓住方向盘，等待最后一刻的到来。威尔逊先生一直盯着洛桑的操作，觉得措施精当，无可挑剔。很明显大祸就要临头，他面部微微有些变色，身体却镇静地一动不动。

此时，谭成就在车的西面不到20米的地方，那里有一块巨石，他躲在巨石的北侧，恰恰躲开了狂风暴雨的直接攻击，不过落在巨石顶部的雨水也形成了一片瀑布，刷刷地冲击着他的全身。谭成目睹越野车溜到了大裂谷的边沿，本能地向车头保险杠方向冲过去，企图把它拉住。谁知道，刚离开巨石庇护，就被大风打倒，朝大裂谷边沿滚去。

就在此时，谭成觉得自己腋下出现一股很大的力量，随后被托了起来，又飞快地回到自己站立的位置。谭成刚刚站好，抬头一看，洛桑越野车的后轮已经滑下大裂谷边沿,前轮离地,车头翘起,眼看就要翻滚下去,不禁两眼一闭大叫一声"啊!"

一瞬间,谭成仿佛忘记了狂风,忘记了滂沱大雨,忘记了身边的一切,大脑一片空白。待他缓缓清醒过来的时候,风突然停了,雨也停了,乌云正在消散。刚才的一幕重新在脑际出现,他急忙凝神向刚才越野车就要滑下深渊的地方看去,啊!越野车不见了。唔!没有掉下深渊,又退回到原来停放的地方。他未加思索地跑了过去,拉开车门一看,洛桑向导、威尔逊先生正坐在各自的座位上两眼直勾勾地发愣,他们还没有缓过神来。洛桑首先惊醒,大声嚷道:"谭先生你还活着!"

"你们都还活着!"谭成高兴地喊道。

"好!好!我们都还活着!"威尔逊低头想了想,又说,"谭先生,贵国有句名言,叫'大恩不言谢',不过这次救命之恩,我会永志不忘。"

"先生你说什么?是谭大侦探救了我们?嗯,他是有先见之明,要不然在危难时刻怎么会拒绝上车呢!"又说,"谭先生,你一定是哪位罗汉转世!"

一百二十五

谭成也在思索,到底是谁在自己就要滚下深渊的时候,把自己扶了起来又托回到巨石下面?是谁把就要翻下深渊的洛桑0001号越野车硬是拉回了原地?不会是王氏兄弟,他们不在这里,当时应该正在检验试验结果。那一定是阳傀先生,难道他也有翻江倒海的力量?谭成还有些疑惑。

威尔逊和洛桑看不见阳傀先生,这里又没有别的人,很自然会说是谭某救了他们。不能承认,也不要坚决否认,要让威尔逊联系以前的事情认定是谭某,可又得不到本人的认可。

"你们说什么?是我救了你们!我连自己是怎么活过来的都不知道。洛桑0001号越野车的发动机有多大马力?它都顶不住那阵狂风暴雨,难道只有六十多公斤体重的谭成比它的力量还大?"他说道。

洛桑沉思了。这位谭先生说的是啊!他哪有那么大的力量?

威尔逊认定谭成是通灵侦探,而且认定这场大风大雨就是谭成"召唤"来的,不然一个侦探到这荒无人烟的地方来干什么？他为什么事先穿上防水衣服？可以肯定，他是随同科研人员来做试验的。他不愿意承认，自有他的道理，谁也无法强制他承认。

"董事长先生，您了解这场大风大雨意味着什么吗？"谭成问威尔逊。

威尔逊一愣，接着微笑着摇了摇头，他没有想到谭成会提出这么个问题。

"在我们中国这片土地上，沙漠、荒漠化土地相当多，如果每年在各个沙漠地区、荒漠化地区的无霜期里能有几场这样的大风大雨，请您设想一下，会出现什么样的奇迹。"

威尔逊沉默了。他想，抛开荒漠不说，抛开别的较小沙漠不说，如果能把塔克拉玛干和古尔班通古特两大沙漠共三四十万平方公里土地改造成绿洲，除去其中比如 1/3 的面积植树造林，产生的生态效益、改善环境效益不说，比如有 1/3 的面积成为耕地，每年提供的粮食恐怕不会少于几千万吨，另 1/3 的面积成为草原，每年提供的肉类少说也可达几十万吨。这对人口众多的中国，对全世界，都是不可估量的贡献。当然大规模改造沙漠和荒漠，需要反复试验，风险也极大，不过中国这个共产党政府是敢于承担风险的，而且能够说办就办。何况他们还有毛泽东"先种试验田"和邓小平"摸着石头过河"的经验。英国政府行吗？哪位首相、哪个政党敢于承担这种风险？他们能不考虑选票吗？即使他们甘冒风险，这可是个需要若干届内阁连续努力才能坚持下去的工程，能够做到吗？国会要辩论多长时间？几年？十几年？二十几年？它能够通过吗？单单这几个问号就足以使这种工程变成虚无缥缈的神话。即使有哪届内阁有勇气提出来，最终结果也不过是使国会那些短视政客笑掉了大牙。想到这里，他摇了摇头，叹了口气。

这时候洛桑插了一句："谁要是每年能在羌塘地区来这么两场大风大雨，我会请我们西藏所有寺庙的活佛为他祈福！"

谭成笑了笑说："我也会追随洛桑先生，一步一拜去请各位活佛大师，为做出这样无量功德的人祈福！"

威尔逊先生对谭成说："作为董事长，我的职责是为南亚集团的所有股东创造尽可能多的利润。"停顿一下，又说，"谭先生，可以借一步说话吗？"

听到这里，洛桑插话："两位可以到车里去说，我到前边看看。"

谭成向洛桑点头笑了笑，表示感谢。

进入越野车，威尔逊先生首先开口："谭先生，用贵国的话说，今天我们共过患难，成了生死之交。我想应该坦诚地告诉你，我这次来羌塘地区的目的，就是要观察'中国人体科学研究所'的试验，获得第一手信息。现在这个目的已经达到。根据这个信息，我得出的结论是，南亚集团和'中国人体科学研究所'之间不存在竞争，我们的目标不一样。另外，你们的试验确实大大开阔了我的眼界。我的另一个目的，是物色通灵人才和这方面的研究人才，这个目的没有达到，不过让我对谭先生的认识，又得到了一个有力的印证。"

"难道董事长先生也在进行人体科学研究？我知道这涉及到南亚集团和先生个人最大的机密，如果不方便，您也不必勉强回答。"谭成说。

"我会如实告诉谭先生。"

忽然在这个只有两个人的越野车厢内，冒出了一个第三人的声音："在南大西洋那个小岛上，有个隐藏在一个山头密林中的实验室，想必是威尔逊先生设立的！"

本来处在这百里之内不见人烟的空旷环境中，人自然会产生一种紧张心理，正常情况下谁也不会觉察，可是突如其来出现这么一种匪夷所思的怪异现象，一下子把两个人都吓坏了。当然，谭成在惊悸掠过的瞬间就想到这是阳傀先生，心跳很快恢复正常。威尔逊先生就不同了，脸色煞白，心跳加速，呼吸一度停顿，接着又开始喘息。足有十几分钟时间，才缓了过来。他静了静，两眼盯着谭成，颤声问道："谭先生还能说'腹语'？"

谭成苦笑了一下，既没有承认，也没有否认。

"可以告诉谭先生，那个实验室确实是南亚集团的财产。它也正是你们要寻找的那个'异型生命'工程实验室。不过，我很奇怪，谭先生是怎么找到它的？"

章外一节

笔者不得不遗憾地宣布，阳傀先生的自述和笔者填充的少许想象，不得不截止到这里。给读者留下那么多等待答案的问号，十分抱歉。先生突然中止了他的讲述，写作也只好停在这里，笔者填充想象的空间是有限的，无法编造限定范围以外的东西。就一般而言,读者总是希望故事的主角们有个完美的结局，可是到底阳傀先生的结局是不是完美，笔者并不知道，用想象填充？不行。不能违背承诺。有人说，去探访一下杨立群、杨爱群两位女士或者谭成、曹秉毅两位先生，所有的问号就都有了答案。相信所有的读者都是恪守诚信之士，不会陷笔者于不义。

我们只能希望，有朝一日，先生突然重新出现在笔者的耳边，接续讲述。不过，结局是否像大多数读者希望的那样完美，笔者不能保证。有一点大体可以肯定，故事要比现在完美多了。

……

笔者一直在苦等，等待阳傀先生再来。

若干年之后，笔者已经老迈，眼花耳鸣，双腿不良于行，最糟糕的是脑子不好，健忘，几近老年痴呆。多年来医生一直禁止使用电子计算机，禁止看电视，限制读书看报时间。不用说阳傀先生的事情自然忘得一干二净，等待结尾的小说《阳傀先生》也从记忆中消失了。

一天上午，手拄拐杖，以大约90秒钟一步的频率移动着不大听话的双腿，在住宅小区内马路旁的人行道上溜达。这阳光真好，人是离不开阳光的，到了阳光下就觉得心里特别畅快。对！连超等残疾人都离不开阳光。超等残疾人？阳傀？啊！想起来了，那位只闻其声未谋其面的老朋友。忽然记起了阳傀，这心里别提有多高兴了，嘴里哼起了小曲："10 1 32 11 我想起了阳傀！ 10 1 32 11 我想起了阳傀！……"当路过废品回收站门前的时候，偶然发现脚下有一沓报纸，模模糊糊看去，像是《大众科学晚报》，遂停止哼唱，叉开双腿慢慢地费了好大力气猫下腰去拾了起来，带回了家。到家后，坐在写字台前，趁着心情好，把拾来的报纸打开铺好，戴上老花镜，又拿起放大镜，阳光不够，再把台灯开到最亮，一看，果然是《大众科学晚报》。不过这沓东西颜色发黄，折叠过的地方一碰就破，看来是有些年头了。顺报头往下看，禁不住心想：这要闻版编辑太离谱了，新闻标题怎么盖过了报头？头版头条，特大号楷体字套红标题《"异型生命"现身世界》。"异型生命"？好像听说过这个词儿。再往下看，二号字副标题"一个令地球震颤的重大事件：我国生物学家阳傀博士发现一种与地球生物不是同一起源的生命体"。对！想起来了，阳傀为了这一发现，曾经到处寻找过"异型生命"工程实验室。啊！还有谭成、曹秉毅，还有杨立群、杨爱群，还有，还有，唉！不行了，想不起来了。看看报道内容吧，这字太小了，看不清楚，看不清楚，唉！"……阳傀博士经历曲折迷离……失踪……曹氏侦探社首席大侦探谭成接手……李文库大夫……神针"对！谭成的母舅李大夫，神医。"……阳傀博士的'精神'……"看不清了，看不清了，太可惜了。这一张要保存起来。这消息是什么时候的？真讨厌，这年月日为什么不能印得再大一点？

再看一张，怎么又是一个特大号楷体字套红通栏大标题《引印度洋暖湿气流改造沙漠》？二号字副标题是"科学家找到控制运用宇宙中一种神秘能量办法，可以调动孟加拉湾暖湿气流越过喜马拉雅山脉北上；正试验用来改造罗布泊地区，期待重现古楼兰农业繁荣"。孟加拉湾暖湿气流？啊！想起来了，马仁、王氏兄弟，大裂谷里那个研究站……难道他们成功解读了王氏兄弟的意念机制？快看内容。唉！字太小了，太小了…怎么什么都看不见了？啊！我的眼睛！我的眼睛！瞎了，失明了？啊！啊！

"这是什么地方?"这是什么地方？啊！想起来了，李察德，李察德……

"先生，这里是医院老年病科病房，我是护士。您已经熟睡了 40 个小时了，现在醒了，醒了就好了。"

"我住院啦？对！我的眼睛……太好了，没有失明。谢谢！谢谢！我可以出院吗？"

"我去请大夫，给您检查一下。"